Kontaktadresse nach EU-Produktsicherheitsverordnung:
produktsicherheit@fischerverlage.de

›Kranichtanz‹, ›Heimkehr‹, ›Das Leben des Horace A. W. Tabor‹ und ›Der Rattenfänger‹ sind Carl Zuckmayers letzte Werke für das Theater. In dem 1961 entstandenen Einakter ›Kranichtanz‹, der wie der Schluß eines mehraktig konzipierten, aber nicht geschriebenen Stückes erscheint, erschießt eine Farmersfrau ihren betrunkenen, balzenden Ehemann, nachdem sie sich aus dem Verhältnis mit ihrem Gutsverwalter gelöst hat. ›Heimkehr‹ ist der Urtext eines Auftragswerks der Stadt Mainz zu ihrem 2000jährigen Jubiläum 1962, das Zuckmayer als Libretto für Paul Hindemith geschrieben hatte. Drei Jahre lang arbeitete er danach an ›Das Leben des Horace A. W. Tabor‹, der Geschichte eines Postmeisters und Schatzgräbers in Colorado, der zum Millionär wird und schließlich wieder verarmt. Mit dem ›Rattenfänger‹ griff Zuckmayer 1975 auf die Hamelner Sage aus dem 13. Jahrhundert zurück und formte sie zu einer sozialen Fabel, in der eine reiche Oberstadt einer armen Unterstadt gegenübersteht: die Reichen erwarten von dem Fremdling Bunting nach der Befreiung von der Rattenplage auch die Vertreibung der Tagelöhner und Bettler – das verweigert er, er wird angeklagt, aber die Kinder der Reichen ergreifen seine Partei. »Der Stoff muß einem Dramatiker zufallen, durch irgendeinen Anstoß, der an sich also ›zufällig‹ ist und doch der Gesetzlichkeit einer Lebensarbeit entspricht.«

Carl Zuckmayer wurde am 27. Dezember 1896 in Nackenheim am Rhein geboren. Nach dem Abitur in Mainz meldete er sich als Kriegsfreiwilliger und wurde an der Westfront eingesetzt. 1918 begann er ein kurzes Studium der Geistes- und Naturwissenschaften in Frankfurt a. M. und Heidelberg; wichtiger als alle Theorie waren ihm jedoch die in diesem Umfeld geschlossenen Freundschaften. 1920 ging er nach Berlin. Erste Stücke blieben ohne Erfolg, obwohl sie ihn »dichterisch legitimierten« – ›Der fröhliche Weinberg‹ brachte ihm 1925 den Durchbruch und den Kleist-Preis. 1933 verhängten die Nationalsozialisten ein Aufführungsverbot über ihn. Er zog sich daraufhin mit seiner Familie nach Henndorf bei Salzburg zurück; dort besaß er seit 1926 ein Haus. 1938 floh er in die Schweiz, ein Jahr später emigrierte er in die USA, wo er bis 1946 als Farmer in den ›Grünen Bergen‹ (Vermont) lebte. Von 1947 bis 1957 hielt er sich abwechselnd in der Schweiz und in den USA auf; 1958 kehrte er endgültig in die Schweiz zurück und wurde in Saas-Fee (Wallis) ansässig, seit 1966 als Schweizer Bürger. Am 18. Januar 1977 ist er als einer der über Jahrzehnte erfolgreichsten deutschsprachigen Autoren in Visp (Wallis) gestorben.

Carl Zuckmayer
Gesammelte Werke in Einzelbänden

Herausgegeben von Knut Beck
und Maria Guttenbrunner-Zuckmayer

Carl Zuckmayer
Der Rattenfänger

Theaterstücke 1961 – 1975

Fischer
Taschenbuch
Verlag

2. Auflage

Hedderichstr. 114, 60596 Frankfurt am Main
Printed in Germany
ISBN 978-3-596-12716-0

Kranichtanz
Ein Akt

Personen

RHODA ATWOOD, auf Atwood's Farm
›JOLLY‹ ATWOOD, ihr Mann
LOREN KING, ihr Gutsverwalter
DAVE KING, sein Sohn
ALMEIDA, Foto-Modell

Szene Living Room eines alten Farmhauses im nordöstlichen Neu-England, dessen Einrichtung zeigt, daß es von wohlhabenden und gepflegten Leuten bewohnt wird. Mächtiger Wandkamin, aus Natursteinen gemauert, schöne alte Möbel aus der Kolonialzeit, Wände und Decke hellgestrichen, mit handbehauenen, dunkelgebeizten Holzbalken. Rückwärtig hinter einer großen, offenen Glastür die traditionelle ›Front-Porch‹, eine breite, gedeckte Terrasse, von der Stufen ins Freie hinausführen. Frühes Morgenlicht, allmählich stärkere Sonne.
Loren, großer kräftiger Mann, Mitte Vierzig, im blauen Overall der Farmer, an der Terrassentür.
Dave, Anfang Zwanzig, städtisch gekleidet, aber betont salopp, mit offenem Hemdkragen und herabgerutschten Socken, in einem Schaukelstuhl. Ein geschlossener Handkoffer steht neben ihm.

LOREN Ja, sie sind jetzt sehr selten.

DAVE So.

LOREN In den Everglades, natürlich, und in Mississippi, auch droben in Minnesota, gibt's wohl noch mehr davon. Aber hier sind sie selten geworden.

DAVE So.

LOREN Zu Großvaters Zeiten, als er jung war, da hat man in der Südostbucht von unserem See, drüben im großen Schilf, manchmal ein paar hundert beisammen gesehn. Damals gab's auch noch keine Motorboote auf dem See, und keine Strandbäder. Jetzt, das ist schon etwas Ungewöhnliches, was ganz Besonderes, wenn man drei oder vier Tanzkraniche bei der Balz beobachten kann. Oder gar zum Schuß kommt. Man darf auch höchstens einen einzigen abschießen, und das nur mit besonderer Lizenz.

DAVE *steckt sich eine Zigarette an.*

LOREN Deshalb ist er ja so früh aufgestanden.

DAVE *lacht.*

LOREN Sie sind zum Locust-Pond hinüber, Bill Cobb führt sie. Wer sich da nicht auskennt, der findet nie hin und nie wieder raus, in diesen Wäldern.

DAVE Früh aufgestanden. Jolly Atwood und Bobby Campbell, die Playboys von Deerland-County. Die sind wohl gar nicht erst aufgestanden, die haben im Golfclub durchgepokert, bis fünf Uhr früh. Die Kraniche werden umfallen, von der Whiskyfahne.

LOREN Das geht mich nichts an. *Schaut hinaus.*

DAVE Du bist auch früh aufgestanden.

LOREN Natürlich, wir stehen immer früh auf, das weißt du doch.

DAVE *gähnt* Ich weiß es.

LOREN *ruft* Hey, Collins! Nimm den Jeep, und die Werkzeuge, ich komme nach.

DAVE Und wo ist Rhoda? Die ist wohl auch früh aufgestanden?

LOREN Mrs. Atwood hat die Kinder in die Schule gefahren, das macht ja sonst Collins, aber der muß ins Holz heute.

DAVE Und du, du wartest auf sie?

LOREN Ich brauche den Willys Overland.

DAVE Warum fährst du nicht mit Collins, auf dem Jeep?

LOREN Muß die Motorsäge mitnehmen, dafür brauche ich den großen Wagen. Es sind da so ein paar Kerle, alte Weißkiefern, die den Rost haben und in denen der Käfer steckt. Mit der Motorsäge legen wir sie um wie Birkenschößlinge. Wir brauchen das Holz, es ist ne Menge zu reparieren, nach diesem Winter, du weißt ja, der Blizzard hat die Scheune abgedeckt und den Silo umgerissen.

DAVE Da kommt ein Wagen.

LOREN Nein, das ist Collins, der den Motor anläßt. Sag, Dave, willst du nicht mitfahren, ins Holz? Du mußt ja auch wissen, wo wir untergepflügt haben, man kommt dran vorbei, für das neue Maisfeld.

DAVE *wirft die Zigarette in den Kamin*

LOREN Oder bist du zu müde?

DAVE Wovon soll ich müde sein. Sie haben uns nicht weiter

strapaziert, bei der Musterung. Zehn Kniebeugen, Herz in Ordnung, dreimal tief atmen, Lunge gesund, der Rest geht ins Labor, man kriegt schriftlich Bescheid, aber man kennt ihn schon.

LOREN Du bist die ganze Nacht durchgefahren, im Greyhound –

DAVE Ich habe geschlafen. Ich bin nicht müd.

LOREN Dann zieh dich um. Hängt alles in deinem Schrank. Du wirst dich erst wieder zu Haus fühlen in deinem alten Lumberjack. – Geh nur hinüber. Es ist noch Kaffee im Kessel. Ich warte hier.

DAVE Nein. Ich komme nicht mit.

LOREN *nach einer Pause* Sie werden dich sicher noch einmal zurückstellen, bis nach der Kartoffelernte, oder wenigstens bis nach dem ersten Heu, im Juni. Und dann kloppst du deine Zeit herunter, es muß jeder mal ran, heutzutage. Hinterher hast du das Studienprivileg, da kannst du ein Jahr auf die Cornell gehen, damit die Sache hier einen neuen Schwung kriegt, mit wissenschaftlichen Methoden und allem. *Pause.* Das wolltest du doch immer. *Pause.*

DAVE Hinterher.

LOREN Einmal muß es ja sein. Du wärst schon mit achtzehn drangewesen, sie haben dich drei Jahre in Ruh gelassen, weil du den Preis gekriegt hast, auf der Musterfarm, und weil sie mir geglaubt haben, daß ich die Karre hier nicht aus dem Dreck herauskriege ohne dich... Aber wir haben auch was geschafft zusammen, Herrjesus, da bin ich stolz drauf! von morgens bis nachts für fremde Leute, um unsre alte Bude wieder freizukaufen... jetzt sind wir so weit, Herrjesuschrist, das ist doch was! Oder nicht? Und wie das immer geklappt hat, zwischen uns, Vater und Sohn, nie einen Krach, nie einen Widerspruch, das gibt's doch heut gar nicht mehr. Wie oft hör ich Mrs. Atwood sagen: Loren, sagt sie, Sie sind der einzige glückliche Vater, den ich kenne. Das ist, weil du den richtigen Geist hast, Junge, den richtigen alten Geist, nicht wie all die Lumpsäcke und Jammerlappen, heutzutage. Und wenn du dann erst mal unsere alte Farm übernimmst –

DAVE Ich werde sie nicht übernehmen.

LOREN *nach einem Augenblick* Es wird keinen Krieg geben. Da glaubt doch keiner dran.

DAVE Ich habe geheiratet.

LOREN *geht langsam auf die Terrasse, steht abgewandt.*

DAVE *öffnet den Handkoffer, nimmt Papiere heraus.*

LOREN *sich umdrehend* Almeida?

DAVE Hier ist die Lizenz, wenn du sie sehen willst. Ich hatte alle Papiere beisammen, von wegen Musterung.

LOREN *leise* Warum bist du zurückgekommen?

DAVE Ich muß Rhoda sprechen. Ich will meinen Scheck. Ich habe mein Wochengeld ein Jahr lang stehen lassen. Jetzt brauche ich es.

LOREN *heftig* Sag nicht Rhoda, ich mag das nicht.

DAVE Ich weiß. Du nennst sie Mrs. Atwood.

LOREN Natürlich. Wie sonst. *Er lauscht hinaus.*

DAVE Jetzt kommt ein Wagen.

LOREN Er ist noch drunten, am Creek.

DAVE Es kann auch Almeida sein. Sie will mich abholen.

LOREN Nein, es ist der Willys. Ich kenne den Gang.

DAVE Na schön. *Schließt den Handkoffer.*

LOREN Du willst also nicht – bis zum Heuen bleiben? Ich brauche jede Hand.

DAVE Bedaure.

LOREN *stockend* Sag mir nur eins – warum hast du das getan? Ich habe dir gesagt – es ist vielleicht nicht recht, so zu sprechen, als Vater, aber ich hab's dir gesagt –, wenn es wirklich sein muß, du kannst sie so haben. Ohne das.

DAVE Es ist bequemer, mit den Hotels und allem. Wir wollen nach Florida, für eine Woche.

LOREN Und das ist ein Grund – zur Ehe?

DAVE Ja.

LOREN Schäm dich.

DAVE Nein. *Nach einer Pause* Du hast dich in mir geirrt, Vater. Ich habe nicht den richtigen Geist, den richtigen alten Geist, von dem du immer sprichst. Ich habe denselben, wie all die Lumpsäcke und Jammerlappen, heutzutage.

LOREN Dann hast du mich betrogen! Dann hast du die ganze Zeit geheuchelt, und dich verstellt!

DAVE Es ist nicht so einfach, Vater. Ich habe mich auch geirrt.

LOREN Ich hoffe, du meinst jetzt, mit diesem vorschnellen Wahnsinn.

DAVE Nein, das meine ich nicht.

LOREN Du mußt doch wissen, daß das nicht geht – daß das nicht halten kann! Du weißt doch – so wie du gelebt hast bisher, so wie du erzogen worden bist –, daß nichts hält, was nicht echt ist – was nicht – eine Wurzel hat, und einen guten Boden.

DAVE Ich weiß nur, daß nichts hält. Nichts hält, das weiß ich. Du baust die alte Farm wieder auf, es kommt etwas, und sie ist schon verloren, ich weiß nicht was, aber etwas kommt immer, es kann nichts halten, und was gehalten wird, das zerfällt langsam von selbst. Ich bin für die rasche Methode. Ich will eine Woche gedankenlos mit ihr leben, dann kann die Armee mich haben. Vielleicht nach einem halben Jahr das Desertionsgericht. Vielleicht der Henker, mir liegt nichts dran.

LOREN Und wenn ich dir sage, ich erlaube es nicht!

DAVE Ich bin einundzwanzig.

LOREN Und wenn Mrs. Atwood sagt, du kriegst den Scheck nicht, nicht für sowas, bitte, du kannst ja klagen, aber jetzt gibt's keinen Cent!

DAVE Dann kann ich immer noch einen Wagen anhalten, und einen abknallen, der zuviel Geld im Sack hat, so einer kommt immer mal über Land und muß in der Kurve bremsen.

LOREN Das ist nicht wahr. Das bist nicht du, der das sagt. Du hast einen schlechten Film gesehen und willst mir was vorspielen.

DAVE *zuckt die Achseln.*

LOREN Almeida Lundborg – ein Mädchen, das ihren Eltern von der Farm weggelaufen ist, von der besten Großmolkerei des County, um sich für illustrierte Blätter nackt fotografieren zu lassen –

DAVE *gleichgültig* Nicht nackt. In Unterwäsche.

LOREN Und du! Das gibt es doch nicht, das kann es nicht geben!

Daß ein Mensch, ein junger Mensch wie du – du warst kaum eine Woche fort –, daß ein Mensch über Nacht – ein völlig anderer wird –

DAVE Es ist der Kranichtanz.

LOREN – und sein ganzes Leben zerstört, auch das meine, all unsere Zukunftspläne – was hat das mit den Kranichen zu tun?

DAVE *steht auf, schlendert zur Seitentür.*

LOREN Bleib hier! Erklär mir das!

DAVE *gehend* Sie sterben aus. Nur noch drei, vier, kann man bei der Balz beobachten. Nur noch einen abschießen. Dann gar keinen mehr. Die Tanzkraniche, die Schreikraniche. Die Singschwäne. Alle. Sie ziehen dahin.
Geht hinaus.

LOREN *vor sich hin* Die Tanzkraniche, die Schreikraniche, die Singschwäne... *An der Tür, als wolle er Dave nach, laut* Was hat das mit uns zu tun? *Vor sich hin* Das ist alles ganz sinnlos... *Geht zu einem Wandschrank, hinter dessen Glaseinsatz Whiskyflaschen stehn. Öffnet ihn, haut ihn wieder zu, setzt sich, stützt den Kopf in die Hände.*

RHODA ATWOOD *kommt über die Stufen zur Terrasse herauf und betritt den Raum, gefolgt von Almeida Lundborg. Rhoda ist eine Frau mittleren Alters, von königlichem Wuchs, ihr Gesicht von einer strengen, anziehenden und oft wechselnden Disharmonie. Ihre langen, schön geformten Beine sind nackt, sie trägt weiße Sandalen mit starken Sohlen, eng anliegende weiße Shorts und einen ärmellosen Pullover. Die Haare sind dunkel, und hinten nach Art klassischer Göttinnen in einen leichten Knoten geschürzt.*

ALMEIDA, *schmal und schlank, ist von ebenso wunderbarer Gestalt, blond, mit skandinavischen Zügen. Sie trägt ein sehr ruhiges, einfarbiges, vornehm geschnittenes Leinenkleid, keinen Schmuck, dunkle Augengläser. Die Haare sind modisch frisiert.*

LOREN *fährt auf, als Rhoda vor ihm steht, erhebt sich* Ich habe den Wagen nicht vorfahren hören.

RHODA Guten Morgen. *Gibt ihm die Hand.* Ich habe ihn drunten am Creek stehen lassen, weil diese junge Dame dort mit einem flachen Sportkabriolett in den Graben gefahren war.

Wir sind die paar Schritte zu Fuß hinaufgegangen. Es kann ihn dann jemand holen und ihren Wagen herausziehen.

ALMEIDA Er gehört nicht mir. Wir haben ihn für eine Woche geliehen.

LOREN Ich geh ihn holen. *Will fort.*

RHODA Sie kennen sich wohl.

LOREN *ohne Almeida anzusehn* Ja, wir kennen uns.

RHODA *zu Loren* Dann könnten Sie sich auch begrüßen.

LOREN Nehmen Sie diese Brille ab, bitte.

ALMEIDA Warum?

LOREN Ich kann Ihre Augen nicht sehn.

ALMEIDA Wollen Sie sie sehn? *Nimmt ihre Gläser ab, schaut ihn an.*

LOREN Kalt, wie Eis.

RHODA Schön wie Eis, sollten Sie sagen. Wie blankes Eis, auf einem grünen Wasser.

LOREN Wissen Sie, warum sie gekommen ist?

RHODA Ich habe sie gefragt. Es verirrt sich nicht oft eine junge Dame hier herauf, in einem flachen Cab.

LOREN Dann werden Sie verstehen, daß ich nicht mit ihr sprechen kann.

ALMEIDA Warum? Weil ich Dave geheiratet habe? Er wollte so gern. Wir hatten's uns schon als Kinder versprochen. Ich hätte auch verzichtet, aber jetzt, wo er in die Armee muß, ist es für ihn das Beste.

LOREN *ausbrechend* Das Beste! Man sollte die Hundepeitsche holen –

RHODA *schaut ihn an, mit einem nachsichtigen Lächeln.*

LOREN Verzeihung. Sie weiß nicht, was sie getan hat. Ein Leben zerstört, vielleicht mehr als eines – eine ganze Welt von Hoffnung, und Zukunftsplänen . . .

ALMEIDA Ich weiß, was ich getan habe.

LOREN Dann dürften Sie es nicht wagen, mir unter die Augen zu treten.

ALMEIDA Ich hatte nicht die Absicht.

RHODA Finden Sie nicht, Loren, daß das alles zu große Töne sind.

LOREN Wenn Sie gehört hätten, was er mir gesagt hat.

RHODA Dann hat er Ihnen eben früher zu wenig gesagt.

LOREN Nein. Er hatte keine Geheimnisse vor mir. Er hat mir auch gesagt, daß er Almeida wollte, und ich habe ihm erklärt, das geht nicht, nicht für die Ehe, nicht als Frau für die Farm, nach dem, was sie geworden ist. Oder habe ich damit etwas Falsches gesagt?

ALMEIDA Nein, es war richtig. Ich passe nicht auf die Farm.

LOREN Aber er! Er paßt zu nichts anderem!

ALMEIDA Das weiß man nicht.

LOREN Ich kenne ihn nicht mehr. Er ist ein Fremder geworden – ein völlig andrer, ein fremder Mensch – in einer Woche, vielleicht – in einem Augenblick –

RHODA Ich habe immer gewußt, daß er die Farm nicht übernehmen wird. Daß Ihr Zukunftsgebäude ein Luftschloß ist.

LOREN Hat er – hat er mit Ihnen gesprochen –?

RHODA Nein. Er hat nie gesprochen. Er hat drei Jahre gearbeitet, und nie gesprochen.

LOREN Doch. Mit mir, am Abend, wenn wir allein waren, vorm Schlafen. Wir haben viel davon gesprochen, wie wir die alte Farm aufziehen wollten, wenn es mal soweit ist. Er hatte nichts anderes im Kopf.

RHODA Ihr habt von nichts anderem gesprochen.

LOREN Es war das Beste. Das Wichtigste.

RHODA Für Sie, Loren.

LOREN *senkt den Kopf.*

RHODA Wenn Sie jetzt nach dem Wagen sehen wollten –

LOREN Natürlich. Ich nehm ein paar Ketten mit, dann hab ich ihn gleich heraus. *Er geht.*

ALMEIDA *schaut Rhoda an, als ob sie etwas sagen möchte, schweigt.*

RHODA Was für ein Mann, wollten Sie sagen. Was für ein Mann – wie schade, daß man nicht mit ihm reden kann.

ALMEIDA Woher wissen Sie, was ich sagen wollte.

RHODA Stark. Einfach. Beschränkt. So wie Männer sein sollten.

ALMEIDA Aber sie sind nicht so.

RHODA Nein. Haben Sie gefrühstückt?

ALMEIDA Ja, in Stockville-Center. Aber –

RHODA *öffnet den Wandschrank, nimmt Whiskyflasche, Syphon und ein Glas heraus, stellt es auf einen Rauchtisch.* Setzen Sie sich.

ALMEIDA Danke. *Setzt sich, schenkt sich etwas ein.* Sie wußten, daß ich was brauche jetzt, Sie wissen auch, was ich von Daves Vater denke. Aber ich weiß nicht, was Sie von mir denken.

RHODA Warum haben Sie Dave genommen? Es gibt viele junge Männer, für ein Mädchen wie Sie.

ALMEIDA Junge, und alte. Ich habe genug davon.

RHODA Das heißt, sie wollen sich retten.

ALMEIDA Unsinn. Entschuldigen Sie, aber das gibt es nicht. Retten, sich selbst, oder einen anderen, das sind immer nur Ausreden. Außerdem geht es mir gut. Ich werde weiter als Modell arbeiten, und leben wie bisher, wenn Dave in die Armee muß, aber Dave und ich, wir brauchen einander nichts vorzumachen, wissen Sie? Wir brauchen keine Worte, wir brauchen uns nicht zu verstellen, und wissen doch, wer wir sind.

RHODA Ist das Liebe? Oder ist es die Kindheit?

ALMEIDA Ich weiß nicht. Ich verstehe nichts davon. Es ist weniger anstrengend, also ist es wohl keine Liebe, denn Liebe strengt an. *Sie trinkt.*

RHODA Sie werden sich langweilen, wenn Sie sich nicht anstrengen, beide, wissen Sie das?

ALMEIDA Man langweilt sich immer ein bißchen, das gehört dazu. *Plötzlich ungeniert plappernd* Und von der Kindheit, von der wollen wir gar nichts wissen, er nicht und ich nicht, die hängt uns zum Halse heraus. Um ehrlich zu sein, ich hatte Dave schon vergessen, aber als ich ihn jetzt wieder traf, in der Stadt, da mochte ich ihn.

RHODA Warum?

ALMEIDA Er hat einen Tick, das ist es, woran ich Spaß habe, es ist ihm ziemlich wurscht, was aus seinem Leben wird, mir auch. Man muß ihn laufen lassen, so wie's grade kommt, vielleicht geht er kaputt dabei, dann hat er seine Ruh. Vielleicht beruhigt er sich anders, das ist fast dasselbe. Ich denke, er wird sich ganz wohlfühlen in der Armee, mit den anderen, die sich auch nichts draus machen, dann wird er seinen Abschied nehmen und irgendeinen Job, wir werden ein Baby haben und noch zwei oder drei, und ein Apartment und einen TV-Set und einen neuen Chevy, wie alle anderen Leute, denn so sind wir, wir leben, wie alle leben, die immer da sind und die immer leben – *Sie bricht ab, trinkt.*

RHODA Immer leben. Heißt das ewig leben?

ALMEIDA Wenn man wie alle ist, lebt man ewig. Es geht doch immer so weiter.

RHODA Und der Tod?

ALMEIDA Macht keinen Unterschied. Gehört nur dazu. Man kommt doch nicht raus – aus dem Zirkus.

RHODA Möchtest du dich nicht einmal ausheulen?

ALMEIDA Wozu. Da trinke ich lieber ein paar Cocktails, und dann werde ich laut und gemein.

RHODA Und du glaubst, daß Dave zu dir paßt?

ALMEIDA Warum nicht? Wir sind nichts Besonderes, sind aus einem Blut.

RHODA Sein Vater wollte aus ihm einen Mann machen, wie er selbst.

ALMEIDA Ich weiß. Aber das gibt es nicht.

RHODA Sie wollten wissen, was ich von Ihnen denke.

ALMEIDA Ist nicht mehr wichtig.

RHODA Ich glaube, Sie lieben Dave.

ALMEIDA Wollen Sie mir angst machen?

RHODA Nein. Aber ich habe kein Mitleid mit euch. Nicht mit Dave, nicht mit Ihnen.

ALMEIDA Höchstens mit seinem Vater.

RHODA Auch mit ihm nicht.

Man hört den Motor eines Wagens.

ALMEIDA Da ist er. Er hat ihn schon rausgezogen.

RHODA *lächelnd* Was für ein Mann. *Sie tritt zu einem Sekretär, schließt ihn auf, nimmt ein Scheckbuch heraus.* Ich schreibe Ihnen jetzt den Scheck aus, für Dave. Bringen Sie ihm das, und seinen Handkoffer, und fahren Sie schleunigst mit ihm weg. Sie werden ihn drüben finden, im Nebenhaus. Ich möchte nicht, daß Loren Sie hier noch antrifft. *Sie schreibt.*

ALMEIDA Und wenn Dave, wenn er seinem Vater Adieu sagen möchte?

RHODA Das soll er bleiben lassen. *Gibt ihr den Scheck.* Gehen Sie jetzt.

ALMEIDA Ich bin trotzdem froh, daß ich Sie kennengelernt habe. Ich wollte –

RHODA Was?

ALMEIDA Ich wollte, ich wäre eine Frau wie Sie.

RHODA *freundlich* Sie wissen nicht, was Sie wollen. *Gibt ihr die Hand.* Leben Sie wohl.

ALMEIDA Auf Wiedersehn. *Geht, durch die Seitentür.*

RHODA *tritt zum Fenster neben der Terrasse, setzt einen Fuß auf die Fensterbank, stützt den Ellbogen aufs Knie, schmiegt das Kinn in ihre Hand, und schaut hinaus.*

LOREN *kommt über die Terrasse herein, schaut sich um* Ist sie fort?

RHODA *ohne ihre Haltung zu verändern* Die Sonne blendet. Laß die Jalousien herab.

LOREN *die ›Blinds‹ vor den Fenstern und der Terrassentür herunterlassend, so daß das Licht gefächert hereinfällt* Es wird ein prächtiger Tag.

RHODA Ich habe ihr den Scheck gegeben und habe sie weggeschickt. Beide.

LOREN Wäre es – hätte man gar nichts anderes tun können? oder versuchen?

RHODA Nichts. Komm her. *Sie legt die Arme um seinen Nacken.*

LOREN Rhoda – *Er läßt den Kopf an ihren Hals sinken, als ob er weinen möchte.*

RHODA Laß das. Laß dich nicht gehen. Ich kann dich nicht brauchen, wenn du unglücklich bist.

LOREN *macht sich los, fast feindselig* Ja, du hast recht. Den einzigen glücklichen Vater hast du mich genannt. Einen unglücklichen, enttäuschten kann man nicht brauchen. Für mich hat auch diese Arbeit ihren Sinn verloren, ich werde quittieren. Ich werde wegziehn.

RHODA *setzt sich auf eine Couch* Das habe ich erwartet.

LOREN Einen Verwalter, für Atwood's Farm, kann man immer finden. Es ist ein guter Job.

RHODA Nicht so rasch. Ich werde das Heu mit Collins selber machen.

LOREN So war das nicht gemeint. Ich bleibe natürlich, bis alle Saaten auf den Feldern sind, und bis das Heu drinnen ist. Und bis das Vieh auf die Weide kann, und ein neuer Melker gefunden ist. Das hat ja Dave gemacht.

RHODA *lächelnd* Und die Maisernte? Und die Kartoffeln, und das Äpfelpflücken? Und dann das Holzziehen, und die Wintersaat?

LOREN *trotzig* Ich habe gesagt, bis nach dem Heuschnitt, und Schluß.

RHODA Du bist wie eine Köchin, die am Freitag kündigt, aber noch den Sonntagsbraten machen will.

LOREN Du lachst über mich.

RHODA *mit einem zärtlichen Lachen* Du nicht?

LOREN Doch. Ich bin komisch. *Geht zu ihr hin, küßt ihre Hände* Aber mir ist nicht zum Lachen.

RHODA Setz dich zu mir. Ich glaube wirklich, du solltest fort. Du wirst hier nicht darüber weg kommen. Es ist nicht der Sohn, auch andere Söhne laufen fort, sie müssen deshalb nicht verloren sein, man muß nur wissen, daß sie fort sind, vergangen, wie eine Jahreszeit, die nie mehr wiederkommt – denn der nächste Sommer ist nicht derselbe wie dieser. Du hast dich in etwas hineingedacht, hineingesponnen, wie eine Raupe, in eine Zukunft nämlich, die so und so sein soll, aber sie wird nicht ausschlüpfen. Du mußt das Gespinst zerreißen, auch wenn die Haut mitgeht, ja, du mußt dich häuten, das ist es. Du bist jung genug.

LOREN Ich konnte die Farm nicht halten, ich mußte Geld aufnehmen, wegen der ewigen Krankheit meiner Frau, das Spital, die Operationen, und als es vorbei war, da war die Farm verpfändet... Dann hab ich hier die Verwaltung übernommen, und geschafft, als wär's mein eigenes Land, bis ich sie wieder freikriegen konnte – ich dachte, der Junge und ich –

RHODA Das ist die Geschichte eines halben Lebens, die andere Hälfte wird anders sein. Du wirst in den Westen gehn, vielleicht nach Alaska hinauf, oder nach Kanada, ganz gleich, irgendwohin, wo ein Mann gebraucht wird.

LOREN Hier – werde ich also nicht mehr gebraucht.

RHODA *hart* Nein. Das ist zu Ende.

LOREN Aber nicht für mich! Das war nur ein Teil meiner Geschichte – das Beste hab ich verschwiegen! Soll ich alles verlieren? an einem Tag?

RHODA Du bist ein Mann. Du kannst nur an das denken, was du verlierst.

LOREN Ich meinte, was wir verlieren, du weißt, was ich meine… Ich denke an uns, und ich denke an Atwood's Farm.

RHODA Auch das ist zu Ende.

LOREN Atwood's Farm? Ich verstehe dich nicht.

RHODA Dann küß mich. *Sie reißt ihn an sich.*

Beide halten sich einen Augenblick umklammert, Mund an Mund, wie in einer raschen, heimlichen Verzweiflung.

Dann befreit Rhoda ihr Gesicht.

LOREN *hält sie fest, küßt ihren Hals und ihre Schultern.*

RHODA *mit zurückgelegtem Kopf* Sprich doch! Sag etwas!

LOREN *an ihrer Achselhöhle* Nach Heu. Du riechst nach Heu. Du riechst immer nach Heu, Sommer und Winter, morgens und nachts –

RHODA *sehr zärtlich* Das ist aus dem Farmer-Almanach. Da liest du solche Sachen.

LOREN *verliebt* Das brauche ich nicht zu lesen. Du riechst nach Molke, nach Rahm, nein nach dem knisternden Schaum, der auf der frisch ausgestrullten Milch kräuselt –

RHODA Nach Stall, jedenfalls.

LOREN Nach Land. Nach unserem Land.

RHODA *steht auf, geht umher* Wir haben kein Land, Loren. Deins war ein Traumgespinst. Das meine ein Mündelgut. Ein falsches Lehen.

LOREN Atwood's Farm – –

RHODA – war Roy Atwood's Heimstatt, des Alten Atwood, der

sie mir vermacht hat, als ich seinen Sohn heiratete, damit sie nicht verspielt oder verschludert wird.

LOREN Aber das ist doch – ein Erbe! Ein Vermächtnis!

RHODA Ich habe es fast erfüllt. Es fehlt nur noch – das Siegel.

LOREN Was für ein Siegel. Ist da was nicht in Ordnung – mit den Dokumenten?

RHODA Eine Tat – die das Ende besiegelt. Ich kenne sie noch nicht. Aber ich werde sie wahrnehmen, wenn sie sich bietet. Wenn sich ein Ende bietet.

LOREN Willst du – du willst Jolly verlassen? Rhoda – willst du – würdest du daran denken – mit mir –

RHODA *legt ihm die Hand auf die Lippen* Wir haben Abschied genommen.

LOREN So ist es wirklich zu Ende.

RHODA Wenn ich geliebt habe, das ist nie zu Ende. *Sie tritt zur Terrassentür, zieht die Jalousie hoch, so daß das nun ganz starke Sonnenlicht auf ihr Gesicht fällt.* Auch mit Roy Atwood, das ist nicht zu Ende. Ich kam als Pflegerin in sein Haus. Er war gewalttätig, er soff, er war krank, ich habe ihn gepflegt, bis zum Tode gepflegt, ich habe ihn geliebt. Ich glaube, was er an Liebe aufbringen konnte, diese Rudimente aus Roheit und Zärtlichkeit, hat er für mich empfunden. Ich war vierzig Jahre jünger als er, er war mein erster Mann.

LOREN Hat Jolly das gewußt?

RHODA Vielleicht. Vielleicht auch nicht. Roy hat ihn mir übergeben, wie ein Pflegekind – ein mißratenes Kind, ein mutterloses Kind, es war mein Beruf, ich wurde nicht gefragt, und ich mußte dienen, denn ich liebte. Und Jolly nahm mich, als erwiese er mir eine Gnade, und doch wollte er mich, immer mehr, je weniger er mich hatte. Vielleicht weiß er alles. Er erzählt, manchmal, in Gesellschaft, einen jüdischen Witz, von einem berühmten Bankier, der mit Hinweis auf seine schöne und mit ihrer Schönheit freigiebige Frau gesagt haben soll: ich bin lieber mit zehn Prozent an einer guten Sache beteiligt, als an einer schlechten mit hundert.

LOREN Gemeinheit. Man sollte ihn ohrfeigen dafür.

RHODA Was für ein dummes Wort. Er hätte doch recht. Es ist ein sauberer Standpunkt. Das Schlimme ist –

LOREN Was?

RHODA Daß es nicht stimmt. Daß er leidet. Daß ich ihn bemitleiden muß. Dann hasse ich ihn. Nichts macht so böse, so haßerfüllt, wie Mitleid. Aus Mitleid – könnte man morden.

LOREN *leise* Hattest du nie das Gefühl – daß du ihm helfen könntest?

RHODA Nein. Oder doch, im Anfang. Ich habe es versucht – auf die Art, auf die eine Frau helfen kann, indem sie sich gibt. Aber dann kam der Ekel, und das Mitleid, und der Haß. Er winselt vor meinem Bett, wenn ich ihn quäle, wenn ich grausam bin. Es ist meine Schuld – aber ich kann nicht anders. Ich muß grausam sein.

LOREN Du hast zwei Kinder mit ihm – bindet das nicht zusammen?

RHODA Sie sind mir so fremd wie er. Sie sind laut, sie lärmen, ich kann ihre Stimmen hören, aber ich höre nicht, was ihre Seele meint, ich weiß nicht, ob sie eine haben, sie sind kleine Dämonen, und sie werden groß werden, um uns zu vernichten. Vielleicht liebe ich sie, wie ein Tier seine Jungen liebt, wie Nestvögel, bis sie flügge sind, bis sie davon fliegen, dann kenne ich sie nicht mehr.

LOREN Du sprichst wie eine Göttin, streng, und unbegreiflich. Du bist eine Göttin. Mit einer Göttin kann man nicht leben.

RHODA *lächelnd* Nein. Es ist besser, du machst dir ein Bild, dasselbe anzubeten, und stellst es dir auf, bis du es vergißt.

LOREN Aber wir haben zusammengelebt, Rhoda – heimlich, aber stolz – in Unschuld, in Glück, in Freiheit. Fünf Jahre – es war die beste Zeit.

RHODA Du irrst dich, Loren, weil du dich irren willst. Wir haben uns aneinander geklammert, wie Ertrinkende. Aber ich habe dich geliebt.

Motorengeräusch eines Wagens.

LOREN *zuckt zusammen* Jetzt fahren sie weg.

RHODA Du mußt doch hören, daß der nicht wegfährt, sondern kommt.

LOREN Richtig. Ich bin nicht ganz beisammen. Es ist Bills alte Kiste. Sie kommen vom Locust-Pond.

Das Motorengeräusch verstummt, man hört verworrene Stimmen, versteht nur, daß es sich um einen Abschied handelt, dann fährt der Wagen wieder an, entfernt sich langsam.

RHODA und LOREN *stehen wortlos, in einigem Abstand voneinander, ohne sich anzusehn.*

JOLLY ATWOOD *kommt über die Stufen der Terrasse herauf, in nicht ganz sicherem Gang. Er trägt, wie manche englische Offiziere, einen kleinen, aufgezwirbelten Schnurrbart, der das Weichliche in seinem Gesicht hervorhebt, Manchester-Breeches, Schnürstiefel mit Gamaschen und eine bunt karierte Sportjacke. Hält eine doppelläufige Rifle in der Hand.*

JOLLY *nach rückwärts rufend* By By Bobby! Seh dich heute abend im Club, vergiß die Wette nicht! *Kommt herein* Ah, da seid ihr! Schade. Wenn ich gewußt hätte, daß hier eine kleine Sonnscheinparty im Gange ist, hätte ich Bobby mit hereingebeten. Aber er hat schon Schlagseite, besser so.

RHODA Hier ist keine Party im Gange.

JOLLY Stimmt. Da steht nur ein Glas, bei der Flasche. Eine richtige Party, das wären zwei. *Zu Loren* Mir würde das nicht passieren, ich feiere immer richtig – wo's was zu feiern gibt. *Zu Rhoda* Du erlaubst wohl. *Er lehnt seine Rifle an die Wand, nimmt ein frisches Glas, setzt sich, schenkt sich Whisky ein, trinkt ohne Wasser.*

RHODA Wir hatten ein Gespräch, das auch dich angeht. Loren verläßt uns.

JOLLY *setzt das Glas ab* Das ist doch nicht möglich. Das können Sie doch Rhoda nicht antun. Ich meine, der Farm. Rhoda und Atwood's Farm, das ist so gut wie dasselbe.

RHODA Sein Sohn heiratet.

JOLLY Dave? Donnerwetter. Wohl ein Mädchen von Stockville-Village. Und da wollt ihr nun wieder eure eigene Bude aufmachen – verstehe. Aber muß das gleich sein? Ich dachte, er hätte jetzt andere Sorgen – *Trinkt, lacht* Wissen Sie, da sollte er mal mit mir sprechen, ich sage ihm, wie man's macht. Ich sollte ja auch zur Armee, schon mehr als zehn Jahre geht das, aber für mich kommt sowas nicht in Frage. Wie ich das drehe? Ganz einfach. Ich lasse mich psychiatrieren. Oder sagt man psychiatrisieren? Na, ganz egal. Ich fange auf dem Büro zu flennen an, mein Weib, meine Kinder, meine seligen Eltern undsoweiter – schon lieg ich bei Mr. Freud auf einer Couch drauf, und dann erzähl ich dem was, da läuft ihm das Wasser im Mund zusammen: alle Schulfälle in einer Person, erbliche Belastung, schweres Kindheitsrheuma, oder treuma, wie das heißt, angeborener Alkoholismus, Mutterfixierbad, dabei kann ich mich an die Alte gar nicht erinnern, komplizierter Komplexbruch, sexuelle Hemmungen, explosive Triebreaktion, Verfolgungwahn, kriminelle Zwangsneurose – ich werde behandelt wie ein rohes Ei und schon sitze ich wieder im Golfclub, für ein, zwei Jahre, bis zum nächsten Mal. Aber das muß man können. Wen heiratet er denn?

LOREN Tut nichts zur Sache.

RHODA Warum? Im Club heute abend wird er es doch erfahren, wenn man sie zusammen wegfahren sieht.

LOREN Almeida Lundborg.

JOLLY Almeida – *Setzt sein Glas hart auf, beginnt wiehernd zu lachen* – ist ja zum Schrein. Zum Schreien!

LOREN *herausfordernd* Warum? Was haben Sie dagegen?

JOLLY Nichts, gar nichts, nicht das geringste. Wissen Sie, warum ich lachen muß? Wir hatten grad eine Wette abgeschlossen, über Almeida, ist das nicht komisch? Ich muß immer lachen, wenn etwas so zufällig zusammentrifft.

LOREN Was für eine Wette?

JOLLY Ach, nichts von Belang – nur, ob wir sie dazu kriegen, mit ihrem Striptease in unserem Club aufzutreten. Ich habe sie in der Stadt gesehn, da kann man nur sagen – *Er pfeift laut.* Gratuliere, Loren. Da habt ihr ausgesorgt, die verdient für drei. Vater, Sohn, und der heilige Geist sorgt für die Scheine – *Lacht.*

LOREN *steht mit gesenktem Kopf und geballten Fäusten.*

RHODA Du solltest schlafen gehn, Jolly, du mußt todmüde sein.

JOLLY Gar nicht, sowas putscht auf. *Schenkt sich ein* Ich muß euch erst noch vom Kranichtanz erzählen, also sowas, das habt ihr noch nicht gesehn – *Trinkt, dann zu Loren* Gratuliere, Loren. Hätt' ich ihm gar nicht zugetraut. Den Geschmack. Eine Figur – na, man kennt sie ja.

LOREN Von den Zeitschriften, meinen Sie. Das ist ein seriöser Beruf, heutzutage, schwere Arbeit, das Fotomodellieren, gut bezahlt, durchaus ehrenwert, das machen viele anständige junge Frauen, heutzutage.

JOLLY Stimmt. Stimmt, und beim Striptease, da schaut noch mehr heraus.

LOREN Das mit dem Striptease, das ist nicht wahr. Das habt ihr euch ausgedacht.

JOLLY Mann, ich sage Ihnen doch, ich habe sie selbst gesehen, nackt, bis auf eine, eine bunte Masche und ein Glückskleeblatt – *Lacht* – ausgerechnet Glücksklee –

LOREN Sie wollen behaupten, daß die Frau meines Sohnes eine Hure ist?

JOLLY *plötzlich etwas ernüchtert* Das ist ein hartes Wort. Ein häßliches Wort. Man soll das alles nicht so tragisch nehmen. Hören Sie zu, ich muß Ihnen einen Witz erzählen, von einem jüdischen Bankier –

LOREN *dreht sich um, will hinausgehen.*

RHODA *die abgewandt auf der Terrasse gestanden hat, dreht sich um* Du wolltest uns von den Kranichen erzählen. Bleiben Sie, Loren.

JOLLY Ja, bleiben Sie, bitte, gehn Sie nicht fort! Wenn Sie weggehn, hat Rhoda gar keine Hilfe mehr, auf der Farm, ich kann ihr nicht helfen, was soll dann aus ihr werden, dann geht sie auch, dann geht sie vielleicht auch – *Weinerlich* Aber ich brauche Rhoda ... Ich brauche sie – gehn Sie nicht weg. Loren, bitte, bitte!

RHODA Bleiben Sie, Loren.

LOREN *bleibt bei der Tür stehn.*

RHODA Er wollte uns von den Kranichen erzählen.

JOLLY *fast ängstlich, wie ein Kind* Soll ich – wirklich –?

RHODA Ja.

JOLLY Aber nur, wenn du mir versprichst –

RHODA Erzähle.

JOLLY *leert sein Glas* Also ich sage euch, das kann man sich nicht vorstellen – wie wenn Verrückte tanzen – oder ein Stockbesoffener – die sind ganz weg, die hören und sehen nichts, man muß sich nur vorher gegen den Wind anschleichen, Bill Cobb hat uns geführt, durch den Ladyslippersumpf – und plötzlich haben wir sie gesehen, ganz nah, aber ich konnte nicht schießen, ich mußte lachen, ich habe Tränen gelacht, und als Bobby dann geknallt hat, er hat natürlich nicht getroffen, da sind sie hochgegangen – *Er steht auf* –, mit ganz schweren, ganz langsamen Lappflügeln... *Er ahmt das Auffliegen nach.* Nein, das war nicht mehr komisch, aber vorher – stellt euch vor, das Weibchen, stocksteif, den Schnabel hoch, hochmütig, direkt kalt, also kaltherzig, da kann der arme Kerl sich drehen wie er will – und der dreht sich – so, schaut her – *Er dreht sich, mit hängenden Armen* – die Flügel, die läßt er so hängen, als wär'n sie gebrochen, oben am Gelenk – den Kopf wirft er hin und her, und dann geht es los, los, links, rechts, ein Bein hoch, das andere runter, wieder hoch, wieder runter, und dann hupps! mit beiden zugleich in die Höhe, immer um sie rum – man hört es platschen im Wasser, und dann plötzlich, das Geschrei – *Er lacht, geht schwankend zur Wand, dreht am Radio* – ja, da kommt was – das paßt – *Aus dem Radio dringt eine wilde, trommel-unterlegte Tanzmusik, negerhaft, wie von einer Jam-Session.* Jetzt paß auf, Rhoda – so – so – so – *Er springt um sie herum, schüttelt die Arme wie zitternde Vogelschwingen, beginnt zu kreischen* Whoop! Rhoda! Whoop! Rhoda, Rhoda – Whoop, Whoop, Whoop, Whoop – Rhoda –

RHODA *nimmt seine Doppelflinte, hebt sie langsam, schießt zweimal auf ihn.*

JOLLY *stürzt zu Boden, preßt die Hände unterhalb des Herzens auf den Leib, stöhnt leise.*

LOREN *will rasch zu ihm.*

RHODA Bleib. Es ist gleich vorüber. Ich habe gut gezielt.

JOLLY *hebt den Kopf, starrt beide an, leise* Was habe ich euch denn getan? *Sein Kopf fällt zurück, er liegt still.*

DAVE *erscheint hinten auf der Terrasse.* Vater? Ist was passiert? Wir wollten gerade fahren –

LOREN *in der Terrassentür, so daß er Dave Eintritt und Sicht verwehrt* Nichts, gar nichts. Jollys Flinte ist losgegangen, es ist nichts passiert –

DAVE Ich dachte – wenn was wäre, wenn du mich brauchst, Vater –

LOREN Nein, Dave. Es ist alles in Ordnung. Geh nur.

DAVE Ich wollte noch sagen, vielleicht, wenn's gut geht – nach der Dienstzeit, man kann ja nicht wissen, vielleicht interessiert sie sich doch für die Farm, sie ist ja von hier –

LOREN Geh jetzt!! Ich bitte dich.

DAVE Na ja. Wie du willst. Mach's gut, Vater.

LOREN Danke. Du auch.

DAVE *geht.*

Man hört das Anfahren des Wagens, das Geräusch erstirbt.

LOREN *hat sich ins Zimmer zurückgewandt.*

RHODA *steht neben dem Toten, hat das Gewehr auf den Tisch gelegt. Ruhig* Geh zum Telefon, Loren. Ruf den Sheriff an.

LOREN Es war ein Unfall. Ich war dabei, ich kann es bezeugen. Die Büchse ist losgegangen, das kommt öfters vor – Es war ein Unfall ...

RHODA Es war Mord. Ich nehme ihn auf mich. Es war Haß, es war Liebe. Ich nehme sie auf mich. Es war meine eigne Tat, mein freier Wille.

Sie ist zur Terrassentür getreten, hat einen Fuß auf die niedrige Fensterbank gesetzt, den Ellbogen aufs Knie gestützt, das Kinn in die Hand geschmiegt, so steht sie, und schaut auf den Toten, mit einem unbeschreiblichen Blick. Es ist der Blick der Priesterin und des Opfers.

LOREN *geht hinaus.*

Heimkehr

Erste Fassung einer »Mainzer Kantate«

DER HEIMKEHRER
DER GEBLIEBENE
DIE KINDER

I.

DER HEIMKEHRER

Wo bist Du, Stadt, die ich suche?
Als ich fern war, hab ich Dich immer gesehn,
Den rauchgrauen Schiefer der Dächer, den rötlichen
Sandstein der Mauern.
Ich konnte Dich nicht verwechseln
Mit irgendeiner anderen Stadt aus Sandstein und Schiefer,
Du warst mein
Hinter geschlossenen Lidern
In der Narkose des Tagschlafs
An fremden Küsten.
Mir gehörten
Deine schmalen Erker, und die Geranien
Vor ihren Fenstern. Mir
Jeder Glockenstuhl
Deiner vielen Türme. Wo
Sind die Türme hin? Ach
Der Himmel ist leer.
Meine Augen, weit aufgerissen,
Scheinen blind und blicklos:
Gott hat die Welt
Noch nicht erschaffen, und des Menschen
Vergessen. Ein Haufen Schutt
Ist seiner Hand entfallen, darin schlurft
Mein Schritt. Und es geschieht
Kein Laut, es hebt sich keine Stimme.
Bin ich allein, verlor'n in der Wüste,
Die Schicksal heißt? Wo bist Du, Stadt,
Wo hör' ich sie, Deines Volkes Stimme?

DER GEBLIEBENE

Hörst Du sie nicht?

DER HEIMKEHRER

Nichts
Als das Ziehen des Stromes.
Darunter
Ist sie versunken, die Stadt. Sie schläft
Unter den zornigen Wogen.
Und ihres Volkes Stimme ward
Ertränkt.

DER GEBLIEBENE

Hörst Du sie nicht?

DER HEIMKEHRER

Nichts als das tote Schlurfen
Meiner Schritte im Schutt.
Nichts
Als des Stromes Ziehen.

DER GEBLIEBENE

Hörst Du nicht?

KINDER

noch fern, leise
Ene dene dusmané,
Riwwele rawwele sondané,
Eckebrod, Sondernot,
Dusseh!

DER HEIMKEHRER

Erinnerung. Im Traum oft spiele ich
Mit den kleinen glatten
Kugeln aus buntem Stein. Dann
Höre ich solche Weisen. Dann
Wach ich auf, und hatte eben noch
Die Kerzen flimmern sehn,
Das Knie gebeugt
An der Bank des Heiligen Brotes.
Doch ich bin wach, mein Blick ist leer,
Und meine Augen brennen.

DER GEBLIEBENE

Mir brannten die Augen
Als das Feuer durch die Gassen stob.

Mein Haus krachte zusammen. Doch ich habe
Etwas Bettzeug gerettet, und meiner Mutter Bild.
Jetzt bin ich ohne Dach.

DER HEIMKEHRER

Ich floh ohne Bettzeug,
Und meiner Mutter Bild
Blieb an der Wand. Doch hab ich
Im fremden Land eine Rast gefunden,
Ein Dach überm Kopf,
Ein Polster, mein Haupt zu betten
Nach der Arbeit. Ich träumte dann
Von Dir.

DER GEBLIEBENE

Von mir?

DER HEIMKEHRER

Von uns. Von unsrer Stadt.

DER GEBLIEBENE

Ich weiß. Ich kenne Deine Träume.
Es sind die Deinen von gestern,
Die meinen von heut, die unsrer Kinder
Von morgen. Wir träumen zurück
Zum Ursprung, den die Sonne schuf.

DER HEIMKEHRER

Sie sank.

DER GEBLIEBENE

Wir träumen zurück
Ins Rauschen der Geschichte.

DER HEIMKEHRER

Sie zerrann.

DER GEBLIEBENE

Erwachend nennen wir
Die großen Namen.

DER HEIMKEHRER

Sie sind nicht mehr.

DER GEBLIEBENE

Sie sind.

DER HEIMKEHRER
Gewesen
DER GEBLIEBENE
Unvergänglich.
DER HEIMKEHRER
Verklungen.
DER GEBLIEBENE
Nicht ihre Tat.
DER HEIMKEHRER
Verweht
Wie dürre Blätter.
DER GEBLIEBENE
Was sie schufen
DER HEIMKEHRER
Dahin.
DER GEBLIEBENE
Was sie bauten.
DER HEIMKEHRER
Zerfallen.
DER GEBLIEBENE
Agrippa, Drusus, Alexander –
DER HEIMKEHRER
Zu Staub.
DER GEBLIEBENE
Crescenz, gesandt von Paulus dem Apostel,
Blutzeuge Christi.
DER HEIMKEHRER
Ward im Strom ertränkt.
DER GEBLIEBENE
Die Hohen Priester
Bonifazius, Lullus.
DER HEIMKEHRER
Heimgekehrt
zu Gott.
DER GEBLIEBENE
Die Meister

Der weisen Staatskunst
Rhabanus Maurus, Hatto, Willigis –

DER HEIMKEHRER

Sie waren Erde –

DER GEBLIEBENE

– der als Erster
den deutschen Kaiser krönte.

DER HEIMKEHRER

– und sie wurden Erde.

DER GEBLIEBENE

Gerhard von Eppenstein –

DER HEIMKEHRER

In Stein gemeißelt
auf einem Grabmal.

DER GEBLIEBENE

Dieter von Isenburg
Adolph von Nassau

DER HEIMKEHRER

Namen und Wappen
Auf Grabesplatten.

DER GEBLIEBENE

Arnold Walpod, Gründer des Städtebundes.

DER HEIMKEHRER

Wo sind die Städte?

DER GEBLIEBENE

Wo Du stehst.

DER HEIMKEHRER

Ich denke ihrer Glocken
Die schweigen.
Ich denke ihrer Türme
Die fielen.
Ich denke ihrer Kirchen:
Sankt Stephan, Sankt Ignaz, Sankt Quintin,
Sankt Christoph, Sankt Emmeran, Sankt Peter.
Der Himmel ist leer

KINDER

näher, lauter

Dibbes dabbes dobbes dumm
Dobbich hipp im Kreis erum.
Dibbes dabbes dobbes dutt,
Unser Schul is auch kaputt!
Juchhe!

DER GEBLIEBENE

Auf jeder Schule
In der ganzen Welt
Unsichtbar oder sichtbar
Prangt der Name:
Johannes Gutenberg.

DER HEIMKEHRER

Und die Kinder jubeln,
Wenn die Schule brennt.

Das Schwarzkünstler-Lied
(Terzett, Duett oder Solo)

Der Gensfleisch, der Schöffer und der Fust
Taten die Schwarzkunst betreiben
Der eine mit List, der ander mit Lust
Der Dritte mit Pfandbriefschreiben.
Haben greislich
Experimentiert
Sich scheißlich
Mit Teer und Pech beschmiert –
  Hätten die gewißt
  Was eine Zeitung ist
Sie hätten's lassen bleiben.

Taten Pech, Teer und Ruß
Zu Druckerschwärz verreiben
Wie ein Latwerchenmus
Haben Stäbchen gemacht

Aus hartem Buchenholz
Ein apparatum erdacht
Darauf warn sie recht stolz
Mit dickem Preßgebälk und Rädern zum Treiben –
  Hätten die gewißt
  Was Journalistik ist
Sie hätten's lassen bleiben.

Der Gensfleisch, der Schöffer und der Fust
Die haben was Rechtes erfunden
Besser und schöner
Hat's uns nit gemacht
Von Bosheit Neid übler Nachred
Keinen abgebracht,
Doch haben sich wacker geschunden
In die Händ gespuckt
Das erste Flugblatt gedruckt
Hinten bei den krummen Gassen
  Hätten die gewißt
  Was ein Wahlkampf ist
Sie hätten's bleiben lassen!

Homer hat vorher gesungen
Jesus die Liebe gelehrt
Mit Engelszungen
Sallust und Tacitus haben früher berichtet
Walther und Wolfram ihre Lieder gedichtet
Ohne Presse und Druckerschwärz
Wie die Amsel im März.

Doch etwas Gutes
War an der Sache schon:
Wir Schwarzkünstler
Leben davon.

II.

KINDER

Ich will Dir was verzeele
Von de alte Beele.
Wennse kei Katoffel hawwe
Dann könnese auch kei scheele.
Schliwwer un kei Kohle,
Am Ma'kt is nix zu hole,
Un wo ma nix zu hole hat,
Da braucht ma nix zu zohle!

DER HEIMKEHRER

Hier,
Wo der Rest des alten Brunnens steht
Im Schatten des Domes
Kenn ich Dich wieder, Stadt.
Doch wenn mein Blick sucht
Über die Dächer hin –
Sie sind nicht da.
Leer ist der Himmel,
Und mein Blick schweift
Wie übers brache Feld
Darauf die Sperlinge
Vergessne Körner picken.
Selbst die Tauben
Die um den Brunnen gurrten
Sind nicht mehr,
Der Hunger
Hat sie erwürgt.
Einsam ein Falke rüttelt
Überm Turmgerüst
Und in den Trümmern stochern
Verstörte Menschen
Nach verkohltem Holz.

KINDER
Klicker klicker klicker
Vom Fresse werd ma dicker
Vom Hungern werd kein Lump nit satt
Un wenn er hunnert Klicker hat –
Klicker klicker klicker
Vom Trinke werd ma schicker
Un wer nix mehr zu trinke hot
Der zuckelt an der Brunnezott
Klicker klicker klicker
Die Klicker muß ma schasse
Es brennt in alle Gasse
Dusseh!

DER GEBLIEBENE
Ich bin der Dom.
Bald sind es tausend Jahr
Daß ich hier stehe. Doch schon am Tag
Der ersten Weihe, neun Jahre nach
Dem Jahre Tausend, brach ein Feuer aus
Das mich niederlegte. Im Viertel eines
Jahrhunderts ward ich neu erbaut.
Seitdem hat Krieg und Feuer
Menschenhand und blindes Element
Mich oft zerstört: und immer wieder
Hat Menschenhand und Menschenfleiß
Mich neu errichtet:
Zu Gottes Ewiger Ehre.
Denn wozu sonst
Stünde ich, inmitten der
Verwüstung?

DER HEIMKEHRER
Ich bin der Strom. Ich bin
Das unaufhaltsame Wasser.
Wer kann mich zerstören?
Selbst die Wut der Flammen
Erlischt in meinem Schoß.

Die Brückenpfeiler bersten
In meiner Mitte:
Doch die Wasser eilen
Darüber hin. Manchmal trat ich
Aus meinen Ufern, habe die niedern Gassen
Überflutet, und mich vollgeschluckt
An ihrem kleinen Kram. Dann flohn die Menschen
Die steilen Gassen aufwärts
Und starrten angstvoll in
Mein gelbes Zorngesicht.
Doch die Wogen
Glätten sich wieder, die Brückenpfeiler
Wachsen aus meinem Drachenblut,
In meinem Ziehn und Reißen
Ist Stetigkeit. Die Völker kommen
Und gehn. Was Menschenhand
Erbaute, steht und fällt, und wird
Neu aufgerichtet. Ich bleibe
Die große Schlange der Urzeit
Ich bleibe
Und bleibe nie.

KINDER

Ene dene dusmané
Riwwele rawwele sondané
Sorjebrot – Hungersnot –
O weh!

DER GEBLIEBENE

Als nur Du warst
Der Strom
Und nichts als der Wind
Der darüber hinging
Da war schon
Mogo
Das Feuerrad
Der Sonne.
Mogo

War vor dem Strom
Und vor den Ufern.
Mogo
War vor den Menschen.
Das erste Opfer
Galt ihm. Der erste Tempelstein
Ward ihm errichtet.
Sein Name
Prägte die Stadt.
In seinem Zeichen
Ist sie erstanden,
In seinem Feueratem
Wird sie neu erstehn.

DER HEIMKEHRER
Um wieder zu vergehn.

DER GEBLIEBENE
Nichts vergeht.

DER HEIMKEHRER
Alles vergeht.

DER GEBLIEBENE
Alles kommt wieder.

DER HEIMKEHRER
Nichts wiederholt sich.

DER GEBLIEBENE
Doch Mogo lebt.

DER HEIMKEHRER
Mogo lebt!

DER GEBLIEBENE
So wie die Kinder leben –
Im Spiel.

DER HEIMKEHRER
Mogo – das Weltenrad,

DER GEBLIEBENE
Aus feuriger Substanz.

DER HEIMKEHRER
Die zeugt und vernichtet,

Die gebiert und verschlingt.

DER GEBLIEBENE

Mogo – Sonne im Osten – Sonne im Westen –

DER HEIMKEHRER

Im Untergang.

DER GEBLIEBENE

Im Aufgang!

DER HEIMKEHRER

Zeugnis des ewigen Lebens, Zeugnis
Der umfassenden Lehre.

DER GEBLIEBENE

Im Untergang!

DER HEIMKEHRER

Im Aufgang!

DER GEBLIEBENE

Zeugnis der Erlösung!

BEIDE

Du lebst! Stadt
Die wir suchen. Du lebst
Und Du wirst leben.

KINDER

fern, leise

Ene dene dusmané
Riwwele rawwele sondané
Eckebrot, Sondernot
Dusseh!

Das Leben
des Horace A. W. Tabor

Ein Stück aus den Tagen der letzten Könige

Vornotiz für das Theater

Zeit dieses Stückes: die Zeit der großen Improvisationen.
Ort: die Welt der unerhörten Glücksfälle, der enormen Verluste.

Beides muß im Stil der Bühneneinrichtung zum Ausdruck kommen. Die genaue Beschreibung der Örtlichkeiten im Buch soll dazu lediglich die charakteristischen Grundzüge erstellen.
Rasch wandelbar von der Armut zum Glanz, vom Reichtum zur Dürftigkeit, sei das Dekor, bei aller Realität der Gestalten, auf suggestive Andeutung beschränkt. Nichts sei so ausgebaut, als habe es Dauer und Bestand.
Jedoch sollte immer, über und hinter dem Rahmen dieser unbeständigen Behausung, durch Projektionen oder Prospekte – wenn auch schattenhaft – die überdauernde, unbeteiligte Umwelt sichtbar sein: die kalten Berge, die blassen Fassaden der Stadt.

Personen

HORACE AUSTIN WARNER TABOR
AUGUSTA TABOR, seine Frau
FATHER ALCUIN DYER, genannt ›Der Schneeschuhtippler‹
JOHN SAVAGE, ehemals Medizinmann der Cheyenne-Indianer
BUCKSKIN JOE, (Hirschleder-Joseph), alter Goldgräber
›PROFESSOR‹ GOLDRICK, Redakteur der ›Rocky Mountain News‹
›COUNT‹ MURAT, Friseur
›UNCLE DICK‹ STEVENS, alter Prospector (Erzschürfer)
›CHICKEN-BILL‹ (Hühnerschnabel) LOVELL, Prospector
WILLIAM H. (Bill) BROWN, Minenspekulant
FREDDY BROWN, sein Sohn
SIMON GUGGENHEIM, Kaufmann
MICHAEL (Mike) MOONEY, Vorarbeiter in den Minen
WINFIELD SCOTT STRATTON, Zimmermann, später Bonanzamillionär
GEORG (Schorsch-Kall) HOCK } Schumacher aus der Pfalz,
GUSTAV (GUSCHDL) RITSCHE } später Bonanzamillionäre
FERDINAND VAN ZANT } Bonanzamillionäre
MARSHALL FIELD }
HENRY MOORE TELLER, Senator, später Innenminister
›POP‹ WYMAN, Manager für Barbetrieb und Animiermädchen
ELIZABETH BONDUEL BABY DOE-McCOURT
HARVEY ›VULTURE‹ (Aasgeier) DOE
MINNIE JUNGHUHN, Kammerzofe aus Hannover
JEANIE CHERRY-BLOSSOM SUSIAN, Chinesenmädchen, 12 Jahre

Statisten

CHESTER ARTHUR, Präsident der Vereinigten Staaten
MRS. CHESTER ARTHUR
Festgäste, Kellner, Bediente, ein Negerboy
Einige unzweifelhafte Gestalten

Erster Akt

Colorado, April 1879

Erste Szene

Tabors Post-Office und Store in Leadville, Colorado, – einer längst abgewirtschafteten, ehemaligen Goldgräberstadt, die jetzt nur noch ein paar mäßig produzierende Bleiminen und Quarzmühlen betreibt. Sie besteht aus einigen Dutzend primitiver Bretterhütten – von denen immer die Hälfte abgebrannt ist und gerade wieder neu zusammengehämmert wird –, zwei ›Saloons‹ mit Damenbedienung, und Tabors Poststation, die sich auch Tabors ›Hotel‹ nennt, da es darin einen überzähligen Raum gibt, in dem Durchreisende auf zweistöckigen Holzgestellen übernachten und sogar verpflegt werden können. Der Ort ist von finsteren, größtenteils abgeholzten Steilhängen umgeben und liegt Tag und Nacht unter dem Qualm der gelben, giftigen Schwefeldämpfe, die die Blei-Schmelzöfen hervorstoßen.

Die Bühne zeigt das Innere eines aus Balken und Brettern roh gezimmerten Raumes, der durch ein Pappschild mit großen, gemalten Buchstaben als Postoffice gekennzeichnet ist. Rechts hinten befindet sich ein ähnliches Schild mit der Aufschrift General-Store. Dort ist der offene Eingang zu einem als Verkaufsraum dienenden Schuppen, der aber nur im Anschnitt zu sehen ist. Weiter vorne ein anderes Schild mit der Aufschrift Bar, es befindet sich aber dort nichts als ein klobiger Tisch und ein paar umgestürzte Kisten als Stühle sowie zwei holzverpfropfte Gallonen-Krüge, der eine mit ›Rum‹, der andere mit ›Whiskey‹ beschriftet. Links vorne, über einer mit Sackleinen verhängten Türöffnung, ein weiteres Schild mit der Aufschrift Hotel. Links hinten ist eine unbezeichnete Türöffnung, mit Fellen verhängt, die zu Augustas Küche und dem Schlafraum der Tabors führt. Ein großes Fenster ist jetzt durch einen Holzladen verschlossen. Es ist spät am Abend, draußen tobt ein Schneesturm, den man dann und wann heulen und an den Dachsparren rütteln hört. In der Mitte hinten ein rotglühender Eisenofen, dessen Rohr den ganzen Raum überquert. Rechts und links davon an den Wänden hängen Winchesterbüchsen, Pistolen und Patronen-

taschen, seitlich ist ein Regal mit Werkzeugen, da und dort sind ein paar bunte Kalenderblätter im Stil von Currier & Ives angeheftet. Brennende Talglampen mit eingegossenen, breiten Dochten und geschliffenen Metallschirmen zur Reflexion geben ein starkes Licht, das den Raum taghell erleuchtet. Die eigentliche Haustür befindet sich, für den Zuschauer unsichtbar, in dem rückwärtigen Verkaufsschuppen, eine kleinere Seitentür rechts vorne.

Um den Ofen herum, an der Rückwand, stehen und lehnen einige Männer, rauchen oder kauen Tabak. Es sind Buckskin Joe (Hirschleder-Joseph), ›Professor‹ Goldrick, ›Count‹ Murat, ›Uncle Dick‹ Stevens. Auf einer der Kisten am Tisch fleezt sich William (Bill) Brown, bedient sich aus der Whiskeygallone. In einer Ecke, ebenfalls auf einer Kiste, sitzt, in sich zusammengesunken, John Savage, der Indianer, ein umgefallener, leerer Becher neben ihm. Da er die Augen halb geschlossen hält und sich kaum bewegt, kann man nicht merken, ob er betrunken ist. Ganz vorne, wo es am hellsten ist, hocken Freddy Brown, Bill Browns Sohn, und Jeanie Cherry-Blossom Susian auf dem Boden, spielen eine Art Lotto mit Holzwürfeln und bunten Bachkieseln, dessen Muster auf ein Brett gemalt und von Susian mit chinesischen Schriftzeichen verziert ist. Freddy ist ein übermannshoch aufgeschossener Jugendlicher, Susian ein zwölfjähriges Mädchen, deren Mutter Chinesin war.

Was die Kleidung anlangt – und dies gilt für das ganze Stück –, so ist alles Wildwestlich-Kostümierte, jede Trapper- und Grenzermaskerade streng zu vermeiden. Die meisten dieser Leute sind Arbeiter, sie schaffen in den Minen oder betreiben ihr Gewerbe in deren Umgebung, und sie tragen sich nicht viel anders, wie Arbeiter unter ähnlichen Umständen und in ähnlicher Umgebung sich heute kleiden. Buckskin Joe, eine verwitterte Gestalt aus der alten Zeit, ist zwar ganz in Hirschleder gewandet, jedoch ohne irgendwelche Fransen- oder Trophäenverzierung, – man sieht, daß er sich diesen Anzug vor Jahren einmal selbst geschneidert hat, und ihn immer noch trägt, weil er keinen anderen besitzt; wo er aufgeplatzt ist, tritt das aus alten Zuckersäcken eingenähte Futter zutage, das Leder ist abgeschlissen und verschmiert, die langen, ausgebeulten Hosen stecken in Schaftstiefeln. Auch die anderen Männer tragen meist derbe Schaftstiefel, in denen die Hosen stecken, die

Anzüge sind aus grobem Zeug oder verblichenem, gerippptem Manchesterstoff, auch die bunten Wollhemden, nicht anders als die der heutigen Holzfäller oder Landarbeiter, sind ausgewaschen und abgetragen. Nur Bill Brown, Geschäftsmann, trägt einen etwas neueren Anzug mit Messingknöpfen, Weste, Uhrkette, – und ›Count‹ Murat eine nicht mehr ganz weiße Friseurjacke überm Wollhemd, – wogegen ›Professor‹ Goldrick, Redakteur der ›Rocky Mountain News‹, in seiner Kleidung von allen anderen absticht; grauer Gehrock mit seidenen Aufschlägen, breite weiße Krawatte, zitronengelbe Weste. Er ist auch der einzige, der zu diesem extravaganten Anzug deutlich sichtbar einen ›44-Colt-Revolver‹ im Halfter trägt, und sein hellgrauer, halbhoher Zylinder liegt, mehrfach durchschossen, neben ihm auf einem Bord. Die anderen Männer tragen, wenn sie kommen und gehen, durchweg die schwarzen, langkrämpigen Hüte dieser Zeit (sogenannte ›Slouch-Hats‹), ihre Wintermäntel sind aus angedunkeltem Schafspelz, das Fell nach innen. ›Uncle Dick‹, mit rotem Gesicht und struppigem grauem Haar, hat eine blaue Monteurjacke an, aus deren Taschen einige metallurgische Instrumente ragen, kleiner Spitzhammer, Steinbohrer usw. Auch John Savage, der Indianer, trägt Jacke, Wollhemd, ausgeflickte Hosen wie die anderen, dazu einfache weiche Mokassins. Sein schwarz-grau meliertes Haar hängt halblang über die Ohren, ist in der Mitte gescheitelt und hinten im Genick zusammengeflochten. Dadurch, und überhaupt, hat sein dunkles, vielfach verrunzeltes und zerfurchtes Gesicht etwas Altweiberhaftes und zugleich etwas Unheimliches, das kaum zu erklären ist, vielleicht eine unheimliche Art von Traurigkeit. Er wird im allgemeinen von niemandem beachtet und sitzt in seiner Ecke, als gehöre er zum Mobiliar.

Tabor ist im Verkaufsschuppen mit der Bedienung von Kunden beschäftigt: man sieht ihn zunächst nur von rückwärts oder von der Seite, während die Einkäufer unsichtbar bleiben. Er ist ein großer, kräftiger Mann um die Fünfzig, etwas zur Leibesfülle neigend, mit dichtem dunklem Schnurrbart, das Haar an der Stirn und auf dem Scheitel ein wenig gelichtet. Er hinkt kaum merklich, es wirkt mehr wie ein leicht schlenkernder Gang.

TABOR Bohnen – wie? einen Zentner?! und einen ganzen Eimer Molasse? Mann, weißt du denn nicht, daß Winter ist! Vor Ende Mai krieg ich nichts mehr herein. Ausgeschlossen. Ich kann nur in kleinen Quantitäten abgeben, auch wenn ihr da droben Kohldampf schiebt, es gibt ja noch andere, die wollen auch was haben... Fünf Kilo. Fünf ist das Äußerste... Na gut. Ich geb dir zehn. Sie sind aber teurer geworden.

STIMME *hinten* Wieso? Sind doch dieselben wie neulich.

TABOR Dieselben Bohnen, ja, aber nicht mehr dasselbe Wetter. Neulich, da hatten wir noch keinen Schneesturm. Es ist ein uraltes Gesetz der Wirtschaft: wenn die Ware knapp wird, steigt der Preis. Also meinetwegen. Ich geb's dir zum alten.

BROWN *verzieht seine Fuchsschnauze* Idiot.

TABOR Gib deinen Zuber her, ich wieg's dir ab. Wie geht's im Camp droben?

STIMME Beschissen.

UNCLE DICK *am Ofen* Leg schon los, alter Josepp. Erzähl deine Geschichte.

BUCKSKIN JOE Ihr kennt sie doch. *Beißt seinen Priem ab.*

PROF. GOLDRICK Ich gebe zu, ich hab sie einmal gehört, aber das ist lange her, und wenn ich schon in diesem gottverlassenen Nest im Schnee stecken bleibe, will ich wenigstens eine gute Geschichte mit nach Haus bringen.

JOE *antwortet nicht, kaut.*

COUNT MURAT Wer interessiert sich heute noch für die alten Goldgräberschwarten. Sie sollten –

GOLDRICK Sagen Sie das nicht. Die jungen Leute, die sich in Chicago oder New York im Schaukelstuhl räkeln und meine Sonntagsbeilage verschlingen, können das Wasser kaum halten vor Blutdurst und Männlichkeit.

UNCLE DICK Chicago? New York? Dort liest man die ›Rocky Mountain News‹?

GOLDRICH Allerdings, dort liest man sie, ebenso wie in Boston und San Francisco. Das Neueste vom Felsengebirge – von Meer zu Meer. Ich kann sagen, wir sind ein Weltblatt geworden.

UNCLE DICK Und wenn du eine Lippe riskierst über die Zustände in den Minen, dann bläst dir einer von den Kalfaktern für zwei Dollar das Hirn aus dem Schädel.

GOLDRICK Dafür habe ich meinen Kugelfang. *Hebt seinen grauen Zylinder hoch, steckt den Finger durch ein Einschußloch* Man muß sich nur rechtzeitig ducken. *Geht in die Kniekehlen.*

MURAT Ich wollte sagen – Sie sollten meine Geschichte abdrukken, oder vielleicht die meiner Ahnen. Das tut keinem weh und macht Ihnen keine Feinde. Sie wissen, wenn es mit rechten Dingen zuginge, wäre ich heute –

GOLDRICK Millionär. Ich auch. Wir alle.

MURAT Ich bin der leibhaftige Neffe des Königs von Neapel, der einzige legitime Erbe seines Titels und seiner –

GOLDRICK Das ist mehr was für einen Heiratsvermittler. Aber dafür sind Sie nicht der Typ.

MURAT *beleidigt* Bitte, lassen wir das.

TABOR Frisches Gemüse? Wo denkst du hin, Jimmy, wo soll ich's denn hernehmen? Glaubst du, ich kann mir ein Salatbeet auf meiner Platte züchten? Da fällt mir ein, ich hab noch einen Kohlkopf, – nicht mehr ganz neu. Siehst ja aus, als würden dir die Zähne rausfliegen, wenn du mal niesen mußt. Ich laß ihn dir für zwanzig Cents, das ist mein Selbstkostenpreis, ohne Transport – Wie –? Nichts in der Tasche ... Na ja, dann zahlst du das nächste Mal. *Wirft ihm den Kohlkopf zu.* Hau ab.

BROWN Der wird hier nicht reich werden. Der huldigt dem Wahn, daß ein Mann ohne Geld auch ein Recht hat zu essen. Und dieser Laden könnte eine Goldgrube sein.

TABOR *kommt nach vorn* Also Gold mach ich zwar nicht, aber sonst kann ich nicht klagen. *Klopft sich auf den Gürtel* Dem äußeren Umfang nach scheine ich weniger Sorgen zu haben als du, Bill Brown.

BROWN Wie kommst du darauf, daß ich Sorgen habe?

TABOR Du siehst so gedankenvoll aus.

BROWN Stimmt. Ich denke darüber nach, warum ich in deiner stickigen Muffbude herumhocke, wenn es nicht endlich losgeht. *Nimmt ein Kartenpaket aus der Tasche, läßt die Karten wie eine Harmonika auseinander- und zusammenschnurren.*

TABOR Ich höre da häßliche Worte, alter Freund. Verschluck sowas lieber und sei froh, daß Augusta das nicht mitgekriegt hat, wo sie da drinnen kocht und es hier duftet wie im Paradies.

BROWN Paradies für senile Bohnen und frühreifen Whiskey. *Wirft die Karten auf den Tisch* Los, wer hält mit? Oder mußt du noch einen verwelkten Kohlkopf anbringen?

TABOR Moment, ich mach das Licht aus im Schuppen, damit keiner mehr kommt. *Geht nach hinten.*

GUGGENHEIM *kommt aus der Türöffnung, über der ›Hotel‹ steht. Er ist noch jung, höchstens dreißig, trägt einen Pelzmantel und städtisches Schuhwerk* Herr Posthalter! Ist für mich ein Telegramm angekommen?

DIE MÄNNER AM OFEN *stoßen sich an, grinsen.*

GUGGENHEIM Sie wissen, Guggenheim. Simon Guggenheim.

TABOR *hinten* Komme gleich.

GUGGENHEIM *knöpft seinen Mantel auf* Gottseidank, hier ist es warm. Da drinnen in dem ›Hotel‹ friert man sich die Nase ab.

GOLDRICK Warum sind Sie nicht früher hereingekommen? In dieser Todeszelle, die sich hier als Hotel camoufliert, hat man doch nur die Wahl, ob man in der oberen oder der unteren Bretterfalle die Leichenstarre erwartet.

GUGGENHEIM Ich wollte nicht stören.

UNCLE DICK Hier stört keiner, und wenn einer stört, dann fliegt er raus, da brauchen Sie gar keine Angst zu haben.

GUGGENHEIM Das beruhigt mich. *Zieht seinen Mantel aus* Frühling will's ja wohl auch nicht werden, hier bei euch im April.

BROWN Hier wird's überhaupt nicht Frühling, hier wird es gleich Sommer, und dann krepiert man am Hitzschlag und von den Mücken. Pokern Sie?

GUGGENHEIM Mit guten Spielern, ganz gern.

BROWN Hei Mann, Sie sollen uns kennen lernen.

TABOR *kommt zurück* Was soll es sein, Herr Gaggel – Goggel –

GUGGENHEIM Guggenheim. Komischer Name, ich weiß. Wir kommen aus der Schweiz.

TABOR Nehmen Sie das nicht so schwer. Wir haben alle komische Namen, und wir kommen alle aus einem komischen Land, unsere Väter wenigstens. Bill Brown hier zum Beispiel, der stammt aus Deutschland, deshalb ist er im Kopfrechnen so gut –

BROWN Ich will verdammt sein, wenn ich aus irgendeinem anderen verdammten Land stamme als aus diesem verdammten Land, und zwar aus Kansas, wo keiner weiß, wieviel Finger er hat, weil keiner bis fünf zählen kann. Was blieb mir da anderes übrig, als Mathematik zu studieren.

GUGGENHEIM Ich wollte nur fragen, ob für mich ein Telegramm angekommen ist.

TABOR Ein – was –?

GUGGENHEIM Ein Telegramm.

TABOR Ein Telegramm?!

DIE MÄNNER AM OFEN *lachen leise.*

GUGGENHEIM Ich erwarte es nämlich dringend, aus Philadelphia, vielleicht auch eine telegraphische Geldanweisung.

TABOR Ja, mein lieber Herr, wie soll ich das denn herkriegen? Da müßten wir doch einen Morseapparat hier haben oder wie das heißt, ich habe in meinem Leben noch nie so ein Ding gesehen, geschweige denn angefaßt!

GUGGENHEIM Sie wollen sagen, es gibt hier gar keine Telegraphenstation?

TABOR Die nächste ist in Denver, bei der Eisenbahn, dreißig Meilen von hier.

GUGGENHEIM Und wie kommt eine Depesche dann überhaupt hierher?

TABOR Zu Pferd, zu Fuß, per Wagen, oder gar nicht – hängt vom Wetter ab.

DIE MÄNNER *lachen.*

GUGGENHEIM Ich hätte gedacht, auf ein Post-Office gehört ein Telegraph, heutzutage –

TABOR Wir haben statt dessen einen Schnapsverkauf. *Die Männer lachen.* Aber Sie können auch Schießpulver, Jagdmesser, Dachpappe, Hacke und Schaufel, Säge, Hammer und Nägel bei mir haben, oder was Sie sonst brauchen, um sich hier durchzufretten.

GUGGENHEIM Ich habe nicht die Absicht. Entschuldigen Sie, wenn ich Sie belästigt habe. Für mich ist das peinlich, der Geschäfte wegen.

BROWN Was für Geschäfte, Herr Guggelein?

GUGGENHEIM Interessiert Sie das?

BROWN Ich bin selbst Geschäftsmann, vielleicht kann ich Ihnen einen Rat geben.

GUGGENHEIM *ebenso höflich wie reserviert* Verbindlichen Dank. Ich werde gern drauf zurückkommen, wenn ich einen brauche. Und wann, glauben Sie, wird wohl Post eintreffen?

TABOR Ich bin kein Wetterprophet, aber die Schneestürme dauern um diese Zeit manchmal fünf, sechs Tage, dann muß erst die Straße ausgeschaufelt werden.

GOLDRICK Sie sehen, Postmeister ist ein gemütlicher Beruf hier draußen, man zieht sich die Decke übern Kopf und wartet auf blauen Himmel.

TABOR Oder man pokert ein bißchen, damit man merkt, daß man noch bei Trost ist. *Setzt sich zu Brown, mischt Karten.*

BROWN Na endlich. Wer hält mit?

GOLDRICK Allemal – aber jetzt hab ich noch immer keine Geschichte.

UNCLE DICK *stößt Buckskin Joe an, der ungerührt vor sich hin kaut* Der könnt' Ihnen Geschichten erzählen, aber wenn er nicht will, dann will er nicht, da könnt ihr ihm die Zähne mit dem Steinmeißel auseinander brechen.

MURAT Widerlich.

BROWN Das weiß doch hier jedes Kind – er hat sich fünf Jahre allein in den Bergen herumgetrieben und nie so viel Gold gemacht wie eine Maus ins Stroh kackt. Aber einmal, im Winter, wie er schon am Verrecken war, da hat er einen Hirsch angeschossen und läuft dem Schweiß nach, quer übern Fluß – und rutscht aus auf dem Eis und fällt hin und stößt mit der Nase auf die flache Sandbank – und da liegt die Farbe, zum Aufheben. Hätte sonst sein Lebtag nichts entdeckt.

MURAT Widerlich.

TABOR *zu Goldrick, der sich eifrig Notizen macht* Das war neunundfünfzig, genau zwanzig Jahre her, ich bin damals hier angekommen, mit meiner kleinen Lady. Man hat von nichts anderem geredet in den Camps.

UNCLE DICK Die erste große Goldmine in Colorado – und der war der Besitzer. Schweres Gold, mehr als tausend Dollar am Tag.

MURAT Widerlich

GUGGENHEIM Und warum sitzt er heute nicht im Delmonico oder im Tiffany-Club und läßt sich die Nägel polieren?

BROWN Das waren keine Geschäftsleute damals, das waren Raufbolde und Abenteurer.

UNCLE DICK Hat alles in den Saloons gelassen und in den Taschen der anderen Pokerspieler.

BROWN Und bei Madmeusell Haidih und Molly Price und Sally Purple und den gottwohlgefälligen Rotstrümpfen – die haben sonst nichts an, deshalb heißen die so.

UNCLE DICK Quatsch, damals gab's hier noch keine Kultur, das war die Zeit von Betty Strohsack mit ihren fetten Mulattinnen, keine unter sechzig.

MURAT Widerlich

BROWN Na ja, irgendwo muß er's gelassen haben.

BUCKSKIN JOE *spuckt ausführlich auf den Boden.*

UNCLE DICK Da liegt Ihre Geschichte, Sie können sie aufheben. Mehr kriegen Sie aus dem nicht heraus.

GOLDRICK Danke, weiß schon genug. Daraus mache ich einen Salat in dreißig Fortsetzungen, Glanz und Elend eines Goldgräbers, von ihm selbst erzählt. *Zu Buckskin Joe* Hier, ich geb dir zehn Dollar Honorar, sollst auch was davon haben. *Gibt ihm einen Schein.*

BUCKSKIN JOE *wirft den Schein auf den Tisch* Einsatz. *Setzt sich zu Brown und Tabor.*

UNCLE DICK *lachend* Der Kerl ist nicht totzukriegen. Ihr werdet sehen, der nimmt uns noch hoch, heute abend.

GOLDRICK *während die Männer sich zum Spiel um den Tisch gruppieren* Ich sage, die Zeit der Bonanzakönige, die ist vorbei, und die kommt nicht wieder. Ich hab noch von keinem Goldwäscher gehört, der mehr gemacht hat als zwanzig Cents am Tag. Heute schindet man sich an den Schmelzöfen um ein paar Unzen Blei – das ist alles.

UNCLE DICK Na, und Fryer mit seiner ›Neuen Glücksgrube‹? Und Tom Wells und Billy O'Rourke und die drei Gallaghers?

TABOR Das sind irländische Rotköpfe, denen ist alles zuzutrauen, sogar daß sie Geld kotzen, wenn sie genug Whiskey gesoffen haben. Aber dann machen sie es gleich wieder zu Whiskey. Und Tom Wells hat seinen Anteil verspekuliert und sich eine Ladung Blei in den Mund gespritzt, und George Fryer, der hustet Blut. Nein Kinder, ich sage euch, Minieren, Goldwaschen, Erzschürfen, Prospekten, war immer der lausigste und jämmerlichste Beruf auf der Welt. Auf einen, der davon leben kann, kommen tausend, die dran krepieren. Wer nicht ganz vertiert ist, der läßt die Pfoten davon.

BROWN Du hast zehn Jahre gebraucht, um das herauszukriegen.

TABOR Zwanzig. Aber von denen hab ich genug. Einen lahmen Fuß, nebenbei, und zwei verkrüppelte Finger. Ich nehm es auf meinen Eid: mich bringt nichts mehr dazu, nichts in der Welt, je wieder ein Sieb oder eine Erzhacke anzufassen.

UNCLE DICK Du hast keine Traute mehr, Tabor, das ist es.

TABOR Nein, hab ich nicht. Diesen Luxus kann ich mir absolut nicht leisten.

UNCLE DICK Ich weiß nicht. Ich glaube, Ihr habt zu früh aufgegeben. Wo Carbonat ist und Blei, da steckt noch was anderes drunter.

GUGGENHEIM Gold?

UNCLE DICK Ich weiß nicht... Vielleicht kriechen wir hier alle wie die blinden Maulwürfe in einer Schatzkammer herum und wittern es nicht.

GUGGENHEIM Was man da hört, scheint nicht sehr ermutigend.

TABOR Stimmt. Von Ermutigung kann hier überhaupt keine Rede sein. Der Optimismus der Neuen Welt ist in meinem Geschäft nicht zu haben. Total ausverkauft.

GUGGENHEIM Wie wär's mit einem Whiskey statt dessen? Was kostet der Drink?

TABOR Einen Vierteldollar. *Schenkt ihm ein.*

BROWN Mann, tun Sie das nicht! Sie haben doch eine recht angenehme Stimme, sehen auch nicht aus, als wären Sie magenkrank! Wollen Sie den Rest Ihres Geldes an den Halsarzt verschwenden und sich ein Loch in die Speiseröhre brennen, das nie wieder zuheilt? Wollen Sie eine Zunge bekommen wie ein Reibeisen, die nie mehr ein frisch gebratenes Tenderloin-Steak von einem verfaulten Schellfisch unterscheiden kann?

TABOR Du kümmere dich um deine eigene Zunge, Bill Brown, sonst lasse ich dich eines Tages am rauhen Tuffstein lecken, bis du genug hast. Du weißt, ich bin Fachmann.

BROWN *hat inzwischen gemischt* Die Einsätze bitte. Freddy, bring die Kiesel. *Zu Guggenheim* Die benutzen wir hier statt Chips.

FREDDY BROWN *bringt eine alte Zigarrenschachtel voll Bachkiesel, aus der sich die Männer bedienen und dann ihre Einsätze machen. Freddy bleibt neugierig am Spieltisch stehen, während Susian ihr Lotto zusammenräumt und in die Küche geht.*

BROWN Wer kauft?

JOE Drei Karten.

MURAT Zwei.

GOLDRICK Drei.

TABOR Halt mal. Da ist doch was los!

Aus dem verdunkelten Schuppen hört man schwere Tritte, Pochen, dann die Stimme von

CHICKEN-BILL He, macht mal Licht hier, da stolpert man über die Nagelkisten mit einem verwundeten Mann!

BROWN Der Hühnerschnabel!

TABOR Gleich. Wer ist verwundet? *Nimmt eines der Lichter von der Wand, leuchtet nach hinten.*

CHICKEN-BILL *ein schmuddliger Mensch mit einer schnabelartigen Nase und entzündeten Säuferaugen, kommt schwankend herein, versucht einen anderen Mann zu stützen, der seine blutende rechte Hand in die Höhe hält. Es sieht aber viel mehr aus, als ob der andere Mann ihn stützen müsse. Dieser andere Mann ist Mike Mooney, Vorarbeiter in den Bleiminen, wie seine fahle, ungesunde Hautfarbe bezeugt. Sonst ist er von kraftvoller Gestalt, nicht viel jünger als Tabor, aber früher ergraut.*

CHICKEN-BILL Gebt mir rasch was zu trinken. Mich hat die Sache furchtbar angegriffen.

TABOR Mike Mooney! Was haben sie denn mit dir gemacht?

UNCLE BILL Gebt mal lieber dem einen Schluck, der Hühnerschnabel hat schon genug in der Krone.

MOONEY Danke, ich brauche nichts. Es war eine Knallerei in Charley's Saloon, ich hab ein Ding durch die Hand bekommen.

GOLDRICK Da haben Sie wohl eine falsche Bewegung gemacht. *Greift nach seiner Halfterpistole.*

MOONEY Nein, ich hab meine Finger schön hochgehalten, das war Scheibenschießen.

UNCLE DICK Und welcher verdammte Schweinehund –

MOONEY Ich sag's dir später. *Zu Tabor* Ich habe gedacht, Augusta könnte mir vielleicht –

TABOR Aber natürlich, Mike. Setz dich an den Ofen, ich ruf sie gleich. *Läuft durch den fellverhängten Eingang in die Küche.*

CHICKEN-BILL *hat Guggenheims noch halbvollen Whiskeybecher geleert, setzt sich auf Tabors Kiste* Gottseidank, jetzt wird mir wohler. Mir ist eine Kugel am Ohr vorbei gezwitschert.

UNCLE DICK Aber wer zum Teufel hat geschossen?

CHICKEN-BILL Darüber spricht man besser nicht. *Schenkt sich wieder ein.*

BROWN Ich, meinerseits, kann's mir denken. Es gibt nicht so viele Scharfschützen in diesem Kaff, die sich das ungestraft leisten können, hab ich recht, Mooney?

MOONEY Wenn du dir's denken kannst, dann brauchst du ja nicht zu fragen.

BROWN Vielen Dank für die liebenswürdige Auskunft. Aber sag mal, Mooney, warum mußt du eigentlich eine Dame behelligen, wenn wir hier den berühmtesten Heilgehilfen zwischen Texas und Canada am Tisch haben?

MURAT Laßt mich in Ruh, ihr wißt, ich kann kein Blut sehen.

BROWN Es ist mir noch nicht aufgefallen, daß es dich an meinem Kinn oder auf meinen Backen gestört hätte, wenn ich so leichtsinnig war, mich unter dein schartiges Rasiermesser zu wagen.

MURAT Ich lege keinen Wert auf Ihre vertraulichen Scherze, Herr Brown.

BROWN Das war kein Scherz, Herr Graf, das war die blutige Wahrheit.

TABOR *kommt zurück, läßt Augusta vor sich eintreten* Komm heraus, Lady, da gibt's einen Handschuh zu flicken, aber mach es zart, er ist mein bester Freund.

AUGUSTA *wendet sich noch einmal zur Küche zurück* Setz die Bohnen ab, Susian, damit sie nicht anbrennen.

UNCLE DICK Da riecht's aber gut, aus eurer Küche.

AUGUSTA Das will ich meinen, daß es gut riecht, wenn ich da koche.

Sie kommt ins Licht, tritt zu Mike Mooney. Augusta ist eine Frau um die Vierzig, der man die Mühen und Entbehrungen langer Jahre ansieht und die trotzdem überraschend frisch und jugendlich wirkt. Ihre selbstgeschneiderte Kleidung ist einfach und streng, aber von gutem, hübsch kariertem Kalikostoff, ihre sorgfältige Frisur, nach der Zeitmode aufgesteckt, zeigt noch kein graues Haar. Auf ihrer Bluse unterm Hals baumelt an einer Schnur eine dünnrandige Stahlbrille. Von Wuchs, in Bewegung und Haltung, ist sie eher zierlich, obwohl man ihr zutraut, daß sie fest anpacken kann und jeder Arbeit gewachsen ist. Gewohnt, als einzige Frau unter Männern zu leben, hat sie sich eine resolute, nüchterne, trockene Sprech- und Handlungsweise zugelegt, durch die ihre eigenartige, fast mädchenhafte Anmut erst recht zu Tage tritt. Sie hat etwas von dem kauzigen Humor jener Farmerfrauen, die immer auf irgendeine Katastrophe gefaßt sein müssen, und der Grundzug ihres Wesens ist eine schwer erworbene, herzhafte Heiterkeit.

Na hör einmal, Mike Mooney, so jung bist du auch nicht mehr, daß du glaubst, du könntest eine Pistolenkugel mit der Hand auffangen! Zeig mal her!

MOONEY Es tut mir leid, euch zu stören, aber es gibt ja hier keinen Wundarzt. Wenn der Schneeschuhtippler im Ort wäre –

AUGUSTA Da bist du bei mir besser bedient. Was Father Dyer kann, das kann ich schon lange, und wo wären dem seine Fußzehen, wenn ich ihn damals nicht mit meiner selbstgemachten

Frostsalbe behandelt hätte. Von Wunden versteht er was, aber er hat kein Verbandzeug und muß immer einen Streifen von seinem einzigen Hemd abreißen, den er dann wieder dran-näht. Das ist auf die Dauer nicht medizinisch. *Hat ihre Brille aufgesetzt und die Wunde gemustert* Da hast du Glück gehabt. Ein Stückchen tiefer links hätte es dir die Pulsader zerschlagen, da gäb' es nichts mehr zu flicken. Das Handgelenk und die Knöchel sind auch in Ordnung, sonst wär's aus mit deiner Maulwurfsarbeit. Genau durch die Mitte – das muß ein guter Schütze gewesen sein.

FREDDY BROWN *der seit Mooneys Eintritt keinen Blick von ihm und seiner Wunde gelassen hat* Und ob das ein Schütze war! Der schmeißt einen Nickel in die Luft, so hoch wie ein Haus, trifft ihn im Flug und schießt ihn nochmal so hoch!

CHICKEN-BILL Woher weißt denn du, wer geschossen hat?

FREDDY Ist doch klar. Wenn es heißt, man soll nicht davon sprechen, dann war es der Sheriff Mart Duggan, der –

BROWN Willst du die Schnauze halten, verdammter Lausebengel!

FREDDY Warum? Wenn der loszieht, mit seinen Vigilanten, das geht ja nur gegen die Krakeeler und die Aufhetzer in den Minen, denen geschieht das ganz recht –

BROWN – die Schnauze, oder du hast eine drauf! *Fährt auf ihn los.*

AUGUSTA Laß deinen Buben in Ruh, der spricht nur aus, was du denkst. Und du, Freddy, misch dich in sowas nicht hinein, halt mir lieber die Binde beim Aufwickeln. *Zu Mooney* Komm mit in die Küche. Ich muß dir ein bißchen wehtun, aber du bist ja ein braver Junge, und weißt, daß das dreckige Loch, das dem seine dreckige Kugel gemacht hat, gereinigt werden muß, damit es einen besseren Charakter bekommt.

JOHN SAVAGE *der Indianer, ist bei Augustas Eintritt aufgestanden und lautlos hinausgegangen, jetzt kommt er ebenso lautlos zurück und reicht ihr ein kleines, in Leder geschlagenes Bündel, setzt sich wieder in seine Ecke.*

AUGUSTA Danke, Johnny. Das ist Ca-hu Ja-ni, ein Heilkraut, das nur die Indianer kennen, gegen Entzündung und Wundfieber. Wächst natürlich nicht jetzt, aber wenn man es trocknet und über Dampf hält, wirkt es wie frisch. *Sie hebt das Fell zum Kücheneingang* Trau dich nur rein. Du kriegst dann einen Schlag von meinen Bohnen, ich habe einen wilden Truthahn mitgeschmort, den Tabor im Herbst geschossen hat, und den ich habe einfrieren lassen, wie das die alten Sauertöpfe machen daheim in Vermont.

MOONEY *zieht die Luft durch die Nase ein* Das laß ich mir gefallen. Dafür würd' ich so'n Loch in der Flosse jeden Tag riskieren. *Geht hinein.*

AUGUSTA *wendet sich noch einmal zum Tisch der Männer zurück, wo Tabor inzwischen neu gemischt hat* Paß auf, Tabor, daß wir unser Haus behalten. Ich sage dir immer, du hast kein Glück.

TABOR Mach dir keine Sorgen, Lady. Du weißt, ich verliere nicht viel, und ich gewinne nicht viel, das ist meine alte Tour.

AUGUSTA Ich sage ja, du hast kein Glück, Tabor. *Ab, von Freddy gefolgt.*

TABOR Desto mehr Spaß an der Sache. *Läßt Brown abheben.*

BROWN Wie lang bist du verheiratet, Tabor?

TABOR Dreiundzwanzig Jahre im nächsten Herbst. Ich war bei ihrem Vater in der Lehre, der war ein Steinbrecher aus Maine.

BROWN Und warum nennst du sie immer noch ›Lady‹, statt einfach ›Alte‹, oder ›alte Nudel‹ oder sowas, wie jeder andere Mann? Das finde ich arrogant.

MURAT Es gibt eben noch Kavaliere, Herr Brown, was Ihnen natürlich monströs erscheinen muß.

TABOR Wenn du es wissen willst, weil wir seit zwanzig Jahren in einer Gegend hausen, in der sie die einzige anständige Frau im Umkreis von fünfhundert Meilen war, da hat sich das so ergeben.

BROWN *zu Guggenheim* Meine hat's mir leichter gemacht, sie ist im ersten Winter gestorben, seitdem geh ich zu den Rotstrümpfen, wenn es mal sein muß, und den Jungen hab ich von ›Lady‹ Tabor aufziehen lassen, wo sie doch keinen eigenen mehr –

TABOR *heftig* Sei still! – War das wirklich der Sheriff, der geschossen hat?

CHICKEN-BILL Wer sonst? Das hat er davon, dein Freund, wenn er bei Charley an der Bar herum hängt. Und weshalb hängt er da rum, was, weil es dort böhmisches Bier gibt, vielleicht? Weshalb hängt er da rum, mit Stratton und seinen Kulis, weshalb hängt er da rum? Das weiß der Sheriff genau so gut wie wir.

UNCLE DICK Und du, alter Stinker, du bist einer von seinen Kalfaktern, das wissen wir genau so gut wie der. Ich wette, du hast Mike verpfiffen, und dann den Samariter gespielt, um zu hören, was hier getratscht wird.

CHICKEN-BILL *plötzlich schreiend* Sauerei sowas! Die stänkern da wegen der Tarife und der Arbeitszeit und bringen die anständigen Arbeiter in Verruf, Sauerei sowas!

TABOR Ja, so anständige wie dich, die zu anständig sind, um zu arbeiten. Ich sage, Mike Mooney ist der beste Mann in den Minen und was er tut, das tut er für seine Kollegen.

CHICKEN-BILL *lacht* Wißt ihr, was der Sheriff zu ihm gesagt hat, hinterher? Dieser Schuß, Mike Mooney, hat er gesagt, der ist nicht zufällig losgegangen, der war gezielt. Wenn mir mal einer zufällig losgehen sollte, dann geht er ins Auge, und dann stehst du nicht mehr auf, hat er gesagt.

GOLDRICK *Notizen machend* Eine Perle von einem Sheriff. Der Mann wird Justizminister werden.

MURAT Seien Sie vorsichtig, Professor, machen Sie keine Sensation aus der Sache, Sie ändern nichts, und wir haben es auszubaden.

GOLDRICK *mit ironischem Pathos* Die Sensation ist das Ethos der Presse. Außerdem erhöht sie die Auflage.

BROWN Pokern wir jetzt oder quasseln wir? Einsatz bitte. Wer ruft, wer kauft, wer bietet?

TABOR Out. Macht das Spiel ohne mich, ich komme dann wieder. *Legt seine Karten auf.*

BROWN Wo willst du hin?

TABOR *etwas verlegen* Na ja, ihr habt ja gehört, daß Augusta einen Truthahn mitgeschmort hat – und wie sie so ist, sie könnte dem Mike Mooney vielleicht mein Stück geben...

UNCLE DICK Augusta, – die würde dir dein Teil schon aufheben, oder nicht?

TABOR Vielleicht nicht den Schlegel, den Trommelstock, und der ist am Puter das beste. *Leckt sich die Lippen.*

BROWN Ich denke, Mike Mooney ist dein Freund?

TABOR Soviel Freundschaft gibt es nicht auf der Welt. Bei einem Wildputerschlegel, da hört alles auf. *Wendet sich zur Küche.*

BROWN Kein Wunder, daß so ein Kerl nie reich wird.

TABOR Dafür lebt er gern.

UNCLE DICK Alter Vielfraß. Aber du hast ganz recht. Man weiß nie, was für Zeiten kommen – und was man drin hat, holt einem keiner mehr raus, das ist die einzige sichere Anlage.

TABOR Auf dieses Konto zahle ich täglich ein, da verpasse ich lieber mal einen Jackpot. *Ab in die Küche.*

BROWN Schande, sowas. Ein Mann, der sein Leben lang hinter den Karten gesessen hat, und läuft dem Futter nach, wenn die Sache heiß wird. Wenn der seine Frau nicht hätte, der Breikopf –

UNCLE DICK Laß ihn. Der schafft für zwei, wenn's drauf ankommt, das hat er immer getan, und die haben auch nicht jeden Tag einen Türken im Topp, höchstens gesalzenen Schweinebauch, aus dem alten Faß, ich weiß es, ich bin hier Kostgänger seit Jahren. Er hat halt kein Glück gehabt als Prospecter.

BROWN Und versteht nichts davon. Wieviel?

JOE Drei Karten.

Das Spiel nimmt jetzt, mit den üblichen, gedämpften Anrufen zu Kauf und Gebot, seinen Lauf, während Chicken-Bill, den Whiskeybecher in der Hand, zu dem Indianer hinüberschlendert, ihn mit dem Fuß anstößt und ihm den Becher hinhält. John Savage schaut vor sich hin, beachtet ihn nicht. Inzwischen ist Mike Mooney mit einer verbundenen Hand zurückgekommen, von Augusta gefolgt.

AUGUSTA So. Ich hab dir einen guten Kreuzwickel gemacht, aber fuchtle nicht mit der Pfote herum, damit er nicht verrutscht. Den Daumen steckst du ins oberste Knopfloch von deiner Jacke, die Hand darf nicht runterhängen, verstehst du?

Ich könnte dir auch eine Armbinde geben, aber ich weiß, wie ihr Männer seid, du würdest dich genieren und sie heimlich wegwerfen.

MOONEY Vielen Dank, Augusta. Was kostet's?

AUGUSTA Na hör mal, unter alten Freunden. Du hast doch mit Tabor im selben Schacht geschuftet, für die paar Dollar am Tag. Gib dem Johnny was, der hat Durst. Und weißt du, bring mir die Binde zurück, wenn du sie nicht mehr brauchst. Ich koch sie dann aus und kann sie nochmal verwenden, wenn sich wieder so ein Kindskopf erwischen läßt von unserer Obrigkeit.

BROWN Die werden fein in ihren Löchern bleiben, nach dieser Lektion, die Herrn Minierer.

MOONEY Du meinst, wir sind Grubenschweine und wir werden es bleiben. Da magst du recht haben.

Er hat ein Geldstück in Tabors Kasse geworfen. Augusta füllt einen Becher mit Rum, Mooney bringt ihn dem Indianer, der ihn mit beiden Händen ergreift und in langsamen Schlucken leert.

GUGGENHEIM Vom alten Land drüben hört man, daß sich die Minenarbeiter organisieren. Es gibt da Schutzverbände, und sie sollen eine Streikkasse haben.

BROWN Wird ihnen wenig nutzen, solange es Militär gibt und Bajonette und Flinten oder einfach Hundeknüppel.

MOONEY Und Leute wie dich, Bill Brown. Gute Nacht. *Wirft seinen Mantel um, geht.*

BUCKSKIN JOE Flush.

BROWN Auflegen. *Alle Spieler legen die Karten offen auf den Tisch.* Verdammt. Wenn ich einen Zehner gekauft hätte –

BUCKSKIN JOE Hast aber nicht. Auszahlen.

BROWN Muß das gleich sein?

BUCKSKIN JOE Ich gewinne nur einmal. Genügt für heute.

DIE SPIELER *kramen Silbermünzen hervor, schieben sie zu Joe.*

JOE *nimmt sie, steht auf, geht ohne Gruß.*

GUGGENHEIM Wo geht der jetzt hin, der Alte?

UNCLE DICK In den nächsten Puff. Es gibt zwei am Platz.

GUGGENHEIM Der muß doch schon über achtzig sein –

UNCLE DICK Das ist hierzulande kein Hinderungsgrund. Hierher kommen nur völlig unnormal veranlagte Leute, solche, die nichts auf der Pfanne haben oder zuviel. Heute nacht bringt der alles durch, morgen früh bevor's hell wird, stakt er wieder die Bergbäche hinauf, mit dem Sieb und der Hacke. Eines Tages werden wir im Mai sein Gerippe finden, das wird ein Nationalfeiertag.

BROWN Wer teilt?

In diesem Augenblick fliegt die vordere kleine Haustür auf, und ein Mann kommt herein, als sei er der Schneesturm persönlich, geht, ohne sich umzuschauen, mit langen Wanderschritten stracks bis zum Ofen.

Es ist Father Dyer, der ›Scheeschuhtippler‹. Seine ovalen Schneereifen hat er unter einen Arm geklemmt, in der freien Hand trägt er eine schwarze, verschnürte Tasche, auf dem Rücken einen mächtigen Ledersack, der von zwei kreuzweise über seiner Brust befestigten Riemen gehalten wird. Seine über die Ohren gezogene Fellmütze und sein kurzer Schafspelz sind über und über mit Eis und Schnee verkrustet. Darunter trägt er – durchnäßt und verknittert – eine schwarze, priesterliche Halbsoutane, auch seine Hosen sind aus einem schwarzen, vor Alter schon grünlichen Wollstoff, und seine Stiefelschäfte sind unterm Knie zugebunden. Er ist ein Mann um die Siebzig – groß, hager, ungebeugt, mit wettergegerbter Haut und einem schönen, einfältigen Gesicht, das sich nur bei gelegentlichen Ausbrüchen apostolischen Zorns zu einer fürchterlichen Wolfsgrimasse verzieht.

BROWN Herrgottverdammte Million, da fliegt einem die ganze Bescherung durcheinander, mach die Tür zu, Herrgottverdammtnochmal! *Jagt hinter Spielkarten her.*

DYER *vor Kälte stotternd* La–lalalalala–la

AUGUSTA Father Alcuin!

DYER Lalalaß den Herrgott aus deinem dreckigen Maulwerk, tut dir ganz gut, wenn du nach deinen Teufelskarten auf den Bohlen herumkriechen mußt, alter räudiger Kläffköter, der du bist.

GOLDRICK Ein sanftes Gemüt, wie man hört.

AUGUSTA Willkommen, mit Sack und Pack! – *Ruft* Tabor! – Leg deine Sachen ab, Father, wärm dich auf, ich mach dir gleich einen heißen Sasphrastee. – Tabor! Die Post! – Du bist ja ganz steif vor Kälte!

Hat ihm die Fäustlinge herunter gezogen und massiert seine Finger.

TABOR *kommt rasch herein, während Uncle Dick und Murat aufgestanden sind und Dyer nicht ohne Ehrfurcht begrüßen* Dyer, altes Schneegespenst! Ich dachte, du wärst nun endlich zwischen Denver und Central City erforen. Wie viele Meilen bist du heute wieder getippelt, auf deinen Ballschlägern?

DYER Hab nicht gezählt. Über Clear-Creek, Cherry-Creek, Mountain-Camp, Gregory-Point – aber bei euch hier, da weht's am schlimmsten natürlich.

TABOR Und das alles für siebzehn Dollar die Woche und Gottes Hungerlohn – oder haben sie dich aufgebessert, endlich?

DYER Weiß nicht, ich brauche kein Geld, bin noch nie verhungert, und wenn ich Durst habe, sperr ich den Mund auf, da schneit's hinein. Hier deine Post.

TABOR *hebt den schweren Ledersack auf den Tisch* Räumt die Karten weg, für heut ist es aus mit dem Pokern, muß die Post sortieren. Ihr könnt ruhig da bleiben und warten, ob was für euch dabei ist. Sonst müßt ihr morgen früh wieder herkommen, einen Briefträger können wir uns hier nicht leisten.

AUGUSTA *die in die Küche gelaufen war, kommt nun zurück mit ihrem frisch gebrühten Tee und Brotscheiben mit getrocknetem Fleisch für Dyer. Freddy Brown und Susian laufen hinter ihr drein, beobachten dann neugierig die Postsortierung, nachdem Susian den Father Dyer mit einer kleinen Kniebeuge begrüßt und er ihren Kopf gestreichelt hat.*

DYER *auf einer Kiste beim Ofen, kramt unter seinem Hemd einen Brustbeutel hervor, nimmt Papiere heraus* Ist unter euch Männern ein gewisser Gurkenbein? Kann auch Guckefein heißen.

GUGGENHEIM Ich heiße zwar Guggenheim, aber ich bin sicher, daß ich gemeint bin.

DYER *zu Tabor* Ist das der Mann?

TABOR Ja ja, das ist er. Du kannst ihm sein Zeug ruhig geben.

GOLDRICK *amüsiert* Woher wissen Sie so genau, daß er das ist? Ich könnte mich ja auch so nennen! Haben Sie seinen Ausweis gesehen?

TABOR Brauch ich nicht, ist doch ganz klar: der Mann erwartet ein Telegramm – und was Father Alcuin da in der Hand hält, das ist ein Telegramm. Damit ist der Mann ausgewiesen, es kann gar kein anderer sein.

GOLDRICK Bei euch würde sich's lohnen, Scheckfälscher zu werden.

TABOR Nur einmal. Beim zweiten Scheck würden Sie baumeln.

GUGGENHEIM *hat das Telegramm aufgerissen* Ich bin Ihnen wirklich sehr dankbar, mein Herr –

DYER Sie können mich Father nennen, wie die anderen. Ich habe auch Geld für Sie, so viel wie da drin steht, zählen Sie's nach. *Gibt ihm einen Pack Scheine.*

GUGGENHEIM *greift in die Tasche* Wie kann ich mich erkenntlich zeigen? Darf ich Ihnen nicht –

DYER Kommen Sie morgen früh in meine Andacht, da geht die Spitalskasse herum für die kranken Minierer, stecken Sie so viel hinein wie Sie können. Hört zu, ihr Männer, morgen früh um sechs, und wenn es Felsklötze schneit und Baumstrünke hagelt, und wer nicht hinkommt, der wird sich beim nächsten Glatteis beide Stelzen brechen, so wahr Gott gütig ist.

CHICKEN-BILL *der weiter getrunken hat, krakeelend* Ich komm schon um halb sechs, alter Stinkrattenkopf, und scheiß dir einen Haufen in den Tempel, der dampft, sag ich dir, da brauchst du keinen Weihrauch.

DYER *ohne ihn zu beachten* Ich bin nämlich nicht wegen eurer dämlichen Post hergekommen, die hätte auch warten können, bis der Sturm aufhört, sondern weil morgen Sonntag ist. Die Kinder müssen in der Früh durch den Ort laufen und die Topfdeckel zusammenschlagen, damit die Leute merken, daß ich da bin.

GOLDRICK Habt ihr denn einen Tempel, in eurem Kaff?

UNCLE DICK Ein alter Billardsaal mit kaputtem Dach, nachts schlafen ein paar Dutzend Männer drin, das ersetzt die Heizung.

GUGGENHEIM *der sich mit seinem Telegramm und seinen Geldscheinen beschäftigt hat* Und wenn ich nun ein Rücktelegramm aufgeben will?

CHICKEN-BILL Da muß der Herr Zartfuß dreißig Meilen durch den Schnee stapfen, auf seinen zarten Füßchen.

DYER Setzen Sie es auf, ich gehe nach Denver zurück, sobald die Andacht vorbei ist, morgen früh.

GUGGENHEIM Sie gehen schon morgen früh wieder – zu Fuß bis Denver?

DYER Ja ja, aber ich hab große Füße.

CHICKEN-BILL *plötzlich schreiend* Hier stinkt's!

AUGUSTA *erscheint in der Küchenöffnung* Wieso stinkt das hier – aus meiner Küche vielleicht?

CHICKEN-BILL *ruhiger* Lassen Sie das Messer im Gürtel, Madam. Von Ihnen stinkt es nicht. Aber ich wiederhole, hier stinkt's.

AUGUSTA Und ich will wissen, wieso das hier stinkt.

TABOR Reg dich nicht auf, Lady, dem Herrn paßt hier was nicht, und deshalb wird sich der Herr schleunigst dorthin verfügen, wo er hergekommen ist.

CHICKEN-BILL Ich lasse mir hier das Lokal nicht verbieten, ich warte auf meine Post wie jeder andere. Aber ich sage: hier stinkt's. *Macht eine heftige Bewegung gegen die kleine Susian, die mit einem Angstschrei zu Augusta läuft und sich hinter ihrem Rock verbirgt.* Ich sage: hier stinkt's nach Chinesen, Indianern und Katholiken. Und das stinkt wie drei Haufen Bärendreck.

GUGGENHEIM Sie haben die Juden vergessen.

CHICKEN-BILL Nein, Meyer, die habe ich nicht vergessen, aber du stinkst nicht, mit dir kann man Geschäfte machen, hab ich recht? Das da, das ist Gesindel, das gehört nicht mit unsereinem in dieselbe Luft, was eine andere Farbe hat, eine schlechtere Haut oder einen schwarzen Rock, Gesindel und Bettnässer, das gehört aus dem Ort gepeitscht, wie damals, was Jungens, wie damals, was Jungens?! Oder wißt ihr nicht, was ich meine, he?!

UNCLE DICK Wir wissen, was du meinst, aber wir haben keine Lust, daran zu denken.

CHICKEN-BILL Dann laßt es bleiben… Hei, haben wir die zusammengewichst, da sind die Fleischfetzen auf die Bäume geflogen – *fährt wieder auf Susian los* –, und der ihre gelbe Mutter, die hat hier Wäsche gewaschen und von einem Weißen das Balg gekriegt, dann haben wir sie nachts rausgeholt und unsern Spaß mit ihr gehabt, und sie dann in den Schmelzofen geschmissen, daß das Blei gezischt hat – *lacht.*

AUGUSTA Wenn du nicht sofort deinen gottlosen Schnabel hältst –

TABOR Geh hinaus, Lady, nimm das Kind mit. *Er und Uncle Dick krempeln die Ärmel auf – Augusta geht mit Susian, während John Savage in seiner Ecke hockt, als höre und sehe er nichts.*

CHICKEN-BILL Dich hab ich nicht gemeint, Meyer, Geld stinkt nicht – hab ich recht, Meyer?

FATHER DYER *mit einem Wink zu Tabor und Uncle Dick* Ich glaube, wir sollten mal frische Luft herein lassen, wenn das hier so stinkt. *Er geht zur vorderen Tür.*

CHICKEN-BILL *herausfordernd* Hab ich recht, Meyer?

GUGGENHEIM Ich heiße nicht Meyer. Mein Name ist Simon, Simon Guggenheim, merken Sie sich das.

CHICKEN-BILL Ach was, ihr heißt alle Meyer oder Moses oder wie sich's für euch gehört, aber Geld stinkt nicht, du kannst hier ruhig meinen Whiskey zahlen, da sag ich nicht nein, Meyer, da bin ich gar nicht so –

GUGGENHEIM Nun hören Sie zu. Mein Vater heißt Meyer. Meyer Guggenheim. Er handelt mit Schweizer Tuch in Philadelphia und ist ein ehrlicher Mann. Deshalb lassen Sie den Meyer gefälligst aus Ihrem Mund.

CHICKEN-BILL *leise, gefährlich* So. Da will mir jemand hier den Mund verbieten. Wer will mir den Mund verbieten, da hier?

GUGGENHEIM Ich, wenn Sie sich noch einmal unterstehen, mich anzureden.

DYER *öffnet, bevor Chicken-Bill reagieren kann, die Haustür, daß der Wind hereinfegt* Schaut her! Da hat einer einen Silberdollar in den Schnee fallen lassen! Und dreht sich nicht einmal um!

CHICKEN-BILL *rasch zur Tür* Wo?

DYER Da, gegenüber, er wird gleich zugeschneit sein. Kannst du nicht sehen?

CHICKEN-BILL Ich seh nichts. Wo liegt die Kröte? *Beugt sich aus der Tür.*

DYER *tritt ihm mit Macht in den Hintern, daß er hinausfliegt* So. Jetzt kannst du sie suchen. Aber komm nur nicht wieder rein, bis du sie gefunden hast. *Er haut die Tür zu, geht gemächlich zu seinem Platz am Ofen zurück. Gelächter.*

GUGGENHEIM *nähert sich kampfbereit der Tür.*

TABOR Entspannen Sie sich, Herr Guggenheim, Sie waren tapfer genug. Der kommt nicht wieder. Und wenn, dann wären Sie nicht allein. Aber mir ist das lieber so. Ich habe nicht gern, wenn es in meiner Bude zu Tätlichkeiten kommt. So ein apostolischer Arschtritt, das ist keine Tätlichkeit. Das ist ein Gnadenmittel.

DYER *einfältig* Ich glaube nämlich, der hat mich gemeint, wie er da über die Katholiken gepöbelt hat. Und ich bin gar kein Katholik.

GOLDRICK *der sich während des ganzen Krachs königlich amüsiert hat* Sind Sie nicht? Aber was für einen Verein repräsentieren Sie denn?

DYER Gar keinen. Ich wollte ganz gern katholisch werden, aber ich hatte keine Zeit dazu, für das Lateinlernen undsoweiter, ich mußte immer die Post schleppen, und in den Minen sind sie daran gewöhnt, daß ich sonntags predige, denen ist es egal, für welche Kirche, und ich glaube, dem Herrgott auch. Ich will überhaupt mit keiner von euren Kirchen was zu tun haben, nachdem dieser blutige Oberst Chivongton – Gott verzeih mir die Sünde, aber ich könnte ihm noch im Grab die Augäpfel aus dem Kopf drücken –, dieser elende Bluthund, der war nämlich Vorbeter und Ältester bei den Methodisten, und dann sind sie nachts über ein wehrloses Indianerdorf hergefallen, ein ganzes Regiment, und haben sie alle zusammengemetzelt, wie Hackefleisch, samt Weibern und Kindern und – *Er verstummt, da Tabor die Hand auf den Mund legt, denn John Savage hat, während er sprach, seinen Kopf verhüllt, läßt sich jetzt mit der Stirn gegen die Wand sinken und zieht seine Decke über sich, daß man ihn nicht mehr sieht.*

GUGGENHEIM *leise* War er dabei?

DYER Sie haben seine Frau und seine Kinder umgebracht, vor seinen Augen. Ihn haben sie leben lassen und wochenlang gefoltert, weil er wußte, wo das Metall steckt in den Bergen. Sie haben ihn verstümmelt, aber er hat nichts gesagt. Die Tabors haben ihn gefunden, wo man ihn für tot weggeschmissen hatte.

GUGGENHEIM Ist er – stumm?

TABOR Nein, aber er spricht nicht mehr. *Pause.*

MURAT Ein widerliches Land, in dem wir leben.

UNCLE DICK Ich glaube, die andern sind auch nicht besser. Hab ich keine Post?

TABOR Doch, hier – die ›Rocky Mountain News‹.

UNCLE DICK Oh, zum Teufel.

GOLDRICK Schmeißen Sie sie ruhig in den Ofen, ich kann Ihnen den Leitartikel auswendig aufsagen. *Stellt sich in Positur* ›In diesem gewaltigen Land, in dem freie Männer sich im Kampf mit der Natur und den Schrecken der Wildnis aus eigner Kraft ein Reich der Freiheit und des Rechtes geschmiedet haben –‹

UNCLE DICK *hält sich die Ohren zu* Schluß! Aufhören!

GOLDRICK Nun gut, dann lesen Sie das im Bett.

TABOR *der sich mit seiner Post beschäftigt hat* Augusta! Komm herein, Lady, da ist etwas für dich.

AUGUSTA *kommt herein, von Susian gefolgt* Habt ihr den Stinkbock an die Luft gesetzt?

UNCLE DICK Father Dyer hat ihm einen Vorgeschmack der ewigen Seligkeit verpaßt.

AUGUSTA *zu Dyer* Dafür back ich dir einen extra Maiskuchen, morgen früh.

TABOR *hält ein kleines Päckchen in die Höhe* Mrs. Augusta Tabor – Persönlich. Absender Cook & Sears, Versandhaus en gros, Boston, Mass., – das muß eine gute Zeit unterwegs gewesen sein. Was hast du dir da bestellt, Lady? Ein Kleiderstoff kann da nicht drin sein, ein neuer Kochtopp auch nicht –

AUGUSTA *etwas verlegen* Gib mal her – das ist so eine Kleinigkeit.

TABOR *wiegt das Päckchen auf der Hand, will es ihr zuwerfen* Hier.

AUGUSTA Vorsicht! Daß es nicht fällt!

TABOR Zerbrechlich? Solltest du mir eine Kaffeetasse aus Porzellan angeschafft haben? Mit meinen sämtlichen Vornamen drauf gemalt – Horace Austin Warner –

AUGUSTA *nimmt ihm das Päckchen ab* Nein, nein, es ist eine Kleinigkeit. *Will in die Küche.*

TABOR Jetzt bin ich aber neugierig. Was für 'ne Kleinigkeit?

AUGUSTA Na schön. Ich kann es ja hier auspacken, wenn du so ungeduldig bist. *Setzt sich, beginnt vorsichtig das Päckchen zu öffnen.*

TABOR *hebt ein anderes Paket in die Höhe* Gibt es hier einen gewissen – *spricht den Namen nach der Schrift* – Eugen Murat?

MURAT Comte Eugène de Murat, wenn ich bitten darf.

TABOR Dann muß es für einen anderen sein ... Riecht nach parfümierter Rasierseife.

MURAT Gib schon her!

TABOR *wirft es ihm zu* Hier, alter Narr. Schmier's dir in den Hintern.

MURAT *seufzend, zu Goldrick und Guggenheim* Da sehen Sie, an welche Art von Menschen man hier seine Kunst verschwendet. Wenn Mrs. Tabor nicht immer noch ihre vollen Haare hätte, und mir von Zeit zu Zeit die Ehre gäbe, wüßte man gar nicht mehr, daß man Haarkünstler ist.

AUGUSTA Was meinst du mit »immer noch«? Die fangen jetzt erst an, richtig voll zu werden – denn die ausgekämmten, die benutz ich als Unterlage. *Sie hat das Päckchen ausgepackt.* Oh, ist das schön!

TABOR *zu ihr hin, wie ein Junge, der die Bescherung nicht abwarten kann* Was ist denn das? *Auch Freddy und Susian sind zu ihr gelaufen.*

AUGUSTA Nun ja, mit der alten Brille, da konnte ich ja keinen Staat mehr machen, das Gestell war schon zweimal zerbrochen und mit Draht geflickt, und richtig lesen konnte ich auch nicht mehr damit – *Sie hält ein Pince-Nez in die Höhe, mit brau-*

nem Schildpatt umrandet, an einem dünnen silbrig glänzenden Kettchen.

TABOR Aber – das hat ja gar keine Bügel, wie willst du denn das über die Ohren kriegen?!

AUGUSTA Das geht eben nicht über die Ohren, – das ist so ein neues, so ein modernes – *Sucht nach dem Wort, das auf einer beiliegenden Beschreibung steht.*

GOLDRICK Pince-Nez. Ein richtiges Pince-Nez ist das. Und ein sehr elegantes.

MURAT Das ist französisch, versteht ihr? Übersetzt heißt es Nasenzwicker.

AUGUSTA Das braucht man nicht zu übersetzen. Es ist ein Pince-Nez.

TABOR Nun setzt es doch einmal auf, Lady!

AUGUSTA *halb verlegen, halb kokett* Das muß ich erst einmal allein vor einem Spiegel probieren –

SUSIAN *ist aber schon in die Küche gelaufen und mit einem Wandspiegel zurückgekommen, hält ihn ihr vor.*

AUGUSTA *klemmt sich vorsichtig das Pince-Nez auf die Nase.*

TABOR Du, hör mal – das steht dir aber wirklich gut. Gar nicht wiederzuerkennen. Zehn Jahre jünger als mit der vergammelten Brille.

AUGUSTA *ist ganz rot geworden* Findest du –? *Sie lacht leise* Tabor hat nämlich immer gesagt, daß mich die Brille alt macht...

TABOR Zehn Jahre jünger. Und ganz anders – direkt wie – also wie eine Dame.

AUGUSTA *ganz selig* Du übertreibst schon wieder.

GUGGENHEIM Das ist tatsächlich jetzt das Modernste, früher haben die Damen nur Lorgnons getragen, aber heute sieht man sie alle mit dem Pince-Nez, im Theater zum Beispiel –

AUGUSTA *nicht ohne leises Entsetzen* Im Theater...!

GOLDRICK Können Sie nun eigentlich auch lesen, mit dem Ding?

AUGUSTA *ohne auf ihn zu hören, hat Tabor gemustert* Tabor – du hast ja schon wieder deine Jacke bekleckert. Da ist unser ganzes Menu drauf, die Bohnen von heute, die Mehlsuppe von gestern, der Maisbrei von der letzten Woche. Von der Milch ganz zu schweigen.

TABOR Weiß du was, Lady, wenn du mich anschaust, dann solltest du lieber wieder deine alte Brille benutzen.

AUGUSTA Das könnte dir so passen. Die hat jetzt ausgedient! Will nur mal probieren, ob ich Geschriebenes damit lesen kann. Freddy, hol das Buch!

FREDDY Au ja! Da mußt du aber was vorlesen, Mammy Tabor, von der großen Reise! *Läuft in den Küchenraum.*

AUGUSTA *zu Dyer, der am Ofen sitzt und an einem Stück Brot kaut* Weißt du, Father Alcuin, was für ein Tag heute ist?

DYER Weiß ich genau, Augusta. Ich kann's zwar nicht nach dem Kalender sagen, aber ich habe mir's angewöhnt, von den Indianern, nach dem Mond. Der sechste nach Frühlingsneumond, vor zwanzig Jahren, ich hatte mir damals die Füße erfroren, und du hast –

AUGUSTA Ja ja, das war der erste Tag, an dem wir hier oben kampiert haben, drum habe ich heute den Truthahn mitgeschmort...

TABOR Und ich habe gedacht, du schmorst ihn, weil er sonst stinkig wird –

AUGUSTA Du hast eben kein Gedächtnis, Tabor. Wir sollten ja im Herbst schon in die Berge, aber dann bekamen wir Angst vorm Schnee, und haben bis Ostern in Arrapahoe gelagert –

TABOR Richtig. Und dann haben wir das Zelt aufgeschlagen –

AUGUSTA Sieben zu neun. Ich hatte es selbst genäht.

TABOR – und mußten die Ochsen schlachten, sonst wären wir verhungert –

AUGUSTA Aber die Kuh, die habe ich gerettet, wegen der Milch für Maxie –

TABOR – bis sie dann krank wurde, und keine mehr gab, dann mußte sie auch unters Messer –

FREDDY *ist mit einem dicken, in Leder geschlagenen Pack zurückgekommen* Und vorher, da seid ihr mit dem Planwagen über die Prärie gezogen –

TABOR Acht Monate lang, April bis November, immer nordwestlich, auf den großen Fluß zu, der aus den Bergen kommt. Es gab damals noch keinen Pfad, nicht einmal eine Radspur –

FREDDY Das steht hier alles drin. *Gibt Augusta den Pack.*

AUGUSTA Ja, da steht es drin. *Sie entfaltet den Lederumschlag, in dem sich eine große Menge gebündelter, mit Nähgarn zusammengehefteter, dichtbeschriebener Blätter befinden.*

MURAT *zu Goldrick* Augustas Tagebuch – das wäre was für Sie! Aber das kriegen Sie nicht.

GOLDRICK Das will ich auch gar nicht. Ich glaube, das wär' zu schade für ein Revolverblatt. Selbst wenn es ein Weltblatt ist.

DYER Was eine Frau damals ausstehen mußte, auf einem solchen Treck, das kann sich niemand vorstellen, außer den Frauen, die es mitgemacht haben.

TABOR Und noch dazu mit einem kleinen Kind. Unser Maxie war noch kein Jahr alt, als wir losgezogen sind. Unterwegs fing er an zu zahnen und bekam Fieber, Tag und Nacht mußte sie um ihn herum sein, und dazu die ganze Schufterei, das Kochen und Waschen, das Aus- und Einpacken bei jedem Nachtquartier, und das verdammte Wetter, die Stürme und Wolkenbrüche oder die Trockenheit – dabei hatte sie immer Rückenweh, von der Stotzerei auf dem Wagen. Sie war ja selbst kaum zwanzig und so leicht wie ein Ahornsamen.

AUGUSTA *blättert in ihrem Buch, lacht leise.*

GOLDRICK Schwer vorstellbar heute, daß man eine Frau auf eine solche Vergnügungsreise mitnimmt.

TABOR Ich wollte sie heimschicken, zu ihren Eltern, mit dem Kind, aber sie hat sich geweigert, mich allein zu lassen. Und ich weiß heute nicht, wie ich's geschafft hätte, ohne sie. Es war eine böse Zeit.

AUGUSTA *hält ein Blätterbündel von sich weg, wie zu einer Leseprobe, beginnt mit einer leisen, hellen Stimme*

»Ich kann mich noch fast an jeden Platz erinnern, wo wir gelagert haben. Ich könnte den Ort wiederfinden, wo mein Mann den ersten Büffel schoß, und wo und wann und wieviel andere später. Ich sehe genau, wie die Indianer ausschauten, wenn sie auf ihrer Stehl- oder Betteltour um unsren Wagen herumstrichen, ich sehe die Antilopen in der Steppe, die großen Büffelherden, wie wandernde Bergschatten im Frühdunst, und das lustige Flattern und Rennen der Präriehühner, und die wilden Blumen, die ich pflückte, Helianthus und rote Clementin und schwarzäugige Susan und blauer Lerchensporn, und die frische Morgenluft und der starke süße Geruch der feuchten Gräser – Ich war ein Mädchen, voll von Begeisterung, und fürchtete nichts ...«

Sie blickt auf Das Pince-Nez liest ganz vorzüglich. Und ich hatte denen nur geschrieben, wie alt ich bin ... *Sie nimmt das Pince-Nez ab, trocknet es an der Schürze* Es war eine gute Zeit, Tabor. Die beste in unserem Leben.

TABOR Vielleicht hast du recht, Lady.

AUGUSTA *schlägt das Leder zusammen* Genug davon.

FREDDY Mehr von den Indianern, bitte, und von den Buffalos, und von den Wölfen – da war'n doch auch Wölfe, oder nicht?

AUGUSTA *ohne das Buch wieder zu öffnen, humorig*

Ja, da waren auch Wölfe. Und die Indianer, die waren immer hinter uns her – aber nicht, wie ihr glaubt, sie waren freundlich und manchmal haben sie uns einen Wink gegeben, wenn wir eine Furt verpaßt hätten oder drauf und dran waren, in einen Sumpf zu steuern. Wenn wir dann kampiert haben, da ging das Betteln los, um Schnaps und Tabak vor allem, und gerade davon hatten wir zu wenig, aber im Stehlen, da waren sie Meister, die kleinen Buben besonders: die haben sich nachts wie glatte Nattern zwischen unsren Wagenrädern durchgeschlängelt – einmal hat mir doch so ein Lausekerl das letzte Säckchen Zucker, das ich versteckt hatte, um ihn dem Tabor heimlich in den Kaffee zu schmuggeln, unterm Kopf weggeklaut!

FREDDY *lacht unmäßig.*

AUGUSTA Das kam, weil ich immer so furchtbar müde war.

FREDDY Und hast du nie Angst gehabt, Mammy Tabor?

AUGUSTA Dafür war ich zu müde. Bis auf das eine Mal – aber das ist nichts für heute.

FREDDY Doch, doch, bitte, das mußt du noch erzählen!

AUGUSTA *wiegt leicht den Kopf, schaut Tibor an.*

TABOR Erzähl schon, kleine Lady.

AUGUSTA *zögernd* Das kann ich nicht so erzählen, das – könnte ich euch nur vormachen, wie das war. Ich habe ja noch den alten Hut, und den Mantel –

SUSIAN *läuft rasch nach hinten.*

Die Männer stehen oder sitzen in einem zwanglosen Halbkreis um Augusta herum. Auch John Savage hockt wieder wie vorher in seiner Ecke.

AUGUSTA Das war nämlich das letzte Camp, wir waren da schon ganz nahe bei den ›schimmernden Bergen‹, – so nannte man die damals, weil es hieß, sie wären ganz voll Gold und voll Silber, das könnte man aus ihrem Gestein herausleuchten sehn. Nun, wir haben gelernt, wovon die voll sind, aber geschimmert haben sie wirklich, wenn man so aus der Ebene darauf zufuhr... Da hatten wir also Lager gemacht, beim Fluß, und Tabor und Jack, das war unser Kostgänger, die mußten fort reiten, um den Weg zu erkunden – wir hatten ja keine Ahnung, wie man da hinein- und hinaufkommt in die Berge, und wo das berühmte Tal gelegen war, in dem man die Goldkörner mit der Hand auflesen kann... Sie hatten Pflöcke eingerammt und den Wagen vertäut und Plachen gespannt, daß ich geschützt war gegen Wind und Regen, es war schon spät im Herbst... und hatten mir Proviant für eine Woche da gelassen... Da blieb ich denn, ganz allein, mit den zwei Ochsen und der Kuh und meinem kleinen Maxie... Das heißt, ganz allein war ich nicht, ein paar Indianer lagerten in der Nähe, aber die kannten wir schon und brauchten sie nicht zu fürchten.

SUSIAN *ist inzwischen zurückgekommen mit einem vielfach geflickten, alten, cape-artigen Mantel und einem ebenso alten, breitkrämpigen Stoffhut, mit Bändern auf beiden Seiten, die man unterm Kinn zusammenbinden kann.*

AUGUSTA Tabor, gib dem Johnny in Gottesnamen noch einen Becher Rum, damit er aufwacht, ich kann das nicht erzählen, wenn er nicht mitspielt. *Sie ist aufgestanden, hat ihren Sitz nach vorn gezogen*

Seht ihr, so stand unser Wagen und da habe ich dann gesessen, mit meinem Kind auf dem Schoß, wenn ich die Arbeit hinter mir hatte, das Wassertragen und Feuermachen, dazu mußte ich erst trockenen Büffelmist aufsammeln, denn Holz gab es keines – und ich wußte, es kann lange dauern, bis einer zurückkommt, vielleicht müssen sie sich trennen – aber als die Woche zu Ende ging, da war mir doch bang ums Herz... Und da ist etwas Merkwürdiges passiert... Es sind immer mehr Indianer gekommen, mit ihren kleinen halbwilden Pferden, sie waren wohl den Büffelherden nach Süden gefolgt und hatten Häute und Fleisch aufgepackt – immer mehr waren da und sie lagerten in einem weiten Halbkreis um mich herum, sie waren ganz still, ich habe nichts von ihnen gehört, aber ich konnte sie sehen, und riechen, wie so ein Brandgeruch... Und dann kam dieser Morgen, da fing das Trommeln an, ich wußte nicht, wo es her kam, ich dachte, das klingt wie aus der Erde... So –:

JOHN SAVAGE *hat einen Holznapf ergriffen, schlägt mit den Fingern und der flachen Hand in einem eigenartigen Rhythmus sehr leise die untere Seite, während Augusta den Mantel umgehängt und den Hut aufgesetzt hat und sich, an den Sitz gelehnt, auf den Boden kauert.*

AUGUSTA Ich hab den ganzen Tag so gesessen, und mich nicht herausgetraut... Unsere Ochsen, die waren rechts und links an den Wagenrädern angebunden, etwa da, wo jetzt Uncle Dick steht und Murat –. Aber gegen Abend, da sehe ich plötzlich, wie sie sich langsam, langsam fortbewegen im hohen Gras, und ich wußte, die haben sie losgebunden, und kriechen unsichtbar vor ihnen her... Geht mal weiter nach hinten, ihr zwei, aber langsam, damit man sieht, wie die Ochsen verschwinden... Und plötzlich, da steht vor mir ein altes Weib, wie aus dem Boden gewachsen, und hebt die flachen Hände auf –. Laß jetzt das Trommeln, Johnny, und komm her und mach das alte Weib... Ihre Sprache, die haben wir ja nicht verstanden, aber die Zeichen, die sie dazu machen, die kannten wir längst – und ich weiß, jetzt will die mir etwas sagen – so: zwei Finger der Rechten über den Zeigefinder der Linken und Daumen hoch, und noch einmal –: die beiden Männer zu Pferd mit den Flinten, das waren Tabor und Jack – dann: die ganze Hand von oben nach unten, das Todeszeichen – und ein Kreis mit dem Finger und alle Finger zur Erde und die Hände zum Kopf – *John Savage hat sich ihr nicht ohne Schwanken genähert, macht mit großer Geschwindigkeit die Zeichensprache mit Fingern und Händen* –, und ich konnte das lesen, wie wenn es vor mir in die Luft geschrieben wäre: die beiden Männer sind tot und beraubt, und eingegraben, und sie kommen nicht wieder... Ich habe wohl nicht geschrien, ich war wie gelähmt, und mein Maxie, der war eingeschlafen... Dann aber, da fing das Weib an zu tanzen – nun tanz doch, Johnny –, immer den Oberkörper vor und zurück, und in einem tapsenden Schritt langsam um mich herum, nein, du kannst es nicht, Johnny, du hast es vergessen, so tanzt kein Indianer, und betrunken bist du auch, setz dich lieber hin und trommele wieder, gib mir deine Decke, ich tanze selber – so – *sie hat ihren Mantel und Hut, als sitze sie noch dort, auf ihrem Sitz drapiert, wirft sich die Indianerdecke um, in der zwei Schlitze sind zum Durchstecken der Arme, und beginnt mit Hin- und Herwiegen des Oberkörpers gleichsam um sich selbst herum zu tanzen, wobei sie die Hände immer näher nach ihrer imaginären Gestalt am Boden ausstreckt* –, und schließlich berührt sie mich fast, und immer mit so einem abgehackten murmeligen Singsang – und dazu die Gebärden –, den einen Arm weit hinweg, den andern so, als wolle sie mich umschlingen, vielleicht waren auch ein paar Worte von unserer Sprache dabei, und ich verstand, ich soll mitkommen, mit meinem Kind, weit weg, in die Hütten ihrer Söhne... *Sie läßt die Indianerdecke fallen, kauert sich auf den Sitz zu ihren Sachen, ohne sie wieder anzuziehen, nimmt den alten Mantel wie ein Kind in die Arme und an ihre Brust* Als sie anfing zu tanzen, dachte ich wohl daran, daß hinter mir eine geladene Doppelflinte lag, und daß ich die packen könnte und schießen, wenn sie mir meinen Maxie nehmen wollte... Aber jetzt hatte ich das vergessen... Es hatte auch keinen Sinn mehr... Denn da waren auf einmal viele Gestalten in unserem Wagen und kamen mit unseren Ballen und Kisten wieder heraus – und es war plötzlich fast dunkel geworden... Wie mir war –? *Sie besinnt sich* Wie wenn eine dicke kalte Schlange mir durch den Mund in den Hals kriechen würde und dann durch den ganzen Leib –. Sonst habe ich nichts mehr von mir gewußt – nur meinen Maxie, das wußte ich, den hielt ich ganz fest... Und jetzt kauert sie bei mir nieder und faßt mich leicht an den Schultern, und ich denke, sie werden kommen und uns forttragen, wenn ich nicht selber gehe, mein Kind und mich – und ich konnte nicht aufstehen, und mich nicht mehr rühren. Da aber höre ich etwas Lautes – zum ersten Mal an diesem Tage –, es kam vom Hügel droben und war wie wenn ein Vogel schreit, sehr schrill, oder ein angeschossenes Tier... Und wird noch lauter und gellender und reißt kreischend ab, und ich reiße die Augen auf, und es ist niemand mehr da, das Weib war weg, und alle laufen und rennen und lassen unser Zeug fallen und schmeißen sich auf ihre Ponys, das konnte ich nicht mehr sehen, nur hören, und rasten davon... Und gleichzeitig höre ich, übern Fluß her, ganz fern, ganz leise – nun mach schon, Tabor, du weißt es noch –

TABOR *hat sich abgewendet, ahmt mit dem Mund ganz leise ein Kavalleriesignal nach –* »Tatataa – Tatataa –«

AUGUSTA *hat die Hand vor den Augen, schweigt. Dann schaut sie auf, sieht Susian, die ganz in sich zusammengeduckt in ihrer Nähe sitzt* Hast du dich gefürchtet, kleine Susian?

SUSIAN *läuft zu ihr hin, schmiegt sich an ihr Knie.*

AUGUSTA *läßt den Mantel fallen, zieht sie an sich, streichelt ihr Gesicht.*

GOLDRICK *nach einer Pause* Und wie ging das weiter?

TABOR Gar nicht. Eine Abteilung berittener Soldaten von Fort Laramie hatte gesehen, wie man uns überfiel, und uns herausgehauen, Jack und mich, die kamen jetzt mit uns übern Fluß. Dann hat Augusta ein paar Verwundete verbunden und Büffelmist gesucht und Feuer gemacht und Kaffee und Suppe gekocht, für dreißig Mann.

AUGUSTA *ist aufgestanden* Da, schaut! *Sie deutet auf Dyer, der auf seinem Platz neben dem Ofen mit offenem Mund schläft.*

DIE MÄNNER *beginnen zu lachen und sich zu bewegen, als ob ein Bann gebrochen sei.*

AUGUSTA *tritt zu Dyer, faßt ihn sanft an der Schulter* Komm, Father Alcuin, ich mach dir ein Bett, du hast ja schon Sand in den Augen. *Winkt den Kindern, nimmt Susian bei der Hand, geht, von Freddy gefolgt, mit einem* Gute Nacht *ab zur Küche.*

DYER *ist aufgestanden, folgt ihr, sich reckend und gähnend, dreht sich noch einmal um, ziemlich heiser* Morgen früh um sechs und wehe, wenn einer fehlt. *Ab.*

UNCLE DICK Nun, ich denke –

TABOR Richtig, ich denke auch. Die kleine Lady hat mich ganz fertig gemacht mit den alten Geschichten.

GUGGENHEIM Nur noch eine Frage, was ist aus eurem Maxie geworden? Der müßte doch jetzt schon ein Mann sein.

TABOR Er ist im ersten Frühling hier gestorben, an Erschöpfung und Husten.

GOLDRICK Man kann wohl auch sagen an Unterernährung.

TABOR Ja, das kann man auch sagen.

GUGGENHEIM Oh, verzeihen Sie. Das tut mir leid.

TABOR Es ist lange her.

GOLDRICK *zu Guggenheim* Kommen Sie, junger Mann, die Wanzen warten.

GUGGENHEIM In unsren Zweistöckigen? Die sind selbst für Wanzen zu hart.

UNCLE DICK *im Gehen* Sagen Sie nichts gegen die Zweistöckigen, denken Sie an Georgie Pullman, der ist hier in so einem Doppelstöcker auf die Welt gekommen und hat nie was anderes gekannt – bis er die Eisenbahn sah und wie sich die Leute da nachts auf den Bänken herumquälen – da hatte er die Idee. Heut ist der Mann Präsident der U. S. Schlafwagengesellschaft und Millionär.

GOLDRICK *an der Tür zum ›Hotel‹* Ich sage ja, auf die Idee kommt es an, ganz egal auf welche.

UNCLE DICK Kommst du mit, Murat?

MURAT Klar, ich muß ins Geschäft.

GUGGENHEIM Wie, jetzt noch?

MURAT Meine beste Geschäftszeit. Fast meine einzige. Was ein Mineur ist, kommt höchstens samstags gegen Mitternacht auf den Einfall, sich die Haare schneiden und den Bart stutzen zu lassen – wenn nämlich eines der Dollarmädchen ihm gesagt hat, er sei zu struppig, um mit ihm ins Bett zu gehen. Und wenn ich dann nicht zur Hand bin – krach schießen sie mir das Türschloß kaputt. Gute Nacht. *Geht mit Uncle Dick.*

GUGGENHEIM Gute Nacht *Er und Goldrick verschwinden ins ›Hotel‹.*

TABOR *steht bei Bill Brown, der als einziger sitzen geblieben ist und keine Anstalten macht zu gehen* Nun, Bill, wie wär's? Oder hast du dich in unseren Leimtopf gesetzt, daß du hier festklebst?

BROWN *leise* Mach mal dicht. Ich hab dir was zu sagen.

TABOR Aber flott, ich bin müde. *Verschließt die Tür, beginnt, die Lichter zu löschen.*

BROWN Hör zu, Tabor: a plus b in Klammer im Quadrat ist gleich a-Quadrat plus b-Quadrat. Du verstehst, was ich meine...

TABOR Nein, das verstehe ich nicht. Mein Vater war Schulmeister in Vermont, und bei dem hat's nur bis zum Kleinen Einmaleins gereicht. Aber ich kann mir denken, was du meinst. Du willst mir zu irgendeinem Geschäft Halbpart vorschlagen...

BROWN Nicht so laut. *Gedämpft* Dieser Guggenheim, der hat Geld...

TABOR Und?

BROWN Man könnte ihm eine Grube andrehen...

TABOR Da müßten wir eine haben – das heißt, erst eine finden –

BROWN Unsinn. Da brauchen wir nichts zu finden, wir übernehmen irgendeine verlassene, wo nie was zu finden war –

TABOR Und die soll er kaufen? Hältst du den für so blöd?

BROWN Dich halte ich für so blöd. Hast du nie gehört, daß man eine Mine salzen kann, wie das heißt? Wir müssen uns einen Karren voll erzhaltiger Brocken besorgen, das kostet nicht viel, und sie so im Gestein verteilen, daß sie dann von ihm oder seinen Experten entdeckt werden. Dann verlangen wir vierzigtausend –

TABOR Und was soll ich dabei? Ich meine, wozu brauchst du mich, wenn du so gute Ideen hast, warum machst du das nicht allein?

BROWN Mir würde er vielleicht nicht trauen – mir allein.

TABOR Ach so. Weil ich so ein braves, ehrliches Gesicht habe, was? Das soll mein Einsatz sein?

BROWN Halbpart.

TABOR Da mußt du mich ausklammern, Bill, und zwar im Quadrat. Sowas, das liegt mir nicht.

BROWN Liegt dir nicht, – wenn du zwanzigtausend Dollars machen kannst – fast ohne Spesen –

Es wird heftig an die Tür gepocht, gleichzeitig hört man das heulende Bellen eines Hundes.

BROWN – und ohne Arbeit, und ohne Risiko!

TABOR Still. Das sind die beiden Deutschen, mit ihrem alten Köter. Aber ich mach nicht mehr auf.

Das Pochen wiederholt sich.

BROWN *flüsternd* Kannst du dir das denn leisten? Eine solche Chance – die kommt nicht wieder!

TABOR Ich will dir was sagen, Bill Brown. Das ist keine Chance, das ist eine Schweinerei.

BROWN Du bist eben zu feige. Du traust dich nicht. Du bist einfach ein Feigling, das hätt' ich mir denken können.

Es wird jetzt an der anderen Tür gepocht, der Hund heult lauter.

TABOR Dann hätte ich, an deiner Stelle, gar nicht erst davon angefangen, – und jetzt Schluß damit.

BROWN Wie du willst. Es gibt andere Leute, die smarter sind. Ich werde den Vogel rupfen, jedenfalls.

TABOR Und ich werde den Jungen warnen, merk dir das.

BROWN Wie kommst du dazu, was gehen dich meine Geschäfte an!

TABOR Gar nichts, wenn du sie mir nicht auf die Nase hängst. Der Mann ist hier Gast unter meinem Dach, und – *Jetzt wird am Fensterladen gepocht, rauhes Hundegebell.* Jetzt wird's mir aber zu viel. *Er reißt den Laden auf* Was fällt euch ein, hier wird schon geschlafen!

RITSCHE *vor dem Fenster, atemlos* Herr Post – Herr Oberpost – Herr-Herr-Herr Direktor – Wir haben eine Meldung von großer Bedeutlichkeit – da kann man keine Zeit nicht verlusten –

TABOR Mach rasch, es zieht.

RITSCHE Wir haben einen Fund gemacht! nein getan – nein gemacht, sagt man besser.

TABOR Was, in den Bergen womöglich?

RITSCHE Jawohl, mein Herr, einen Findling, von großer Bedeutlichkeit –

TABOR Und deshalb poltert und bellt ihr da herum, zu nachtschlafender Zeit, als ob das nicht bis morgen früh warten könnte!

RITSCHE – bis morgen früh, da sind wir vielleicht schon gefroren, mein werter –

TABOR Also kommt rein, in drei Teufels Namen, durch den Schuppen. Trab-Trab – *schlägt den Laden zu* –, was die schon finden! Aber ich kann sie ja wirklich nicht erfrieren lassen – *geht rasch in den Schuppen, öffnet hinten* –, nein, der Hund bleibt draußen!

RITSCHE Aber mein werter Hund, werter Herr wollte ich sagen, mein Herr Hund, mein Hund, mein Herr – wenn ich ihm hier nur anbinden darf, wo er warm ist –

TABOR Wenn er nichts macht –

RITSCHE Was soll er denn machen, er hat seit drei Tagen nichts mehr im Bauch – Wir hatten ja noch etwas Schiffszwieback, aber das nimmt mein Tyras nicht, nein das speist er nicht, und eine heiße Schnauze, die hat er auch.

TABOR Na gut, bind ihn an, zum Stehlen gibt's hier sowieso nichts.

RITSCHE Stehlen! Mein Tyras! Der würde Sie eher verhungern! Er ist nämlich nach der Dogge des großen Kanzlers getaufen, und er hat eine genau so eine große Philosophie.

TABOR *schaut ihn an, während er ihn hereinläßt* Ich glaube, du hast auch schon eine heiße Schnauze, oder was.

RITSCHE Mein Hund, wissen Sie, der ist mir nämlich mehr wert als mein Kopf.

TABOR Ist er auch, ganz bestimmt.

RITSCHE So denke ich, werter Herr –

TABOR Jetzt laß den werten Herrn weg, wir sind hier nicht bei Hof, und denke nicht lang, sondern sag, was ihr wollt, aber hoppsa!

Ritsche und Hock sind inzwischen hereingekommen, es sind die jämmerlichsten Gestalten, die man sich vorstellen kann: unrasiert und verschmutzt, ohne Mäntel und Handschuhe, mit zerbeulten Hüten, durchnäßter, zerrissener Kleidung. Sie mögen zwischen dreißig und vierzig sein. Hock trägt ein kleines Säckchen in der Hand.

RITSCHE Sie wissen, mein Herr, wer wir sind – *zu Brown, der noch am Tisch sitzt und sie spöttisch betrachtet* –, wir sind nämlich, mein Freund Hock und ich, was man Prospecter nennt, freie Bergmänner, sozusagen –

TABOR Wer ihr seid, das weiß ich ganz genau, nämlich Flickschuster, denen irgendein böser Geist ins Ohr geblasen hat, hierher zu kommen, und nachdem ihr fünf Jahre versucht habt, den Leuten die Schuhe zu flicken, was aber die meisten Leute hier selber tun, seid ihr auf die noch schlechtere Idee gekommen, Erz zu schürfen –

RITSCHE Ich muß doch sehr bitten, uns nicht als Flickschuster zu besehen, so wir jedoch die Meisterprüfung gemacht haben, in Landau, und auf den Titel Schuhmachermeister ansprechen dürfen –

HOCK Bawwel net so viel, Guschdl, ich fall um, wenn mer net bald e Schnäpsle krische ...

TABOR Was sagt der?

RITSCHE Er fällt um, sagt er, aber nur gefühlvoll. Mein Freund ist nämlich der hiesigen Landessprache noch nicht flüssig, wie ich das habe.

TABOR Und du behauptest, ihr hättet einen Fund gemacht?

RITSCHE Wofür Sie sich überzeugen können? – Schorsch-Kall, mach dei Säckle auf – einen Findling, direkt.

TABOR Wo?

RITSCHE Da hinten hoch da droben! Noch bevor daß der Schneesturm blus –

BROWN Wo, genau? Nördlich oder südlich von Fryer's Hill?

RITSCHE Wo ein paar Fichten stehn, wissen Sie. Es war da eine sehr heiße Sonne auf unsern Kopf, so dachten wir, am besten wo etwas Schatten weilt und wir nicht so schwitzen ...

BROWN *lacht* Feine Prospecters.

TABOR Und habt ihr das Schürfrecht erworben? Eine Abstekkungslizenz?

RITSCHE Sie haben uns doch selbst zugestellt mit der letztesten Post – *Greift in die Brusttasche, zieht ein Papier hervor.*

TABOR Kann sein. *Nimmt das Papier an sich.*

RITSCHE – und hatten wir, der Wahrheit zuliebe, unsere letzten Böcke dafür bezahlt und den Rest für Hacke Spaten und Zwieback und so sind wir jetzt –

TABOR Kann's mir denken. Ihr seid einfach im Arsch, und jetzt wollt ihr hier was rausholen –

RITSCHE Einen Krug Whiskey mein Herr – denn wir gedursten und verfrieren bei meine leibliche Seel – und für den Hund, wenn vielleicht ein paar Abfälle, aus der Küche –

HOCK *hat inzwischen einen Gesteinsbrocken aus seinem Säckchen gekramt, hält ihn Tabor hin.*

TABOR *wiegt ihn in der Hand, schaut ihn an* Und damit wollt Ihr bezahlen?

RITSCHE Oh, keinerdings. Wir bieten Partnerschaft, fünfzig Prozent, an unserem Absteck. Wenn wir nur einen Krug Whiskey, auf die Nacht, und vielleicht ein paar Abfälle –

TABOR Ich glaube, ihr seid nicht bei Trost. Einen ganzen Krug Whiskey!

RITSCHE *plötzlich smart* Wie Sie wollen. Fünfzig Prozent, mit gesetzliche Absteckung, und Fundprobe, mein Herr.

TABOR Solche Brocken findet man hier überall, aber dann nichts weiter.

HOCK Wolle mer widder gehe, Guschdl? Ich glaab, der macht's net, dann liewer rasch in die Klapp.

BROWN *hat den Brocken aus Tabors Hand genommen, prüft ihn* Erzhaltig.

RITSCHE Sei still, Schorsch-Kall, ich glaab, die beiße grad aa'.

TABOR Was sagt er?

RITSCHE Er ist wie vorher der Landessprache nicht geläufig, aber sonst sehr universal.

TABOR Universal?

RITSCHE Jawohl, bis auf der hiesigen Sprache, die nur ich mächtig bin. Doch gehen wir immer per zweit, und braucht nur einer zu sprechen, da denkt er ganz universal, mein Freund...

BROWN *hat den Brocken genau beklopft und gemustert* Was kostet ein Krug Whiskey, im Einkaufspreis? Ich zahl ihn und versuch das Geschäft.

TABOR Halt. *Schnappt ihm den Brocken weg* Dir hat man kein Angebot gemacht. Wenn überhaupt – dann ist das mein Geschäft.

HOCK *weinerlich* Ei wenn mir nur e Dreppelche Schnaps krische deete, mir is schon ganz iwwerix –

RITSCHE Halt die Gosch, Schorsch-Kall, die mache's, die mache's!

BROWN Du – und noch einmal in die Berge? Hast du nicht gerade gesagt, nie mehr in deinem Leben –! Auf meinen Eid, hast du gesagt.

TABOR Ein Mensch sagt viel, und dann sagt er wieder was anderes. Es gilt nur, was er zuletzt sagt.

BROWN Ich kann aber das Zeug brauchen, ganz egal wieviel drinsteckt.

TABOR Eben drum. *Er geht zum Kücheneingang, späht vorsichtig hinter die Felle* Sie ist noch wach. Augusta! Hast du nicht ein paar Knochen übrig, von unsrem Truthahn, für einen halbtoten Hund.

RITSCHE Aber keine Röhrenknochen, wo splittern und einen Hund nicht vertragen, keine Röhrenkno–

TABOR Hört zu. Den Krug Whiskey, den könnt ihr haben. Ich übernehme zwei Drittel – *er schneidet Ritsche das Wort ab* –, zwei Drittel, hab ich gesagt, oder es gibt keinen Whiskey und keine Knochen. Bedingung: ihr müßt selber die Hacken schwingen. Ich habe genug davon, und ihr seid zwei, einer hackt, einer schaufelt. Aber ich komme mit, und ich sorge dafür, daß wir einen sachverständigen Metallurgisten dabei haben, der uns sagt, wann wir am richtigen Punkt angekommen sind – falls es überhaupt einen gibt. Eure Lizenz, die behalte ich hier, als Garantie für die Abmachung. Du schreibst drauf: zwei Drittel an H. A. W. Tabor, und ihr setzt eure Namen drunter. Da ist Tinte und Feder.

RITSCHE Zwei Drittel –

TABOR *hat aus einem Verschlag einen Krug Whiskey herausgeholt, hält ihn hoch* Zwei Drittel.

HOCK UND RITSCHE *wechseln einen Blick – starren auf den Whiskeykrug. Dann stürzt sich Ritsche auf die Feder und schreibt.*

AUGUSTA *ist inzwischen hereingekommen, noch angekleidet, aber ohne Schürze und mit offenen Haaren, beobachtet mißtrauisch die Szene. Sie hat eine Schüssel mit Knochen in der Hand.*

RITSCHE *gibt Hock die Feder zur Unterschrift* Da schreib dein Name, Schorsch-Kall.

HOCK Wenn mir nur's Schnäpsle krische. *Unterschreibt.*

RITSCHE *zu Augusta, mit einer Verbeugung* Werte Frau Lady, meinen verehrtesten Dank, aber da sind auch Röhrenknochen dabei, die einen Hund nicht bekommen – *Nimmt zwei Knochen heraus.*

HOCK Da is noch was draa', die nemme mer mit zum Abzukkele, ich schmeiß dess all in mei' Säckle. *Tut's.*

RITSCHE *übergibt Tabor das Schriftstück wehmütig* Zwei Drittel –

TABOR Eine Gallone Whiskey! *Übergibt ihm den Krug.*

HOCK *strahlend* Komm, Guschdl, is alles wurscht, jetz saufe mer uns doll un voll und dann penne mer dorch bis Montag morsche! *Rasch zum Ausgang.*

BROWN *ist aufgestanden* Ich komme mit. *Zu Tabor* Schlaf wohl, alter Schatzgräber, auf deiner neuesten Pleite. *Geht.*

RITSCHE Verehrteste Nachtruhe – allerdings. *Eilt Hock nach durch den Schuppen.*

TABOR *folgt ihnen, schließt die Tür.*

AUGUSTA *steht schweigend, schaut ihn an.*

TABOR *aus dem Schuppen zurück* Du, Lady, ich probier's nochmal. Was kann's schon schaden.

AUGUSTA Ich weiß nicht, das ist nicht gut. Laß es sein, Tabor. Du hast kein Glück.

TABOR Wie kannst du das sagen. Damals, vor zehn Jahren, hab ich fünftausend Dollar Gold geschürft, in einem Jahr!

AUGUSTA Und dein Nachbar hunderttausend – in einem halben.

TABOR *betreten* Ich kann ja auch nicht mehr zurück. Der Brown, der würde sich krank lachen, wenn dann doch was drin steckt.

AUGUSTA Du hast kein Glück, Tabor.

TABOR Wer weiß. Ich probier's.

AUGUSTA Wie du willst. Komm schlafen. *Geht.*

TABOR *steht unschlüssig, mit dem Papier und dem Erzbrocken in der Hand. Geht zu John Savage, der sich beim Ofen in seine Decke gerollt hat* Johnny –

JOHN SAVAGE *rührt sich nicht.*

TABOR *schaut einen Augenblick hilflos vor sich hin, dann macht er eine wegwerfende Handbewegung* Ach was. Ein Krug Whiskey... *Dunkel.*

Zweite Szene

Leere Bühne, vor einer halb vernebelten, wüsten Berglandschaft. In der Mitte eine tiefe Grube, einige Meter breit. Man hört von drunten das Schmettern einer Spitzhacke und das scharrende Knirschen einer Schaufel, mit der losgehacktes Gestein ausgeworfen wird, ohne daß man die Arbeitenden sieht.

Tabor, in Mantel und Hut, steht am Rand der Grube, schaut hinunter. Vorne rechts, in seine Decke gehüllt, kauert John Savage, raucht eine lange, schwarze Zigarre.

Während der ganzen Szene hört man, aus einiger Entfernung und offenbar von einem tiefer gelegenen Punkt her, in Abständen das klägliche Heulen von Ritsches Hund.

RITSCHES STIMME *von unten, schwer atmend* Sollen wir noch weiter –

TABOR Ja, bis zum Mittag wenigstens, dann kommt Uncle Dick. Zeig mal die Probe.

RITSCHE *wirft von unten zwei kleinere Steine herauf.*

TABOR *mustert sie* Quarz, und Granit, sonst nichts. *Wirft die Steine weg* Sag, Johnny, hast du noch so eine schwarze Mexico? Ich geb die Sache auf.

JOHN SAVAGE *kramt unter seiner Decke eine Zigarre hervor, reicht sie ihm, gibt ihm Feuer.*

TABOR *die Zigarre anbrennend* Ich geb's auf. Da kommt nichts mehr, wir sind schon fast zwanzig Fuß tief. Die Lizenz, die können wir zerreißen.

JOHN SAVAGE *schaut ihn an, hebt seine Handflächen in etwa dreißig Zentimeter Abstand vor die Brust, weist dann mit einem Finger nach unten.*

TABOR *beobachtet ihn gespannt* Einen Fuß tiefer! Meinst du das?

JOHN *nickt nicht, senkt nur die Augenlider.*

TABOR Und du glaubst, da kommt was? Da ist was zu finden?

JOHN *raucht.*

TABOR *hockt sich nieder* Wenn ich nur wüßte – wenn einer nur wissen könnte, was in dem seinem Kopf ist... Vielleicht weiß er wirklich was – aber warum hast du mir das nicht früher gesagt? He! Du! Warum, wenn du wirklich was weißt, hast du mir keinen Tip gegeben, und mir jahrelang zugesehen, wie ich herum schufte, und wie Augusta sich abgerackert hat?

JOHN *sieht ihn kurz an, wendet sich ab.*

TABOR Kann ein Mensch wissen, was in so einem Wildenschädel vorgeht... Hast du gedacht, es sei so besser für uns? Was? Glaubst du, das bringt kein Glück, wenn man sein Glück macht? Oder hockst du einfach auf deinem harten Steiß und bist zu stumpfsinnig, um überhaupt was zu denken, und was für unsereinen zu tun, – wo man dir seit Jahren den Rum anschreibt?

JOHN *sieht ihn voll an, lächelt kurz, senkt dann wieder die Augen.*

TABOR Ich verstehe. Du möchtest zahlen – aber es tut dir leid... Für wen? Für mich, womöglich? Ich kann dir sagen, wenn ich zehntausend mache, oder gar hunderttausend, mein Leben wird nicht anders, wie es heute ist. Da bleibt alles beim alten! Nur – man hätte seine Ruhe...

JOHN *lächelt wieder, aber anders, traurig, senkt den Kopf.*

TABOR Aber du machst ja nur Humbug. Du weißt ja auch nichts. Oder wenn du mal was gewußt hast, dann hast du's vergessen, in deinem ausgesoffenen Hirn.

JOHN *raucht.*

TABOR Was soll denn drin stecken, in dem tauben Dreck...

HOCK *springt rückwärts aus der Grube, während das Arbeitsgeräusch verstummt und Ritsche den schweißüberströmten Kopf hervorstreckt* Ich mach nimmer mit! Ich hab's satt! Mir lääft's alsfort in de Hals un ins Genack enoi, ma' woiß net, is des Schweiß oder Reesche! Ich will haam.

TABOR Was hat er gesagt?

RITSCHE Er will heim –

HOCK Haam! Nix wie haam! Ich bin e Ruppertsberscher, von de Woistraß, ich hab e ehrlich Handwerk gelernt! Ich will haam! Ihr könnt mich auskaufe!

TABOR Was will er?

RITSCHE Wir können ihn auskaufen, hat er gesagt, er will nach Haus –

HOCK Ihr könnt mich auskaufe, und dann könnter mich! Ich bin e Ruppertsberscher, ich will haam! *Will wegrennen.*

TABOR Halt, Herr Hock. Wir sollen ihn auskaufen. *Zu Ritsche* Frag ihn, zu welchem Wert.

HOCK *bevor Ritsche etwas sagen kann* Ich will nix wie das Geld für die Haamreis! Awwer die Schipp, die pack ich net mehr aa'! Ich hab schon die Händ voll Bloose! Ich hab die Nos voll!

TABOR Was sagt er?

RITSCHE Er hat die Blase voll und die Hände voll Nasen... will nur das Geld, um nach Hause zu schiffen.

TABOR Mann. Wenn wir je so viel aus diesem alten Dreckloch herauskratzen. Sag ihm, wir kaufen ihn aus, für den Wert von gestern, das heißt, seinen Anteil an der Lizenz und sonst nichts. Aber damit kommt er nicht weit.

RITSCHE Bleib da, Schorsch-Kall, der will der nix gewwe als was de bezohld haschd, des hot kaan bolidische Hosebode!

HOCK Des is mer worschd, ihr find ja doch nix, liewer klopp ich widder Neeschel in die Schuh, verreckt in euerm schleechde Kissel, ich will haam! *Er rennt fort.*

TABOR Wir sind ihm also nichts schuldig als ein Drittel der Lizenzgebühr. Ganz gleich, was wir finden.

RITSCHE Ach du mein lieber Gott, ich glaube ja auch, wir tun keinen Findling hier. Soll ich denn wirklich noch weiter – ich habe gar keinen Geist mehr, ohne meinen Freund –

TABOR Noch einen Fuß, den habt ihr schon bald heraus.

RITSCHE Aber allein, da schaff ich das nicht. Es kommt nur noch weißer Dreck –

TABOR Na gut. Ich löse dich ab, wenn ich ausgeraucht habe.

RITSCHE Das möchte ich dafür bitten, denn mein Hund, mein Tyras, Sie wissen, ich hab ihn da unten an einem Baum aufgehängt, weil er mir sonst immer nachspringt in die Grube –. *Er lacht.*

TABOR Ja ja. Nun hack nur weiter.

RITSCHE Ich muß ihm dann Essen geben, indem er so treu ist. Nur noch weißer Dreck... *Verschwindet stöhnend in der Grube.*

TABOR Weißer Dreck. Weißer Dreck. Wenn das Kalk ist, dann sind wir im Eimer. Wo Kalk ist, da gibt's kein Metall – da könnten wir's aufstecken... He! Uncle Dick!

UNCLE DICK *kommt, mit einem spitzen Schürfspaten.* Gut Glück den Minierern. Wie weit seid ihr drunten?

TABOR Fast einundzwanzig Fuß. Aber es kommt nichts als Quarz und Granit, und ich glaube, jetzt sind wir schon auf dem Kalk. *Der Hund heult lange und kläglich.* Herrgott! Das verdammte Geheule geht mir auf die Nerven.

UNCLE DICK Du Tabor, hör mal, paß auf. Mir ist eben der Hühnerschnabel begegnet, ganz nah von hier, mit einer Flinte. Der Kerl hat was gegen dich, seit er neulich bei dir so zünftig rausgeflogen ist.

TABOR Schießen, auf mich? Dafür hat er zuviel Angst vorm Strick. Sie würden ihn lynchen.

UNCLE DICK Er hat gesagt, er geht auf Kaninchen, aber er kann auch einen Fehlschuß tun, du mußt deine Augen im Rücken haben, verstehst du?

TABOR *nickt.*

Der Hund heult wieder.

RITSCHE *steckt den Kopf aus der Grube* In Verlaubnis, wenn ich doch jetzt einmal – ich bin ganz schweißvernäßt, und ich glaube, mein Tyras hat Hunger –

TABOR Meinetwegen. *Zu Uncle Dick* Ich spring in die Grube und heb dir eine Schaufelvoll von diesem Zeug heraus, dann kannst du mir sagen, ob das noch einen Sinn hat.

Der Hund heult. Ein Schuß fällt. Das Heulen verstummt.

RITSCHE *ist aus der Grube gestiegen* Da hat etwas geschossen –

UNCLE DICK Jaja, der Chicken-Bill ist auf Kaninchenjagd.

RITSCHE *hastig* Natürlich, natürlich auf Kaninchen, die haben ja noch ein weißes Fell, um diese Jahresgegend – Tyras!! *Er läuft weg.*

TABOR *ist in die Grube gestiegen* Da schau her. Da ist nichts mehr, noch nicht mal Quarz, nur so ein weißes Gebröckel.

UNCLE DICK *beugt sich herunter* Mensch, mach los! Weißt du, was das ist? Das ist der weißgrüne Porphyr – schmeiß mal einen Brocken herauf – Jesus Christ! Das sieht nur da unten aus wie Kalk, weil ihr kein Grubenlicht – der weißgrüne Porphyr! Hack auf, Tabor, hack auf!

TABOR *während man die Hackenschläge hört* Das ist aber jetzt furchtbar hart!

UNCLE DICK Klar – das ist die Eisenkappe, wie man's nennt! Und darunter – darunter – Mensch, Tabor, das muß eine große Silberader sein!

TABOR *unten* Verdammt hart.

UNCLE DICK *springt hinunter* Ich helf dir! Wir brauchen nur durch die Kappe – dann kann ich einstechen –

Schnellere Hackenschläge.

JOHN SAVAGE *wirft den Stummel seiner Zigarre fort, beugt den Kopf tief zur Erde, als ob er etwas rieche. Hellere Schlagtöne von unten. Man hört das Keuchen der Männer. Dann die Stimme von*

UNCLE DICK Silber! Das reine Silbererz! Da geht eine Ader durch, die ist unerschöpflich!

TABOR *erscheint, schweißtriefend, atemlos.*

RITSCHE *kommt gleichzeitig, fast taumelnd, von der Seite.*

TABOR Ritsche! Ritsche! Komm rasch! Wir haben's geschafft – den ganz großen Schlag! Wir sind reiche Leute! Wir haben unser Glück gemacht!

RITSCHE Mein Hund ist tot...

Dunkel

Während der kurzen Dunkelheit bis zum Wiederaufhellen oder Aufziehen des Vorhangs erhebt sich von rückwärts ein ungeheurer Lärm, der – in rhythmischer Steigerung – immer näher heranschwillt. Seine Elemente sind: das Schmettern der Spitzhacken und der Schlag schwerer Hämmer – Rattern und Rasseln der Erzwagen – das Malmen der ›Quarzkauer‹ und das Fauchen riesiger Schmelzöfen, das Zischen der glühenden Metallströme, das Knirschen der Steinbohrer, mit denen Stollen in den Fels getrieben werden, und der dumpfe Krach von Sprengschüssen in der Tiefe. Dazu – mit dem Stampfen von Pferdehufen und Männerstiefeln – in gedämpften Lauten, wie ein unterirdischer Chor, die Stimmen der Arbeiter und der Antreiber in den Minen: »Zuu–gleich. – Hoo–Ruck!« – stets von dem großen Getöse unterjocht.

Wenn es hell wird, ist der Lärm plötzlich verstummt. Man hört nur noch, aus einer gewissen Entfernung, sehr leise das Klopfen, Hobeln und Sägen von Zimmerleuten an einem Neubau.

Zweiter Akt

Colorado, Sommer 1881

Die Bühne zeigt den gleichen Raum wie zu Beginn des Stückes – Tabors ehemalige Post-Station –, jedoch hat sich seine Einrichtung und Aufmachung völlig verändert. Von dem früheren Mobiliar ist nur noch der altersschwarze Eisenofen an seinem Platz, aber das lange Rohr ist abmontiert, da Sommer ist. Die Holzwände sind mit zweifellos teuren, aber keineswegs unschönen Stofftapeten bespannt, Waffen und Werkzeuge sind verschwunden, statt dessen befinden sich Silberzeug, Porzellan und kostbare Gläser auf geschnitzten Regalen oder Büfetts. Wo der klobige Bartisch stand, ist jetzt ein zierlicher Eßtisch mit gedrechselten Beinen, von einer geblümten Fransendecke geschmückt, um den einige zweifellos teure, doch keineswegs schöne Stühle und Plüschsessel stehen. Auch fehlt nicht ein Schaukelstuhl, daneben ein silberner Sektkühler und ein kleiner Rolltisch mit Spitzendecken. Der ehemals offene Eingang zum Schuppen, früher als ›General-Store‹ gekennzeichnet, ist jetzt durch eine doppelflankige Glastür verschlossen, die in Goldbuchstaben den Aufdruck ›Tabor & Brown, Bank & Börsenhandel‹ zeigt. Wo sich ehemals der Eingang zum ›Hotel‹ befand, ist jetzt eine schwere Tür mit einer in Silber gravierten Aufschrift: ›Privat-Bureaux‹, darunter eine Reihe von kleineren Porzellanschildern, auf denen Tabors verschiedene Unternehmungen und Gesellschaften aufgedruckt sind, und anstelle des Fellvorhangs, mit dem der Eingang zu Augustas Küche verhängt war, befindet sich eine dunkelrote Samtportiere. Das rückwärtige Fenster, natürlich ohne den alten Holzladen und mit Chintzvorhängen, steht halb offen.

Augusta, nicht viel anders als früher, nur etwas sommerlicher gekleidet, steht am Fenster, während Tabor nervös im Raum auf und ab geht. Er trägt einen eleganten hellgrauen Anzug mit schwarzen Samtaufschlägen und perlgrauen Knöpfen, über die Weste sind zwei Uhrketten aus Silberdollars gespannt, die dunkle Krawatte ist von einer diamantenbesetzen Schmucknadel geziert, einige kostbare Ringe funkeln an seinen Fingern.

Im Schaukelstuhl wippt Ritsche, gleichfalls elegant, aber nachlässig an-

gezogen, mit ungebügelten Hosen, ein Hosenbein übers Knie heraufgerutscht, und befleckter Krawatte. Aus dem Sektkühler neben ihm ragt der Hals einer geöffneten Champagnerflasche, auf dem Rolltischchen stehen zwei Gläser.
Unverändert und an der gleichen Stelle wie früher hockt John Savage auf seinem hölzernen Schemel, der leere Becher liegt neben ihm auf dem Boden.

TABOR *bleibt in der Nähe des Fensters stehen, lauscht* Es ist wirklich ganz still. Man hört keinen Laut von den Minen. Nur an meinem Neubau hämmern sie noch.

AUGUSTA Es ist ein Glück –

TABOR Nein, das ist selbstverständlich. Wenn auch die Zimmerleute feiern würden – das wär das Letzte.

AUGUSTA Ich wollte sagen, es ist ein Glück, daß es endlich einmal still ist. Dieses ewige Gerülpse von euren stinkenden Schmelzöfen, Tag und Nacht, davon wird man ja toll im Kopf.

TABOR Wie du dich ausdrückst –

AUGUSTA Ich drücke mich aus, wie es ist. Sie rülpsen, wenn sie in Gang sind, das kann jeder hören, und was rülpst, das stinkt. Gottseidank, daß sie einmal Ruhe halten – hoffentlich dauert das ein paar Tage.

TABOR Du redest wirklich wie ein Kind, Augusta. Ein Streik ist ein Unglück – ein Unrecht, eine Katastrophe! Achttausend Minenarbeiter, mehr als die Hälfte davon meine eigenen, feiern seit heute früh – die meisten sind schon zur letzten Nachtschicht nicht eingerückt – es ist gar nicht auszudenken, was sie damit anrichten!

AUGUSTA Ihr braucht ihnen doch nur mehr Lohn zu geben...

TABOR Davon verstehst du nichts, kleine Lady. Bedenke die Unsummen, die jede Stunde kostet, die Schwierigkeiten der Kalkulation bei erhöhten Löhnen, das enorme Geld, das dabei verloren geht!

AUGUSTA Wir haben doch schon genug.

TABOR *ungeduldig* Es ist nicht unser Geld, von dem ich spreche, sondern das Betriebskapital, das muß doch ein Säugling begreifen. *Geht zum Rolltisch, stürzt ein Glas Sekt hinunter.*

AUGUSTA Ich bin eben kein Säugling. Ich meine, mehr als reich kann man nicht werden, und jetzt könnte man ruhig was sparen, damit es den andern zugute kommt. Früher, da hast du sehr gern meinen Sasphras-Tee getrunken, mit einem Schuß Rum oder Whiskey, statt dieses Zeugs aus Frankreich, das ein Vermögen kostet und dir immer aufstößt.

TABOR *mit dem Fuß stampfend* Es stößt mir nicht auf! Es ist das Gesündeste was es gibt, der Arzt sagt es selbst, ich brauche das für mein Herz! Es handelt sich – wie soll ich dir das erklären? – es handelt sich nicht um das Geld für die paar lumpigen Flaschen Champagner. Es geht um Investitionen, um Gründungen, um – um neue Schöpfungen von allgemeiner, gemeinnütziger Bedeutung – *Ihm stößt auf.*

AUGUSTA Siehst du.

TABOR Das ist nur, weil ich mich aufrege, das ist nicht von dem Sekt! Denke doch an meine Unternehmungen, an alles, was ich auf dem Hals habe – *Ihm stößt wieder auf.*

AUGUSTA *zuckt die Achseln.*

TABOR Denke an die Gas- und Wasser-Company, an die neuen Bauprojekte und die Straßenverbesserung, wo wäre Leadville heut ohne das! – denke an die kommende Eisenbahn – um nur das Wenigste zu nennen –, das hängt alles von unserer Kapitalkraft ab, von der Höhe der Dividenden, die wir auszahlen können, damit unsere Aktionäre dann wieder Anteile zeichnen für die neuen Gesellschaften – hörst du mir zu?! Begreifst du jetzt, was so ein Streik für ein Verbrechen ist – mitten im Aufschwung, mitten in der Zeit der großen Exploitation und der Prosperität? Die denken nur an sich, das ist es.

AUGUSTA Wenn sie aber recht haben.

TABOR *gereizt* Ich sage dir, davon verstehst du nichts.

AUGUSTA Schön, dann geh ich kochen. *Wendet sich zur Küche.*

TABOR Du sollst nicht mehr kochen! Und du sollst dich besser anziehen, wie oft hab ich dir das gesagt, und deinen Schmuck tragen und deine Ringe. Wozu habe ich den Negerboy engagiert, der auf einem Mississippidampfer gekocht hat!

AUGUSTA Wenn du das essen willst, was der kocht, ich nicht.

TABOR Er kocht doch schon seit einem Monat für uns –

AUGUSTA Glaubst du. Er schält Kartoffeln. *Will gehen.*

Ein Horn ertönt in der Ferne, mit einem heulenden Laut.

RITSCHE *fährt auf* Tyras –!

AUGUSTA *bleibt am Ausgang stehen* Was ist denn das?

TABOR *verlegen* Das ist das neue Horn. Wir brauchen ja einen Hornbläser wie jede Truppe, um meine Leichte Kavallerie zum Sammeln zu rufen.

AUGUSTA Und warum wird sie zum Sammeln gerufen?

TABOR Zunächst wohl nur eine Übung. Sie haben für Ordnung und Sicherheit einzustehn.

AUGUSTA *nachdenklich, ohne Ironie* Für Ordnung und Sicherheit.

TABOR Jawohl. Für Ordnung und Sicherheit. *Leert sein Glas.*

RITSCHE *zu Augusta gewandt, mit verglasten Augen* Das war ja gar nicht mein Hund, der lebt ja schon lang nicht mehr. Komisch, was man sich manchmal einbilden tut. Ich hätte ihn damals nicht an den Baum anbinden gedürft, wissen Sie, das hätte ich nicht gedürft. Das war meine eigne Schuld. Meine eigne Schuld. *Er trinkt.*

AUGUSTA *freundlich* Sie sollten sich endlich einen neuen Hund anschaffen, Herr Ritsche. Oder heiraten.

RITSCHE *böse, stößt das Glas auf den Tisch* Ich kann keinen Hund mehr sehen! Ich knall ihn nieder – wenn mir einer über den Weg läuft – ich knall sie nieder – alle! *Er schluchzt.*

AUGUSTA Trinken Sie lieber nicht so viel. *Geht.*

TABOR Sie hat ganz recht, du solltest nicht so viel saufen, schon am Vormittag. Du verlierst ja langsam den Verstand. – Hast du dich nun entschieden, wegen deines Freundes?

RITSCHE *stur* Ich habe keinen Freund. Man hat ihm umgebracht.

TABOR Nimm dich zusammen, Ritsche. Jeder Mensch weiß, daß dein Freund Hock hier immer noch Schuhe klopft, während du – *ihm das Wort abschneidend* –, ja ja, du hast ihm eine Werkstatt eingerichtet, das ist ein Trinkgeld! Der Mann will heim – er braucht seine Beteiligung.

RITSCHE Er ist nicht beteiligungt. Er hat seinen Absteck bezahlt und zurückgekriegt, er hat nichts zu verlautspruchen.

TABOR Rechtlich nicht. Aber ich finde, das ist kein Anstand, das wurmt mich. Er schreibt uns Jammerbriefe, schon jahrelang, und wir können uns das jetzt leisten. Ich sage, du gibst ihm zehn Prozent, ich fünf, von unsrem Reingewinn.

RITSCHE *plötzlich ganz klar* Zehn – fünf – aber das wären – paß mal auf, das wären zweihundertfünfzigtausend Dollar – stell dir vor, daheim in Deutschland mehr als eine Million!

TABOR Warum nicht. Wir machen das Doppelte, jedes Jahr, nur von unsren Aktien. Er war unser Partner, er hat genauso geschuftet wie du, – er hat nur zehn Minuten zu früh die Nerven verloren.

RITSCHE Hätte er sie eben behalten sollen.

TABOR Mann, ich verstehe dich nicht. Ich weiß nicht, wer bist du eigentlich. Bist du derselbe Ritsche, der mit seinen ersten Zehntausend in den Gassen herumgerannt ist, und jedem abgerissenen Kerl, der ihm in die Quere kam, einen neuen Anzug gekauft hat aus dem besten Stoff – und ihn acht Tage lang ausgespeist, und ihn soviel saufen lassen, bis er nicht mehr konnte –? Was bist du denn jetzt? Ein vollgelaufener Pott oder was? *Ganz erschrocken* Wie kann – wie kann sich ein Mensch denn so verändern –? *Er geht zur Glastür, ruft ins Bankbüro* He, Freddy! Ist Freddy noch nicht zurück? *Wieder zu Ritsche* Du zehn, ich fünf, wir machen das schriftlich und zwar heute noch.

RITSCHE Es ist nicht logisch.

TABOR Ach halt die Klappe.

RITSCHE Es ist nicht logisch – aber ich will es machen, seinetwegen.

TABOR Na endlich. Er war doch dein Kumpel, jahrelang.

RITSCHE Er hat ihm nämlich manchmal ein Stück von seiner Speckrinde gegeben. Ich mache es ihm zuliebe.

TABOR *angewidert* Meinetwegen deinen verstorbenen Kopfläusen zuliebe, aber das muß in Ordnung kommen. Es soll keiner sagen, Tabor habe seinem Glück mit Schäbigkeit gedankt. Ich lasse Freddy ein Schriftstück aufsetzen, und dann machen wir die Schecks aus.

RITSCHE *stumpf* Ihm zuliebe. *Trinkt.*

TABOR *vor der Glastür* Da kommt er endlich. Freddy!

BROWN *kommt herein* Bedaure. Es ist nur der bescheidene Vater. Dein junger Herr Sekretär muß einen Umweg machen, damit ihn die Kerle nicht in die Mache kriegen.

TABOR Du glaubst, sie würden ihm etwas tun?

BROWN Ich möchte keinem Höfling eines Bonanzakönigs heute raten, allein auf die Straße zu gehen, wenn er sein Nasenbein und seine Zähne lieb hat.

TABOR Ich denke, sie halten Disziplin –

BROWN Tun sie auch. Das ist Mike Mooneys Trick. Aber er hat es mit ein paar tausend verhetzten Arbeitern zu tun, und dann gibt es immer noch ein paar hundert Rowdies, die mit Schlagring und Messer in der Gegend herumstrolchen und auf Streikbrecher lauern. Deine Leichte Kavallerie, die putzt indessen die Pferde und ihr Sattelzeug. *Lacht* Und pflegt ihre wunderschöne Montur, daß da nur kein Blutspritzer draufkommt.

TABOR Die Hauptsache, daß in den Minen nichts passiert.

BROWN Du sprichst genau wie dein Blutsbruder Mooney – das ist sein Trick, um euch auf die Knie zu zwingen. Wenn der sie nicht in Zaum halten würde, dann könntet ihr morgen die Fetzen und Trümmer von eurer neuesten Maschinerie zusammenklauben und auf den Schlackenberg schmeißen. Er hat sich mit der Bande geprügelt, die in die Minen eindringen wollte, und du hätt'st hören sollen, wie dein Volk gebrüllt hat: »Stellt die verdammten Pumpen ab, laßt sie absaufen!« Dein liebes Volk von Leadville, dem du eine Parkanlage und eine Turnhalle mit Schwimmbad gestiftet hast.

TABOR *auf und ab gehend* Wir müssen alles auf Mooney setzen. Er ist der einzige, der Ausschreitungen verhindern kann. Man müßte eine Art von Bündnis mit ihm abschließen. Man sollte – man sollte ihn am Gewinn beteiligen –

BROWN Dann rutsch doch gleich auf den Knien zu ihm hinaus und unterschreibe den neuen Tarifvertrag, den er euch diktiert. Aber wundere dich nicht, wenn sie dann Marc Chilcott zum Gouverneur wählen, und dir in der Clarendon-Bar oder im Millionärs-Club vom Windsor den Eintritt verbieten.

TABOR Das Clarendon und das Windsor-Hotel gehören mir! Ich habe zu bestimmen, wer da ein- und ausgeht!

BROWN *verbeugt sich* Bitte sehr. Große Herren haben ihre Launen.

TABOR Ich werde natürlich nicht nachgeben, das ist klar. Aber –

FREDDY BROWN *atemlos durch die Glastür* Sie kommen! *Wischt sich den Schweiß.*

Er ist jetzt ein wohlgekleideter junger Mann, in hellem Sommeranzug mit Kragen und Krawatte, kleinem Schnurrbärtchen, schmalen Koteletten, und sieht aus wie ein Student, der eben eine Prüfung bestanden hat – was auch stimmt.

TABOR *am Fenster* Man hört nichts –

FREDDY Es ist direkt unheimlich, sie ziehen ganz langsam von Mine zu Mine auf die Stadt zu, und keiner spricht ein Wort – als ob sie stumm wären, alle... Nur Father Dyer betet oder predigt von Zeit zu Zeit.

TABOR Father Alcuin...?

FREDDY Ja, er geht an der Spitze, gleich hinter Mooney, er führt sie an.

BROWN Den hätte man längst aus der Stadt ausweisen sollen, er ist ja kein richtiger Priester. Die richtigen, die haben sich alle gegen den Streik erklärt, und ihn als gottlos und sündhaft bezeichnet, wie sich das gehört.

TABOR *ganz allein* Father Alcuin.

FREDDY Hier ist ein Extrablatt der ›Rocky Mountain News‹. Goldrick nimmt Partei für die Streikenden.

TABOR *nimmt das Blatt, wirft es unbesehen auf den Tisch* Das war nicht anders zu erwarten. Wo der nur Skandal und Sensation wittert – jeder Streiktag eine doppelte Auflage. Dabei können zwei Drittel der Arbeiter garnicht lesen.

BROWN Die Börsenmakler in den Städten desto besser.

FREDDY Captain Cook läßt melden, die Leichte Kavallerie ist alarmbereit. Er erwartet Ihre Befehle.

TABOR Das hat noch Zeit.

BROWN Was willst du tun, Tabor? Warten?

TABOR Es bleibt zunächst gar nichts anderes übrig.

BROWN Und sie ruhig in die Stadt ziehen lassen?

TABOR Solange sie Disziplin halten, sehe ich keinen Grund, dagegen einzuschreiten.

BROWN Nun – du hast zu bestimmen. Da könnten wir ja rasch unser Geschäft erledigen...

TABOR Welches – ach so, du sprichst von der Chrysolith.

BROWN Natürlich. Hast du dir die Gesteinsproben angesehen?

TABOR Ja, ich habe sie prüfen lassen. Sie sind in Ordnung. Sie haben genau so viel Silbergehalt wie das Erz von meiner ›Unerschöpflichen‹.

BROWN Wenn wir nicht auf den verdammten Springquell gestoßen wären – da war in drei Minuten alles unter Wasser, die ganze Arbeit von einem halben Jahr – das Kapital bring ich nicht auf, um die Brühe auszupumpen, und neue Stollen zu treiben, das kann Monate dauern. Aber dann – ein Riesengeschäft.

TABOR Wer war dein Prospecter?

BROWN Bill Lovell. Er hat dort zuerst geschürft, ich muß ihn beteiligen.

TABOR Der Hühnerschnabel. Intressant. Und warum nimmst du keinen Kredit auf, bei der Hypotheken- und Wechselbank? Dann könntest du die Grube selber ausbeuten.

BROWN Das kann ich mir nicht leisten – ganz ohne Deckung. Du weißt, ich habe alles in unser Bankgeschäft gesteckt, ich habe keine Reserven.

TABOR Wieviel verlangst du?

BROWN Vierzigtausend, in bar.

TABOR *sieht ihn scharf an* Das kommt mir bekannt vor.

BROWN Ich weiß nicht, was du meinst. Aber du kannst es ja bleiben lassen, bitte sehr. Jerome Choffee und Thomas Walsh lecken sich die Finger, ich wollte nur dir die erste Chance geben. Ich warte drei Minuten.

JOHN SAVAGE *ist aus seinem Dösen erwacht, hat dem Gespräch gelauscht. Jetzt pocht er mit seinem leeren Becher auf den Boden.*

TABOR *schaut kurz zu ihm hin, dann nimmt er aus einem Wandschrank die Rumflasche* Augenblick. Da ist ein lecker Tank, den muß man auffüllen. *Er tritt mit der Rumflasche zu dem Indianer, mit dem Rücken zu Brown, beugt sich nieder, füllt seinen Becher, schaut ihn dabei fragend an, spricht beiläufig* Na, Johnny. *Aus dem Mundwinkel* Steckt da was drin?

JOHN SAVAGE *nimmt den Becher, wendet ihm dabei sein Gesicht zu, lächelt, macht ein Fingerzeichen zur Erde, senkt die Augen.*

TABOR *die Rumflasche versorgend* Freddy, setz den Kontrakt auf und schreib einen Scheck für deinen Vater, William H. Brown, über vierzigtausend –

BROWN Sechsunddreißig. Viertausend abgezweigt für William Lovell.

TABOR *lächelnd* Den Hühnerschnabel.

FREDDY *zögernd* Ja – wenn Sie wirklich meinen, Herr Tabor –

BROWN Quassle da nicht hinein, vorlauter Bengel, mach rasch! Die Schecks zuerst.

FREDDY *zuckt die Achseln, geht ins Bankbüro.*

TABOR *zum Fenster* Sag mal – was soll das heißen – ich höre doch keinen Hammer und keine Säge mehr –

BROWN Wird Mittag sein.

TABOR Sie werden der Prozession zuschauen. So eine Prozession ist ein ehrwürdiger Anblick.

TABOR Unheimlich – diese Stille...

BROWN Ja, da wird einem ganz sonntäglich zumute.

FREDDY *kommt mit zwei Scheckformularen zurück.*

TABOR Gib her. *Freddy reicht ihm den Federhalter, er unterschreibt, reicht Brown die Schecks* Übrigens, Brown, erinnerst du dich, daß du noch eine offene Rechnung bei mir stehen hast, von meinem alten Geschäft, über neunhundert Dollar für Werkzeuge und Proviant?

BROWN Kann sein. Und die willst du jetzt einziehen? Mit Zinsen womöglich.

TABOR Nein. Ich wollte dir nur mitteilen, daß ich das alte Geschäft endgültig liquidiert habe, und alle unerledigten Konten getilgt.

BROWN Großzügig, Tabor. Sehr großzügig.

TABOR Das habe ich nicht mehr nötig.

BROWN Sicher nicht. Nie mehr in deinem Leben.

TABOR Nie mehr in meinem Leben.

RITSCHE *der eingeschlafen war, wacht für eine Sekunde auf, murmelt vor sich hin* Nie mehr in meinem Leben. *Schläft wieder ein.*

FREDDY Ich hätte fast vergessen – auf der neuen Post war gerade ein Telegramm eingetroffen, darf ich öffnen?

TABOR Lies vor.

FREDDY *liest* »New York, 14. Juni. Gerüchte von Streik beunruhigen die Börse stop Silberkurse vorübergehend im Fallen stop Augenblick sehr günstig zum Ankauf der Aktienmehrheit von Almaden-Minen in New Mexico und Arizona stop Drahtet Vollmacht Simon Guggenheim.«

TABOR Ausgezeichnet. Natürlich werden die Kurse wieder steigen, dafür sorgt schon der Sherman-Act über den Münzschlag für die Union. Schreib auf, Freddy: »Simon Guggenheim, Adresse undsoweiter, – Erteile Vollmacht für vorgeschlagenen Ankauf zu möglichst niedrigem Kurspunkt stop rate Streiklage pessimistisch darzustellen stop hier alles ruhig kein Grund zu Besorgnis. Gezeichnet Tabor.«
Sobald der Umzug vorüber ist, bringst du das auf die Post, und erinnerst den Stationsmeister daran, daß er für jedes Geheimtelegramm zwanzig Dollar Zulage kriegt, und daß er herausfliegt, wenn zum ersten Mal etwas durchsickert.

FREDDY Jawohl, Herr Tabor.

BROWN Du hast was gelernt, Tabor, das muß man sagen.

TABOR Man lernt etwas, wenn man mit Leuten wie dir Geschäfte macht.

BROWN Dank für das Kompliment. Ich glaube, ich gehe jetzt, und schaue mir auch mal die Prozession an –
Es wird an die Tür geklopft.

TABOR Schau nach, Freddy.

FREDDY *öffnet die vordere Tür, tritt zurück.*
In der Türöffnung steht Mike Mooney, in einer dunklen Joppe mit offenem Hemd. Sein Gesicht und sein Hemd zeigen Blutspuren.

Neben ihm Winfield Scott Stratton, ein schmaler, zartgebauter Mann um die Vierzig, der trotz seiner Zimmermannskleidung eher wie ein Literat oder Gelehrter wirkt. – Sie bleiben einen Augenblick auf der Schwelle stehn, warten ab.

TABOR *schaut sie an, ruhig* Kommt herein, bitte.

DIE MÄNNER *treten schweigend in die Stube.*

TABOR *streng, aber nicht unfreundlich* Was haben Sie hier zu suchen, Stratton? Warum sind Sie nicht auf dem Bau?

STRATTON Ich muß Ihnen mitteilen, daß Ihre Maurer und Zimmerleute die Arbeit niedergelegt und sich dem Streik der Mineure angeschlossen haben.

TABOR *beherrscht* So. Und wann soll mein Haus endlich fertig werden und das neue Bankgebäude?

STRATTON Das hängt von der Dauer und vom Erfolg des Streiks ab.

TABOR Ich weiß längst, Stratton, daß Sie der Wühler sind, der hier den Arbeitsfrieden untergräbt.

STRATTON Das können Sie ausdrücken, wie Sie wollen. Ich stehe hier als Vertreter der ersten Bauarbeiter- und Zimmermannsgewerkschaft. Die Grubenleute sind leider noch ohne Organisation. Wir fühlen uns verpflichtet, sie zu beraten.

TABOR *geht zum Vorhang* Augusta!

AUGUSTA *tritt ein, sie hat eine Küchenschürze umgebunden.*

TABOR Würdest du den Herrn Vorarbeitern einen Kaffee oder Tee anbieten. Sie haben wohl heute noch nicht gefrühstückt.

MOONEY Das ist nicht nötig, unsere Zeit ist knapp. Wir wollen nichts als ein Gespräch mit dir, Tabor – ohne überflüssige Lauscher.

BROWN Ich verstehe. Wollte mir sowieso die Prozession anschauen und werde nicht verfehlen, mein Knie zu beugen. *Er geht, mit einer ironischen Kniebeuge. Auch Freddy verschwindet in die Bank.*

TABOR *macht Augusta ein Zeichen zu gehen.*

MOONEY Deine Frau kann ruhig hierbleiben. Sie soll wissen, worum es geht.

TABOR Bitte. *Augusta bleibt, setzt sich auf einen Stuhl.* Stört euch hier sonst jemand? *Er weist auf den Indianer in seiner Ecke und auf den schlafenden Ritsche in seinem Schaukelstuhl* Herr Ritsche ist nicht ganz wohl. Außerdem ist er Mitglied des Rings der Silber- und Erzminenbesitzer, vor dem ich keine Geheimnisse habe.

STRATTON *verächtlich* Er stört uns nicht.

MOONEY Ich bin nicht hierher gekommen, um mit dem Ring der Bonanzakönige zu verhandeln, ich weiß, daß das keinen Sinn hat. Ich wollte mit dir sprechen, Tabor, von Mann zu Mann. Du kannst dir denken warum.

TABOR Natürlich, weil ich der Größte bin. Aber wenn du glaubst, Mike, du kannst zwischen unsere Interessengruppe und mich einen Keil treiben oder mich irgendwie unter Druck setzen, dann bist du im Irrtum.

MOONEY Ich glaube was anderes, Tabor. Du hast einmal selbst am Schmelzkessel gestanden. Ich glaube, du weißt, daß das Interesse deiner Arbeiter auch dein eigenes ist.

TABOR Ja, wenn sie nämlich schaffen und ihre Pflicht tun, nicht wenn sie rebellieren und die Betriebe lahmlegen. Das ist ein Kriegszustand, Mooney, den ich nicht herbeigeführt habe und der erst beendet werden muß.

MOONEY Dieser Streik ist kein Krieg – sonst würden deine Arbeiter nicht stumm wie die Toten durch die Straßen ziehn – sonst würden sie toben und brüllen, wenn noch ein Funke von Zunder und Stahl in ihnen wäre. Dieser Streik ist Verzweiflung. Wir halten es einfach nicht mehr aus.

TABOR Ich finde es äußerst anerkennenswert, ja bewundernswert, daß deine Leute in einem solchen Augenblick Disziplin halten. Es muß aber trotzdem darauf bestanden werden, daß der Ausmarsch beendet und die Arbeit wieder aufgenommen wird, bevor über die oder jene Forderung – selbst wenn sie berechtigt sein sollte – gesprochen werden kann. Fassen wir diesen heutigen Tag als eine – nun – eine Kundgebung auf, eine Art von Demonstration, die ihren Eindruck auf eure Verhandlungspartner bestimmt nicht verfehlen wird.

MOONEY Weich mir nicht aus, Tabor. Du redest so glatt daher, als hätte Bill Brown oder dein Rechtsanwalt aus Chicago dir das eingelernt. Aber du weißt so gut wie ich, daß wir erledigt sind, wenn wir den Streik, nun er einmal begonnen hat, ohne Ergebnis abbrechen. Daß wir uns dann wehrlos in eure Hände geben, ja daß wir dafür bestraft werden, auf Lebenszeit. Wir können nicht zurück, Tabor.

TABOR *einfach, fast einfältig* Ich auch nicht Mike. Ich wollte auch gar nicht sprechen wie ein Rechtsverdreher. Ich dachte – ich dachte, ich könnte so eine Art von Brücke bauen...

MOONEY Das kannst du, wenn du uns entgegenkommst. Ich habe dir gesagt, wir können nicht zurück, – aber du kannst voran. Der erste Schritt muß von dir ausgehen.

TABOR Wie stellst du dir das vor? Ihr verlangt eine Lohnerhöhung von fünfundzwanzig Prozent, das schmeißt jede Gewinnberechnung über den Haufen, das ist für die Gesellschaften einfach untragbar!

STRATTON Ihre Minenarbeiter verlangen mehr, Herr Tabor. Über den Prozentsatz der Lohnerhöhung könnte verhandelt werden. Aber sie fordern feste, für beide Teile verbindliche Tarifverträge. Sie fordern geregelte Arbeitszeit und einen Mindestsatz für Überstunden. Sie fordern vor allem den primitivsten Schutz für ihr Leben und ihre Gesundheit, der in den Gruben nicht existiert, und zwar sofort.

TABOR Ich sage euch immer wieder, ganz ehrlich, ich kann nichts tun, solange der Streik dauert. Ich würde dafür kein Verständnis finden, bei keinem der anderen Minenbesitzer. Ich bin selbst auch der Meinung, daß der Streik ein unerlaubtes, ein unlauteres Zwangsmittel ist, eine gewaltsame Erpressung, mit der man sich beim besten Willen nicht abfinden kann. Sonst könntet ihr ja morgen wieder ausmarschieren, um neue Forderungen zu erzwingen, und dann wieder und wieder, bis wir alle ruiniert sind, und ihr mit! Nein, meine Herren. So nicht. Kehrt zu den Arbeitsplätzen zurück, fahrt in die Gruben ein, setzt die Maschinen und die Schmelzwerke in Gang, – und dann legt eure Klagen und eure Wünsche schriftlich nieder, und macht eine ordentliche Eingabe, ich will dafür sorgen, daß sie von sämtlichen Mitgliedern des Silberminenrings wohlwollend geprüft wird.

STRATTON Ich zweifle nicht daran, daß sie geprüft wird. Aber dabei bleibt es. Wir haben das seit zwei Jahren versucht.

TABOR Dann weiß ich nicht, wie ich euch helfen soll.

MOONEY Schau her, Tabor, da sitzt deine Frau. Hat die nicht Angst um dich gehabt, wenn du früher in einer Mine hast arbeiten müssen? Heute brauchte sie gar keine Angst mehr zu haben, da könnte sie dir gleich einen Grabstein setzen.

TABOR Das klingt wie aus einer Hetzrede, Mike Mooney. Bleiben wir doch bei den Tatsachen. Ihr wollt euren Lohn heraufdrücken, wir müssen an die Preisgestaltung denken. Das ist der nüchterne Streitpunkt, dazu brauchen wir keine Stimmungsmache.

MOONEY Du bist wohl sehr lange in keinen Schacht mehr eingefahren, Tabor. Du hättest die drei Männer sehen sollen, und hören, die neulich im Schmelzwerk ohnmächtig geworden sind und gegen die glühenden Öfen getaumelt, und das waren nicht die ersten und sind nicht die letzten, die dort bei lebendigem Leib verbrennen. Unsere Arbeiter kommen übermüdet zur Schicht, weil sie keine ordentliche Nachtruhe haben, sie werden von Gas und Rauch, von Arsenik- und Bleidämpfen kaputtgemacht, weil die Lüftungsanlagen nichts taugen. Täglich haben wir Unfälle durch Steinschlag, weil die Stollen schlecht abgestützt sind. Warum? Weil ihr am Grubenholz spart, und tiefer drunten ist es naß wie in einer Sumpfhöhle, die Zahl der Leute, die an der Lungenpest und der Blutruhr eingehen, wird immer größer. Und dann wird das aufgehackte Erz zusammengeschaufelt und von den Antreibern abgezählt, und wer zu schwach ist, macht niemals mehr als drei Dollar am Tag, auch wenn er Überstunden schuftet – soll ich noch mehr erzählen?

TABOR *in großer Erregung* Drei Dollar ... Drei Dollar! Ich habe Zeiten gekannt, da wäre ich froh gewesen, viele Jahre lang, froh und dankbar, wenn ich drei Dollar verdient hätte, sechs Tage in der Woche, regelmäßig –

MOONEY Es waren andere Zeiten. Wir sind übervölkert, heut kannst du mit drei Dollar nicht mehr leben und nicht einmal anständig sterben. Du mußt einen Dollar zahlen, um mit einem anderen Mann ein Bett zu teilen, das heißt einen Strohsack, in einem Raum für zwanzig. Wer den nicht hat, muß warten, bis die Billardsaloons schließen, dann kann er für einen Vierteldollar mit dem Rücken an der Wand hocken, Mann bei Mann, und sich die Ohren zustopfen, wenn sich neben ihm einer tothustet oder totkotzt, weil er giftigen Alkohol gesoffen hat. So geht das heute zu, in deiner Stadt.

AUGUSTA *hat aufmerksam zugehört, nun setzt sie ihr Pince-Nez auf und beginnt, in dem Zeitungsblatt zu lesen, das Tabor auf den Tisch geschmissen hat.*

TABOR Ich habe die Lebensversicherung gegründet, laßt mir Zeit, ich werde eine Kranken- und Unfallversicherung anschließen –

MOONEY Und wer kann den Beitrag zahlen? Doch nur solche, die einen Unfall nicht zu fürchten haben. Die Ursache, Tabor, die Ursache muß beseitigt werden!

TABOR So kommen wir nicht weiter. Ich sage dir, Mooney, ich meine es gut mit euch, und ich kann dir nur einen Rat geben: blas diesen Streik ab, ihr werdet ihn verlieren. Ich bin ja nicht der einzige, gegen den er sich richtet – denkt an Jerome Choffee, an Thomas Walsh, Ray Williams, Ferdinand van Zant, George Robinson, Bob Daly – wißt ihr, was Daly vorgeschlagen hat? Euch einfach aussperren, und die Produktion zu stoppen, bis zum November. Wir können das aushalten, ihr nicht – und dann werden Tausende kommen, die es für zwei Dollar tun, ohne Tarif, nur daß sie wieder Arbeit haben. Ich war der einzige, der sich gegen die Aussperrung geäußert hat, sonst wär sie beschlossene Sache. Aber ich kann ja auch nicht aus der Reihe tanzen – das müßt ihr doch verstehn!

STRATTON Wenn ich nicht irre, Herr Tabor, haben Sie sich wohl einem Trust zur Fixierung der Silberpreise, aber keinem Syndikat angeschlossen. Sie haben immer erklärt, daß Sie Ihr Reich selbst geschaffen haben und sich in seine Verwaltung nicht dreinreden lassen.

TABOR Das stimmt. Aber das gibt mir noch lange kein Recht, gegen das Interesse der Aktionäre zu handeln. *Er geht auf und ab* Ja, ich habe ein Reich geschaffen – noch einmal ein Königreich aus der Erde gestampft, herausgerissen aus dem widerstrebenden Berg, mit meinen eignen Händen – und ich lasse es mir nicht zerschlagen – weder von unten her noch von oben!

MOONEY Du hast Glück gehabt, das ist alles.

TABOR *mit einer großen, hilflosen Anstrengung* Schau, du verstehst das nicht, Mike. Das versteht man nicht, wenn man das nicht erlebt hat... Wenn einer Glück hat. – Das heißt nicht einfach, daß er jetzt reich ist und besser leben kann – oder daß man nun seine Ruhe hat, so hab ich mir das früher auch vorgestellt... Aber es ist anders. Es ist dann alles ganz anders. Es ist – man lernt anders denken, weißt du –

MOONEY Natürlich. So wie die reichen Leute. Vorher hat man wie die armen Leute gedacht.

TABOR Ich habe gewußt, du wirst mich nicht verstehen. Ich kann's dir auch nicht erklären. Man kann keinem erklären, wie das ist, wenn – *Er verstummt.*

STRATTON Ich glaube, ich verstehe, was Sie meinen, Herr Tabor. Man kann keinem erklären, wie das ist, wenn man gestorben ist, und doch weiterlebt. Als ein anderer nämlich, den man vorher nicht gekannt hat.

TABOR *starrt ihn an* Ja, so ähnlich. Es ist eine furchtbare Verantwortung... *Wischt sich den Schweiß von der Stirn.*

MOONEY Mir ist das zu hoch. Verantwortung hat ein jeder, ob er oben steht oder unten, für seine Arbeit und seine Mitmenschen. Oder glaubst du, ich habe mich zum Spaß blutig schlagen lassen – damit unsre Leute die Pumpen nicht abstellen und die Maschinerie zu Klump schlagen in ihrer Wut?

TABOR Man wird dir das nicht vergessen, Mike. Man wird sich erkenntlich zeigen – laß mich dafür sorgen –

MOONEY *hart* Darauf lege ich keinen Wert. Ich habe das nicht getan, um eure Dividenden zu retten, sondern den Streik. Um euren Lynchkommandos keine Gelegenheit zu geben, uns niederzuknüppeln. Ich will dafür nicht belohnt werden, ich spucke darauf. Es geht nur um den Streik.

TABOR *nun auch wieder hart* Wenn das dein letztes Wort ist, Mooney, dann habe ich nichts mehr zu sagen.

MOONEY Letztes Wort, Tabor. Du trägst die Verantwortung – nämlich für Wohl und Wehe von viertausend Minierern. Was gedenkst du zu tun?

TABOR Ich kann nichts tun, solange der Ausmarsch dauert. Ich kann nichts tun gegen die Mehrheit der Aktionäre. Es ist unmöglich, selbst wenn ich möchte. Es würde meine politische Karriere ruinieren.

MOONEY *bitter* Eine politische Karriere mußt du auch noch machen.

TABOR Ja! Ich muß! Kapierst du denn das nicht?! Das könnte man eher einem Maultier klarmachen als so einem alten Quarzschädel! Wenn ich Gouverneur bin – ja dann, dann, – dann kann ich das für euch tun! Bildest du dir denn ein, ich weiß nicht, was da los ist? Verbesserte Lebensbedingungen – Sicherheit in den Gruben – natürlich muß das kommen! Aber ohne neue Gesetze, da kommt das nicht – ohne Regulierung von oben, die alle befolgen müssen – Herrgott – wenn ich erst Gouverneur bin –!

MOONEY Dann wirst du endgültig vergessen haben, daß du jemals in einer Grube gestöhnt und an einem Schmelzofen Blut geschwitzt hast.

TABOR Ich kann nichts tun. Nicht jetzt. Oder zeig mir den Weg.

MOONEY Du hast selber gesagt – du bist der Größte. Wenn du den Lohn heraufsetzt, nur um einen halben Dollar, dann wird sofort, in der selben Stunde, in deinen Gruben die Arbeit aufgenommen. Und dann müssen die andern nachkommen. *Ruhig, einfach* Tu den ersten Schritt, Tabor. Du gehörst doch zu uns.

TABOR *fast schreiend* Ich gehöre nicht mehr zu euch!

Schweigen.

AUGUSTA *beginnt in das Schweigen hinein mit halblauter Stimme aus der Zeitung zu lesen* »Nach Ansicht der Bonanzakönige haben Arbeiter keine Rechte. Wenn sie irgendwelche Rechte geltend machen, gehören sie vom Vigilantenkomitee gelyncht. Ein

Mann ohne Einkommen hat keinen Anspruch auf Existenz.« Schreibt Professor Goldrick.

TALBOR Das sind alles Übertreibungen. Das ist Hetzerei. Das sind subversive Umtriebe.

AUGUSTA Was heißt subversiv?

TABOR Das heißt – nun – eben Umtriebe, Quertreibereien, falsche Behauptungen, um den Gang der Dinge zu verwirren.

AUGUSTA Ist das auch falsch, die fettgedruckte Erklärung der vereinigten Minenbesitzer? *Liest* »... daß unser Recht, die Verhältnisse in unseren Minen zu bestimmen, absolut ist« – absolut, das verstehe ich – »und daß wir uns niemals irgendeinem Diktat fügen werden, das Arbeitszeit, Raten, Löhne betrifft, weder von einer einzelnen Person noch von einer Organisation ...«

TABOR Das stimmt. Das gilt. Das muß gelten. Alles andere führt zu Anarchie und zum Ruin des Landes.

AUGUSTA *liest weiter* »Wer unter Tage redend oder rauchend angetroffen wird, ist fristlos entlassen.« Steht das jetzt wirklich angeschlagen in den Minen?

MOONEY Ja, da steht es.

TABOR Das gilt natürlich nicht für euch. Nicht für die Vorarbeiter und die Schichtführer.

MOONEY Wir sind alle von unsren Posten als Vorarbeiter und Schichtführer zurückgetreten. Ihr müßt euch neue suchen – wenn wir nichts erreichen.

TABOR *wendet sich an Stratton* Stratton, – Sie sind doch – ein gebildeter Mann. Der Fortschritt, – das müssen Sie doch begreifen – der Fortschritt – man darf eine große Entwicklung nicht gefährden. Das Geld fließt ja nicht nur in unsre eigenen Taschen. Denken Sie, was ich für Leadville getan habe! Der Telegraph ist da. Das Telephon wird kommen. Die Eisenbahn ist im Bau, neue Häuserblocks sind im Entstehen – ein Lazarett – denken Sie an die Summen, die dafür aufgebracht werden müssen!

STRATTON Und für Tabor's Leichte Kavallerie, nicht zu vergessen.

TABOR Auch dafür. Was allein die Bewaffnung kostet, und die Uniformen! Wir haben jetzt sogar zwei fahrbare Feldhaubitzen –

MOONEY Und gegen wen, Tabor, soll sie eingesetzt werden?

TABOR Das ist allgemein bekannt. Gegen aufständische Indianer, vor allem –

MOONEY Die stehen aber nicht mehr auf – seit man sie am ›Verwundeten Knie‹ niedergeschlachtet hat.

TABOR Wir brauchen eine Truppe wie jeder andere Staat, die Ordnung und Sicherheit garantiert.

MOONEY Gegen wen, sagst du?

TABOR Ich habe gesagt, gegen aufständische Indianer, und Desperados.

MOONEY Desperat sind wir alle – wenn man uns dazu macht.

TABOR Du willst behaupten –

MOONEY Gegen wen soll deine Kavallerie Sturm reiten? Die schleifen schon die Säbel.

TABOR Ich denke nicht daran, sie gegen euch einzusetzen – solange es nicht zu Ausschreitungen kommt.

MOONEY Ausschreitungen begehen wir keine. Aber ob es zu Ausschreitungen kommt – das hängt nicht von uns ab.

TABOR *nach kurzem Zögern* Dann halte ich dieses Gespräch für beendet. Es tut mir leid –

STRATTON Es braucht Ihnen nichts leid zu tun, Herr Tabor. Wir sind jetzt im Bilde.

TABOR Es tut mir leid, daß ihr nicht auf mich hört. Ihr werdet diesen Streik verlieren.

STRATTON Diesmal vielleicht. Aber nicht für immer. *Er wendet sich zum Gehen. – Gleichzeitig hört man einen rasch näherkommenden Lärm – es ist ein Gebrüll nach Art der wohlbekannten Sprechchöre, scharf rhythmisiert, in einem bösen, heiseren Staccato: »Holtsie-raus! Schlagt-sie-tot!«, das sich fortgesetzt wiederholt.*

FREDDY *stürzt herein* Soll ich das Eisengitter in der Bank herunterlassen?

MOONEY Keine Angst. Das geht nicht gegen eure Bank.

CHICKEN-BILL *von draußen, über dem immer näherkommenden*

Lärm – die Hetzer, die Streikmacher, haut sie zu Brei, peitscht sie zu Fetzen, laßt sie am Strick zappeln! Wir wollen sie zappeln sehn!

STRATTON *ruhig, gefaßt* Das Vigilanten-Komitee.

TABOR Sie kommen hierher – *geht zur Tür* –, ich werde sie nicht hereinlassen.

MOONEY Sie werden sich den Eintritt erzwingen. Wir müssen kämpfen.

AUGUSTA *ist aufgestanden* Ach Unsinn. Kämpfen – in meiner guten Stube vielleicht. Kommt her, rasch! *Sie faßt den zögernden Mooney am Ärmel und Stratton an der Hand, zieht sie hastig durch die Samtportiere in den hinteren Raum* So. Ich sperre sie in den Küchenschrank und zieh den Schlüssel ab, – für alle Fälle. *Sie verschwindet mit ihnen.*

Es wird an der Tür gepocht, der Lärm ist verstummt. Ritsche ist aus seinem Dämmerschlaf erwacht, beugt sich zitternd nach vorne, lauscht. Augusta kommt wieder, bleibt bei der Portiere stehn.

TABOR Freddy, mach auf.

FREDDY *öffnet die Tür.*

CHICKEN-BILL *tritt ein, hinter ihm ein Haufen wüster Gestalten, alle haben eine Binde mit einem großen, aufgemalten V um den Arm und sind schwer bewaffnet, einige haben Stricke und Knüppel dabei.*

CHICKEN-BILL *im Eintreten* Hoch General Tabor! Hier sind wir, um Sie von dem Ungeziefer zu befreien. Die machen wir fertig, wie man Läuse knackt.

RITSCHE *ist beim Anblick von Chicken-Bill aufgesprungen, jetzt will er sich auf ihn stürzen* Ich würg ihn ab! Ich drück ihm den Hals zu, mit den Händen!

TABOR UND FREDDY *haben ihn an den Armen gepackt, halten ihn fest, er sackt zusammen.*

TABOR *herrisch* Laß das, Ritsche, das gehört nicht hierher. Wenn du mit dem Mann eine Abrechnung hast, erledige das anderswo.

CHICKEN-BILL *lacht* Das wird er bleiben lassen. *Klopft auf seine Pistolen* Ich bin Anführer des Stoßtrupps vom Vigilanten-Komitee –

RITSCHE *taumelt zum Fenster, lehnt sich hinaus.*

CHICKEN-BILL – und bin hier auf Befehl des Sheriffs Mart Duggan. Wir haben Auftrag, die Streikführer zu verhaften, wo wir sie erwischen, und sie der Gerechtigkeit zuzuführen.

TABOR Da seid ihr fehl am Platz. Ihr müßt sie in den Minen suchen.

CHICKEN-BILL *schaut ihn höhnisch an* Wir wissen, daß sie hier sind, Herr General. Bill Brown hat es uns gesteckt.

TABOR Sie waren hier. Aber jetzt sind sie fort, das seht ihr ja.

CHICKEN-BILL *kommt Schritt für Schitt in den Raum, nähert sich dem Kücheneingang, immer die Hand an der Pistole* So. Da wollen wir doch mal einen Blick da hinter werfen. Vielleicht hat Mrs. Tabor Bohnen für sie gekocht.

AUGUSTA Ihr werdet euch nicht wagen, meine Zimmer zu betreten. Wenn Tabor sagt, sie sind nicht hier, dann sind sie nicht hier. Ihr setzt keinen Fuß in meine Küche.

CHICKEN-BILL *auf sie zu* Machen Sie keine Geschichten, Lady. Wir haben Befehl –

AUGUSTA *pflanzt sich vor ihm auf* Habt ihr einen Haussuchungsbefehl? Für das Haus eures Generals? Dann weist ihn vor.

CHICKEN-BILL Seit wann spricht die Frau im Hause und nicht der Mann? Oder traut sich der General nicht mehr zu lügen?

TABOR *aufbrausend* Jetzt wird es zuviel! Sofort hinaus mit euch, ich befehle es!

CHICKEN-BILL Wir unterstehen nicht Ihrem Befehl, Herr General, wir sind nicht von der Leichten Kavallerie, die sich die Finger nicht schmutzig machen darf, weil sie sämische Wildlederhandschuhe trägt. Wir machen die Dreckarbeit, und ich sage Ihnen, wir weichen nicht, bis wir die Kerle am Kragen haben, aber dann kriegen sie lange Hälse – soo lang – wie eine Gans in der Schlinge.

TABOR Dann lasse ich sofort die Leichte Kavallerie ausrücken, und euch mit den Säbeln auseinander treiben.

CHICKEN-BILL Tun Sie das, bitte. Bis die kommen, haben wir hier die ganze Bude auf den Kopf gestellt. *Er wendet sich zu seinen Kerlen, die unschlüssig an der offenen Tür herumlungern* Los. Folgt mir.

RITSCHE *der noch am Fenster lehnt, plötzlich laut schreiend* Da! Hier! Da rennen sie, alle zwei, über die Gasse, direkt zur Wildpferdeschlucht hinunter!

CHICKEN-BILL *stürzt zum Fenster* Was? Wo?!

RITSCHE Da – machen sie um die Ecke –!

CHICKEN-BILL Verdammt – da rennt noch einer – verdammt! Die müssen durch den Keller rausgewischt sein. Das hat uns diese Lady besorgt –. *Zu seinen Kerlen* Los! Lauft, was ihr könnt! Teilt euch in zwei Haufen, schneidet die Schlucht an beiden Enden ab! Da kommen die uns nicht aus – und dort ist ein guter Platz für sowas, da sieht uns keiner zu...

Die Vigilanten hasten davon.

TABOR *zu Chicken-Bill, der grinsend bei ihm stehen bleibt* Nun? Worauf wartest du noch?

CHICKEN-BILL Ich danke auch für den Scheck, Herr General. Sie haben ein großes Geschäft gemacht. Haben Sie sich die Gesteinsproben gut angesehen?

TABOR *gelassen* Scher dich raus.

CHICKEN-BILL *imitiert höhnisch einen militärischen Gruß, geht rasch.*

FREDDY *ausbrechend* Das ist eine Gemeinheit! Er macht sich über Sie lustig! *Ganz verzweifelt* Und mein Vater auch.

TABOR Wart ab, wer zuletzt lacht. Und wenn nicht – was sind vierzigtausend.

AUGUSTA *zu Ritsche* Das war anständig von Ihnen. Das hätt' ich Ihnen nicht zugetraut, Herr Ritsche.

RITSCHE *wieder ganz stur* Ich wollte den los sein. Ich kann dem sein Gesicht nicht versehen. Und da ist grade wirklich jemand geronnen. *Geht schwankend zu seinem Schaukelstuhl, läßt sich hineinfallen, schenkt sich ein, trinkt.*

AUGUSTA *ist nach hinten gelaufen, läßt Mooney und Stratton durch die Portiere herein* Jetzt aber hopphopp. Bis die die Wildpferdeschlucht durchgekämmt haben, seid ihr bei euren Leuten.

MOONEY Vielen Dank, Mrs. Tabor.

AUGUSTA Früher hast du Augusta zu mir gesagt.

MOONEY *nach kurzem Zögern* Vielen Dank, Augusta.

Er und Stratton reichen ihr kurz die Hand, gehn, ohne Tabor anzuschaun.

TABOR Mir hat er nicht gedankt.

AUGUSTA *sieht ihn lange an* Wofür?

TABOR *vor sich hin* Ich habe ihn gerettet. Ich habe die Polizeitruppe angelogen. Ich habe die Aufrührer gedeckt – nur weil ich sein Freund bin...

AUGUSTA Den Freund hast du verloren.

TABOR Du verstehst mich nicht, Augusta – du willst mich nicht verstehen!

AUGUSTA Nein, Tabor. Ich verstehe dich nicht. *Sie geht zum Fenster.*

TABOR *atmet schwer, dann rafft er sich zusammen, geht zur Portiere, ruft nach hinten* Sammy! Die Uniform!

Während seiner folgenden Sätze erscheint ein Neger in weißer Jacke, trägt auf dem Arm eine prächtige gold-verzierte Montur mit gewaltigen Epauletten, Wehrgehänge und hohen glänzenden Reitstiefeln. Wenn er damit eintritt, schlägt John Savage, der die ganze Zeit gleichgültig in seiner Ecke gekauert hat, die Decke über den Kopf.

TABOR Freddy, schreibe den Tagesbefehl. *Freddy nimmt seinen Block und Feder.* Die Leichte Kavallerie rückt aus und besetzt die Minen. Sie hat jede Art von Gewalttat oder Ausschreitungen, sowohl von seiten der Streikbrecher und Vigilanten, als von seiten der Streikenden, unbedingt zu verhindern. Von der Waffe ist nur im Notfall Gebrauch zu machen. Unterstreiche das: nur im Notfall. Gezeichnet: Horace Austin Warner Tabor. General.

Dunkel

Während der kurzen Dunkelheit bis zum Anfang des Dritten Akts beginnt – sehr fern, sehr leise – eine dünne Streichermusik, mit Banjo und Gitarre oder auch Klavierbegleitung – eine jener kindlich-sentimentalen, volkstümlichen Weisen (nach Art von ›Swanee-River‹ oder ›Sweet Jane‹), wie sie in Amerika damals entstanden sind und geliebt wurden.

Dritter Akt

Colorado, Frühling 1882

Erste Szene

Die Bühne zeigt das Klubzimmer der Bonanzamillionäre in der ›Crystal-Bar‹ des von Tabor erbauten Clarendon-Hotel: ein Raum von düsterer Pracht und schwerfälliger Vornehmheit. Plüsch, Silber, Kristall, Mahagoni, Ebenholz. Seitlich hinten ist ein Ausschnitt des überdimensionalen, zwanzig Meter langen Bartischs zu sehen, von dunkelroten, goldbefransten Vorhängen überwölkt, die auch ganz herabgelassen und zugezogen werden können. Eine spanische Wand, mit türkisfarbenem Damaststoff bezogen, die sich nach Belieben zur Seite rollen läßt, verdeckt zu Beginn der Szene die Musik und ein kleines Tanz- oder Vortragspodium. Große, silbergerahmte Spiegel sind in die seitlichen Wände eingelassen, die einen Teil des rückwärtigen Raums reflektieren. Eingang und Ausgang, rechts und links vorne, sind durch Säulen aus schwarzem Ebenholz markiert und mit schweren Samtportieren verhangen. In der Mitte vorn ein runder, glänzend polierter Tisch, mit bequemen Klubsesseln aus dunkelgrünem Leder. Darüber hängt von der unsichtbaren Decke herab ein kristallener Lüster mit vielen geschliffenen Zierblättern, Jets und Klinkern.

Um den Tisch, der mit Kartenpaketen und Aschenbechern, Havannakisten, Sekt- und Whiskeygläsern bedeckt ist, sind fünf Herren zu einer Pokerpartie versammelt: Tabor, Bill Brown, Marshall Field, Ferdinand Van Zant, Henry Moore Teller. Alle sind mit legerer Eleganz gekleidet, Tabor trägt ein schwarzes Samtjackett mit seidenen Aufschlägen, und auf der breiten, silbergrauen Krawatte einen ungewöhnlich großen, blitzenden Diamanten. Marshall Field ist ein soignierter Herr in den besten Jahren, dem man ansieht, daß er an Reichtum und Macht gewöhnt ist, – Van Zant ein ziemlich junger Mann, blaß, unsicher, von einem dauernden Nervenzucken um Augen und Mund geplagt, – H. M. Teller, Senator und republikanischer Parteiführer, ein älterer Mann mit fettem Gesicht und dem Ausdruck verschlagener Bonhommie. Die Tischglocke neben Tabor, aus Silber mit

eingelegtem Perlmutt und Rubinen, hat die Form einer Schildkröte. Sie schellt, wenn man ihren Schwanz herunterdrückt.
Lichtblaue Rauchwolken, sehr leise Musik. Auch die Stimmen der Herren beim Pokern sind gedämpft, ihr Spiel gleicht fast einer Pantomine.

MARSHALL FIELD *der die Kasse hält* Die Einsätze, bitte. Wer ruft?
TABOR Ich bessere.
BROWN *sieht ihn kurz an* Ich dopple.
FIELD Wer kauft?
TABOR Drei Karten.
FIELD Zwei.
VAN ZANT Eine.
TELLER Zwei.
BROWN *sichtlich nervös* Wieviele hat Tabor gekauft?
FIELD Drei.
BROWN Auch drei.
FIELD *hat die Karten verteilt* Visum.
BROWN *aufgeregt* Zwei Paare.
TABOR *gleichgültig* Drilling. Full House.
FIELD Auflegen.
ALLE SPIELER *legen die Karten offen auf den Tisch.*
FIELD Der Pot geht zu Tabor.
BROWN *kneift die Lippen zusammen.*
TABOR *drückt auf den Schwanz der Schildkröte.*
EIN KELLNER *stürzt von der Bar herbei.*
TABOR Einschenken.
DER KELLNER *füllt die Gläser nach.*
TABOR *schaut auf seine an einer doppelten Silberdollarkette befestigte Taschenuhr* Wollen wir Schluß machen für heute?
BROWN Ich verlange Revanche-Partie.
FIELD Das nächste Mal. Ich bin leider pressiert.
TABOR Darf ich um Abrechnung bitten. Verdoppelter Einsatz.
DIE SPIELER *außer Brown, nehmen Scheine aus den Brieftaschen, schieben sie Tabor zu, der sie in die Rocktasche steckt.*
TELLER Silber-Tabor hat wieder Glück gehabt – wie immer.
BROWN Kunststück. Er hat geblufft.

FIELD Das gehört zum Handwerk.

TABOR *zuckt die Achseln* Glück ist Glück.

BROWN *greift in die Brusttasche* Ich habe meine Brieftasche vergessen, ich kann jetzt nicht zahlen. Und ich schleppe auch nicht so viele Silberdollars mit mir herum, wie Tabor an seiner Uhrkette.

TABOR Das hat Zeit. Sagen wir: bis morgen früh um zehn – wie gewöhnlich. Du schreibst mir die Summe auf ein Stück Papier, das ist so gut wie Bargeld, unter uns. Die Herrn sind Zeugen.

BROWN Bitte sehr. *Schreibt.*

BOB WYMAN *Bar-Manager und Chef der Tanzmädchen, kommt herein. Kein brutaler Typ, eher weichlich, und von einer melancholischen Betriebsamkeit* Darf man stören?

TABOR *übernimmt den Zettel von Brown* Danke. – Was gibt's?

WYMAN Ihr Sekretär ist im Hotelbüro, er bittet Sie, sich selbst ans Telefon zu bemühen. Es sei eine wichtige Nachricht.

TABOR *zu Field* Können Sie noch eine Minute bleiben? Ich nehme an, daß die Nachricht Sie alle interessieren wird. Ich bitte mich zu entschuldigen. *Geht hinaus, von Wyman eskortiert.*

VAN ZANT *mit leichtem Stottern* Ich ha-hahabe zweitausend verloren. Aber das kaka-kann ich mir leisten, jeden Tag.

FIELD *zu Teller* Haben Sie gehört, Senator, daß George Fryer Selbstmord begangen hat?

TELLER Ja, es ist recht ärgerlich für die Partei. Er war ein guter Republikaner, hat jedes Jahr zehntausend ausgespuckt.

FIELD Mit einem Strick. Abscheulich. Er hätte sich wenigstens noch einen Revolver leisten können.

VAN ZANT Er war A-a-a-alkoholiker. *Trinkt.*

BROWN Das sind wir alle. Aber deswegen braucht man den Humor nicht zu verlieren.

FIELD Den behält man selten, wenn man sein Geld verloren hat.

WYMAN *kommt rasch herein, mit großer Geste* Der Herr Gouverneur bittet noch um einen Augenblick Geduld. Er muß die telefonischen Glückwünsche aus Denver entgegennehmen.

BROWN *schlägt auf den Tisch* Der Herr Gouverneur –!

FIELD Nun – er hat es geschafft.

TELLER Ich kann sagen, daß ich bereits im Bilde war – ja, daß ich meine Hand im Spiel hatte. Tabor ist ein sehr guter Republikaner. Ein geradezu hervorragender Republikaner.

FIELD *lächelnd* Das kostet ihn hunderttausend im Jahr. Minimum.

TABOR *kommt strahlend herein, hinter ihm Freddy Brown* Meine Herren – ich kann Ihnen die freudige Mitteilung machen –

TELLER Es lebe Gouverneur Tabor! Hip – Hip –

DIE ANDEREN Hurreh!

WYMAN *ist zu der spanischen Wand gestürzt, gibt der dahinter verborgenen Musik ein Zeichen, sie bricht mitten in einem Walzer ab und produziert einen lauten Tusch, wird dann still. Gleichzeitig hat der Kellner die Sektgläser gefüllt.*

FIELD *mit einem vollen Glas in der Hand*
Dies ist ein bedeutsamer Augenblick in der Geschichte unseres jungen Staates. Ich schätze mich glücklich, zu den ersten zu gehören, die Ihnen, lieber Freund, zu Ihrer neuen Würde gratulieren dürfen, und ich glaube im Sinne aller Anwesenden zu sprechen, wenn ich sage: Tabor, der Mann der Stunde, der Schöpfer großer, zukunftweisender Unternehmungen, der Vorkämpfer des Fortschritts und einer neuen Entwicklung: er lebe –

ALLE Hoch! Hoch! Hoch!

TABOR *ehrlich ergriffen* Ich kann nur schlicht sagen: ich danke Ihnen.

TELLER Darf ich, in meiner Eigenschaft als Senator von Colorado und Vorsitzender der Republikanischen Partei, hinzufügen: dies ist der Anfang einer großen, politischen Karriere. Man wird Ihre Verdienste um die Partei nicht vergessen, Herr Gouverneur. Wenn ich selbst in einen Regierungsposten aufrücke, und es besteht begründete Aussicht dazu, wird ein Sitz im Senat frei. Es ist kein Zweifel, wem er zukommen wird.

TABOR Senator – Washington – die große Politik – das sind Träume. Das sind verlockende Träume. Aber es werden

Träume bleiben. Ich bin ein einfacher Mann. Ich kenne das praktische Leben, sonst nichts. Ich bin ein Mann aus dem Volke – und ich bleibe es.

TELLER Das ist das Holz, aus dem die Führer unserer Nation geschnitzt werden. Man nennt Sie heute schon: den Silberkönig!

FIELD *leise, zu den andern* Kostet zweihunderttausend.

TABOR *hat sich gesetzt, auch die anderen haben wieder Platz genommen*

Nun meine Herren – zunächst bin ich Gouverneur – und ich werde versuchen, meinen Pflichten gerecht zu werden. Hier in diesem Kreis, in dem nur die Bonanzabesitzer und – *mit einem Seitenblick auf Brown* – ihre Vertrauten Zutritt haben, möchte ich Ihnen eröffnen, was ich als meine erste, meine dringlichste Aufgabe betrachte... Es ist ein Plan, der mir schon lange am Herzen liegt, – weil er das betrifft, was unserem Volk, den Mitbürgern unseres Staates am meisten nottut: *nach einer kurzen Pause* die Kultur: Meine Herrn – wir brauchen eine Oper! Ein Opernhaus!

Händeklatschen.

Dieses Opernhaus – es soll das Zentrum eines neuen, modernen Stadtteils von Denver werden – und gleichzeitig ein Denkmal unserer Größe. Es wird das prächtigste Opernhaus im Umkreis dieses Erdteils sein. Wir werden an nichts sparen, wir werden die hervorragendsten Künstler der Welt zu seiner Ausgestaltung berufen, – wir werden den weißen Marmor aus den Steinbrüchen von Vermont herbeischaffen lassen – *lachend* –, in denen ich selbst, als junger Mensch, die Hacke geschwungen habe!

Man lacht.

Ich begründe hiermit die Tabor-Opernhaus-Gesellschaft – schreib mit, Freddy –, deren Statuten und Rechtsgrundlagen noch auszuarbeiten sind – und werde meinerseits, als erste und vorläufige Spende, die Summe von einer Million Dollar zeichnen.

TELLER Königlich.

TABOR Es steht jedem der Herren frei, dieser Gründung beizutreten, und wir werden Ihnen die Zeichnungsliste nach der gesetzlichen Eintragung zugehen lassen. Mit der Zeit, das sage ich Ihnen voraus, werden sich die Einlagen verzinsen, und unser aller Idealismus wird Früchte tragen.

Starkes Händeklatschen.

TABOR Im übrigen möchte ich mir erlauben, Sie zu dem großen Gouverneursball einzuladen, den ich am nächsten Samstag in sämtlichen Räumen des Hotel Windsor veranstalten werde. – Ich habe doppelten Grund zum Feiern, da ich an diesem Tag in mein neues, vierstöckiges Haus einziehe.

FIELD Auch ich habe eine kleine Überraschung für Sie bereit. Ich habe mich nämlich auf meiner Europareise, mit der Tochter des bekannten Lord Curzon verlobt –

VAN ZANT Des Na – nana – nabob?

FIELD Richtig, des Diamantenkönigs. Ich erwarte meine Braut heute abend mit einem Luxuswagen des Trans-Continental-Express. Ihr Gouverneursball gibt mir die Gelegenheit, sie in die hiesige Gesellschaft einzuführen.

TABOR Großartig! Wunderbar! Ich gratuliere, Field! Wir werden auf diese Weise den Anschluß an die internationale Aristokratie gewinnen.

FIELD Allerdings.

VAN ZANT *mit heftigem Nervenzucken* Ich wer-werde meinen Minenanteil verkaufen... Ich lege mein Geld in der Bababank von England an... Ich werde auch in die A-aa-ristokratie hineinheiraten.

FIELD *ironisch* Nichts leichter als das. Ich kann Ihnen Zutritt zu einem Dutzend ruinierter Schlösser verschaffen, deren Besitzer ihren Adelstitel recht gern versilbern möchten. Man geht dort so weit, daß man seine Töchter mit Juden verheiratet – warum nicht mit einem Selfmademan aus dem Wilden Westen? Es genügt, wenn Sie mit Messer und Gabel essen, und bei einem Empfang der alten Königin nicht die Füße auf den Tisch legen.

VAN ZANT Dadadanke. Ich werde mir meine Verbindungen selber machen.

FIELD Wie Sie wollen. Ihr Geld werden Sie los werden, dazu brauchen Sie keine Empfehlung. *Er ist aufgestanden* Ich darf mich verabschieden.

Auch die anderen Herrn sind aufgestanden, außer Brown – verabschieden sich mit Händeschütteln von Tabor.

FIELD *mustert Tabors großen Diamanten* Das ist ein ungewöhnliches Stück. Wo haben Sie den erstanden?

TABOR Es war nicht leicht. Er war eigentlich unverkäuflich. Er gehörte zum Kronschatz der Königin Isabella von Spanien.

FIELD Das muß ein Vermögen gekostet haben. Auf Wiedersehn beim Gouverneursball. *Geht, die anderen folgen.*

TABOR *zu Wyman, der aus den Verbeugungen nicht herauskommt* Ist mein Wagen vorgefahren?

WYMAN Die Pferde scharren.

BROWN Laß sie noch fünf Minuten weiter scharren. *Zu Tabor* Ich möchte eine kleine geschäftliche Sache mit dir besprechen.

TABOR *mustert ihn kurz* Bitte sehr. *Zu Freddy* Du kannst inzwischen die eingelaufenen Telegramme ordnen.

FREDDY Soll ich nicht – sollte man nicht Ihre Frau benachrichtigen?

TABOR Sie wird es schon gehört haben, sowas geht wie ein Lauffeuer durch die Stadt... *nach einer kurzen Pause, mit einem traurigen Lächeln* – nun ja, fahre rasch heim, und sag ihr, der neue Gouverneur läßt grüßen. Vielleicht freut sie sich doch. Aber dann komm wieder und bleib in der Nähe.

FREDDY Jawohl, Herr Gouverneur.

Geht, auch Wyman verschwindet, nachdem er die Vorhänge über der Bar zugezogen hat. Keine Musik.

BROWN *schenkt sich ein Glas voll Whiskey – dann, mit einem giftigen Blick* Aus dem Kronschatz der Königin Isabella. Nun ja. Du kannst es dir leisten, ein Snob zu sein.

TABOR Wolltest du darüber mit mir sprechen?

BROWN Du hast an dem Streik Millionen verdient –

TABOR Du meinst, an dem Kurssturz. Den habe ich allerdings genutzt. Der Streik hat mich viel gekostet, jeder Tag –

BROWN Es waren nur zwei – dann hatte deine Leichte Kavallerie ihn niedergemetzelt.

TABOR Ich habe diesen Befehl nicht gegeben. Ich hatte dekretiert, daß nur im Notfall die Waffe gebraucht werden darf –

BROWN – und daß die Hunde nur noch mit polizeilicher Erlaubnis beißen dürfen. Solche Dekrete kennt man – seit der Zeit des Herodes.

TABOR Was hat das mit uns zu tun? Seit wann hast du dein Herz für die Arbeiter entdeckt? Du warst für die Aussperrung, damals.

BROWN Man hört, daß dein Freund Mooney abgehauen ist. Nach Pennsylvania, ins Kohlenrevier. Drei Dollar am Tag wird er dort auch verdienen...

TABOR Das war übereilt, er ist ein Hitzkopf. Er hätte bleiben sollen und warten. Jetzt wird in den Gruben die neue Lüftungsanlage durchgeführt, das war ihm doch die Hauptsache.

BROWN Und zur Eröffnung deiner Oper hättest du ihm sicher einen Freiplatz geschickt, vielleicht auch einen Frack mit Zylinder.

TABOR Was ist los, Brown. Du warst immer boshaft, das bin ich gewohnt, aber heute willst du mich kränken. Warum?

BROWN Ich kann den verdammten Schuldschein nicht einlösen, bis morgen früh. Ich bin fertig. Du hast mich ruiniert.

TABOR *zündet sich die Zigarre an* Ich glaube, sagen zu dürfen, daß du das selbst getan hast. Du hast gedacht, ich werde an deiner Chrysolith-Mine mein Vermögen verlieren – ich habe es verdreifacht. Aber du hast hinter meinem Rücken deine Einlagen aus unserer Bank herausgezogen und dein Geld in die Neue Commandit gesteckt, die mir den Hals zudrücken wollte. Es ist anders gekommen. Meine Gegner liegen am Boden – und ich bin Gouverneur – obwohl ihr Goldrick mit all seinem Spott und Hohn gegen mich mobilisiert habt. Du hast aufs falsche Pferd gesetzt, das ist alles.

BROWN Mit dir muß der Teufel im Bund sein. Sonst würdest du nicht auch noch im Poker gewinnen.

TABOR Es ist eine alte Wahrheit, daß Geld zu Geld will, und daß der gewinnt, der im Glück steht. Ich vertraue dem Glück, Bill Brown. Das Glück ist eine königliche Braut. Wenn ich einmal anfangen würde zu verlieren – dann müßte ich an den Teufel glauben. Aber ich würde ihm die Stirn bieten.

BROWN Ich habe immer nur dein Bestes gewollt. Vergiß nicht, daß ich dir die Chrysolith zugeschanzt habe, für lumpige vierzigtausend –

TABOR Darüber würde ich, an deiner Stelle, lieber nicht reden. Bildest du dir vielleicht ein, ich wisse nicht, daß ganz Leadville ein halbes Jahr lang gewiehert hat vor Lachen über mich, weil ich mir eine Mine andrehen ließ, die mit Erzproben aus meinen eigenen Gruben gesalzt war? Aber ich wußte auch, daß ich zuletzt lachen werde. Ich will nicht behaupten, daß ich selber so klug war. Ich hatte einen Ratgeber, – dem ich vertrauen konnte.

BROWN Uncle Dick, womöglich?

TABOR Der war doch damals schon tot. Erinnerst du dich nicht, daß ihn vor Freude der Schlag getroffen hat, als ich ihn, freiwillig, an meinem Grubengewinn beteiligte? Man kann auch mit einer Wohltat morden. *Er leert ein Glas Champagner* Aber der Hühnerschnabel – der hat seinen Spott teuer bezahlt. Tabor läßt sich nicht ungestraft bedrohen. Ich brauchte die Zeugen nicht einmal zu kaufen, sie kamen von selbst. Bei dem hätte es schon lange für den Strick gereicht. Jetzt kann er den Rest seines Lebens im Zuchthaus an mich denken. *Böse, grausam* Nun, sie werden ihn in den Steinbrüchen von Georgia bald zum Kadaver prügeln – Stück für Stück. Ich habe dafür gesorgt. *Er lehnt sich zurück, mustert Brown.*

BROWN Bitte – wenn du dich auch an mir rächen willst – du hast die Gelegenheit. Mir bleibt nichts übrig, als den Bankrott anzumelden. Du kannst mir, allein für die heutige Spielschuld, das Dach überm Kopf wegpfänden.

TABOR Höre gut zu, Bill Brown. Ich eröffne dir einen Kredit bis zu fünfzigtausend, aus meinem Bank-Kapital. Du kannst damit neu anfangen. Unverzinslich, auf die nächsten fünf Jahre.

BROWN Du beschämst mich, Tabor. Ich werde dir das nie vergessen.

TABOR Ich weiß – sowas verzeiht man nicht. Aber das ist kein

Geschenk. Ich habe eine Schuld abzutragen. Ich habe dich gebraucht, Bill Brown. Ich habe nicht gewußt, wie man eine Zins- und Zinseszinsrechnung kontrolliert, ich hatte keine Ahnung von Giro und Diskont, ich hätte ohne deine Schlauheit, deinen Kopf, deinen Scharfsinn mit meinem Glück nicht viel anfangen können. Dafür habe ich dich an meiner Bank und meinen Börsenmanövern beteiligt – vielleicht war das für einen Tabor zu wenig. *Er nimmt den Schuldschein, den Brown vorher geschrieben hatte, aus der Tasche, zerreißt ihn* Ich denke, jetzt sind wir quitt.

BROWN Du vergißt, Tabor, daß du mir außerdem eine alte Rechnung von ganzen neunhundert Böcken gestrichen und meinem Sohn drei Jahre Studium gezahlt hast. Du hast uns mit Wohltaten überhäuft.

TABOR Ich hoffe, du wirst nie in die Lage kommen, mir das heimzuzahlen.

BROWN Wer denkt an sowas. Ich habe dich unterschätzt, Tabor – sowohl deine Klugheit wie deine Generosität.

TABOR *kalt* Trinken wir drauf. *Er drückt auf den Schwanz der Schildkröte, der Kellner erscheint* Neue Flasche.

BROWN Es lebe die Freundschaft.

TABOR So lange sie lebt.

Sie trinken.

POP WYMAN *ist mit dem Kellner hereingekommen* Siegesfeier der alten Kameraden – wie sich das gehört. Kann ich etwas für Sie tun?

TABOR Rufen Sie Freddy. Er soll ein Glas mit uns trinken, er hat es verdient.

WYMAN Sofort, Herr Gouverneur. *Zu dem Kellner* Abräumen. *Läuft hinaus. Während des Folgenden räumt der Kellner den Tisch ab, bis auf die notwendigen Gläser.*

FREDDY *kommt rasch, mit einem Bündel von Telegrammen, Wyman hinter ihm* Soll ich vorlesen?

TABOR Später. Setz dich zu uns, Freddy. Was möchtest du, Whiskey oder Champagner?

FREDDY Wenn Sie erlauben –

TABOR *schenkt ihm Champagner ein* Trink das, es ist gesünder. Ich bin froh, daß du hier bist. Du – du wirst zu mir halten – was auch geschieht.

FREDDY *lachend* Das versteht sich von selbst. Aber was soll schon geschehen? Sie haben nichts mehr zu fürchten, Herr Gouverneur.

TABOR Doch, Freddy, die Menschen. Die hat man zu fürchten – immer. Merk dir das, Freddy. Dein Wohl.

FREDDY Das Ihre, Herr Gouverneur.

Sie trinken.

TABOR Warst du dort?

FREDDY Natürlich. Sie hatten es mir doch aufgetragen.

TABOR Und? Was hat sie gemacht?

FREDDY Sie hat Gemüse geputzt.

TABOR Ich meine, was sie gesagt hat.

FREDDY Eigentlich nichts. »So so«, glaube ich.

TABOR Keinen Gruß?

FREDDY Sie dachte wohl, Sie werden bald selber kommen...

TABOR Gewiß, gewiß. Das werd ich ja auch. *Schüttelt den Kopf* Gemüse geputzt.

WYMAN *tritt zum Tisch* Wenn ich mir erlauben darf, einen kleinen Vorschlag zu machen – zur Feier des Tages – fern von Geschäften, wie man sagt –

BROWN Wie sieht Ihr Vorschlag aus, fett oder mager?

WYMAN Wünschen die Herrn Gesellschaft? Soll ich Ihnen eine Elite meiner Künstlerinnen vorführen, mit einem neuen Tanz? Einen Fandango Espagnol – oder einen Can-Can de Paris?

BROWN Wieviele Häschen haben Sie jetzt im Stall?

WYMAN Hundert Stück, mein Herr, alle artistisch ausgebildet, aber nur Rasse, Klasse, Qualität. Schwarz, rot, blond, brünett, was Sie wollen, und keine einzige Farbige dabei, nicht einmal eine Mestizin.

BROWN Sie denken wohl, weißes Fleisch schmeckt am besten.

WYMAN Man hat seine Grundsätze, was das Geschäft anlangt. Der persönliche Geschmack tut nichts zur Sache. Beruf ist Beruf.

BROWN Ein nahrhafter Beruf, muß man sagen. Da könnte man neidisch werden.

WYMAN Wenn Sie das Fleisch meinen, mein Herr, so bin ich ein einsamer Mensch. Ich lebe von der Erinnerung. *Er wendet sich an Tabor, löst seine Geldbörse von dem breiten seidenen Gürtel, den er als Weste trägt* Wissen Sie, Herr Gouverneur, woraus mein Geldbeutel gemacht ist? Ich wette, Sie erraten es nicht. Das ist ein echter Beutel, verstehen Sie, crotum hominis, wie man sagt, er befand sich einmal ganz wo anders. Aber der Herr hatte das Pech, meiner damaligen Frau nachzustellen – sie war eine Mulattin, jedoch eine der berühmtesten Schönheiten ihrer Tage, sie hieß ›Goldschatten‹, vielleicht haben Sie den Namen gehört, ihre Haut sah so aus. Es war ein faires Pistolenduell, durchaus sportlich, und es gehörte zu den Kampfbedingungen, daß dem Sieger der Mannesstolz des Besiegten zufiel, wie gesagt, durchaus sportlich. Meine Tanzmädchen erschauern, wenn ich ihnen den Lohn auszahle. *Er versorgt den Beutel.*

TABOR Ich erschauere auch, Wyman. Lassen Sie uns zufrieden, wir sind auf Ihre Tanzmädchen nicht neugierig.

BROWN Oho!

WYMAN Ich verstehe, Herr Gouverneur. Ich sage selbst immer: hundert Frauen sind zu wenig, und eine ist fast zu viel. Aber ich habe eine Ovation für Sie vorbereitet, – eine kleine Huldigung, von delikater Seite – die Sie bestimmt nicht verschmähen werden.

TABOR Na schön, Wyman, ich will Ihnen den Spaß nicht verderben, aber flott, ich möchte nach Hause.

WYMAN *ist zu der spanischen Wand gelaufen, ruft nach hinten* Pronto, Pronto! *Er schiebt die Wand auseinander, aber nur so weit, daß man die kleine Podiumsbühne sieht – die Musik bleibt verborgen. Auf dem Podium steht eine kleine, zierliche ›Récamière‹ – dort sitzt* Baby Doe-McCourt. *Sie ist eine hübsche Blondine, nicht eigentlich schön, aber von betörendem Reiz: ein Kindergesicht, mit etwas umflorten Augen, und dem Körper einer blühenden jungen Frau. Ihre Kleidung ist äußerst dezent: langer Rock, lange Seiden-*

strümpfe, lange Ärmel, in zarten Farben, ohne Dekolleté, aber mit einem durchsichtigen Spitzeneinsatz um Hals und Schultern. Sie hat die Hände auf dem Schoß gefaltet und schaut mit einem gleichmütigen Lächeln, ohne Aufregung, vor sich hin, während die Musik mit einer schmachtenden, teils schmissigen Melodie leise präludiert.

BROWN Donnerschlag! Das ist Baby Doe.

TABOR *der mit dem Rücken zu ihr und zum Podium sitzt, jedoch in einem ihm gegenüber in die Wand eingelassenen, hohen Spiegel alles sehen kann* Baby Doe?

FREDDY Sie wollen sagen, Sie haben wirklich noch nichts von ihr gehört? Baby Doe –! Sie ist die berühmteste Chanteuse von ganz Colorado!

TABOR Na ja, Colorada ist nicht sehr groß, was die Kunst anlangt.

BROWN Mit der Kunst, da wird's bei der nicht weit sein – aber hübsch ist sie! Verdammt ein süßer Hase – da läuft einem alten Fuchs das Wasser im Maul zusammen.

TABOR *ohne sich umzudrehen, schaut in den Spiegel* So.

FREDDY *der kein Auge von ihr läßt* Und wie sie sich anzieht! Nicht so wie eine, die im Saloon auftritt – richtig vornehm!

BROWN Vornehm! *Er lacht dreckig, wirft mit zwei Fingern einen Handkuß zu ihr hinauf und steckt dann den Daumen zwischen die beiden Finger.*

BABY DOE *schaut gelangweilt über ihn weg, schlägt aber ein Knie übers andere, so daß der Rock ein wenig hinaufrutscht.*

BROWN *zu Freddy, der verzückt zu ihr hinstarrt* Da muß man aber aufpassen! Da darf man sich aber nicht in die Falle wagen! Da darf man aber gar nicht erst dran schnuppern, am Speck, sonst schnappt sie zu. *Zu Tabor* Der ihr Mann, der schießt von rückwärts um die Ecke!

TABOR *beiläufig* Ist er eifersüchtig? Dann sollte er sie nicht in der Taverne singen lassen.

BROWN Der – und eifersüchtig! Er ist der gefährlichste Erpresser, der je in Chicago geboren wurde, und dort kommen die meisten schon vorbestraft auf die Welt. ›Vulture‹ Doe, – man nennt ihn den ›Aasgeier‹. Da muß man aber aufpassen. Da darf man sich aber ja nicht einlassen!

TABOR *lächelnd* Ich drehe mich gar nicht erst um. *Schaut in den Spiegel.*

BROWN Ist auch besser – sonst kriegst du gleich einen steifen – *nach einer obszönen Pause* – Hals, wollt' ich sagen.

FREDDY *unwillig* Sei still. – Sie will singen.

BABY DOE *ist aufgestanden und dicht an die Rampe getreten.*

BROWN *zu Freddy* Du, laß dir den Kopf nicht verdrehen – sonst holt dich der Teufel.

TABOR *mehr zu sich* Es heißt, man soll den Teufel nicht an die Wand malen, sonst hat man ihn im Spiegel.

Die Musik intoniert nach einer kurzen Pause – Melodie und Harmonik ist so simpel und kunstlos wie der Text. Auch ihr Gesang ist kunstlos und ungelernt, mehr wie ein Schulmädchen zu einer Geburtstagsfeier singen würde, aber mit einer kleinen, angenehmen Stimme, süß und etwas dümmlich wie ihr Gesicht.

BABY DOE *singt* »Sie kamen weither übers Land
Sie kamen übers Meer
Durch Wind und Schnee und Wüstensand
Mit der Hacke dem Spaten dem Sieb in der Hand
Und die Taschen schlaff und leer
/ . / Auf zu den ›Schimmernden Bergen‹
Wo das Gold alle Himmel verhieß
sprechend
Und für viele, da ward es die Hölle
Und für keinen das Paradies. / . /«
Die Musik legt etwas zu.

BABY DOE *singt* »Hohé – Hohé – da kam ein Mann
Der trotzte der Zeit und der Not
Er rang mit dem Glück sein Leben lang
Und er schlug auf den Berg bis der Fels zersprang
Und der Berg sprang auf
Und schenkt ihm sein Silbernes Brot.

Silber-Dollar-Tabor!
Das Glück ist deine Braut
Es hängt dir an und es bleibt dir treu
Wie das Herz und die eigene Haut.
Silber-König-Tabor!
Du hast das Glück besiegt!
Und wie du schenkst mit reicher Hand
Bringst du das Glück auch übers Land
Das dir zu Füßen liegt –!«

Die Musik endet mit einem Tusch – Baby Doe mit einem tiefen Knicks.

FREDDY Bravo! *Er klatscht enthusiastisch.*

BROWN Zum Kotzen. Zum Kotzen aber niedlich.

TABOR *hat die ganze Zeit in den Spiegel geschaut, ohne seine Haltung zu verändern. Jetzt winkt er, immer noch, ohne sich umzudrehn, Pop Wyman heran, der in respektvoller Entfernung den Gesangsauftritt beobachtet hat, greift lässig in seine Rocktasche, nimmt einen der Scheine heraus, die er vorher als Spielgewinn eingesteckt hatte, und reicht ihn Wyman, indem er mit dem Daumen nach rückwärts zum Podium deutet.*

WYMAN *schaut den Schein an* Nobel. Sehr nobel. *Verbeugt sich, geht zum Podium, reicht ihr das Geld hinauf.*

BABY DOE *nimmt den Schein, ohne ihn anzuschauen, knüllt ihn zu einer Kugel zusammen und wirft ihn mit einem scharfen Schwung zum Tisch zurück, so daß er an Tabors Kopf prallt und dann auf den Boden fliegt.*

BROWN Caramba!! *Lacht schadenfroh.*

WYMAN *fährt auf Baby Doe los, die mit phlegmatischem Trotz auf dem Podium stehen bleibt, – kreischend* Runter und auf die Knie! Willst du das aufheben du Aas und um Verzeihung bitten, willst du für hundert Dollar vielleicht auf den Knien rutschen du kleines Luder du –

TABOR *ist aufgestanden, unterbricht ihn mit einer herrischen Geste* Lassen Sie das. *Er geht zum Podium, sieht Baby Doe an, die mit einem fast belustigten Blick zu ihm herunterschaut und die Arme verschränkt* Habe ich Sie beleidigt? *Sehr verlegen* Das habe ich nicht gewollt.

BABY DOE *zuckt die Achseln, schiebt die Lippen vor.*

TABOR Ich wollte mich nur bedanken – für Ihr Lied.

BABY DOE Das brauchen Sie nicht. Ich werde von Wyman bezahlt.

TABOR Ich verstehe... Ich habe Ihren Stolz verletzt. Aber – ich hatte Ihr Gesicht nicht gesehen.

BABY DOE Sie haben mich doch die ganze Zeit im Spiegel angeschaut. *Lächelnd* Ich Sie auch.

TABOR Das ist nicht dasselbe. Wollen Sie mir nicht erlauben, Ihnen danken zu dürfen?

BABY DOE Wofür? Ich habe schlecht gesungen.

TABOR Davon verstehe ich nichts – mir hat es gefallen. *Schwerfällig* Dürfte ich Sie – vielleicht – auf ein Glas Champagner –

BABY DOE Einladen? Das ist was anderes. Zu sowas, da sag ich nie nein.

TABOR *erleichtert* Damit würden Sie mir nämlich eine große Freude machen... Dann wüßte ich doch, daß Sie mir nicht mehr böse sind –

BABY DOE Nun hören Sie mal! Sie sind ja rührend. Schließlich war ich es, die Ihnen was an den Kopf geworfen hat. Aber böse hab ich das auch nicht gemeint.

TABOR *mit mehr Sicherheit* Dann darf ich Sie bitten – *Er streckt die Hand aus, hilft ihr galant vom Podium herunter* Meinen Freunden wird es eine Ehre sein –

BABY DOE Was für Freunden? *Lachend* Ist ja schon keiner mehr da!

BOB WYMAN *ist, sobald er die Annäherung zwischen Tabor und Baby Doe bemerkt hat, zum Tisch gelaufen und hat Brown und Freddy mit einer Serviette wie Fliegen aufgescheucht und zum Ausgang gewedelt – wobei er leise murmelt* Raus. Raus. Raus. Raus. Raus. Raus.

BROWN *verschwindet grinsend* Schon gut, schon gut. Die Falle schnappt.

TABOR *dreht sich herum – zu Freddy, der seinem Vater folgen will* Freddy! Einen Moment noch.

FREDDY *bleibt in der Öffnung der Ausgangsportiere stehen, den Blick auf Baby Doe gerichtet.*

WYMAN *ist inzwischen zum Tisch zurückgerannt – zum Kellner* Gläser weg, neue Gläser, einschenken, Pronto – Pronto!

KELLNER *hastet.*

TABOR *zu Freddy* Bereite alles Nötige vor, bitte – die Akten undsoweiter –, wir müssen morgen in aller Frühe nach Denver, zur Vereidigung.

FREDDY Gewiß, Herr Gouverneur. *Verbeugt sich vor Baby Doe, will gehen.*

BABY DOE *beiläufig* Sagen Sie mal – wir kennen uns doch. Oder nicht?

FREDDY *mit einem Blick auf Tabor* Ich habe immer in der ersten Reihe gesessen, wenn Sie im Windsor aufgetreten sind. Vielleicht – haben Sie mich bemerkt.

BABY DOE Und einmal haben Sie mir rote Rosen hinaufgeworfen.

FREDDY *verlegen* Ja, doch –

BABY DOE Das war nett. Rosen sind teuer, hierzuland.

TABOR *jovial* Ich muß sagen, Freddy, du leistest dir kostspielige Marotten, ich werde dein Gehalt erhöhen müssen. Aber ich verstehe deinen Geschmack.

FREDDY *steif* Haben Sie sonst noch Befehle?

TABOR Du kannst zu Hause bestellen, man soll mit dem Essen nicht auf mich warten.

FREDDY Sehr wohl, Herr Gouverneur. *Geht.*

TABOR *schaut ihm kurz nach – zuckt die Achseln. Dann, zu Baby Doe* Ich wollte Sie nämlich fragen – natürlich nur, falls Sie nichts anderes vorhaben – man hat jetzt hier einen neuen französischen Chefkoch, der früher in New York war, im Delmonico –

BABY DOE Mit Ihnen essen? Aber liebend gern! Wissen Sie, ich sterbe für gutes Essen – wenn ich's nicht selber kochen muß. Kochen – huuuh! – das kommt für mich nicht in Frage. *Hat sich gesetzt.*

TABOR *setzt sich auch* Ich hoffe, Sie werden zufrieden sein, Sie brauchen nur zu befehlen. Hummer, Austern, Kaviar –

BABY DOE Hört hört. Ihr scheint es ja toll zu teiben, in eurem Klub.

TABOR Man lebt und läßt leben.

BABY DOE Ein schöner Wahlspruch – für Bonanzakönige.

TABOR Trinken wir drauf. *Hebt sein Glas* Auf gute Tage!

BABY DOE Auf bessere. *Beide leeren ihr Glas.*

TABOR Sie müssen das verstehen – was mir passiert ist. Es war eine Art von Verlegenheit. Ich habe keine Erfahrung in solchen Dingen. Ich gehe wenig aus. Und früher, da war ich ein armer Teufel. Ich habe sehr selten – eine Dame gesehen. Eine Dame wie Sie.

BABY DOE Ich bin keine ›Dame‹. Ich bin eine Animierperson.

TABOR Sie wollen sagen, das ist Ihr Beruf – und gewiß kein leichter Beruf. Desto taktloser war es von mir, Ihnen den Schein hinaufzuschicken. Ich weiß nicht, wie ich das wieder gut machen soll.

BABY DOE Jetzt machen Sie mal einen Punkt. Hundert Dollar sind immerhin hundert Dollar, und das ist keine Kleinigkeit. *Sie hebt den zerknüllten Schein auf, glättet ihn, steckt ihn in ihr Täschchen* Wissen Sie, warum ich Ihnen das Ding an den Kopf geschmissen habe? Nur damit Sie sich endlich mal rumdrehen, statt in den blöden Spiegel zu starren. Ich wollte, daß Sie mich anschauen.

TABOR *lacht* Ich habe mich einfach nicht getraut.

BABY DOE Also jetzt brauchen wir keinen Spiegel mehr.

TABOR Nein. Das hat sich überlebt.

BABY DOE *hebt die Schildkröte auf – amüsiert* Was ist denn das für ein verrücktes Ding? Eine Schildkröte, mit Rubinen und Perlen!

TABOR Passen Sie auf, die hat auch was gelernt. *Er drückt auf den Schwanz der Schildkröte, der Kellner stürzt herbei.*

KELLNER Sie wünschen?

TABOR Nachfüllen, bitte.

KELLNER *füllt die Gläser nach, verschwindet.*

TABOR Sehen Sie. Das können Sie jederzeit machen, wenn Sie möchten, daß jemand kommt. *Schiebt ihr die Schildkröte hin.*

BABY DOE Ich fürchte mich nicht, mit Ihnen allein zu sein.

TABOR Sie haben nichts zu fürchten. Wünschen Sie Musik?

BABY DOE Um Gotteswillen. Ich bin froh, wenn ich die mal nicht höre, das ewige Gedudel macht mich ganz trübsinnig. Ich muß doch auch in der Bar singen, und nachmittags in der Lobby.

TABOR *ruft nach hinten* Die Musik soll verschwinden. – Singen Sie denn nicht gern? Macht Ihnen das keinen Spaß?

BABY DOE Ach, ich hasse die Quiekerei. Ich weiß doch genau, daß ich nicht singen kann. Ich habe keine Lust, kein Talent, und nicht mehr Stimme wie jedes normale Heupferd.

TABOR Warum tun Sie es dann?

BABY DOE *trocken* Ich habe einen Mann zu ernähren. So oder so.

TABOR *nach einer kleinen Pause* Haben Sie Kinder?

BABY DOE Bewahr mich der Himmel. Das wäre das Letzte. Von meinem Mann, heißt das.

TABOR Warum haben Sie ihn dann geheiratet? – Verzeihen Sie – das geht mich nichts an, das brauchen Sie mir nicht zu sagen.

BABY DOE Das kann ich Ihnen ruhig sagen. Es war ein Familiengeschäft. Meine Leute, die McCourts in Chicago, haben mit den Doe's Compagnie gemacht, in Barbetrieben und Spielsaloons. Ich habe sechs Brüder, das sind alles Mondscheiner, Sie wissen, die den Whiskey bei Nacht brennen, um die Steuer zu hinterziehn. Und damals, da hat er mir auch gefallen. Er hatte so einen schönen, gewichsten Schnurrbart.

TABOR *unwillkürlich über seinen Schnurrbart streichend* Und jetzt?

BABY DOE Jetzt bin ich zu feige, um ihm davonzulaufen.

TABOR *nachdenklich* Sie haben kein leichtes Leben, Baby Doe.

BABY DOE *wegwerfend* Wer hat schon ein leichtes Leben. Aber nennen Sie mich nicht Baby Doe, wie alle. Ich heiße Elizabeth.

TABOR *respektvoll* Elizabeth...

BABY DOE Sagen Sie es nicht weiter. Es ist kein guter Name, fürs Geschäft.

TABOR Von mir wird es kein Mensch erfahren. Ich danke Ihnen für Ihr Vertrauen – Elizabeth.

BABY DOE Wissen Sie – Sie habe ich mir eigentlich ganz anders vorgestellt.

TABOR Nämlich – wie?

BABY DOE Na – wie einen von den Proleten, die plötzlich reich geworden sind. Aber Sie – Sie haben wirklich etwas – etwas von einem König.

TABOR *lächelnd, nicht ohne Selbstironie* Jetzt beginne ich das fast schon selber zu glauben.

BABY DOE Das können Sie ruhig. Sie haben Glück, das spürt man. Aber wann gibt es nun endlich was zu essen?!

TABOR O gewiß, natürlich, sofort! *Drückt zweimal auf den Schwanz der Schildkröte* Die Karte! Das Gedeck! Den Chef!

Die Kellner stürzen herbei.

Dunkel

Zweite Szene

Die alte Behausung der Tabors, im Zustand des Abbruchs und Auszugs: alle Möbel, die vorher den Raum verziert hatten, sind bereits weggeschafft, auch die feine Tapeten- und Stoffbespannung ist von den Wänden gelöst, so daß man wieder, wie am Anfang, die nackten Bretter und Balken sieht, vollständig leer. Einzig der alte schwarze Eisenofen, ohne Rohr, und der Holzschemel, auf dem John Savage sitzt, sind noch auf ihrem Platz. Das Bankbüro, das anstelle des früheren Schuppens entstanden war, samt seiner Glastür, ist schon abgerissen, der breite Eingang dazu, seitlich rechts hinten, mit einer Zeltbahn provisorisch verhängt. Der Eingang zu Augustas Küche und den hinteren Räumen steht offen, von dort schleppen, zu Beginn der Szene, zwei Transportarbeiter eine schwere Kiste, quer durch den Raum, zu der vorderen Eingangstür. In der Mitte des Raums steht ein noch offener, großer Segeltuchkoffer, in den Augusta gerade ein paar Wäsche- oder Kleidungsstücke legt. Sie trägt einen langen Frisiermantel, der ihre noch unvollständige Toilette verhüllt, und eine Netzhaube über den Haaren. John Savage hockt wie stets in seiner Ecke, doch scheint auch er zum Auszug gerüstet und ist anders als sonst gekleidet: statt seines gewöhnlichen alten Ponchos hat er eine Indianerdecke um die Schultern geschla-

gen, die mit kubischen Figuren und Zeichen durchwebt ist, was ihm einen feierlichen Anstrich gibt, und in sein Haar sind gefärbte Lederstreifen oder Schlangenhäute eingeflochten. Um den Hals hängt ihm eine zerbissene Pfeife, mit langem Rohr und rotem Tonkopf. Ein alter Leinensack, mit dem Aufdruck Mexico Pure Tobacco, der seine Habseligkeiten enthält, liegt neben ihm auf dem Boden, dabei steht die Rumflasche und der bekannte Becher, aus dem er von Zeit zu Zeit einen Schluck nimmt.

AUGUSTA *zu den Arbeitern, die mit der Kiste durch den Raum stapfen* Vorsicht – kippt sie nicht und tragt sie nicht hochkant – da ist mein ganzes Küchengeschirr drin verstaut! Und stellt sie nicht über die Radachse, damit's keine Scherben gibt, wenn der Wagen über einen Stein holpert. Ich kenne die Fuhrleute, die lassen keinen aus.

DIE ARBEITER *lachen.*

RITSCHE *kommt durch die vordere Eingangstür, stößt fast mit den Kistenschleppern zusammen. Er ist im Frack mit weißer Binde – trägt eine übergroße Camelienblüte im Knopfloch und Ringe an den Fingern.*

ARBEITER Obacht, Platz da. *Schuppst ihn beiseite.*

RITSCHE *schnippst sich den Staub vom Ärmel* So ein unverpflegtes Benehmen. Diese Leute bemissen der geringsten Höflichkeit. Politur, wie man sagt, die haben sie keine.

AUGUSTA Die haben was zu tun, da hat man keine Zeit für Politur – das ist ja auch mehr was für einen Schreinermeister. Wollen Sie Tabor sprechen?

RITSCHE Nicht direktermaßen. Ich wollte mich nur so einmal um die Ecke schauen, nach dem werten Befinden – undsoweiter.

AUGUSTA Auf das »Undsoweiter«, da müssen Sie ein bißchen warten. Sie plättet mein Kleid.

RITSCHE Ich bin nicht ganz zugegen, worüber Sie anspielen.

AUGUSTA *gutartig, ohne Spott* Denken Sie mal scharf nach, Herr Ritsche – da fällt Ihnen vielleicht Fräulein Junghuhn ein. Der streichen Sie doch schon längst um die Schürze.

RITSCHE Als einen Schürzenjäger möchte ich mir nicht markiert zu wissen, das liegt nicht in meiner Tendenz, somal es sich bei Fräulein Junghuhn um eine Dame von sittlicher Oberklasse beläuft.

AUGUSTA Na schön – wenn Sie's ernst meinen, desto besser. Sie wissen wie Tabor ist – er hatte sich in den Kopf gesetzt, daß ich eine deutsche Zofe haben muß, das sei modern und vornehm. Aber mir ist meine kleine Susian immer noch fein genug, ich bin froh, wenn ich die Pute wieder los bin.

RITSCHE Bitte vergeblichst der Dame keine Geflügelnamen zuzufügen. Wosehr sie schon Junghuhn heißt. Die Dame stammt aus einer hochgebildeten Vorzeit.

AUGUSTA Seien Sie nicht so empfindlich, ich mein es nicht bös. Sie ist eine ganz nette Pute. Genau das, was Sie brauchen.

RITSCHE Soweit sind wir noch garnicht inbegriffen. *Zaghaft* Oder glauben Sie, daß ich in Hoffnung wäre?

AUGUSTA Aber Herr Ritsche! Ein Mann wie Sie! Schauen Sie mal in den Spiegel! Da kann doch so ein Mädchen gar nicht widerstehn.

RITSCHE *geschmeichelt* Gewisserdings, allermaßen.

AUGUSTA *trocken* Und reich sind Sie auch. *Ruft* Freddy! War das die letzte Kiste?

FREDDY *erscheint aus den hinteren Räumen, auch er in Frack mit weißer Krawatte* Ja, da fehlt nur noch der Koffer hier. Fährt Johnny auch mit dem Möbelwagen?

AUGUSTA Aber nein, da fällt er womöglich runter in seinem Tran. Der fährt mit uns, in der Equipage. Wenn wir schon feierlich einziehen müssen, da gehört er dazu.

MINNIE JUNGHUHN *erscheint auf der Schwelle – eine ansehnliche Blondine in Zofenkostüm, nicht mehr ganz jung, jedoch aus Hannover.* Darf ich bitten, Mylady, der Herr Graf fürchtet, die Brennscheren werden zu heiß, er bangt um Ihre Frisur.

AUGUSTA Der Herr Graf! *Amüsiert* Da hat er wieder jemand gefunden, der ihm zuhört. Der Mann heißt Eugen – und er braucht keine Bange zu haben, ich werde seine Brennscheren schon blasen und am Papier ausbräunen, bevor er mir damit in die Wuckeln fährt. – Ist das Kleid gebügelt?

MINNIE Sehr wohl, Mylady.

AUGUSTA Ich rufe Sie dann, wenn ich Sie brauche. *Zu Ritsche, mit einem leichten, ermunternden Rippenstoß* Bleiben Sie ruhig noch ein bißchen, Herr Ritsche – Tabor will Ihnen sicher den letzten Schnick beibringen, wie man sich auf dem Ball benimmt, und mit wem Sie tanzen müssen – Komm, Freddy, der Gouverneur quält sich schon eine Stunde mit seinem Kragenknopf, du mußt ihm helfen. *Im Abgehen* Früher, da hat er's leichter gehabt, mit seinen zwei Wollhemden, eins in der Wäsche und eins am Leib. *Verschwindet mit Freddy.*

MINNIE Tanzen –! *Sie macht ein paar wiegende Schritte* Sie Glücklicher! Wie ich Sie beneide!

RITSCHE *plötzlich ganz deprimiert* Ach mei gneedisch Freilein Junghuhn, – glaawe denn Sie, des wäre Vergnüsche? Unner all dene fremde Leit? Mit Ihne kann ich ja redde, wie mer de Schnawwel gewachse is – un ich sag Ihne, mir werd ganz iwwel, wenn ich an den Ball denk. Ich wollt ich müßt garnet hi. Die Meedscher aus der Hoodwollé, die sin die schlimmsde. Die heewe als ihr Fieß un kloppe sich mitm Finger uff die Absätz, un dann lache die so dreckisch. Des is weil ich emol e Schusder gewese sein. Am beste hock ich mich gleich hinner die Buddel un dudel mich kronevoll.

MINNIE *besorgt und ermahnend* Aber Herr Ritsche, um Gotteswillen! Sie wollen doch nicht sagen, daß Sie dort alkoholischen Getränken zus-prechen, und zwar im Übermaß! Das verstößt ja gegen die Etikette, und zers-tört Ihre Gesundheit! Haben Sie denn keinen S-paß am Tanzvergnügen?

RITSCHE Des kimmt halt ganz uff die gesellschafdlische Umschdänd aa'. Mit wem soll ich do danze? Ei jo, – wenn ich mit Ihne mol ein schwenke könnt – so en scheppe Gäulsgalopp oder en pälzische Drehwalzer, wo ma rischdisch ins Schwitze kimmt, un dann fescht aa'gedrickt un hinne rum gepackt – des wär e Wolluschd!

MINNIE Wenn ich Ihnen etwas sagen darf, mein lieber Herr Ritsche – aber bitte nicht böse sein –, so sollten Sie sich eine etwas gewähltere Ausdrucksweise aneignen. Und denn die Aussprache! Ich, wissen Sie, bin aus Hannover, und dort sind wir in der Beziehung sehr ans-pruchsvoll, wir s-prechen ja bekanntlich das reinste Deutsch, die sogenannte S-taatss-prache. *Streicht ihm über die Hand* Aber bitte nicht übelnehmen, tja?

RITSCHE Iwwelnemme? Ei wisse Sie, Freilein Minnie – wenn ich Ihne so klassisch rizidiere hör, do werds mer ganz bibberisch, des geht mer dorch un dorch. – Des is wie wenn bei uns derhääm als die Kercheglocke geläut hawwe, wo ma hier aach net hot – do kennt ich glei's Flenne krische. *Hält ihre Hand.*

MINNIE Das ist das Heimweh, Herr Ritsche, das verbindet unsere Seelen. Uns fehlt hier, was nur wir besitzen: das Gemüt.

RITSCHE *fast weinend* Jo Herrgottstrambachnocheneu – ich glaab aach, ich san schon gemüskrank.

MINNIE Wenn ich Ihnen ein büs-chen die Heimat ersetzen kann... *Sie legt ihren Kopf an ihn.*

RITSCHE *schwer atmend* Freilein Minnie – Sie erwecke in mir ein ungeheires Gelüschde – dem ich garnet widerschdehe kann!

MINNIE *tritt zurück* Sie! Sie! Ich glaube, mit Ihnen muß ich sehr s-treng sein!

RITSCHE Ei des machts als noch ärscher. Wenn Sie mir so mit'm Fingersche drohe – do kennt ich Ihne uff der Schdell –

MINNIE Pfoi.

RITSCHE Awwer nei' – ich mään jo net gleich die Sittlischkeit – ich – ich wolld Ihne ja nur um e Kissje bidde...

MINNIE Wenn ich das – als ein festes Vers-prechen betrachten kann –

RITSCHE Ich verschprechs! Was Sie wolle! Un was ich verschprech, verschprech ich, Hand uffs Herz, do kenne Sie e Kanonefabrik mit drei Schlöt druff baue!

MINNIE Denn man zu. *Hält ihm die Lippen hin.*

RITSCHE *küßt sie, scheu und atemlos* Minnie –!

MINNIE August –!

RITSCHE *schmerzlich getroffen* Net Auguschd! Guschdav! Awwer derhääm hawwe se mich Guschdl genennd.

MINNIE *schmiegt sich an ihn* Gustel! – Sag, Gustel, du bist doch auch ein Silberkönig?

RITSCHE Klitzekloor – mit dreiunddreißisch-e-driddel Berzent. Un du werschd mei Könischin!

MINNIE *kokett* Vorläufig – dein Prinzeßchen...

RITSCHE *kühn geworden* Geb mers Mäulsche, Prinzeßle! *Umfaßt sie.*

MINNIE *zurückhaltend* Da möchte ich aber noch um eine schriftliche Bes-tätigung gebeten haben, einen formellen Antrag, den ich heimschicken kann – Meine Familie is'tja sehr auf Formen einges-tellt.

RITSCHE Schrifdlisch – des braucht bei mir e bisje Zeit. Ich bin garnet mehr gewehnd, was zu schreiwe – außer dene Scheckzeddelcher. Awwer vielleichd kannschd du mirs aufsetze – so e reschdes Schmusbriefche, mit liebliche Wendunge – un ich kritzel mein Name drunner –

MINNIE Und so ein schönes Scheckzettelchen schreibst du mir auch – tja?

RITSCHE E ganz dickes – für die Ring un die Klääderscher.

MINNIE *küßt ihn – seufzt* So intim habe ich noch nie mit einem Herrn verkehrt...

RITSCHE *plötzlich nachdenklich* Do hätt' ich awwer noch e Frag –

MINNIE Frage mich, Liebster. Ich habe nichts zu ges-tehen.

RITSCHE Bischdu hundelieb?

MINNIE Hundelie – *mit Überwindung* – Tja, ich glaube, so ein Hund ist ein recht s-paßhaftes Wesen – und treu, wie man sagt –

RITSCHE Oh, so treu.

MINNIE Mein Vater is' ja nun Präparator gewesen, da hat er 'ne Menge Tiere ausges-topft, – auch Hunde denn un denn – wenn jemandem der Liebling ges-torben war, – mit Glasaugen, ganz echt, wie wenn er noch leben täte.

RITSCHE *betreten* Glasauge...

MINNIE Ja, ganz natürlich. Das war ein Akt der Pietät, denn gebracht hat es wenig.

RITSCHE *mehr zu sich* Ich hätt' an en Ulmer Dogge gedenkt – oder en Boxer – awwer net ausgeschdoppt...

MINNIE Offen ges-tanden – hätte ich von dir eine ganz andere Frage erwartet...

RITSCHE Noch e Frag?

MINNIE *bringt ihre Hand an sein Ohr* Kinder –! *Schlägt die Hände vors Gesicht, läuft hinaus.*

RITSCHE Kinner...Kinner... *Ruft hinter ihr her* Awwer zuerschd werd en Hund kaaft! *Er wischt sich den Schweiß, schaut sich im Zimmer um, entdeckt nichts Trinkbares als John Savages Rumflasche, tritt zu ihm hin* Johnny – derf ma emol?

JOHN SAVAGE *der während der ganzen Szene die Augen geschlossen hielt, schaut ihn an und beginnt zu lachen – mit seltsamen, glucksenden Lauten – hält ihm die Flasche hin.*

RITSCHE Der lacht... ah jo... der hot gut lache. *Tut einen tiefen Zug, stellt die Flasche hin, geht rasch, da er Tabor und Freddy kommen hört.*

TABOR *kommt herein, mit Freddy, er trägt einen Frack und die blausilberne Gouverneurs-Schärpe von Colorado mit den Sternen der Union quer über die Brust* Hast du von diesem – wer ist da gegangen?

FREDDY Ritsche. Ich glaube, er hat Minnie Junghuhn einen Antrag gemacht. Sie weint.

TABOR Das sollte sie sich aufsparen, bis er sein Geld versoffen hat, er ist auf dem besten Weg. Ich wollte sagen – hast du von diesem Stratton gehört? Hier sehe ich ihn noch stehen – als Gewerkschaftsführer der Zimmerleute, bei dem Streik. Dabei hat der Kerl heimlich Geologie studiert oder Gottweißwas noch, und hat im Norden eine neue Goldmine entdeckt – ohne selber zu schürfen oder zu waschen, nach wissenschaftlicher Methode, wie das heißt. Da sehe ich ihn noch stehen, mit seiner Stahlbrille und seinem dünnen Mund. – Es ist unglaublich.

FREDDY Er hat eben berechnet, woher die Ströme kommen, von denen die Goldanschwemmung hier abgelagert wurde, und Messungen angestellt, über Gefälle und Erdschichten –

TABOR Ja ja, aber es ist eine Schande. Wer hätte gedacht, daß hier oben noch Gold zu finden ist. Und ohne selbst in die Berge zu gehen –

FREDDY Jetzt wird er auch bald im Millionärsklub sitzen, in der Clarendon Bar, und auf die Minierer schimpfen.

TABOR Das bezweifle ich. Ich traue dem zu, eine Mine auf gemeinnütziger Basis auszubeuten ... Der Mann bleibt eine Gefahr – auch wenn er reich ist. Jetzt muß der Silberminenring doppelt zusammenhalten und Härte beweisen. Härte. Wenn sich dieser neue Goldfund als bedeutend herausstellt, und es sieht ganz so aus, dann sind wir von einer Baisse bedroht. Wir müssen den Kartellpreis heraufschrauben – und der ewige Lohndisput muß endgültig aufhören. Ich habe meinen sämtlichen Arbeitern für den heutigen Tag vier bezahlte Feierstunden gewährt, und zweitausend Liter Freibier bereit gestellt, das sollte ihnen genügen –

Die beiden Transportarbeiter kommen herein, haben seine letzten Worte noch gehört.

EINER Freibier ... *schnalzt mit der Zunge, grinst.*

TABOR Jawohl, auch für euch. Der Butler in meinem neuen Haus ist angewiesen, euch Essen zu geben, wenn der Transport beendet ist, und soviel Bier, wie ihr vertragen könnt. Ich hoffe, ihr habt ein ordentliches Fassungsvermögen.

ARBEITER Danke, Herr Gouverneur. In uns geht mehr herein, als man je wieder auspissen kann. Können wir den Koffer jetzt aufladen?

FREDDY *ruft nach hinten* Kann ich den Koffer schließen, Mrs. Tabor?

AUGUSTA *von rückwärts* Halt! Da muß noch was hinein! *Sie kommt eilig herein, offenbar schon frisiert, aber mit einem Schleiertuch über den Haaren, das auch den Oberkörper umhüllt, und in einem rauschenden schwarzen Unterrock, mit schwarzen Seidenstrümpfen und schwarzseidenen Ballschuhen* Das hätt' ich jetzt beinah' vergessen, es ist die Hauptsache. *Legt den alten Mantel und Hut, den sie bei der Erzählung im ersten Akt getragen hat, hinein, sowie das in Leder geschlagene Tagebuch. Zu Tabor* Die Sachen von damals, weißt du. Ich wollte sie nicht hergeben – bis zuletzt. Jetzt weiß ich genau, wo sie sind. *Schließt den Koffer, die Arbeiter tragen ihn weg.*

TABOR Jetzt ist's aber auch höchste Zeit, daß das Zeug hier wegkommt und daß du fertig wirst! Die Equipage muß vorfahren, sobald der Möbelwagen davon ist, wir haben dann nur eine halbe Stunde zum feierlichen Einzug und müssen gleich weiter auf den Ball!

AUGUSTA Ja, ja, ich muß nur noch das Kleid überziehn. *Geht nach hinten.*

TABOR *ruft ihr nach* Aber mach dich auch richtig schön, und schmück dich – wie sich das für die erste Lady eines jungen Staates gehört! *Geht umher, halb nervös, halb freudig erregt* Wir haben ein Reich zu verteidigen – aber wir werden es vergrößern und erhöhen. Der Aufbau von Colorado ist erst im Beginn – und es wird unser Silber sein, das ihm zu Größe und Macht – *beginnt zu lachen* –, jetzt bin ich in meine Bankettrede hineingekommen. Ich habe den ganzen Tag dran gelernt.

FREDDY *nicht aufsässig, eher bedrückt* Herr Gouverneur... Ich wollte Sie bitten, mich aus meinen Pflichten als Privatsekretär zu entlassen.

TABOR *fährt herum, starrt ihn an* Was – hast du da gesagt, Freddy? Das kann nicht dein Ernst sein.

FREDDY *mit gesenktem Kopf* Ich habe es mir lange überlegt –

TABOR Was hast du vor – ist dir eine andere Stellung angeboten worden? Oder willst du dich selbständig machen? Das ist zu früh. Das kommt nicht in Frage. Eine bessere Stellung kannst du nicht haben. Ich gebe dich nicht frei, ich kann das garnicht verantworten. Nicht nur weil ich dich brauche, und weil ich mich auf niemanden so verlassen kann: Aber du hast noch viel zu lernen – und du kannst später, auf meinen Schultern sozusagen, viel höher kommen, als wenn du jetzt, ganz von unten, neu anfängst...

FREDDY *leise* Es wird mir nicht leicht, aber –

TABOR Da gibt es kein Aber. Du bleibst. Oder bist du mit deinem Gehalt nicht zufrieden? Ich gebe dir, zum heutigen Tag, eine Gratifikation, das Couvert steckt schon in meiner Tasche, ich wollte dich nur damit überraschen... *Da Freddy schweigt* Hast du Schulden, womöglich? Ein Wort, und du kriegst einen Scheck.

FREDDY Es geht nicht ums Geld.

TABOR Sondern –? Fühlst du dich – nicht anständig behandelt?

FREDDY Sie waren immer sehr gut zu mir. Ich bin Ihnen – sehr dankbar.

TABOR Na also. Was soll es sonst sein? Du kannst doch mit mir ganz aufrichtig reden...

FREDDY Es sind persönliche Gründe.

TABOR *konsterniert* Persönliche Gründe...

Von draußen hört man das »Hü-Hoo« der Fuhrleute und das Abrollen des Gepäckwagens.

FREDDY Ich muß nachschauen, ob die Equipage eingespannt ist und daß sie freie Vorfahrt hat. *Will hinaus.*

TABOR Was für Gründe?

FREDDY Herr Gouverneur – wenn Sie sagen, daß Sie mich wirklich brauchen – und mich nicht freigeben wollen – dann ziehe ich meine Kündigung zurück. *Er geht rasch.*

TABOR Persönliche Gründe... *Er starrt in die Luft, mit einem plötzlichen Ausdruck von Angst in den Augen – es ist, als ob er einen Namen aussprechen wollte, aber er kneift die Lippen zusammen.*

AUGUSTA *kommt herein, jetzt völlig angekleidet und frisiert, mit hübsch gedrehten Locken und einem kleinen, kostbaren Diadem im Haar. Sie trägt ein elegantes schwarzes Seidenkleid mit weißen Spitzen, eine Perlenkette um den Hals und auf der Brust eine schmale Brosche aus diamantgefaßten Smaragden. Darunter baumelt, an seiner billigen Glitzerschnur, das Pince-Nez. Zu Tabor, der immer noch vor sich hinschaut und ihren Eintritt kaum bemerkt hat* Nun – wie gefällt dir mein Kleid?

TABOR *wendet sich zu ihr* Augusta –! Du siehst ja aus – ganz wunderbar! Wirklich, wunderbar! So habe ich dich noch nie gesehen. Ich habe gar nicht mehr gewußt – wie schön du bist.

AUGUSTA *ein bißchen ironisch, aber erfreut* Da muß man sich erst maskieren – bis ein Mann sowas merkt.

TABOR Versteh mich doch recht, so meine ich das ja nicht – aber es gehört eben auch dazu – die schönen Kleider, der Schmuck, die Frisur – du weißt, ich habe mir immer gewünscht, daß du dich besser anziehst, und mehr auf dich hältst –

AUGUSTA Nun ja – heut gefalle ich mir wirklich fast selbst. Aber sonst – da fühle ich mich wohler, wie ich bin.

TABOR Jetzt machst du schon wieder ein Gesicht, als ob wir zu einem Begräbnis müßten – Freust du dich denn gar nicht, auf das neue Haus – und auf all die Ehren, die uns heute erwarten... Kannst du dich denn nicht freuen – mit mir?

AUGUSTA Doch, Tabor – ich bin froh, wenn du zufrieden bist... aber du mußt das doch einsehen, – für dich ist das leichter, du lebst ja schon gar nicht mehr hier. Für mich ist es kein Spaß, mich von alledem zu trennen – nach so langer Zeit...

TABOR Ach was, die alte Bude wäre sowieso bald zusammengekracht.

AUGUSTA Diese Balken, die halten noch hundert Jahre. Das ist Hickory-Holz, du hast sie selbst behauen. Und da drinnen mein Herd – wieviel tausend Mahlzeiten hab ich auf dem gekocht –

TABOR Du bekommst den schönsten, modernsten, den es heute gibt, mit Gas, das neueste, ich hab zehntausend Dollar für die Leitung ausgegeben –

AUGUSTA Ich weiß nicht, wie man damit umgeht.

TABOR Das weiß unser Personal.

AUGUSTA Und wenn ich den alten Ofen da sehe – da ist mir ganz komisch, ich könnte ihn streicheln und küssen, wie was Lebendiges – *Hat sich dem Ofen genähert.*

TABOR Um Gotteswillen, paß auf, daß du deine Spitzen nicht schmutzig machst!

AUGUSTA Ich tu's ja nicht.

TABOR Es ist auch noch lange nicht Winter, bis dahin gewöhnst du dich an die neuen, aus echten holländischen Kacheln, und aus Speckstein. – Du hast dort ein Schlafzimmer und ein Boudoir, mit rosa Samt und Damast ausgeschlagen. – Du wirst in einem fürstlichen Haus wohnen –

AUGUSTA Warum muß es so fürstlich sein? In so einem Haus, da kann man keine Kostgänger aufnehmen, da kann man auch keine Zimmer vermieten – wer sich das leisten könnte, der baut sich selber ein Haus...

TABOR Das brauchst du ja auch nicht mehr, kleine Lady. Nie mehr! Willst du das denn nicht endlich begreifen...

AUGUSTA Wer weiß.

TABOR Mußt du mir denn immer jede Freude verderben – jede kleinste Freude! Was denkst du dir überhaupt? Ich muß doch repräsentieren! Glaubst du, ich kann als Gouverneur, als zukünftiger Senator, in einer aufgemöbelten Bruchbude hausen!

AUGUSTA Das tust du ja gar nicht. Du sollst in Denver, im Grand' Hotel, eine hochelegante Suite unterhalten –

TABOR Wieso nicht? Wenn ich dort Geschäfte habe und nicht immer noch heimfahren kann –

AUGUSTA Und wer wohnt noch in dieser Suite?

TABOR *aufbrausend* Wer hat das gesagt? Ja, wo soll ich denn sonst wohnen? Es ist das einzige erstklassige Hotel in der Stadt. – Wo soll ich denn sonst wohnen?

AUGUSTA In einem Zimmer. In einem guten Zimmer. Das genügt für einen Mann – wenn er allein ist.

TABOR Ich frage dich, w e r hat das gesagt –?! Du hörst auf üble Nachrede, auf böswilligen Klatsch – du läßt dich von meinen Feinden beeinflussen – du bist mein Feind! Sonst könntest du mir das heute nicht sagen!

AUGUSTA Ich habe gesagt, was ich weiß.

TABOR Nichts weißt du, nichts, nichts – du hast nie was von mir gewußt. Du hast mich nie verstanden!!

AUGUSTA *hart* Dann verstehe dich selbst – wenn du kannst.

TABOR *schreiend* Ich habe es satt! Ich lasse mich nicht verdächtigen! Ich – *Er verstummt – da John Savage sich plötzlich von seinem Sitz halb aufgerichtet hat, die Arme weit ausgebreitet, und mit erhobenen Handflächen einen halben Kreis beschreibt. Dann fällt er wieder auf seinen Sitz zurück.*

TABOR Johnny, – was ist denn los –?

JOHN SAVAGE *füllt sich den Becher, trinkt.*

AUGUSTA Weißt du nicht mehr? Es ist das Zeichen des Friedens – und der Eintracht. *Nach einem Augenblick großer Überwindung* Verzeih mir, Tabor. Ich hätte das heute nicht sagen sollen.

TABOR *ganz still* Heute, gestern, oder morgen... Weißt du nicht, Lady, weißt du das nicht – daß ich dir immer treu bin – was auch geschieht, was mir auch widerfährt –

AUGUSTA *trocken, humorig* Doch, Tabor. Ich weiß das schon. Aber was kauf ich mir dafür.

TABOR Weißt du, Augusta – jedesmal, wenn ich dich allein lasse – da ist das, als schneide ich mir mit einem Messer mitten durch die Kehle. Und doch muß ich's tun.

AUGUSTA Nun laß mal, Tabor. Das klingt wie die ›Geständnisse eines reumütigen Ehebrechers‹, ich habe grad so einen Roman gelesen – da kriegt man am Schluß noch Mitleid mit dem Kerl.

TABOR Mitleid. Ich glaube – wenn man's genau nimmt – muß man mit jedem Menschen Mitleid haben. Mit jedem, der lebt. Ob er was tut – oder ob er es bleiben läßt.

AUGUSTA Mir wär' schon lieber, du läßt es bleiben.

TABOR Wo denkst du hin? Natürlich laß ich es bleiben.

AUGUSTA *etwas skeptisch, aber doch befriedigt* Also gut, Tabor, ich glaub's dir ja. Aber dann brauchen wir auch eigentlich nicht so viel Worte drum zu machen.

TABOR Und die Suite, die gebe ich auf. Die brauche ich ja nicht mehr, wenn wir das schöne neue Haus haben. Wenn du dann nur – wenn du dann nur auch ein bißchen glücklich bist – und froh und heiter und guten Muts – wie früher, als wir noch arm waren –

AUGUSTA Ich will's versuchen, Tabor.

TABOR Denn weißt du – so einfach ist das ja auch nicht – für mich. Da braucht man ein bißchen Hilfe und Selbstvertrauen.

AUGUSTA Ich will's versuchen. *Sie reicht ihm die Hand.*

TABOR *nimmt ihre Hand in seine beiden Hände.*

Während ihrer letzten Sätze hat sich bereits in einiger Entfernung ein noch undefinierbarer Stimmenlärm erhoben, von rhythmischen Paukenschlägen begleitet, der jetzt rasch näher kommt.

AUGUSTA Was gibt's denn da –?

TABOR *freudig überrascht* Ich glaube, die kommen uns einholen – mit Musik! *Zum Fenster, reißt es auf* Mit Musik! Die bilden Spalier, den ganzen Weg, von hier bis zum neuen Haus!

AUGUSTA Sowas!

Man hört jetzt deutlich die Musik, sie spielt die Melodie des Liedes, das Baby Doe in der Clarendon Bar gesungen hat, aber in Form eines forschen Marschs – mit einer Art ›Sousa-Band‹, Blech, Schellenspiel und Pauke. Dazu der Gesang vieler Stimmen.

»Silberkönig Tabor! Das Glück ist deine Braut
Und wie du schenkst mit reicher Hand
Bringst du das Glück auch übers Land
Das dir sich anvertraut!
Silberkönig Tabor –!«

in steigender Wiederholung.

FREDDY *kommt rasch herein* Die Equipage!

AUGUSTA Ruf den Kutscher, erst muß Johnny hinein, er kann nicht mehr gehen.

FREDDY *winkt nach rückwärts, der Kutscher kommt, sie heben Johnny Savage auf, nehmen seinen Leinensack sowie Flasche und Becher mit, tragen ihn hinaus.*

JOHN SAVAGE *während man ihn – zu immer mehr anschwellender Musik – hinausträgt, hebt eine Hand hoch und senkt sie dann tief zur Erde, als wolle er Abschied nehmen.*

AUGUSTA *zu Tabor* Er meint, man bringt ihn jetzt in die Sterbehütte, wo man die alten Indianer auf ihren Tod warten läßt.

TABOR Ich glaube, er will sich einfach bedanken, für den vielen Rum, den er hier verschluckt hat.

STIMMEN *draußen* Tabor's Glücksindianer! Cheers, Cheers, Cheers!

TABOR *zieht Augusta ans Fenster* Da, schau hinüber, Lady! Da steht unser Haus – wie ein Palast – mit zwei Säulen und zehn Stufen aus Marmor – die du jetzt hinaufschreiten wirst!

AUGUSTA *wie in einem plötzlichen Entsetzen* Tabor – ich möchte diese Stufen nie hinaufschreiten – wenn ich denke, daß ich da einmal wieder hinunter muß...

TABOR *strahlend* Ach was, Lady! Ich trag dich hinauf! Und ich trag dich auch in die Equipage!

FREDDY *ist inzwischen wieder hineingekommen und hat die Zeltbahn, die vor dem alten Bankeingang hängt, mit einem Zug heruntergelassen. Man sieht dahinter den Kutschwagen einer schwarz-silbern gestrichenen, mit Blumen geschmückten Equipage. Rechts und links davon die Vordersten einer sich drängenden, tanzenden Menge.*

TABOR Mach dich leicht, Lady, ich bin zu fett geworden... *Er schwingt sie hoch, hebt sie auf beide Arme.*

AUGUSTA *lachend* Tabor – was machst du denn –

TABOR Dasselbe wie damals – vor fünfundzwanzig Jahren.

AUGUSTA Dann mach ich's auch wie damals. *Sie schlingt die Arme um seinen Hals, küßt ihn auf den Mund.*

TABOR Augusta... wir alten Leute! *Küßt sie, lacht* Jetzt los! *Er hält sie fest an sich, trägt sie hinaus.*

RUFE Tabor! Cheers! Tabor! Cheers! Tabor! Cheers!

Wenn Tabor mit Augusta auf den Armen in die Equipage steigt, beginnen die Männer draußen zu rufen: Augusta! Augusta! Augusta!

Laute Musik. Vorhang

Vierter Akt

Colorado, Herbst 1882

Erste Szene

Kleiner Salon eines eleganten Hotel-Appartements, sehr damenhaft, in zarten Farben, mit Rosenmustern, seidenen Polstern und einigen altmodisch-amourösen Stichen durchaus als ›Liebesnest‹ eingerichtet. Rückwärts die obligate Portiere, nicht ganz geschlossen, durch die man eine Andeutung des noch halbdunklen, nur von einem rosig verschleierten Gaslüster beleuchteten Schlafzimmers sieht: Säulen, Baldachin und Vorhänge eines großen, pompösen Doppelbetts. Der Salon hat schon helles Morgenlicht, es fällt von der Seite durch lang herabhängende, cremefarbene Stores.

In der Mitte des Salons ein gedeckter Frühstückstisch mit zwei Sesseln, das Geschirr aus Silber und kostbarem Porzellan. Die Kaffeekanne ist zum Warmhalten mit einer Puppe bedeckt, deren Kopf die Züge von Baby Doe trägt.

Tabor, *noch allein, sitzt am Frühstückstisch, bis auf den Rock bereits völlig angekleidet, mit der doppelten Silber-Dollar-Uhrkette über der Weste, dem berühmten großen Diamanten auf der Krawatte – darüber trägt er einen leichten Morgenrock aus changierender Seide.*

Er wirkt frisch rasiert, frisch gewaschen und überhaupt auf eine geradezu provozierende Weise frisch und verjüngt – selbst sein Schnurrbart ist dunkler geworden. Er öffnet eben die Zeitung, die zusammengefaltet neben seiner Serviette lag.

TABOR Es ist also wirklich wahr! – da steht es, schwarz auf weiß! *Ruft ins Schlafzimmer* Hör zu Baby – die Schlagzeile in der Morgenzeitung: Tabor zum Senator gewählt! Hör zu! *Liest* »Durch die Ernennung von Henry Moore Teller zum Innenminister ist ein Sitz im Senat frei geworden, der mit überwältigender Mehrheit« – hörst du zu? – »dem Silberkönig und Gouverneur von Colorado, Horace Austin Warner« – hörst du zu, Baby?

STIMME DER BABY DOE Ja, aber du sollst mich nicht Baby nennen. *Sie erscheint, flüchtig frisiert, in einer bezaubernden Matinée* Nenn mich doch Lisa, wie sonst.

TABOR *unbekümmert, strahlend* Ich kann das nicht immer durchhalten, Du bist mein Baby und du bleibst – hör zu. *Liest weiter* »Tabor, wenn auch ungebildet« – also das ist die Höhe! Wieso? – »und von der politischen Routine nicht belastet« – na ja, die meinen: »politisch nicht vorgebildet«, das ist was anderes, – »hat bei der Verwaltung seines jungen Staates eine so glückliche Hand bewiesen, daß die Herzkammer unserer Regierung dieser neuen Blutzufuhr aus dem Westen mit Vertrauen und Freude –« na, undsoweiter. Und das noch vor der Eröffnung meiner Oper!

BABY DOE *nimmt seinen Kopf in die Arme, küßt ihn auf die Stirn* Es ist wunderbar, Liebling. Ich bin so froh für dich.

TABOR *schaut wieder in die Zeitung* Das ist wichtig: »Man erwartet, daß das neue Mitglied des Hohen Hauses« – wie das klingt! – »zu Beginn der nächsten Legislaturperiode« – das wär also Anfang Januar – »sein Amt antreten und sein Quartier in Washington aufschlagen wird ...« *Läßt die Zeitung sinken* Quartier in Washington! Wer hätte das je gedacht!

BABY DOE *setzt sich ihm gegenüber an den Tisch.*

TABOR Ich muß so rasch wie möglich in mein Büro, dort wird schon das offizielle Schriftstück liegen, und ein Stoß Telegramme – Was ist mit dir, Baby? Du siehst nicht glücklich aus ...

BABY DOE Wundert dich das? Ich höre immer nur: »Quartier in Washington«.

TABOR Für die Legislaturperiode – das sind zunächst nur drei Monate. Es ist doch klar, daß ich immer wieder nach Colorado zurück muß, ich habe ja hier mein Geschäft –

BABY DOE Und deine Frau. Oder geht die mit nach Washington? Mit einer Freundin kannst du wohl dort nicht antanzen. Die ist dann gestorben.

TABOR *bedrückt* Wo denkst du hin, Lisa ... Du glaubst doch nicht, ich könnte dich jemals aufgeben? Ich wüßte gar nicht mehr, wie ich ohne dich leben soll ...

BABY DOE Der Satz ist nicht neu. Der wird immer gesagt, wenn etwas aus ist. Du wirst dich dran gewöhnen und du wirst es können. Ich meine das nicht als Vorwurf, Liebling. Aber ich sehe die Dinge, wie sie sind.

TABOR Ich kann mir natürlich keine öffentliche Blöße geben – jetzt weniger als je. Aber es geht keinen etwas an –

BABY DOE Jetzt haben wir schon dreimal das Hotel gewechselt – mit immer mehr Heimlichkeit – und wenn du ein paar Tage mit mir verbringen willst, mußt du eine Reise vortäuschen... Glaubst du wirklich, daß dir das auf die Dauer jemand abkauft?

TABOR Warum nicht? Was ich sage, hat niemand in Zweifel zu ziehn – weder öffentlich noch privat!

BABY DOE *nimmt, über den Tisch hinüber, seine Hand* Ich seh das schon lange kommen – und einmal muß es ja sein, sowas geht immer zu Ende. Küsse sind nicht für die Ewigkeit – die Hauptsache, man hat sie genossen. *Beugt sich vor, küßt seine Hand.*

TABOR Du sagst das, als ob es dich gar nichts anginge...

BABY DOE Wie soll ich das sonst sagen? Heulen kann ich allein.

TABOR Dann schenke mir endlich mal einen Kaffee ein, bitte. Mit leerem Magen löst man keine Probleme.

BABY DOE *zärtlich* Das ist das erste vernünftige Wort, das du heute morgen ausgesprochen hast – soweit es nicht aus der Zeitung war. *Sie nimmt die Kaffeepuppe ab, will den Henkel der darunter verborgenen silbernen Kanne ergreifen.*

TABOR *gibt der Puppe einen leichten Stoß, sodaß sich der Kopf zu ihr hindreht* Schau sie doch erst mal an. Sie ist neu.

BABY DOE *mit einem leichten Aufschrei* Das ist ja verrückt – das bin doch ich! Das ist doch mein Gesicht – wie hast du das nur –

TABOR *schon wieder strahlend, mit bescheidenem Stolz* Es war nicht ganz leicht. Ich habe dein Porträt, weißt du, das dieser Maler Dingsda in meinem Auftrag gemacht hat, nach St. Louis geschickt, dort gibt es einen Spezialisten für sowas...

BABY DOE *ist aufgesprungen, setzt sich auf seine Knie, mit einer ganz echten, ganz unverstellten Begeisterung – wie wenn sie ein großes*

Geschenk bekommen hätte Dir fällt doch immer was Neues ein – immer was Neues – weißt du denn, wie süß du bist? *Sie bedeckt sein Gesicht mit kleinen, raschen Küssen* Immer was Neues, um mir eine Freude zu machen!

TABOR Das sind kleine Freuden. Wie gern hätte ich dir längst schon größere bereitet – *deutet auf seinen Diamanten* –, sowas zum Beispiel. Aber du willst ja nicht.

BABY DOE *seinen Kopf streichelnd* Du kennst den Grund.

TABOR Ich wollte dir immer in meiner Bank einen geheimen Safe einrichten – in dem du Geschenke, Wertsachen, die nur dir gehören und die kein anderer sehen soll, aufbewahren könntest. Auch ein geheimes Konto – für alle Fälle.

BABY DOE Es geht nicht. Ich werde beobachtet. Er hat überall seine Leute, er würde alles herauskriegen. Und wenn ich ihn betrüge – ich meine, was Geld anlangt –, dann gnade mir Gott. Er hat gedroht, mir das Gesicht zu zerschneiden – und er meint es ernst.

TABOR Es gibt doch, zum Donnerwetter, in unsrem Lande noch eine Polizei!

BABY DOE Ach von der wollen wir gar nicht reden. Für die wäre ich dann, vor Schwurzeugen, in eine Glasscheibe gestürzt, und niemand könnte je was anderes beweisen.

TABOR Das geht nicht so weiter. Das kann – das darf und das wird nicht so weitergehn. Ich kann nicht –

BABY DOE *ohne Ironie oder Bitterkeit, leicht* Ja, ich weiß, Liebling, du kannst nicht ohne mich leben – und mit mir erst recht nicht. Aber jetzt kriegst du endlich deinen Kaffee – mit drei Stück Zucker, obwohl du schon wieder zugenommen hast. *Beginnt einzugießen.*

TABOR Leben –! Das hab ich ja erst durch dich gelernt. Durch dich und von dir. Ich habe gar nicht gewußt, was Leben ist. Ich hatte einfach keinen Mut.

BABY DOE Ich mach dir ein Brot zurecht, mit Butter und kaltem Roastbeef, das hast du doch so gern.

TABOR Weißt du *trinkt Kaffee* –, wenn man plötzlich Glück hat, nach so langer Zeit und auf einmal der Mann des Tages ist – da kriegt man's ganz heimlich mit der Angst zu tun. Da weiß man nie, ob man wirklich dazu geboren war – oder im Grunde doch nur ein Pechvogel, der die Treppe hinaufgefallen ist und sich ganz schwindlig ans Geländer klammert... das sind so Träume, verstehst du. Da braucht man einen Menschen, der einen ermutigt und an einen glaubt, und nicht... *er bricht ab* Seit ich dich kenne, Lisa, da träume ich sowas nicht mehr. Da habe ich keine Angst mehr – vor nichts auf der Welt.

BABY DOE Nicht mal vor deiner Frau?

TABOR Vor ihr brauche ich keine Angst zu haben – höchstens um sie. Aber das gehört nicht hierher. *Er trinkt Kaffee.*

BABY DOE So, nun iß mal was. *Reicht ihm den Teller, füllt sich selbst ihre Tasse.*

TABOR Du weißt, ich spreche nie von ihr – weil sie den Gedanken nicht ertragen könnte, daß man sich mit ihrer Person beschäftigt oder gar Mitleid mit ihr hat... Den Respekt muß ich ihr bewahren – auch wenn ich nie mehr mit ihr – *Er horcht auf* Sag mal, was ist denn da los? Da ist doch jemand im Schlafzimmer! Hast du dem Mädchen geschellt? Ich nicht!

EINE ÖLIG-PENETRANTE MÄNNERSTIMME *von nebenan* Das dürfte Ihnen auch schwer fallen. Die Klingel ist abgestellt.

TABOR *fährt in die Höhe* Das ist nicht der Hausknecht – wer ist denn da drin?!

STIMME *laut, deutlich* Das Bett ist benutzt. Gut benutzt. Zwei Zeugen.

BABY DOE *sitzt wie erstarrt.*

TABOR *völlig außer Fassung* Das ist doch unerhört... Ich werde – *Er sucht nach der Tischglocke.*

HARVEY ›VULTURE‹ DOE

kommt durch die Portiere herein. Hinter ihm, im Dämmerlicht des Schlafzimmers, zwei plumpe Männergestalten mit kurzkrämpigen Hüten auf dem Kopf. Doe entspricht durchaus dem ›Klischee‹ des glatten, in der Nacht-Klub-Gesellschaft versierten Gangsters, Erpressers, Zuhälters – da von dieser Menschensorte nur das Klischee – allerdings in höchst brutaler Wirklichkeit – existiert.

DOE Regen Sie sich nicht auf, Herr Gouverneur. Bemühen Sie

sich nicht. Ich sagte Ihnen schon, die Klingel funktioniert nicht. Die Leitung ist nicht zerschnitten, ich verabscheue Vandalenakte. Aber es gibt hier im Hause jemanden, der sich mit der Elektrizität auskennt, und die Batterien herausgenommen hat – nur vorübergehend. Ihr Zimmerkellner, nebenbei gesagt, macht gerade eine Spazierfahrt, mit einigen unserer Freunde, an die er sich später nie mehr erinnern wird. Wir sind also ganz unter uns und können uns ungestört unterhalten. *Er wendet sich zu den Gestalten im Schlafzimmer* Habt ihr euch den Herrn genau angesehen? Es handelt sich um Gouverneur Horace Austin Warner Tabor, den neuen Senator von Colorado. Ihr könnt gehn. Den Rest besorge ich allein.

DIE GESTALTEN *verschwinden.*

TABOR *hat sich etwas gefaßt* Was fällt Ihnen ein! Wer sind Sie überhaupt?

DOE Oh, verzeihen Sie, daß ich mich noch nicht vorgestellt habe – ich dachte, meine liebe Frau trägt ein Bild von mir bei sich und stellt es auf den Nachtkasten, bevor sie mit Ihnen ins Bett geht. Mein Name ist Harvey Doe, und es gibt unhöfliche Leute, die mir den Beinamen »Vulture« zugelegt haben. Aber schauen Sie mich an. Sehe ich vielleicht wie ein Aasgeier aus?

TABOR Ich hatte doch – ich bin sicher, daß ich die Schlafzimmertür verschlossen hatte...

DOE Das haben Sie auch. Aber jetzt ist sie eben nicht mehr verschlossen. *Er nimmt sich eine Zigarre aus der Havannakiste, die neben Tabor auf dem Tisch steht* Sie gestatten doch? *Zieht sich einen Sessel heran* Sie erlauben, Herr Gouverneur?

TABOR Ich gestatte nichts und ich erlaube nichts. Aber ich bin – für den Augenblick – in Ihrer Gewalt.

DOE *hat sich gesetzt und die Beine übereinandergeschlagen* Nicht so ganz. Ich habe natürlich keinen Revolver mit, das könnte ja sonst nach einem Überfall aussehen. Wenn Sie Mut haben, könnten Sie versuchen, mich hinauszuschmeißen, Sie sind vermutlich stärker als ich. Aber ich wäre vermutlich schneller. *Er läßt, für eine Sekunde, neben seiner Hüfte, die Klinge eines*

Stellmessers aufschnappen, läßt es ebenso rasch wieder verschwinden.

BABY DOE *die ihre Hände vors Gesicht geschlagen hatte, wirft sich plötzlich mit einem Sprung vom Tisch weg zu einer in die Wand eingelassenen Tapetentür, rüttelt daran. Sie ist von außen versperrt.*

DOE *schüttelt den Kopf* Du bist doch kein Kind mehr, Baby. Für sowas ist gesorgt. Ich habe mir gedacht, daß du versuchen würdest, mich zu verraten. Aber selbst wenn du herauskommen könntest und Alarm schlagen – bitte sehr. Dies ist ein reiner Höflichkeitsbesuch. *Mit veränderter Stimme, gefährlich* Außerdem wird es ja einem Ehemann noch erlaubt sein, seine Frau mit dem Ehebrecher in flagranti zu erwischen. Das Gesetz ist auf meiner Seite. Der Angeklagte und der Hereingeflogene wäre in diesem Fall nur der Herr Gouverneur – der sich wohl darüber klar sein dürfte, daß in diesem Staat erwiesener Ehebruch mit Gefängnis bestraft wird. Oder haben Sie vielleicht die Gesetze nicht gelesen? Da könnte ich nur zitieren: »Unkenntnis des Gesetzes schützt vor Strafe nicht.«

Er hat sich die Zigarre angezündet, bläst eine Rauchwolke durch die Nase. Baby Doe hat sich wieder gesetzt.

TABOR Gesetz der Erpressung. Ich bin in Ihrer Gewalt. Was verlangen Sie?

DOE Nicht viel, Herr Senator. Es ist mir klar, daß Sie bares Geld in größeren Summen bei einer Liebesnacht nicht auf sich tragen. Aber ich interessiere mich für einige Wertgegenstände, die Sie auf sich tragen. Nur als Kunstsammler, natürlich.

Er beugt sich vor, greift nach Tabors Diamanten auf seiner Krawatte.

TABOR Wagen Sie es nicht, mich anzurühren.

DOE Bitte, wenn Sie folgsam sind, läßt sich das vermeiden. Im schlimmsten Fall müßte ich meine Freunde zurückrufen. Sie warten auf dem Gang und massieren die Handgelenke. Legen Sie die Brillantnadel auf den Tisch.

TABOR *nach kurzem Zögern, löst den großen Diamanten von seiner Krawatte, legt ihn auf den Tisch.*

DOE Jetzt die Silberkette mit der Uhr.

TABOR Das wird Ihnen wenig nützen. Es sind die ersten Münzen, die die Union aus meinem Silber geschlagen hat, sie sind gezeichnet. Für mich ist das ein Andenken, für Sie hat es keinen Wert.

DOE Immerhin den Silbergehalt und die Fassung. Von der Uhr ganz zu schweigen, die das Zehnfache gekostet haben mag. Heraus damit.

TABOR *legt Kette und Uhr auf den Tisch.*

DOE Jetzt die Ringe.

TABOR Das kommt nicht in Frage. Sie können mich hier nicht ausplündern bis aufs Hemd.

DOE Das Hemd interessiert mich nicht, aber die Ringe.

TABOR Die gebe ich Ihnen nicht.

DOE Dann können Sie auch das andere behalten. Aber mein nächster Besuch wäre beim Friedensrichter, wo ich die öffentliche Anklage wegen Ehebruchs erheben müßte. Nicht sehr kleidsam für einen frischen Senator. Zwei Zeugen.

TABOR *denkt einen Augenblick nach – dann zieht er Stück für Stück seine Ringe ab, legt sie auf den Tisch.*

DOE Den Trauring können Sie dranlassen. Ich möchte Ihre Frau nicht verletzen. *Er steckt die Beute ein, legt ein Papier auf den Tisch und eine vorbereitete Feder* So. Nun darf ich um eine kleine Unterschrift bitten.

TABOR *fegt das Papier mit dem Handrücken vom Tisch.*

DOE *nimmt es ruhig wieder auf* Sie haben es ja noch nicht gelesen. Es handelt sich nur um eine Bestätigung, daß Sie die bewußten Schmuckstücke meiner Frau, Elizabeth Baby Doe-McCourt, für erwiesene Liebesdienste geschenkt haben. Sie wollten das doch schon lange.

TABOR Ich unterschreibe nichts.

DOE Sehr unklug von Ihnen. Durch dieses Schriftstück wären Sie gegen die Anklage des Ehebruchs geschützt, es handelt sich dann um einen anderen Tatbestand. Sonst können wir den ganzen Handel jederzeit wieder rückgängig machen. Denken Sie nach, Tabor.

TABOR *nimmt die Feder, unterschreibt.*

DOE Verbindlichen Dank. Ich könnte Ihre freundlichen Gaben auch ohne das verwerten, es gibt zwischen Sydney, Amsterdam und San Francisco eine Diamantenbörse, die nicht sehr zimperlich ist. Aber im Fall einer Anzeige würden sich die ›Rocky Mountain News‹ bestimmt für dieses Dokument interessieren. *Er steckt es ein* Sie haben sich diesen Besuch nur selber zuzuschreiben. Oder glauben Sie vielleicht, daß ich mich mit den lumpigen Tausenddollarnoten abspeisen lasse, die ich gelegentlich als Schweigegeld bekam? Jetzt wissen Sie Bescheid, und wenn Sie eine Lehre daraus ziehn, können wir ganz gut miteinander auskommen. *Er steht auf, faßt mit einer verblüffenden Bewegung Tabors Schnurrbart, zieht ihn hoch* Frisch gefärbt, bis in die Wurzeln. Gute Arbeit. Wie heißt Ihr Friseur?

TABOR *ballt die Faust, holt zum Schlag aus.*

DOE *duckt ab, weicht rasch zurück* Um Gotteswillen. Ich möchte nicht im letzten Moment noch Ihren Kampfgeist herausfordern. Lassen Sie sich Ihr Frühstück schmecken, Herr Senator. *Greift unter die Puppe* Der Kaffee ist noch warm. Nette Puppe. Könnte mir auch gefallen. *Zu Baby Doe, die mit gesenktem Kopf, vom Zuschauer abgewendet, in ihrem Sessel sitzt* Wir sprechen uns zu Hause. *Er verschwindet ohne Hast durch das Schlafzimmer. Von drinnen* Jetzt können Sie wieder abschließen, und in fünf Minuten geht die Klingel wieder.

Man hört das Zufallen der Tür.

TABOR *stützt den Kopf in die Hand – scheint nachzudenken.*

BABY DOE *sitzt immer noch abgewendet.*

TABOR Wenn ich nur wüßte, wieso die Tür offen war... Man kann sie doch von außen nicht öffnen...

BABY DOE *läßt den Kopf immer tiefer sinken, fast bis in ihren Schoß.*

TABOR Vielleicht war das Mädchen bestochen, das in der Frühe heißes Wasser gebracht hat – oder der Kellner –?

BABY DOE *wirft sich plötzlich vor ihm auf die Knie, preßt ihren Kopf an die seinen* Ich habe die Tür aufgeschlossen! Aus Angst! Aus Feigheit! Er hat mir das Rasiermesser übers Auge gesetzt, ich habe die Klinge auf meiner Haut gespürt – ich mußte schwören, daß ich es tue – und ich hab es getan! Jetzt wirst du mich wegjagen und verachten ... Ich habe es getan, während du mit dem Frühstück auf mich gewartet hast, ich war gemein, ich war feige! *Sie schluchzt auf seinen Knien.*

TABOR *streichelt leicht über ihr Haar, immer noch wie im Nachdenken* Auch ich war feige – du hast es mit angesehn.

BABY DOE *hebt das Gesicht zu ihm auf, in Tränen* Ich habe dich nie so bewundert – nie so lieb gehabt – wie jetzt, als du hilflos warst. Ich habe nicht gewußt, wie das ist, wenn jemand Würde hat. Du – du hast Würde.

TABOR *zuckt die Achseln* Ich habe ihn nicht geschlagen, aus Angst vor seinem Messer. Ich bin kein Kämpfer, wenigstens nicht mit der Faust. *Er tupft mit der Serviette die Tränen von ihrem Gesicht.*

BABY DOE Ich dachte, er würde Geld verlangen – vielleicht auch Schmuck – und damit wär' es zu Ende – alles –

TABOR *vor sich hin, – als ob er sie gar nicht höre* Durango ... Daß mir das nicht früher eingefallen ist!

BABY DOE Aber jetzt hat er die Unterschrift, jetzt läßt er dich nicht mehr aus dem Griff – jetzt wird er ziehen und weiterziehen, und du mußt zahlen und weiter zahlen, bis –

TABOR *sehr ruhig, entschlossen* Gewiß. Er wird weiter ziehen, und ich werde weiter zahlen, bis – *nach einer Pause, während der sie ihn fassungslos anstarrt* – bis wir Mann und Frau sind.

BABY DOE *ohne Begreifen* Mann und Frau –

TABOR Aber dann werde ich ihn vernichten. *Immer fester und sicherer* Du glaubst doch nicht, daß ich dich je zu diesem Kerl zurück lasse? Jetzt sehe ich endlich meinen Weg, ich hätte ihn längst sehen sollen. Jetzt ist alles entschieden. Ich glaube, ich muß dem Aasgeier noch dankbar sein. *Er lacht.*

BABY DOE Nach dem – was ich getan habe ...

TABOR Du hast es aus Angst getan – und ich habe aus Angst unterschrieben. Ich kenne ihn jetzt – das ist ein Mensch, vor dem m u ß man Angst haben. Er hätte dir wirklich dein Gesicht zerschnitten – dein liebes, schönes Gesicht –, wenn du mich gewarnt hättest. Wir mußten stillhalten und schweigen, beide. Aber wenn wir verheiratet sind, dann kann ich für dich einstehen und dich beschützen. Dann kann mir niemand einen Strick draus drehen – es sind schon mehr Männer des öffentlichen Lebens geschieden worden, die sich von ihrer Frau nicht mehr verstanden fühlten. Dann ist diese Unterschrift null und nichtig, das waren Brautgeschenke, die er herausrükken muß. Und er wird das Zuchthaus kennen lernen, bis er nicht mehr weiß, daß er ein Mensch war. Aber du – du wirst in Diamanten aufgewogen.

BABY DOE Ich verstehe nicht – wie – wie soll denn das alles geschehen?

TABOR Durango – weißt du – mir ist das plötzlich ganz klar geworden. Das ist so ein Nest im Süden, an der Grenze von Arizona, der Sheriff und der Friedensrichter sind Freunde von mir, ich habe sie eingesetzt und der Gemeinde eine Stiftung verschafft. – In diesem Distrikt können sie deine Ehe ungültig erklären, Gründe gibt es genug – und dann werden wir weiter sehen. *Er ist aufgestanden, geht hin und her* Du verläßt dieses Zimmer nicht, bevor ich für eine sichere Bewachung gesorgt habe – ich weiß, auf die Polizei ist kein Verlaß, aber das Militär – ich lasse einen Trupp von meiner Kavallerie anrücken, das darf kein Aufsehen machen, aber es gibt da Vertrauensleute. Du wirst unter ihrem Schutz noch heute abreisen, in einem geschlossenen Wagen, und bleibst dort unter Schutz, bis ich dir nachkommen kann. Ich muß nur meine offiziellen Pflichten erledigen.

BABY DOE *noch ganz benommen* Das willst du wirklich – wirklich für mich tun? Und du glaubst, daß du es nie bereuen wirst?

TABOR *bleibt stehen, von ihr abgewandt, von einem Gedanken berührt. Nach einem Augenblick* Sag mir eins, Lisa. Wie war das mit Freddy – meinem Sekretär ... Hattest du – irgendwelche Heimlichkeiten mit ihm ...?

BABY DOE *ruhig, ohne Verlegenheit* Ich war damals nicht ganz aufrichtig zu dir, – als ich dich kennen lernte. Ja, ich hatte ihn öfter gesehen – nicht nur unter den Zuschauern, und habe ihn – besser gekannt. Ich glaube, er war verliebt in mich.

TABOR Er ist es noch. Und hast du ihn seitdem – jemals wiedergesehen? Ich meine – ohne mich.

BABY DOE Nie mehr. Er hat mir noch ein paar Mal Blumen geschickt, ich habe ihm nicht geantwortet. Das ist die Wahrheit.

TABOR *einfach, überzeugt* Ich glaube dir.

BABY DOE *fliegt ihm an den Hals.*

TABOR *hält sie einen Augenblick fest an sich gepreßt, atmet tief, wie befreit* So – und jetzt wollen wir sehen, ob die Klingel wieder geht. Und ob der Kellner kommt. *Er drückt auf die elektrische Klingel am Tisch, die man nicht hören kann, schaut gespannt zur Tapetentür. Die Tür öffnet sich einen Spalt, der Kellner schaut herein.*

KELLNER Sie wünschen, Herr Gouverneur?

TABOR Champagner!

Dunkel

Zweite Szene

Colorado, Dezember 1882

Augustas ›Boudoir‹ in Tabors neuem Haus: die Wände mit rosa Damast bespannt, der Fußboden mit einem weichen, zartgrauen Velourstoff belegt. An einer der Wände hängt ein großes Ölgemälde, das Tabor im Frack, mit der Gouverneursschärpe und seinen sämtlichen Schmuckstücken darstellt. Wenige, hübsche Möbel, silberne Leuchter, ein Tisch mit Kaffee- oder Teekocher. In der Ecke ein holländischer Kachelofen. Die obligate Portiere verschließt den Eingang zu Augustas Schlafzimmer. Links vorne eine Tür zum Flur, rechts eine kleinere Tür, die zu einer Seitenkammer führt, in der John Savage haust. Von dort hört man schon zu Beginn der Szene das gedämpfte, unverständliche Singen einer merkwürdigen Stimme, in der Art einer ›mixolydischen Weise‹ oder chromatisch auf- und abschwellend, manchmal von tiefen Tönen in sehr hohe, kaum hörbare, leicht trillernde Kopftöne übergehend.

Im Hintergrund ist ein großes Fenster, dessen seidene Vorhänge zu-

rückgezogen sind. Man sieht durch die Scheiben den Schnee herabrieseln, der das helle Tageslicht etwas dämpft.
Minnie Junghuhn *sitzt mit einer Näharbeit beim Ofen. Sie hat den Kopf gesenkt, aber man sieht am Zucken ihrer Schultern, daß sie weint.*

AUGUSTA *kommt durch die Portiere herein. Sie trägt ein vornehmes, schlichtes Kleid aus einem hellbraunen oder -grauen Stoff, mit flachem Spitzenkragen und Spitzenmanschetten, aber keinen Schmuck, und ist, wie immer, sorgfältig frisiert. Sie schaut einen Augenblick zu Minnie Junghuhn, die ihren Eintritt nicht bemerkt hat* Was ist denn los, Minnie? Sie weinen doch nicht? Ich denke, Sie hätten allen Grund zu lachen.

MINNIE *beginnt laut zu schluchzen.*

AUGUSTA *zu ihr hin, streicht ihr kurz übers Haar* Na na na. Was gibt's denn?

MINNIE Es ist aus. Es ist alles zu Ende. Und ich bin selbst dran schuld.
Schluchzt.

AUGUSTA Ja so, ich kann's mir denken. Der Hund... oder nicht?

MINNIE *schnupfend* Ich habe gesagt, er gehört nicht ins Schlafzimmer, das ist nicht appetitlich, das macht Schmutz, und so ein Hund, der riecht auch –

AUGUSTA *fast zärtlich* Aber Sie dumme Gans – damit hätten Sie doch warten können bis nach der Hochzeit!

MINNIE Er hat gesagt, der Hund riecht nicht – und ich habe gesagt, doch, er riecht! besonders wenn er naß ist – und damit habe ich mein Glück zers-tört...

AUGUSTA Unsinn, Minnie, ein kleiner Krach, und dann die Versöhnung – sowas würzt die Liebe.

MINNIE Da ist nichts mehr zu würzen. Er hat gesagt, der Hund schläft im Zimmer, ich habe gesagt, ein Hund gehört in die Hütte, er hat gesagt, mein Hund schläft bei mir, und ich habe gesagt: der Hund oder ich! *Schluchzt heftig.*

AUGUSTA Und –?

MINNIE Dann der Hund!, hat er geschrien – und weg war er. Mit dem Hund.

AUGUSTA Er wird schon wiederkommen. Und dann nehmen Sie sich zusammen und geben dem Hund einen Kuß...

MINNIE Er kommt nicht wieder. Er hat das Aufgebot abgesagt und ist mit dem Hund nach Californien gezogen – ohne Adresse. Es ist alles aus! – Verzeihen Sie, bitte... *Sie läuft weinend hinaus.*

AUGUSTA *zuckt leicht die Achseln, halb amüsiert, halb traurig* Ja, da kann ich nun auch nicht mehr helfen... *Setzt sich, vor sich hin* – Nein. Ich kann nicht mehr helfen. Gar nicht mehr. *Sie schließt die Augen. Man hört etwas stärker das auf- und abschwellende Gesinge aus der Kammer.*

MINNIE *kommt zurück, gefaßt, ohne Tränen* Darf ich noch einmal stören –. Der Herr Senator ist drunten, mit einer amtlichen Person, er bittet um eine Unterredung.

AUGUSTA *schaut sie an, als ob sie aufwache* Wenn das mein Mann ist, so braucht er nicht zu bitten. Er kann kommen, wann er will – aber allein. Mit einer amtlichen Person habe ich nichts zu tun.

MINNIE Es ist aber, mit Verlaub, ein geistlicher Herr, vielleicht habe ich mich da falsch ausgedrückt –

AUGUSTA Ich habe gesagt, wenn mein Mann mich sprechen will, da braucht er nicht zu fragen. Einen anderen Besuch erwarte ich nicht und will ihn auch nicht empfangen. Sagen Sie ihm das. *Steht auf* Ich gehe nachschauen, was Johnny da drinnen macht. Ich glaube, er ist nicht mehr ganz bei sich. *Sie geht in die Kammer, schließt die Tür hinter sich.*

MINNIE *knixt, geht hinaus.*

Das Gesinge in der Kammer geht unverändert weiter. Gleich darauf wird an die Tür geklopft, dann kommt Tabor herein, hinter ihm Father Alcuin Dyer, der Schneeschuhtippler. Tabor trägt seinen hellgrauen Anzug mit dem schwarzen Seiden-Plastron, darauf wieder den großen Diamanten, auch die anderen Schmuckstücke, Silberkette, Ringe, wie früher. Er ist bedrückt und bekümmert, gibt sich daher härter und unverständiger, als er möchte. Father Alcuin ist völlig unverändert, so verharscht und so aufrecht, wie er zu Anfang in Tabors Poststation erschien, in seinem zerknitterten, schwarzen, vom Alter schon grünlichen Predigergewand, nur ohne Pelz und Schneeschuhe. Aber seine Hosen stecken wie damals in den unterm Knie zugebundenen Stiefeln aus weichem Elchleder, wie man sie zum Schneeschuhlaufen benutzt.

Während Tabor hastig das Boudoir betritt, bleibt er im Türrahmen stehen, betrachtet mißtrauisch den Bodenbelag, und zieht dann, noch auf der Schwelle, seine Stiefel aus, unter denen er dicke Wollsocken trägt.

TABOR Schau dich um, Father Alcuin – da siehst du, wie sie hier lebt. Sie hat alles, das schönste, das beste, und das soll sie alles behalten, das Haus, die Möbel, die Dienerschaft, den Wagen mit der Bespannung, und eine monatliche Rente natürlich, auf Lebenszeit, sie soll selber sagen wieviel, ich unterschreibe, ohne hinzuschauen – und dann hat sie noch den Schmuck und die Kleider – sie soll behalten und haben, was sie will – wenn sie nur einwilligt –

DYER *kommt auf den Socken herein, als ob er auf Eiern ginge, zieht die Tür hinter sich zu* Vielleicht hat sie gar keine Lust, in einer Stube zu wohnen, wo ein Mann, der über Land kommt, sich die Stiefel ausziehen muß, damit er den Boden nicht dreckig macht. Wie soll man denn hier schrubben und aufwaschen überhaupt.

TABOR – wenn sie nur einwilligt! Es liegt jetzt alles bei ihr, – und nur du kannst ihr das sagen, verstehst du, auf Gedeih und Verderb – Du mußt ihr alles sagen. Alles.

DYER Meinst du nicht, Tabor, du solltest selber ein offenes Wort mit ihr reden. Ganz ohne Umschweife – die volle Wahrheit.

TABOR Ich kann es nicht, Dyer. Ich könnte ihr nicht in die Augen sehn. Sie würde mich auch gar nicht anhören – bis zum Ende. Bitte – sprich du für mich.

DYER Für dich – das kann ich dir nicht versprechen. Wenn's nach mir ginge, würde man dich in den Stock sperren, wie man's früher gemacht hat mit Lumpen, Betrügern und

Hurenböcken, drei Tage an Händen und Füßen festgeschraubt, und jeder, der vorbeigeht, hätte das Recht, dir eins mit dem Ochsenziemer überzuziehn oder dir in die Fresse zu spucken, das würde dir gut tun und dich zu Verstand bringen – falls da nicht alles schon verrotzt und verrottet ist. Aber ich will ihr sagen, was passiert ist – um ihretwillen –, wenn du zu feige bist, es selbst zu tun, das will ich.

TABOR Es ist nicht die Feigheit. Ich glaube, ich müßte heulen. Ich habe immer ein zu weiches Herz gehabt.

DYER Ein weiches Herz und eine verstockte Seele, du Mistvieh, du Sündenlümmel. Hau ab. Ich werd's ihr sagen.

TABOR Ich will ihr wenigstens noch die Hand geben, vorher. Es wird doch das letzte Mal sein.

DYER Falls sie sie nimmt. Ich würde drauf husten, an ihrer Stell.

TABOR Du denkst immer nur an das, was ich getan habe – aber was s i e getan hat, daran denkst du nicht. Was sie mir angetan hat!

AUGUSTA *kommt aus der Kammer, in der das leise Singen weitergeht* Was habe ich dir angetan? Und warum kommst du nicht allein, wie ich es verlangt habe? *Sie erkennt erst jetzt Father Dyer, der sich prüfend und mißtrauisch den neuen Ofen betrachtet.* Father Alcuin! D u bist das! D u ! *Sie läuft zu ihm hin, faßt seine Hände.*

DYER *schüttelt ihr die Hand, legt dann seine Rechte kurz auf ihren Kopf* Du siehst, der Schnee ist da, das ist meine Zeit. Ich muß zwar die Post jetzt nicht mehr von Denver hier raufschleppen, seit die Eisenbahn geht, aber zu den abgelegenen Camps in den verwehten Bergen und zu den Handelsposten im Indianer-Reservat, da schlepp ich sie immer noch.

AUGUSTA Das ist gut, daß du da bist.

TABOR Ich bin auch da.

AUGUSTA Ich sehe es.

TABOR Ist das alles, was du mir zu sagen hast?

AUGUSTA Ja. Aber wenn du mir etwas sagen willst, Tabor – ich höre.

TABOR Das ist sehr gütig von dir. Sehr leutselig. Du sprichst, als müßtest du dich zu mir herablassen.

AUGUSTA Ich fürchte, es ist so weit gekommen.

TABOR Gut. Wirf den ersten Stein, Lady, ich hab ihn verdient. Aber ich muß ihn aufheben und zurückwerfen, so leid's mir tut. Wo warst du am gestrigen Abend? und in der letzten Nacht?

AUGUSTA Das ist meine Sache.

TABOR Noch nicht ganz. Noch nicht, solange du meinen Namen trägst, und für die Welt meine Frau bist. Ich kann nicht dulden, daß du mich, den Gouverneur, den Senator von Colorado, der dieses Land und seine Ehre repräsentiert, dem Gespött des Pöpels preisgibst.

AUGUSTA Gib dem Pöpel keinen Grund, dann wird er deiner nicht spotten.

TABOR Der Grund bist du! Von meinen privaten Angelegenheiten, oder nenne sie Verfehlungen, wenn du willst, brauchen wir nicht zu reden – ich habe alles getan, mehr als du weißt, um die Diskretion zu wahren und uns beide nicht der öffentlichen Beschämung auszusetzen. Was aber tust du? Statt an meiner Seite gestern abend zur Eröffnung meiner Oper zu erscheinen – wodurch wir wenigstens den Schein gewahrt hätten und den Schwätzern die Mäuler gestopft, bis wir die Welt vor vollendete Tatsachen stellen können – statt dessen schickst du mir – *er wendet sich jetzt an Dyer, der etwas ratlos, mit einfältigem Gesicht, dabeisteht* – statt dessen schickt sie mir durch Freddy ihren Logenplatz zurück, und läßt mir sagen: sie habe etwas Interessanteres zu sehen. Ich mußte mich allein dem Jubel des Volkes stellen – jawohl, es war ein Jubel! – aber plötzlich hat eine einzelne Stimme von oben gerufen: Wo ist Mrs. Tabor?! – Da war Schluß mit dem Jubel, es ist ganz still geworden. Und ich habe da gestanden, wie ein Verbrecher.

DYER *gleichmütig* Der du bist.

AUGUSTA Tabor, für das Komödiespielen bin ich nicht geschaffen, ich habe es versucht, auf einem Ball damals und später noch, es hat mir den Knopf in die Kehle gedrückt vor Scham. Und was die Welt morgen erfahren wird, das kann sie auch heute wissen.

TABOR Aber du – was hast du getan, an diesem Abend? Glaube doch nicht, daß man nicht heute an jeder Straßenecke darüber spricht! Es war das erste, was ich erfahren habe, als ich heute morgen in die Lobby des Grand Hotels kam, um die Glückwünsche entgegenzunehmen... Ja, wenn du zu Hause geblieben wärst, wie sich das gehört für eine betrübte Gattin – da hätte man immer noch sagen können, du seist erkältet... Aber was tut diese Frau?! Mitten in der Nacht, einer Winternacht, sucht sie die Schlafquartiere der Minierer auf, wo jeder weiß, wer sie ist und ihren Namen kennt – eine Frau ganz allein, in den stinkenden Höhlen der Taglöhner und Arbeitslosen – warum?! doch nur um Aufruhr zu säen und Empörung anzufachen – gegen mich!

AUGUSTA Ich war nicht allein. Die kleine Susian war mit.

TABOR Das macht es noch schlimmer – ein junges Mädchen! Stell dir vor, was hätte da passieren können... das sind die rauhsten, die wüstesten Kerle, die da auf dem Stroh liegen, und viele davon betrunken –

AUGUSTA Es ist aber nichts passiert. Ich habe kein rauhes Wort gehört – desto mehr rauhen Husten. Und der heiße Tee, den wir mitgebracht haben, hat ihnen sehr gut getan – auch den Betrunkenen. Es war nur zu wenig.

TABOR Ich frage dich: warum hast du das getan? gerade an diesem Abend?

AUGUSTA Der Abend war so gut wie jeder andere. Ich wollte sehen, ob es wirklich so schlimm ist, wie man sagt. Es ist noch schlimmer.

DYER *einfältig* Verstehst du nicht, Tabor, sie wollte Barmherzigkeit üben an den Armen, die ihr in eurer Prasserei und Völlerei vergeßt. Sie hat das getan, um deiner Sünden willen.

AUGUSTA Ich wollte wissen, wie es ist. Ich weiß es jetzt.

TABOR Du hättest wenigstens mit mir sprechen sollen, vorher, ich hätte –

AUGUSTA Wann, und wo? In der Oper vielleicht? Du kommst ja nicht mehr nach Hause.

TABOR Ich hätte dich gewarnt. Und ich warne dich jetzt und hier. Wenn du noch einmal dorthin gehst –

AUGUSTA Ich gehe nicht mehr hin. Ich weiß, daß man so nicht helfen kann. Da muß mehr geschehen.

TABOR Und ich sage dir, es geschieht, was geschehen kann, durch die öffentliche Hand. Aber das ist nicht deine Sache, und ich verbiete dir –

AUGUSTA Bist du deshalb hierher gekommen? Wolltest du mir nicht etwas anderes sagen?

TABOR *wendet sich ab, schweigt.*

AUGUSTA Ich glaube, Tabor, du kannst mir nichts mehr verbieten.

TABOR *nach einer Pause* Ist das nicht Johnny, der da drinnen singt? Was hat er, ist er betrunken?

AUGUSTA Er rührt seit Tagen die Flasche nicht mehr an. Er ißt auch nicht mehr.

TABOR Er hat noch nie gesungen ...

AUGUSTA Er hat mich nicht erkannt – als ich bei ihm war. Oder gar nicht gesehen.

TABOR Ob man den Arzt holen soll?

DYER Laßt ihn in Ruhe.

Kurzes Schweigen.

TABOR Leb wohl, Augusta. Verzeih mir, wenn du kannst. *Streckt die Hand aus.*

AUGUSTA Ich weiß nicht, ob ich es kann. *Mit ruhiger Stimme.* Leb wohl. *Sie nimmt kurz seine Hand, läßt den Arm sinken.*

TABOR *geht rasch.*

AUGUSTA *steht aufrecht, mit unbewegtem Gesicht.*

DYER *an der Kammertür, lauscht* Die singen immer, wenn es soweit ist – und sie wissen wann. Es ist der Sterbegesang der Cheyenne, seines Volkes, ich hab ihn oft gehört:

»Nichts lebt lang
Außer der Erde und den Bergen.
Im Herbst stirbt das Gras
Und im Frühling der Schnee.
Sie kommen wieder
Wenn ihre Zeit ist.
Aber der Elch, den der Pfeil trifft,

Er geht dahin für immer,
Und der Mann, der den Bogen spannte,
Folgt ihm bald...«

Könnte vom alten Salomo sein, oder nicht? Und dann besingt er sein Leben – bis zurück in die Zeit, wo man westlich vom Kansas-River noch nie einen weißen Mann gesehen hatte – mehr als hundert Jahre. Das begegnet ihm jetzt alles noch einmal, in einem langen Traum... Er war ja Stammespriester, Medizinmann, wie man sagt, und das wird nicht einer, der die besten Tricks kennt und die meisten Heilkräuter und die alten Tänze, sondern der, der am besten träumt. Denn der ist Gott am nächsten. Der am besten träumt.

AUGUSTA Ich habe nicht gut geträumt, Father Alcuin. Nein. Ich habe nicht gut geträumt.

DYER Vergiß nicht, Augusta, wie lange du glücklich warst.

AUGUSTA War ich glücklich? Vielleicht. Ich weiß es nicht. Ich denke jetzt manchmal darüber nach, warum man ein Mensch sein muß, als Mensch geboren – und warum gerade der, der man ist. Weißt du das, Father Alcuin?

DYER Nein, das weiß ich nicht. Die Indianer sagen, jeder ist einmal ein Tier gewesen, und wir Menschen sind von der Tierheit abgefallen. Dafür werden wir bestraft.

AUGUSTA Das ist die Austreibung aus dem Paradies.

DYER So ähnlich.

AUGUSTA Wenn ich jetzt meinen Maxie noch hätte. Aber den habe ich verloren, bevor er sprechen konnte.

DYER Ich habe mich oft gewundert, warum ihr zwei keine Kinder mehr bekommen habt, in all den vielen Jahren. Dann hätte alles anders gehen können.

AUGUSTA Ach weißt du, da war einfach keine Zeit und keine Ruhe und keine Sicherheit. Wir wollten nicht noch einmal ein Kleines sterben sehen. Die ersten zehn Jahre hatten wir nie ein festes Dach überm Kopf. Und dann mußte ich immer schaffen, Kostgänger verpflegen, Brot backen für das ganze Camp, waschen, flicken – und dann war es zu spät. Außerdem – da hatte ich ja den Tabor – das war wie ein Dutzend Kinder und noch ein paar junge Hunde dazu ... Nicht daß er nichts getan hätte, er hatte immer alle Hände voll zu tun, und seinen Kaffee hat er sich selbst gekocht, in einer alten Blechbüchse, wenn er zum Schürfen ging. Ich habe immer gedacht, ich werde ihm einmal die Augen schließen, ich bin ja neun Jahre jünger. Und ich mußte immer aufpassen, daß ihm nichts geschieht.

DYER Du hast aber nicht aufgepaßt. Es ist ihm etwas geschehen.

AUGUSTA Ich weiß.

DYER Du weißt nicht alles. *Er geht hin und her.*

AUGUSTA *setzt sich auf einen Stuhl.*

DYER Er hat den Kopf verloren – aber er war auch im Druck – er hatte einen Blutsauger an der Gurgel, einen Erpresser und Halsabschneider, der hat ihn verfolgt, wie die Bremsen einem Gaul nachschwirren, bis er verrückt wird – da hat er das getan.

AUGUSTA Was hat er getan?

DYER Da drunten, im Südwesten, da gibt es so einen Distrikt, da kann man für ein paar hundert Dollar alles machen ... Er hat eure Ehe ungültig erklären lassen – *Er schluckt.*

AUGUSTA Weiter.

DYER – wegen Kinderlosigkeit ... Das ist aber, vor dem Gesetz, keine Scheidung – ohne Wissen der Frau – und deshalb, und deshalb bittet er – *er verhaspelt sich fast* –, bittet er dich darum, daß du jetzt die Scheidungsklage einreichst, damit das alles gesetzlich wird, denn sonst – sonst kann er hereinfallen, weißt du – er hat die Person schon geheiratet, da drunten in Durango, ohne Pfarrer natürlich, in aller Heimlichkeit, das darf keiner wissen, kein Mensch – und – vor einem ordentlichen Gerichtshof, da wär' das wohl Bigamie, oder sowas ... da steht Zuchthaus drauf. *Er wischt sich den Schweiß, macht das Fenster auf* Schmeckt nach Schnee, draußen. Gut.

AUGUSTA *leise* Da könnte ich ihn vernichten.

DYER Ich soll noch sagen, daß er dir das Haus lassen will mit allem Drum und Dran und den Schmuck und soviel Geld, wie du haben willst, eine Rente auf Lebenszeit und – hol's der Teufel. Sonst hab ich nichts mehr zu sagen. *Er schließt das Fenster* Ich hab's nicht gern getan. Aber ich hatte Mitleid mit ihm.

AUGUSTA Mitleid – *plötzlich in einem wilden, schreienden Ausbruch, vor dem Dyer erschrickt* Eine Frau ist kein Wurm, auf dem man herumtritt! Und welche Frau in der Welt – wenn sie sich wehren kann, sich rächen, zurückschlagen – welche Frau in der Welt würde darauf verzichten?! *Sie ist aufgesprungen, krampft die Hände zusammen* Ich habe kein Mitleid mit ihm. Aber ich weiß nicht, ob ich die Schande überleben kann. Die Schande. *Sie wendet sich ab, preßt ihre Hände an die Schläfen, wie in einem furchtbaren Kampf.*

DYER Du kannst seinen Namen ablegen, wenn du dich scheiden läßt.

AUGUSTA Muß ich das?

DYER Du mußt nicht – aber vielleicht wäre es besser für dich – wenn es eine andere Mrs. Tabor gibt.

AUGUSTA *wieder beherrscht* Und wie soll ich mich nennen? Ich habe diesen Namen angenommen, als ich siebzehn Jahre war – das war ein Gelöbnis vor Gott. Ich bin nicht mehr Augusta Pierce. Ich bin Augusta Tabor. *Sie geht zum Fenster, legt die Stirn gegen die Scheibe. Dann mit ruhiger, fast gleichgültiger Stimme* Ich nehme kein Geld von ihm. Auch den Schmuck soll er wieder haben, alles. Das Bild kann er abholen lassen, das ist er nicht, ich will es nicht sehen. Es hat dreitausend Dollar gekostet, er soll es diesem Weib hinhängen. Er soll alles behalten – alles. Hier, diesen Ring, den er mir damals an den Finger gesteckt hat – *sie versucht, ihren Trauring abzustreifen* –, er geht nicht herunter, er ist ein Stück von meiner Hand geworden. Aber ich werde meine Hand in den Schnee halten, bis ich ihn abstreifen kann. Ich will nichts mehr von ihm. Nichts, was mich an ihn erinnert.

DYER Damit wirst du ihn am schlimmsten treffen.

AUGUSTA Das ist mir recht. Das will ich.

DYER Und du selbst wirst in Not sein.

AUGUSTA Nein. Ich weiß, was ich tue. Das Haus gehört mir, er hat es auf meinen Namen einschreiben lassen. Ich werde es verkaufen – das genügt, für mich allein. Aber es soll den Fluch tragen, den ich ihm nachwerfe – er, und sein gemeines Weib.

DYER Sind wir nicht zu hart, Augusta? Der Zorn macht blind.

AUGUSTA So will ich blind sein. Ich kann nicht vergessen.

DYER Dann vergiß auch nicht deine Schuld. Du hast nicht mitgespielt – du hast ihm zu wenig geholfen. Weißt du nicht, was für ein armer Hund er ist, seit er das viele Geld hat?

AUGUSTA Doch, ich weiß es. Ich habe immer gesagt: Tabor, du hast kein Glück.

Der Gesang im Nebenraum hört plötzlich auf, Dyer bekreuzt sich heimlich, ohne daß Augusta es bemerkt.

AUGUSTA *horcht auf* Warum hat Johnny aufgehört zu singen?

DYER Sie singen bis zum Ende.

AUGUSTA Du meinst –

DYER *nickt.*

AUGUSTA *nach einem Zögern* Komm. *Sie geht in die Kammer. Dyer folgt.*

Dunkel

Dritte Szene

Washington, Frühling 1883

Die Lobby des Hotel Willard in Washington, D. C.

Rückwärtig die große Hotelhalle, durch monumentale, weißgestrichene Säulen angedeutet, die von Myrtenrkränzen geziert und mit Girlanden aus frischen Blüten verbunden sind. Sonst ist sie völlig leer. Im Hintergrund hohe schmale Fenster. Schattenhaft die Fassaden der Stadt.

Vorne rechts, durch eine geraffte Portiere von der Halle abgetrennt, ein kleiner Empfangs-Salon mit Schreibtisch, Stühlen, Rauchgerät und Ausgang zu den Garderoben. Vorne links, ebenfalls durch Portiere oder spanische Wand nach rückwärts abgedeckt, eine Tür aus Milchglas in bunt verschnörkelter Fassung, mit der Aufschrift: Ladies's Powder Room.

Rechts hinten, unsichtbar, ist – an die Halle anschließend – der Bankettsaal zu denken. Von dort hört man das enervierende, vogelhausartige Stimmengeschwirr, wie es einen öffentlichen Empfang oder eine

Cocktail-Party zur Folter macht. Dazu spielt, abgehackt, ein einzelnes, dünn klingendes Klavier unablässig die Melodie des alten – damals neuen – Tanzschlagers: ›The Washington Post‹. Kellner in Kniestrümpfen und Escarpins tragen von Zeit zu Zeit Tablette mit Gläsern oder Sektkühlern durch die Halle.

GUGGENHEIM *elegant, aber nicht festlich gekleidet, steht wartend beim Schreibtisch, lauscht auf die Geräusche aus dem Saal. Sein Mantel hängt über einem Stuhl, auf dem sein Hut liegt. Ein schmaler, modisch zugeschnittener Bartstreif umrahmt sein blasses Gesicht von den Schläfen zum Kinn.*

BILL BROWN *in dem für angelsächsische Hochzeitsfeiern traditionellen schwarzen Rock mit gestreiften Hosen und silbergrauer Krawatte, weiße Nelke im Knopfloch, kommt, Hände in den Taschen, Zigarre im Mundwinkel, von rückwärts herbeigeschlendert, tritt zu Guggenheim* Na? Ist es soweit?

GUGGENHEIM Was meinen Sie?

BROWN Börsenkrach.

GUGGENHEIM Wie kommen Sie auf sowas.

BROWN Sowas spürt man doch im Urin.

GUGGENHEIM Dann benutzen Sie die Toilette. Aber nicht hier. Hier ist für Damen.

BROWN *lacht* Alter Schäker – wie gehts Ihnen übrigens, Herr Guggenheim? *Streckt ihm die Hand hin.*

GUGGENHEIM *die Hand übersehend* Danke, leidlich.

BROWN *schlägt ihm auf die Schulter* Mir machen Sie nichts vor. Warum sind Sie nicht auf der Hochzeit? Sie waren erwartet. Das fällt auf. Können Sie sich nicht denken, daß man schon munkelt?

GUGGENHEIM Ich möchte darüber nur mit Tabor sprechen, und zwar allein.

BROWN Probieren Sie das. Aber ich sage Ihnen, ein Mann, dem der Samen ins Hirn steigt, dem rutscht der Verstand in die Leisten. Wissen Sie, was dieser Zirkus hier gekostet hat? Sie müssen das wissen! Fünfhundert Kisten Champagner, natürlich der teuerste, zwölftausend frische Blumen, Orchideen,

Camelien, Rosen, ich weiß es, mein Sohn hat sie selbst bestellt – um nur die Kleinigkeiten zu erwähnen – dazu das Brillantenkollier, das er der Braut als Morgengabe überreicht hat, im Wert von neunzigtausend –

GUGGENHEIM *zuckt ungeduldig die Achseln.*

BROWN Sie wollen sagen: darauf kommt es jetzt auch nicht mehr an. Der Erdrutsch ist doch nicht aufzuhalten –

GUGGENHEIM Ich will gar nichts sagen.

FREDDY BROWN *erscheint, auch er im korrekten Anzug, hinter ihm ein Kellner mit Champagnerflasche und Glas* Der Senator bittet Sie, sich noch etwas zu gedulden. Er empfängt soeben den Präsidenten der Vereinigten Staaten, mit Gemahlin –

GUGGENHEIM Der Präsident – ist er wirklich gekommen?

FREDDY Sie hören ja – *Es ist hinten einen Augenblick still geworden, das Klavier intoniert die ersten Takte der Nationalhymne, dann Händeklatschen und erhöhtes Stimmengeschwirr.* – Inzwischen schickt er Ihnen eine kleine Erfrischung.

KELLNER *hat das Glas gefüllt, will gehen.*

BROWN *hält ihn zurück* Bringen Sie Whiskey, straight. *Zu Guggenheim* Wir beide brauchen etwas Stärkeres, meine ich. Zum Kotzen die Brauselimonade, wenn man weiß, wie ein Kentucky Bourbon schmeckt.

Der Kellner geht.

GUGGENHEIM Wie lang kann das noch dauern?

FREDDY Ich nehme nicht an, daß der Präsident eine Filibuster-Rede halten wird.

BROWN Aber das Gedeck! Das ganze Tafelservice für hundertzwanzig Personen – das muß ich Ihnen noch stecken – alles aus schwerem Gold!

FREDDY Das Silber wird eben knapp in Colorado.

BROWN Und unter jedem Teller liegt ein persönlich adressierter Brief, der den Gast bittet, das Goldservice zu behalten, als Andenken an Tabors Hochzeit – ich fürchte, die wird man sowieso nicht vergessen.

GUGGENHEIM Das ist Tabors Privatsache. Das interessiert mich nicht.

BROWN Interessiert Sie nicht? Sie sind doch schließlich sein Finanzberater –

GUGGENHEIM Und Sie sein stiller Teilhaber, wenn ich nicht irre.

BROWN Gewesen. Gottseidank! *Der Kellner ist mit der Whiskeyflasche und Gläsern gekommen, stellt sie ab, geht.*

GUGGENHEIM Ich will den Vergleich mit den bekannten Ratten nicht heranziehen –

BROWN Wäre auch verfrüht. Das Schiff schwimmt noch, wenn auch mit Schlagseite. *Er stürzt ein Glas Whiskey hinunter* Glauben Sie nicht, daß mich das nicht aufregt. Der Skandal! Der Mann hat schließlich einen guten Namen zu verlieren. Die Leute haben ihm zugejubelt, wie er mit dieser – na ja – die Kathedrale verließ –

FREDDY Ob sie den Aasgeier auch in einer Kathedrale geheiratet hat?

BROWN Klar, alle Gangster sind religiös, falls dir das neu sein sollte.

Man hört von rückwärts, daß an ein Glas geklopft wird – der Lärm stirbt ab, eine einzelne unverständliche Stimme redet etwas sehr Kurzes, dann Tusch, Hochrufe, Händeklatschen.

GUGGENHEIM *ist zur Portiere gegangen, lauscht nach hinten.*

BROWN *hinter ihm* Wenn der Präsident wüßte, was morgen passieren kann, dann hätte der heut eine gesunde Halsentzündung und wäre daheim geblieben. Und die Grand Old Party, das können Sie mir glauben, für die Tabor Millionen gestiftet hat, wird ihm den Eselsfußtritt geben, sobald er keine Eier mehr legt. Ich sage, der einzige Mensch, der seine Kröten aus dem Sumpf gerettet hat, das ist Augusta.

GUGGENHEIM Augusta? Ich denke, sie hat die Rente zurückgewiesen?

BROWN Weil sie ein Köpfchen hat. Ein Köpfchen, das hat die Frau. Hat sich gleich gedacht, wer weiß, wie lang er blechen kann. Aber das Haus hat sie behalten und verkitscht, als man in Colorado noch die Boom-Preise gezahlt hat, und dann diese Bunking-Corporation gegründet –

GUGGENHEIM Was?

BROWN Jawohl, eine GmbH, für Übernachtungsquartiere, Schlafstätten, eine ganze Barackensiedlung, aber blitzblank, Öfen, Waschräume, Cafeteria – Natürlich, Grubenarbeiter wird es immer geben, auch wenn die Silberminen nur noch Blei ausspucken. Eine echte Neu-England-Frau. Hat Geschäftsgeist, noch im Unglück.

GUGGENHEIM Vielleicht auch Herz.

TABOR *kommt strahlend aus dem Bankettsaal, im feierlichen Gehrock und im Schmuck seiner üblichen Prunkstücke – geht mit ausgestreckten Händen auf Guggenheim zu* Guggenheim! Haben Sie denn meine Einladung nicht erhalten? Ihr habt die Ansprache des Präsidenten versäumt, es war ein Erlebnis!

BROWN So schlicht und doch so ergreifend.

TABOR *lacht* Ich möchte sagen: kurz aber herzlich. Das ist seine Art.

GUGGENHEIM Ich habe geschäftlich mit Ihnen zu sprechen.

TABOR Können Sie mich damit nicht bis morgen verschonen? Das heißt, da bin ich schon auf der Hochzeitsreise – aber wenigstens bis nach dem Bankett?

GUGGENHEIM Das wäre zu spät.

TABOR Zu spät? Sie meinen wegen der Kupferberge in Texas? Das war eine Fehlspekulation, gut, aber –

GUGGENHEIM Ich meine mehr.

TABOR *nach einem kurzen Schweigen* Freddy – entschuldige mich noch für ein paar Minuten beim Präsidenten, ich hätte – ein paar Glückwünsche zu beantworten, ich komme gleich – *Freddy geht.*

GUGGENHEIM Sollten wir das nicht unter vier Augen besprechen?

TABOR *ruhig, völlig gefaßt* Ich glaube, in solchen Situationen soll man nicht nur die Stimme des ehrlichen Maklers, sondern auch die Schadenfreude seiner Freunde zur Kenntnis nehmen. Dadurch lernt man vielleicht noch mehr. Bleib da, Brown. *Setzt sich auf einen Stuhl, weist auf einen anderen* Reden Sie nur freiweg.

GUGGENHEIM *bleibt stehen* Ich muß mit dem nächsten Zug nach New York zurück. Ich habe durchgesetzt, daß die Börse geschlossen wurde – aber natürlich nur bis morgen früh. Ich habe auch die Presse vertröstet, und ein Extrablatt, das schon herauskommen sollte, aufgekauft –

TABOR Die Minen in Mexico?

GUGGENHEIM Haben Konkurs angesagt. Die Leute versuchen, Ihre Silberaktien loszuwerden, um jeden Preis.

BROWN Da poltern die Anlagen in Californien und Arizona mit herunter wie ausgewaschener Kies, von Colorado ganz zu schweigen –

TABOR *zu Guggenheim* Und wenn ich die Aktion hoch drücke, mit meinem eigenen Kapital?

BROWN Verlierst du den letzten Knopf. Abstoßen, Tabor, abstoßen, ganz gleich mit welchem Verlust –

TABOR *zu Guggenheim* Was ist Ihre Meinung?

GUGGENHEIM Sie müssen für den Kurssturz gerade stehn. Dann kann man versuchen, durch Zusammenlegung einen Teil der Investitionen aufzuwerten und zu retten, was zu retten ist.

TABOR Bis jetzt ist noch nichts verloren. Ich habe ungeheure Reserven –

BROWN Gehabt. Das weiß doch der letzte Grubenhund, daß euer Silber im Arsch ist. Ihr habt die Minen planlos exploitiert und immer zu hohe Dividenden ausgeschüttet. Ich bin längst ins Ölgeschäft umgestiegen, das solltest du auch versuchen –

TABOR Ich bin kein Ölprinz. Ich bin ein Silberkönig!

BROWN Hast du mal was von einem König ohne Land gehört? Sowas hat's schon gegeben.

TABOR *steht auf, geht umher* Hören Sie, Guggenheim. Man muß sofort eine Beruhigungsnotiz herausgeben – Tabor zuversichtlich – bringt neue Mittel auf, die Produktion in Colorado nicht betroffen – nur daß die Aktionäre stillhalten – und unter der Hand unsere Anteile verkaufen – so gut und so rasch wie möglich –

GUGGENHEIM Tabor, Sie dürfen die Aktionäre nicht hinters Licht führen. Denken Sie an die Leute, die ihre ganzen Ersparnisse verlieren können –

TABOR Sie werden sie nicht verlieren! Oder nur dann, wenn ich Bankrott mache! Rette ich mein Vermögen, dann sind auch die andern gerettet – geh ich kaputt, dann sind alle kaputt!

GUGGENHEIM Sie müssen honorig bleiben, das ist die Hauptsache.

TABOR *aufbrausend* Ein Tabor bleibt honorig, in jeder Lage! Das ist eine Krise, sonst nichts, ich habe schon andere Krisen überstanden, sie haben mich immer nur stärker gemacht! Führen Sie das aus, bitte, was ich Ihnen gesagt habe. Ich stehe für alles ein.

GUGGENHEIM Ich muß zur Bahn. Bitte bestellen Sie Ihrer Braut meine Glückwünsche.

TABOR Danke, danke – *er drückt ihm die Hand* –, danke für alles!

GUGGENHEIM Ich werde mein Bestes tun. Auf Wiedersehn, Tabor. *Geht.*

TABOR Auf Wiedersehn! Am Tage des Sieges! *Ruft ihm nach* Ich werde Sie anrufen, wenn das Bankett vorüber ist – *Er leert das von Guggenheim unberührte Sektglas, schaut Brown an.*

BROWN *zuckt die Achseln.*

TABOR *plötzlich fast stammelnd, wie ein Kind* Brown – sag mir eins – glaubst du – Brown – sag mir ehrlich – glaubst du – wenn ich alles verliere – alles – glaubst du, daß Lisa bei mir bleibt?

BROWN Wenn du so blödsinnig warst, ihre ganze lausige Familie reich zu machen, wird sie nicht so dumm sein, bei einem armen alten Mann kleben zu bleiben.

TABOR Ich bin nicht alt! Ich bin ein Mann in den besten Jahren!

BROWN Mit Geld, noch lange. Ohne Geld, ein angewelkter Kohlkopf, schon jetzt.

TABOR *will etwas sagen, starrt ihn an, schweigt.*

BROWN *schlägt ihm auf die Schulter, fast nett* Aber arm bist du noch nicht, Tabor. Du kannst durchkommen, wenn du geschickt operierst. Weißt du was? Du solltest Freddy Vollmacht übertragen, der hat's dick hinter den Ohren und ist studiert – dieser Guggenheim ist zu altmodisch, mach Freddy zu deinem Finanzverwalter –

TABOR *als ob er an etwas anderes denke* Ja, gewiß, Freddy –

RUFE *aus dem Empfangsraum* Tabor! Tabor! Tabor!

BABY DOE *kommt hastig aus dem Bankettsaal, hinter ihr Freddy, sie schaut sich suchend um. Sie trägt ein kostbares Brautkleid aus weißer Seide, Myrtenkranz und Diadem auf dem blonden Haar, ein blitzendes Diamantenkollier um den Hals. Während Brown zum Bankettsaal schlendert, in den er verschwindet, läuft sie zu Tabor, der noch wie in Gedanken vor sich hinstarrt, Freddy bleibt zurück, hinter den Säulen* Liebling – wo bleibst du denn? Sie warten alle mit dem Tanz! Der Präsident hat mich aufgefordert, denk dir, und du sollst seine Frau führen!

TABOR *verstört* Ja ja ich komme schon –

BABY DOE Stell dir vor, diese Ehre! Das hätt' ich mir nie träumen lassen, nie –! *Umarmt ihn* Das ist der glücklichste Tag meines Lebens!

TABOR – unseres Lebens, Lisa –

BABY DOE – und was du für meine Leute getan hast – das werd ich dir nie vergessen... Mein Alter, weißt du, er hängt ja immer in der Bar herum, aber er hat sich sein Lebtag ein eigenes Haus gewünscht! *Sie küßt ihn.*

TABOR *wieder mit seiner alten Sicherheit, lachend* Du glaubst wohl, Tabor läßt die Familie seiner Frau in einem schäbigen Boardinghaus vegetieren? Was würden die Menschen sagen!

BABY DOE Weißt du, was sie sagen? Was jeder sagt? Er ist ein König – der größte, der einzige, den es je in diesem Land gegeben hat! Und den habe ich mir geschnappt! *Küßt ihn heftig.*

RUFE Tabor! Tabor! Tabor!

TABOR Jetzt müssen wir aber –

BABY DOE Einen Moment – ich hab mir den ganzen Puder weggeküßt – ich muß nur rasch in den Spiegel schauen!

TABOR Ich geh schon voraus! *Eilt zum Bankettsaal, aus dem Applaus schallt, während Baby Doe hastig hinter der Tür mit der Aufschrift ›Ladies‹ verschwindet.*

FREDDY *kommt nach vorne, öffnet die Türe einen Spalt* Baby –

BABY DOE *von drinnen* Was fällt dir ein? Mach die Tür zu!

FREDDY Ich muß dich sprechen –

BABY DOE Bist du verrückt geworden?

FREDDY Du bist verrückt! Du heiratest einen Narren, einen Bankrotteur – einen Wahnsinnigen!

BABY DOE *kommt heraus* Laß mich in Ruh – du bist ja toll vor Eifersucht – laß mich in Ruh!

FREDDY *verstellt ihr den Weg* – Baby – ich muß dich allein sprechen, bevor du auf diese verdammte Hochzeitsreise gehst –

BABY DOE Ich sage dir, laß mich in Ruh – geh weg, ich will dich nicht sehn, ich rufe Tabor und sage ihm, daß du mich belästigst!

FREDDY Schön – dann werde ich bei Tisch einen Toast auf dich ausbringen – ich klopfe ans Glas und sage: Die junge Mrs. Tabor, ich habe ihr viel zu danken, sie ist die erste Frau, mit der ich geschlafen habe, es hat fünfzig Dollar gekostet, aber ich habe etwas gelernt –

BABY DOE *knallt ihm eine Ohrfeige, läuft davon.*

FREDDY *steht mit geballten Fäusten* Das soll er mir büßen!

Im Empfangsraum Begrüßungsapplaus für Baby Doe, gleichzeitig beginnt laute Musik, jetzt mit Blechkapelle, die Melodie der ›Washington Post‹. Hübsche junge Mädchen in weißen Kleidern erscheinen im Tanzschritt und streuen Rosen, Myrten und Parmaveilchen aus silbernen Körben auf den Flur der Lobby, dann folgen die Tanzenden, angeführt von Präsident Chester Arthur mit Baby Doe, Mrs. Chester Arthur mit Tabor – Präsident und Frau darf man sich etwa vorstellen wie Harry Truman und Gemahlin –, hinter ihnen die Kavalkade der Gäste mit ihren Damen: der Herr hinter der Dame, den einen Arm mit der Hand der Tänzerin hoch empor geschwungen, die andere Hand mit der der Tänzerin verschlungen um ihre Taille gelegt – zuerst mit possierlichen Schritten – rechts vor, rechts zurück, links vor, links zurück – dann in kurzem Galopp, mit abgezirkelten Sprüngen, vier Takte Linksgalopp, vier Takte Rechtsgalopp – zwischen den Säulen durch den ganzen Raum. Wenn der Tanz in vollem Schwung ist, fällt der Vorhang.

Fünfter Akt

Colorado, Weihnachten 1886

Erste Szene

Wohnzimmer in der ›Italienischen Villa‹, die Tabor nach seiner Eheschließung in Denver bezogen hat. Es ist ohne Prunk, aber gediegen, in imitiertem Renaissance-Stil eingerichtet. In der Mitte ein großer Mahagoni-Tisch mit entsprechenden Stühlen, darüber ein Gaslüster. Im Hintergrund, durch eine Gobelin-Portiere halb verschlossen, eine Glasveranda, in der Kerzen brennen und ein großer Mistelbusch an einer roten Schleife aufgehängt ist.

Um den Tisch sitzen vier Herrn bei einer Poker-Party: es sind Tabor, Brown, Freddy *und* Winfield Scott Stratton, *der ehemalige Zimmermann und Gewerkschaftsführer, jetzt Bonanzamillionär. Er trägt einen einfachen dunklen Anzug mit weißem Kragen, sonst sieht er nicht viel anders aus als früher, einschließlich der Stahlbrille. Auch Tabor trägt einen dunklen Anzug mit perlgrauer Weste – ohne Schmuck. Brown und Freddy sind mit auffallender Eleganz gekleidet, Brown hat große goldene Manschettenknöpfe an den Hemdsärmeln, die er oft nach vorne zieht, Freddy eine Brillantnadel auf der Krawatte, die sich allerdings mit Tabors früheren Pretiosen nicht vergleichen läßt.*

Der Hals einer Champagnerflasche ragt aus einem Kühler, der neben Tabor steht. Halbvolle Gläser und eine Zigarrenkiste mit dem Aufdruck ›Pure Mexico‹ stehen auf dem Tisch.

TABOR Zwei Paare.
BROWN Straight.
STRATTON Auflegen.
ALLE SPIELER *legen die Karten offen auf den Tisch.*
BROWN *grinsend* Gratuliere, Tabor.
STRATTON Der Pot geht zu Brown.
TABOR Revanche-Partie.
BROWN Tut mir leid, ich habe noch eine Verabredung.
FREDDY Geschäftlich?

BROWN Von seiten der Dame, allerdings. Sogar professionell. *Er lacht allein.*

FREDDY *angewidert* Am Weihnachtsabend.

BROWN Der Teufel schläft nie. Außerdem bin ich in dem Alter, in dem man sich immer sagen muß: solang noch die Kerze brennt. Auch wenn's 'ne Weihnachtskerze ist. Darf ich um Abrechnung bitten?

STRATTON und FREDDY *schieben Geldscheine und Silberstücke zu Brown.*

TABOR Ich kann jetzt nicht zahlen, Brown. Ich habe kein Geld im Hause.

BROWN Nun – das eilt nicht. Du schreibst mir einen befristeten Schuldschein, sagen wir – bis morgen früh um zehn, wie gewöhnlich.

TABOR *sehr ruhig, fast heiter* Wollen die Herren nicht wenigstens noch ein Glas mit mir trinken? Es ist die letzte Flasche aus meinem Keller, es wäre ein Jammer, wenn die bei der Pfändung mit hopps ginge. *Er öffnet die Flasche, schenkt ein.*

BROWN Ein Glas, allemal, das regt an. Aber wenn du vielleicht mit mir allein sprechen möchtest, Tabor –

TABOR Warum? Freddy weiß Bescheid, und ich sehe nicht ein, weshalb ich mich vor Stratton genieren sollte. Ich kann dir den Schuldschein zwar schreiben – *er tut es während des Folgenden* –, aber ich kann ihn nicht einlösen, morgen früh. Abgesehen davon, daß morgen die Banken geschlossen sind, – ich habe keinen Cent mehr auf der Bank. Im Gegenteil.

STRATTON Wieso im Gegenteil?

TABOR *mit der gleichen Gelassenheit* Mir gehört kein Stuhl und kein Tischtuch mehr in diesem Hause, von den Betten zu schweigen. Freddy, erkläre das Herrn Stratton.

FREDDY *etwas verlegen* Es ist also, leider, so gekommen – es hätte nicht so kommen müssen – daß das Fallit – es handelt sich um eine Zwangsversteigerung von Haus und Besitz – und der ganze Ertrag geht an die Bank, deren Schuldner er ist –

TABOR – und deren neuer Direktor Freddy Brown heißt.

FREDDY Das tut nichts zur Sache. Geschäft ist Geschäft. Oder glauben Sie, ich könnte unsren Gesellschaftern zumuten, ein Kapital abzuschreiben, von dem nicht einmal mehr Zinsen gezahlt werden? Da wäre ich meinen Posten bald wieder los.

TABOR Das verlangt niemand von dir. Ich habe nur festgestellt, daß es deine Bank ist, die mich von Haus und Heim vertreibt.

FREDDY Ich kann nichts tun – auch wenn ich möchte...

TABOR Ich weiß. Ich kenne das Geschäftsleben.

STRATTON Sind denn wirklich alle Möglichkeiten der Hypothekenaufnahme erschöpft, zum Beispiel auf Ihre früheren Häuserblocks, Gebäude, Investitionen –

FREDDY Längst. Die meisten waren schon durch übermäßigen Aufwand, Spenden, Stiftungen vorbelastet, der Rest ist in den letzten drei Jahren draufgegangen –

TABOR – von denen ich keinen Tag bereue. Meine Frau hat unsere beiden Töchter in guten Verhältnissen und ohne Sorgen zur Welt gebracht.

BROWN Und in welchen Verhältnissen werden sie aufwachsen?

TABOR Daran – habe ich gedacht. Es ist meine Sache.

BROWN Nicht ganz. Du schuldest mir mehr als das bißchen Pokergeld. Ich habe damals die diskrete Affäre für dich in Ordnung gebracht, mit den Justizbehörden und dem Scheidungsgericht, es war eine ganz kräftige Durchstecherei, das hast du vergessen, und ich habe dich nie gemahnt. Aber schließlich muß das einmal erledigt werden. Ich rechne natürlich den geringsten Zinsfuß, dreieinhalb Porzent, in bewährter Freundschaft.

TABOR Wir können uns über eine Abzahlung verständigen.

BROWN Falls du mir irgendwelche Sicherheiten bieten kannst –
Er zwinkert Freddy zu.

STRATTON Und was ist mit Ritsche, Ihrem alten Partner? Kann der jetzt nicht einspringen?

TABOR Ritsche – *er lacht* –, dem sind drei Viertel seines Vermögens durch die Kehle geronnen, und den letzten Teil hat er dem Tierschutzverein vermacht, unter der Bedingung, daß er für den Rest seines Lebens einen Posten als Nachtwächter bekommt mit einem alten Hund. – Sie können ihn bei den Laternen vorm Staatskapitol patrouillieren sehen. Er ist vollkommen glücklich.

BROWN UND FREDDY *lachen.*

TABOR Der einzige, der von unsrem großen Schlag etwas behalten hat, ist der Schuhmacher Hock, der hat in seiner Heimat Weinberge gekauft und ist dort ein reicher Mann.

BROWN Wenigstens einer, der seine Silberdollars nicht in die Wolken gepulvert hat. Ich sage immer, wer in den Minen Glück hat, der verliert den Verstand. Schaut euch hier unseren Freund Stratton an: – macht Millionen, lebt in einem alten Gartenhaus, zu schlecht für sensible Truthähne, finanziert diese gottverdammte Gewerkschaft, die man mit Dynamit ausräuchern müßte – und schenkt jeder Briefträgerin in Denver zu Weihnachten ein Veloziped!

STRATTON Lassen Sie mich aus dem Spiel, bitte.

BROWN Verrückt! wenn man bedenkt, was für miese Weiber hier die Post austragen – da hätten Sie besser die ›Masseusen‹ auf Tour gebracht, oder die Stripteasers –

STRATTON *völlig humorlos* Es wurde festgestellt, daß zwei Drittel der Austrägerinnen an Plattfuß oder Spreizfuß leiden. Außerdem geht Sie das nichts an.

BROWN Stimmt, mich interessiert nur, daß meine Post ankommt, ob per Plattfuß oder per Fahrrad, das ist mir gleich. Aber du, Tabor, das verstehe ich nicht. Warum spielst du, wenn du kein Geld mehr hast?

TABOR Ganz einfach: um zu gewinnen. Das geht natürlich schief. Früher habe ich gespielt, weil es mir Spaß gemacht hat.

FREDDY Wenn man's genau nimmt – Sie hätten schon noch Reserven, um Ihre privaten Gläubiger zu befriedigen.

TABOR Du meinst den Safe – wenn du es richtig findest, davon zu sprechen.

FREDDY Auch das Bankgeheimnis hat seine Grenzen – und ich denke, unter uns, und in Ihrer Lage – da steckt ja noch was drin...

TABOR Es gehört nicht mir. Es sind die Juwelen, die ich früher meiner Frau schenkte –

FREDDY Und die Kolliers und die Diademe, die Ihre Töchter zur Taufe bekommen haben –

TABOR Auch die. Es gehört meiner Frau und meinen Kindern.

FREDDY Ich weiß nicht, ob eine solche Gütertrennung bei einem Konkursverfahren gesetzlich anerkannt würde.

TABOR Deshalb wollte ich das geheim halten. Es ist das einzige, was ich ihnen hinterlassen kann, wenn ich – *leise, doch ungerührt und ohne Pathos* – wenn ich meinen eigenen Weg gehe.

FREDDY Darüber würde ich mir an Ihrer Stelle keine Gedanken machen. Es wird sich schon jemand finden, der Ihrer Frau aus der Patsche hilft.

TABOR *sieht ihn an* So. Glaubst du. Das freut mich zu hören.

FREDDY *verlegen und aus Verlegenheit aggressiv* Hätten Sie nur früher auf mich gehört! Dann hätten Sie sich noch rausrappeln können, mein Vater wollte Ihnen eine Chance geben, in seinem Ölgeschäft... Aber Sie mußten sich ja an Ihre verdammten Silberminen klammern, bis der letzte Dollar mit abgesoffen war –

TABOR Ich glaube auch jetzt, daß in meiner ›Unerschöpflichen‹ noch ein Vermögen steckt – wenn man die Mittel hätte, sie wieder flottzumachen –

FREDDY Die wird kein Mensch je hineinstecken, falls er nur drei Gramm Hirn im Schädel hat. Sie haben die Entwicklung nicht verstanden – schon damals nicht, Sie haben falsch investiert – eine Phantasiestadt aufgebaut, das konnten Sie ja nie amortisieren!

TABOR Ich habe der Größe dieses Landes ein Denkmal gesetzt –

FREDDY – ja, eine Fassade, die man schon heute anguckt wie die lächerlichen Ruinen und Schlösser im alten Land! Sie hätten Baugründe kaufen sollen, die ganze leere Prärie von Auraria, Herrgott, hätte man die damals noch billig haben können! Bauen läßt man die andern – und in ein paar Jahren ist der Quadratmeter das Hundertfache wert, das lehrt uns heute die Statistik, da braucht man nicht in den Gruben herumzustochern. Wissen Sie denn überhaupt, was die Statistik bedeutet?

TABOR *immer noch sehr ruhig* Ich weiß es. Aber ich denke, wo die Statistik anfängt, hört das Glück auf.

FREDDY Das ist ja Ihr alter Klapps, Tabor! Sie sind ein Mystiker, Sie sind kein Unternehmer, Sie sind kein moderner Mensch –

TABOR *legt ihm die Hand auf den Arm* Habe ich recht gehört, daß du mich Tabor nennst? Für dich bin und bleibe ich Herr Tabor – selbst wenn ich in Lumpen ginge.

FREDDY *nach einer kleinen Pause, sichtlich bestürzt* Entschuldigen Sie bitte, Herr Tabor. Ich habe mich versprochen.

TABOR Es ist gut.

BROWN Muß ich jetzt auch Herr Tabor zu dir sagen? Oder Herr General, oder Herr Gouverneur, oder Herr Senator? Oder vielleicht Königliche Hoheit?

TABOR *ohne Erregung* Ich habe immer gewußt, Bill Brown, daß die Stunde kommt, in der du mich demütigen wirst. *Er steht auf.*

BROWN So sind wir ungnädigst entlassen?

TABOR Einen Augenblick. *Geht zu einer Seitentür, ruft hinaus* Lisa! Die Herrn möchten sich verabschieden und dir Fröhliche Weihnachten wünschen.

BABY DOE *kommt herein, in einem etwas koketten Hauskleid, hübscher und reizvoller als je – hält ein großes Bukett dunkelroter Rosen im Arm. Zu Freddy* Ich komme von der Haustür – sie sind gerade abgegeben worden! Das ist so lieb von Ihnen – wirklich – so reizend –!

FREDDY *immer noch etwas beklommen* Aber – das ist doch selbstverständlich.

BABY DOE Vielen vielen Dank – *drückt ihm die Hand* – und noch mehr für das Spielzeug, das Sie den Kindern geschenkt haben! Die Kleine versteht's ja noch nicht, sie rasselt nur mit ihren Bällchen, aber Liz, die drückt ihre große Puppe ans Herz und ruft immer: »Von Onkel Feddy! Von Onkel Feddy!«

FREDDY *lacht.*

TABOR *ohne betonte Spitze* Auch von mir besten Dank, Freddy. Das ist sehr nett von dir, daß du uns diese Weihnachten verschönst.

FREDDY Nichts zu danken – eine Kleinigkeit.

BABY DOE Ich stelle sie in eine Vase, unter den Mistelzweig – *Wendet sich mit den Rosen nach hinten.*

FREDDY Darf ich helfen?

BABY DOE *lachend* Nein, nein – nicht unterm Mistelzweig! Den hab ich von meinem Mann! Auf Wiedersehn, meine Herrn, Frohe Weihnachten.

DIE MÄNNER *murmeln etwas, während Baby Doe mit den Rosen in der Glasveranda verschwindet.*

BROWN Also – da morgen Bankfeiertag ist – sagen wir übermorgen früh um zehn. Vielleicht überlegst du dir inzwischen die Sache mit dem Safe. Gute Nacht, Tabor.

TABOR Gute Nacht, schlafe gut, Bill Brown.

BROWN Das werd ich besorgen. Komm Freddy. *Geht.*

FREDDY Gute Nacht, Herr Tabor. Und bitte – mißverstehen Sie nicht –

TABOR Keine Sorge, Freddy, ich verstehe genau. Aber ich freue mich, daß du dich ein bißchen schämst.

FREDDY *geht rasch.*

TABOR *wendet sich zu Stratton, um sich zu verabschieden.*

STRATTON *geht zur Portiere, die die Glasveranda abschließt, zieht sie zu* Wenn Sie gestatten, Herr Tabor, ich möchte ein paar Worte mit Ihnen unter vier Augen sprechen.

TABOR Aber gewiß, natürlich.

STRATTON Kurz und bündig. Sie müssen mir erlauben, Ihnen in dieser Lage ein wenig unter die Arme zu greifen. Widersprechen Sie nicht. Sie hätten das, im umgekehrten Fall, auch für mich getan.

Er hat ein Scheckbuch aus der Tasche gezogen, setzt sich hin, schreibt einen Scheck aus.

TABOR Aber – hören Sie – lieber Stratton! Das kann ich doch gar nicht – wie komme ich dazu!

STRATTON *schreibend* Ich bin prinzipiell dagegen, daß die Firma Brown Vater & Sohn sich an Ihrem letzten Rückhalt bereichert. Ich spiele mit solchen Leuten nur, um das Verhalten der Ausbeuter zu studieren. Es ist keine große Sache – aber vielleicht rettet es Ihren Safe.

TABOR Und wie kommen Sie dazu, Stratton? Sie waren mein Feind – Sie haben meine Betriebsführung und meine Lebensweise verabscheut –

STRATTON *steht auf, läßt den Scheck auf dem Tisch liegen* Ich war Ihr Gegner, Tabor, nicht Ihr Feind. Sie erinnern sich, wie ich Ihnen als Streikführer gegenüber stand – ich war nämlich schon damals Marxist. *Im Ton einer Vorlesung* Sie haben vermutlich nie etwas von Marx oder Hegel gehört, aber Sie haben sich nach dialektischen Gesichtspunkten, in Ihrer historischen Situation, dem Gesetz von der Akkumulation des Kapitals entsprechend, vollständig klassengerecht verhalten. Sie konnten gar nicht anders, im Sinne der kommenden Expropriation der Expropriateure. *Sehr trocken* Deshalb hatte ich immer ein gewisses Mitgefühl für Sie.

TABOR *lächelnd* Für mich ist das Chinesisch, was Sie da erzählen – aber ich glaube, Stratton, Sie sind einfach ein anständiger Kerl.

STRATTON *wehrt ab, als hätte man ihn beleidigt* Unsinn, Unsinn. Aber ich habe schon eine Frage, Tabor. Was haben Sie gemeint, als Sie vorhin gesagt haben: »– wenn ich meinen eigenen Weg gehe...«

TABOR Ach so – *er lacht* – so haben Sie das verstanden? Nein – das nicht. Tabor gehört nicht zu denen, die auskneifen, wenn sie verratzt sind. Ich denke mir immer – die haben nachher erst recht keine Ruhe. Das habe ich nicht gemeint.

STRATTON Sondern?

TABOR Sondern – ich bin fest entschlossen. Ich gehe noch einmal in die Berge. Sobald die Versteigerung abgewickelt ist. Und jetzt, durch Ihre Hilfe, Stratton, kann ich meine persönlichen Verpflichtungen erledigen und kann mit gutem Gewissen gehn. Ich danke Ihnen.

STRATTON Und Sie glauben wirklich – daß das für Sie noch einen Sinn hat?

TABOR Weshalb nicht? Sie wissen – am Cripple Creek sind neue Goldfunde gemacht worden – und in den Pico-Bergen riecht es nach Carbonat. Herrgott – wenn jetzt der alte Johnny noch leben würde!

STRATTON Haben Sie bedacht, was Sie da auf sich nehmen? Sie müssen Ihr Camp mit den rohsten, gemeinsten Kerlen teilen –

TABOR Ich kenne das.

STRATTON Aus einer anderen Zeit Ihres Lebens. Und man weiß, wer Sie waren. Man wird Sie verlachen, verspotten, beleidigen – Sie werden nicht mehr die Kraft haben, sich zu wehren.

TABOR *einfach* Dann muß ich die Kraft haben, es zu ertragen.

STRATTON *nach einem langen Blick* Leben Sie wohl, Tabor, ich glaube nicht an Gott. Sonst würde ich jetzt sagen: Gott schütze Sie. *Verbeugt sich fast ehrfürchtig vor Tabor, geht.*

TABOR *schaut ihm nach, nimmt den Scheck vom Tisch – schüttelt den Kopf – lächelnd* Ein Schutzengel, der nicht an Gott glaubt. *Er steckt den Scheck ein.*

BABY DOE *kommt von der Veranda, ein bißchen verschmollt* Bist du mir böse?

TABOR Böse –? Weshalb?

BABY DOE Doch – du hast ein Gesicht gezogen – weil ich mich über Freddys Rosen gefreut habe. Aber schließlich – ich darf mich doch auch noch einmal freuen!

TABOR Natürlich, Lisa, und ich bin dir nicht böse. Ich bin nicht einmal Freddy böse. Ich habe anderes im Kopf.

BABY DOE Das heißt, du machst dir nichts mehr aus mir ... *Da Tabor nicht antwortet* Das war dumm. Verzeih mir. Das hätt' ich nicht sagen sollen.

TABOR *als hätte er sie nicht gehört* Komm her, Lisa. Ich muß dir jetzt etwas geben. *Nimmt einen kleinen Schlüssel aus der Tasche.*

TABOR Hier – das ist der Schlüssel zu unserem Safe. Verlier ihn nicht, es gibt keinen zweiten. Gleich nach dem Fest, noch bevor sie das Haus versteigern, gehst du hin und nimmst alles heraus – du weißt ja, was drin ist. Das kann dir niemand verwehren, und es ist, von meiner Seite, rechtlich vollkommen in Ordnung, ich bin gedeckt, ich kann meine Schulden zahlen, und dann bleibt mir noch genug für meine Ausrüstung und für deine Reise.

BABY DOE Was für eine Reise –?

TABOR Hör zu. Ich will das jetzt mit dir klarkriegen – damit wir dann nicht mehr viel drüber reden müssen, sonst machen wir's uns zu schwer. Du kannst nicht hier bleiben, wenn ich fort bin – schon der Kinder wegen, sie wären dem Spott ausgesetzt, und du der Neugier –

BABY DOE Aber – wo soll ich denn hin?

TABOR Hör zu. Du nimmst die Kinder und fährst nach New York. Dort fragt keiner, woher du kommst, und wer du bist –

BABY DOE Und du –?

TABOR Ich, Lisa – ich gehe noch einmal in die Berge. Ich bin ein alter Prospecter, das ist das einzige, was ich gelernt habe, außer Steine klopfen. Wer einmal Glück gehabt hat – warum soll er's nicht wieder haben. Ich – hatte immer Glück. Und dann – dann könnte ich euch zurückholen – dich, und die Kinder...

BABY DOE Du bist nicht mehr jung genug –

TABOR Um noch einmal anzufangen? Dazu ist man nie zu alt. Gewiß, ich geh auf die Sechzig... Aber ich habe zwei Arme und die Erfahrung!

BABY DOE Gibt es denn gar keinen anderen Ausweg? Wenn du den Schmuck verkaufst und steckst ihn in irgendein kleines Geschäft –

TABOR Ein kleines Geschäft – Ich habe dich nicht geheiratet, damit du mit einem kleinen Mann ein mickriges Leben teilst. Ich versuche keine Geschäfte mehr, Freddy hat recht, das liegt mir nicht. Ich versuche mein Glück. Ich geh in die Berge.

BABY DOE Jetzt? Mitten im Winter?

TABOR Es ist die beste Zeit, man muß nur richtig ausgerüstet sein. Wenn die Flüsse zugefroren sind, kann man den Kies und den Schwemmsand besser vom Schlamm unterscheiden. Und dann hat man einen Vorsprung, im Frühling, wenn die Horde kommt.

BABY DOE Aber warum soll ich nach New York – Warum kann ich nicht mitkommen, in die Berge?

TABOR Das geht nicht. Das wäre nur eine Belastung für mich – du und die Kinder – in irgendeinem verwilderten Camp – das muß ich allein schaffen.

BABY DOE Und wenn ich bedenke, was du für meine Leute getan hast... meinen Eltern ein Haus geschenkt und sie alle reich gemacht – die könnten mich doch jetzt aufnehmen, da hätte ich einen Platz mit den Kindern und müßte den Schmuck nicht verkitschen –

TABOR *fast belustigt* Deine Eltern! Chicago! Willst du dahin zurück, wo du hergekommen bist? Denk an den Aasgeier! Und du glaubst, ich würde die Kinder dorthin lassen –?

BABY DOE *schweigt.*

TABOR In New York, da habe ich einen alten Freund, Simon Guggenheim. Ich gebe dir seine Adresse, du kannst dich auf ihn verlassen. Er wird dich beraten, beim Verkauf oder der Beleihung der Wertsachen, oder bei einer Anlage. Und zu ihm kann ich immer Nachricht für dich schicken. Wenn es gut geht... dann sind wir bald wieder zusammen.

BABY DOE Und wenn es schlecht geht...?

TABOR Daran darf man nicht denken. *Er kreuzt zwei Finger übereinander* Natürlich – das klappt nicht immer auf einen Schlag. Es kann – ein paar Jahre dauern...

BABY DOE *senkt den Kopf, von ihm abgewandt.*

TABOR Es muß sein, Lisa.

BABY DOE *ihr Gesicht verhärtet sich* Du solltest mich nicht allein lassen.

TABOR Ich weiß... Ich kann nicht verlangen, daß du auf mich wartest. Du bist jung.

BABY DOE *fast drohend* Laß mich nicht allein.

TABOR Ich muß... ich m u ß in die Berge! *Wie im Aufschrei* Lisa! *Er reißt sie an sich.*

Dunkel

Während der kurzen Dunkelheit bis zum Beginn der letzten Szene mag man wieder das schwere, dumpfe Hämmern, Hacken und Stampfen der Männer im Berg hören, das bald verklingt. Dann wird es ganz still.

Wenn es hell wird, hört man das leise Ticken und die Klingelzeichen eines Morse-Apparates.

Letzte Szene

Leadville, Colorado, April 1899

Die Bühne zeigt Tabors Post-Station in Leadville, Colorado, dem ehemaligen Sitz der Bonanzakönige, das inzwischen wieder zu einer mäßigen produzierenden Bleiminen-Siedlung herabgesunken ist. Es ist dieselbe alte Bude, aus Brettern und Balken gezimmert, in der Tabor schon zwanzig Jahre früher als Postmeister tätig war. Nur gleicht die Einrichtung jetzt der eines nüchternen, kleinen Postbüros neueren Datums, es gibt keine Waffen und Werkzeuge mehr an den Wänden, auch keine ›Bar‹, kein ›Hotel‹, keinen ›General-Store‹, sondern hohe, quadratische Regale, mit großen Anfangsbuchstaben von A bis Z bezeichnet, für die Aufbewahrung von Postsachen, und anstelle des ehemaligen Lager- und Verkaufsschuppens, der später die ›Bank‹ war, einen richtigen Schalterraum, durch eine Holzbarriere abgetrennt, in dem sich ebenfalls Regale und Schubladen für Postwertzeichen und dergleichen, Packmaterial und Waage, sowie ein Telefon und ein Telegrafenapparat befinden. Darüber das große, gedruckte Schild: Post-Office. *Wie ehemals eine Eingangstür rechts vorne, zwei andere Türen vorne und hinten links, und der altersschwarze Eisenofen ist in voller Glut, das Rohr geht wieder quer über den Raum. In der Mitte ein viereckiger Holztisch, auf dem eine Leinendecke liegt, mit ein paar Stühlen, und an der linken Seitenwand, zwischen den beiden Türen, ein schmales Messingbett, mit Fellen bedeckt. Darüber hängt ein kleines Kruzifix mit einem Busch wilden Bergwacholders, wie man ihn in Hochländern am Palmsonntag weihen läßt.*

Es ist Abend, der nur im Anschnitt einzusehende Schalterraum ist mit einer elektrischen Bürolampe beleuchtet, aber im Zimmer über dem Tisch hängt eine große Petroleumlampe, die, durch einen grünen Schirm gedämpft, ein angenehmes warmes Licht verbreitet. Eine zweite Petroleumlampe, in der alten gebauchten Form aus schwerem Glas, steht auf einem Hocker neben dem Bett und ist jetzt sehr hoch geschraubt, so daß es dort ganz hell ist.

Tabor *sitzt zurückgelehnt auf dem Bett, in Manchesterhosen und Schaftstiefeln, das buntkarierte Wollhemd über der Brust geöffnet, –*

Father Alcuin Dyer, *der Schneeschuhtippler, steht über ihn gebeugt, als habe er ihn gerade untersucht. Tabors Haare und Schnurrbart sind grau geworden, sonst ist er wenig verändert, vielleicht etwas hagerer im Gesicht, die Augen leicht umschattet. Father Dyer, mit schneeweißem Haar, ist jetzt völlig versteint und verkrustet, seine Haut sieht aus wie alte, rissige Winterborke an einem kahlen Eichenstamm, doch wirkt er so zäh und so ungebeugt wie eh und je, auch seine Stimme hat nichts Greisenhaftes. Sein schwarzes Priestergewand ist, wie stets, zerbeult und zerknittert, die Hosen stecken in den hohen Elchlederstiefeln, seine Schneeschuhe lehnen an der Wand bei der Tür, dort hängen auch sein rauchiger Schafspelz und sein großer schwarzer Hut.*

Der Telegrafenapparat tickt und klingelt leise aus dem Schalterraum.

DYER Tiktak, tiktak – hört denn das Ding nie auf? oder mußt du da nicht was machen?

TABOR Das stoppt von selbst – schau hin – wenn es einen Bandwurm geboren hat – der muß erst raus. Aber entziffern kann ich den nicht, das macht dann meine Frau, wenn sie Zeit hat.

DYER Die hat das richtig gelernt?

TABOR Noch nicht ganz perfekt, aber es geht, einigermaßen. Wir hatten ja einen ausgefiederten Telegrafisten hier, von der Western Union, der konnte mit dem Ding da zwitschern wie ein Zeisig. Aber dem war es bei uns zu langweilig – es kommt jetzt höchstens alle paar Tage mal was durch.

DYER Ihr seid halt wieder ein kleines Bleikaff geworden.

TABOR Noch kleiner. Eine Geisterstadt, wie man's nennt – und wir sind die Geister. Es gibt hier kaum mehr einen, der mich noch kennt.

DYER »Da war aber ein anderer König geworden im Lande Ägypten, der wußte nichts mehr von Joseph.« So steht's schon im Pentateuch.

TABOR Das große Postbüro aus der Silberzeit hab ich längst zugesperrt, hat mich nur unnötige Pacht gekostet. Denn weißt du, man darf jetzt in einem öffentlichen Amt keinen Schnaps mehr verkaufen! Schande sowas. Alkohol-Lizenz. Kein

Mensch hat früher so ein Wort in den Mund genommen, lieber gleich einen Schluck Rum. Aber die alte Bude, die hat mir noch gehört, ich mußte nur das Dach ein bißchen reparieren. *Klopft an die Balken, stolz* Hickory-Holz, von mir selbst behauen – das hält noch hundert Jahre. *Der Telegraf schweigt.* Na – du wolltest mir sagen, wie lang ich noch halte. Von wegen dem Tiktak da drinnen.

DYER *läßt seine Hand los, an der er den Puls gefühlt hatte* Du weißt, Tabor, ich bin kein Doktor, ich bin mehr so 'ne Art Lawinenhund. Wenn du's genau wissen willst, laß dir 'n Arzt kommen.

TABOR Geh mir heim mit den Ärzten. Als ich noch Millionär war, da haben sie mich stundenlang untersucht – und mir dann Champagner verschrieben – die Rechnung war dementsprechend. Seit ich kein Geld mehr habe, untersuchen sie mich gar nicht erst, und verschreiben mir Geißenmilch mit Baldriansaft – Pfui Spucke.

DYER Gar nicht so übel. Ich würde sagen: Brunnenwasser.

TABOR Ja, als Zusatz zu einem halben Becher Whiskey, ganz gut. *Da Dyer ärgerlich den Kopf schüttelt* Mir geht's ja nicht schlecht Father Alcuin. Im allgemeinen, da fühl ich mich so gesund wie ein Waldbock. Es ist halt nur manchmal – wenn die Post ankommt, und ich muß ein paar Kisten reinschleppen oder einen schweren Sack heben, auch beim Schneeschaufeln draußen – da hab ich so einen blöden Schmerz, hier links oben und so einen Klumpen da drin und krieg keine rechte Luft, und da wird's mir auch manchmal komisch. Da weiß ich nicht mehr recht, wer ich bin... Aber mit einem tüchtigen Schuß Whiskey, direkt aus der Pulle, und dann ein paar Züge von so einer schwarzen Mexico – da geht's mir gleich wieder gut. *Er hustet.*

DYER So lang es halt geht. Es muß nicht passieren, aber es kann – darüber mach dir nichts vor. Na ja. Wenn man sein Leben lang drauflos gehaust hat wie du und dann mit sechzig noch einmal in die Flüsse steigt, bis zum Bauch im Eiswasser, oder die Erzhacke schwingt und noch dazu nichts findet – kein

Wunder. Ich sag dir, ich bin kein Doktor, aber ich kann hören wie die Pumpe da drinnen meutert – mach dein Hemd ruhig wieder zu –, da brauch ich kein Instrument. Und was da so rasselt, das kennt man.

TABOR Bei mir rasselt gar nichts. Bei dir vielleicht. *Hustet wieder.*

DYER Deine Luftröhre, die muß aussehen wie so ein altes verpichtes Ofenrohr, ganz schwarz von Teer und Ruß. Du mußt aufpassen oder du liegst einmal plötzlich auf der Platte und sperrst das Maul auf, bis man dir's Kinn raufbindet.

TABOR Vielleicht nicht das Schlimmste. So einfach umfallen und weg.

DYER Ach so – du glaubst, du hast'n Kontrakt mit'm lieben Gott und der muß das alles so einrichten, wie's für dich am bequemsten ist! Aber du kannst auch noch lange rumzappeln, hilflos und jämmerlich wie'n kleines Kind, nur nicht so schön.

TABOR Aufpassen – gut. Aber wie macht man das?

DYER Das will ich dir sagen. Friß nicht so viel. Du hast immer zu viel gefressen, du warst ein Gierschlund dein Leben lang. Es heißt, du hättest mal deine beste Hand Poker weggegeben, nur weil Augusta einen Truthahn im Rohr hatte, und du hattest Angst, den Schlegel nicht zu kriegen.

TABOR Ich hab ihn gekriegt. Es war ein Höhepunkt meines Lebens. *Leckt sich die Lippen.*

DYER Aber ich sage dir – du, hör mal, heut riecht's nämlich aus eurer Küche fast wie damals – als Augusta hier noch gekocht hat...

TABOR *mit einem merkwürdigen Grinsen* Ja – fast wie damals. Weil morgen Ostersonntag ist, weißt du, und die Kinder kommen heim auf Ferien, aus der Klosterschule in San Moreno, da muß ja was auf den Tisch.

DYER *sieht ihn mißtrauisch an* So so, für die Kinder... Aber wenn du dich selber vollstopfst, wie früher mit geschmorten Bohnen und so Zeug, dann weißt du, was dir blüht. Dann krepierst du nämlich.

TABOR *immer noch heiter grinsend* Ich hab ein Testament gemacht. Viel gab's da sowieso nicht zu schreiben. Bist du nun zufrieden?

DYER Wenn du glaubst, ich werde dir jetzt gut zureden und dir die Brocken im Maul weichkauen – daß es schließlich Zeit wäre, auch an die Seele zu denken und den Weg hinüber –, dann bist du schief gewickelt. Auf sowas mußt du selber kommen.

TABOR Da hab ich schon dran gedacht. Aber da muß ich dann wohl einen richtigen Pfaffen haben, einen katholischen. Damals vor der Hochzeit in Washington, da bin ich nämlich übergetreten – weil es ihr Glaube ist.

DYER Deswegen hättest du ruhig bleiben können, was du warst, bei der Congregation oder was ihr da seid in Vermont. Der ihre Leute, die sind ja nur per Zufall katholisch, weil sie aus Irland kommen. Wenn sie von der Türkei wären, da hättest du Muselmann werden müssen oder was? Ich halte nichts von der Umsteigerei.

TABOR Sie hat es aber sehr ernst genommen. Sie ist sogar früher immer beichten gegangen, als sie noch – du weißt schon.

DYER Ein schöner Zug – das hat man öfters. Von zehn Weibern, die bei meiner Predigt heulen, ist höchstens eins eine brave Hausfrau. Die andern sind alte –

TABOR Lassen wir das. Es ist nun einmal geschehen, ich meine der Übertritt, – und wenn es zum Letzten kommt, muß es ein richtiger Priester sein.

DYER Ich bin seit zehn Jahren geweiht.

TABOR Du –? Ich dachte, du hast nie Zeit gehabt –?

DYER Ich hatte mir da die Hüfte gebrochen und noch ein paar Sachen, wie ich mit den Schneeschuhen in einen Bergrutsch gekommen war. Da mußte ich fast ein Jahr liegen.

TABOR Da bist du also auch übergetreten!

DYER Nein. Ich war nämlich garnichts vorher, ich war nie getauft. Du weißt, ich bin bei den Indianern aufgewachsen, die meine Eltern umgebracht haben – aber das hatten sie nicht bös gemeint, sie hatten nur was gegen die Ansiedler. Zu mir waren sie gut, und ich war nichts als ein Heide, ein frommer

Heide, wie die. Später hat mir einer von den Mährischen Brüdern das Lesen beigebracht und hat mir die Bibel gegeben, das alte und das neue – und ich dachte, da steht alles drin, was man zum Leben und zum Sterben braucht, und zum Predigen, da hat man die Zunge. Ich weiß erst jetzt, daß man auch die Sakramente braucht – wenn man schon kein Indianer ist.

TABOR Das ist gut.

DYER Was meinst du?

TABOR Ich hätte ungern einen andern als dich – für das Öl undsoweiter. Ich kann sie ja eigentlich nicht leiden.

DYER Da mußt du dich aber eilen. Ich bleibe nur bis Montag früh im Ort.

TABOR *lachend* Ich will's versuchen. Aber ich fürchte, damit werden wir beide kein Glück haben. Ich fühle mich schon wieder ganz wohl.

DYER Ja – wenn du die Fresserei lassen könntest ... und das Rauchen ...

TABOR Ich rauche ja nicht. Nur diese billige Mexico, das ist die leichteste, die es gibt, und das kann mir nichts schaden.

DYER Merkwürdig. Alle Raucher, die ich kenne, rauchen die leichteste, die es gibt, und es kann ihnen nichts schaden – bis sie Blut spucken.

TABOR Sag Father Alcuin, – wie alt bist du jetzt?

DYER Das weiß ich nicht so genau. Aber ich werde wohl so circa neunzig Winter auf dem Schädel haben.

TABOR Na siehst du. Ich werde erst siebzig, im nächsten Januar.

DYER Im nächsten Januar – da ist ein neues Jahrhundert angebrochen. Das mag noch komischer werden als das letzte. Den Unfug sollten wir uns noch anschauen, meinst du nicht?

TABOR Ich bin nicht so furchtbar neugierig darauf. Es sind schon so viele Jahrhunderte angebrochen und haben wieder aufgehört. Ich glaube, es ist doch nur interessant, wann ein Mensch anfängt und wann er aufhört.

DYER Und w i e er aufhört. Darauf kommt es an.

TABOR Ich dachte immer, mich werden sie mal in Washington

oder in Denver aufbahren und in einem staatlichen Mausoleum beisetzen. *Lacht* Und jetzt – ich kann dir gar nicht sagen, wie egal mir das ist! Wie ungeheuer egal!

DYER *brummelnd* Vanitas. Vanitatum Vanitas.

TABOR Glaubst du nicht, daß man gut vorbereitet ist, wenn einem nichts mehr wichtig ist – nur noch die Liebe?

DYER Und die Postbestellung.

TABOR Da hast du recht. Und die Postbestellung.

DYER *steht auf, geht zur Tür, man sieht, daß er ein wenig hinkt* Jetzt muß ich aber –

TABOR Einen Moment. Du sollst noch eine alte Freundin begrüßen. *Geht zur Küchentür, öffnet sie, ruft* Augusta! Father Alcuin ist hier!

DYER *fährt herum, steht mit offenem Mund.*

AUGUSTA *kommt herein. Ihr Haar, wie früher sorgfältig frisiert, ist von silbernen Streifen durchzogen, sonst scheint sie unverändert, ihr Gesicht wirkt dadurch eher noch frischer und rosiger. Sie trägt, wie am Anfang, ein selbstgeschneidertes Kleid aus hübschem, kariertem Kalikostoff, und hat eine Küchenschürze umgebunden*

AUGUSTA Ich weiß. Ich habe schon längst sein Poltern und Brummeln gehört, aber ich dachte, ihr habt was zu besprechen, und wollte nicht stören.

DYER Augusta! *Er streckt ihr die Hände hin* Und dieser Lumpenkerl hat mir kein Wort gesagt. Er hat immer nur von »seiner Frau« gesprochen – und da hab ich natürlich – da hab ich natürlich gemeint, es wär' die – die neue, die andere –. Aber daß du ihn wieder – wieder –

AUGUSTA Da kommt sie gerade. Seine Frau.

Durch den Schalterraum, dessen Außentür mit einer Klingel versehen ist und beim Öffnen läutet, schiebt Baby Doe *ein Fahrrad herein. Sie trägt einen Schafspelz, darunter einen langen weiten Rock, ein buntes Tuch um den Kopf, und wenn sie den Pelz auszieht, sieht man, daß sie mit einer hübschen, blaugestreiften und mit hohem ›Stehbund‹ überm Hals geschlossenen Uniformbluse bekleidet ist, wie sie die Western-Union-Beamtinnen tragen. Auf dem Ärmel hat sie das W.-U.-Abzeichen, ihr reiches blondes Har ist zum ›Nest‹*

aufgesteckt, sie sieht aus wie eine schöne, solide, etwas pummelige Hausfrau um die Vierzig.

BABY DOE *noch im Nebenraum* Es ist scheußlich, man kann gar nicht fahren bei dem verharschten Matsch, ich bin zweimal hingeflogen und dann hab ich das Rad geschoben.

TABOR Ich hab dir gleich gesagt, Lisa, du sollst bei dem Wetter nicht radfahren.

BABY DOE Es war aber ein Eilbrief, für den Sheriff, da macht's einen schnelleren Eindruck, wenn man mit dem Fahrrad vor der Tür steht. Tut ja nichts. Ich muß nur das Rad abwischen, es ist ganz voll Dreck.

DYER Ich werde verrückt.

AUGUSTA Du könntest dir wirklich einbilden, auch nur für eine Sekunde, daß ich diesen Lumpenkerl noch einmal geheiratet hätte?

DYER Er hat sich schon früher der Bigamie schuldig gemacht...

TABOR Das möcht' ich ja auch sehr gerne wieder tun – aber es ist nicht zu schaffen, mit den zwei Keppelhennen.

AUGUSTA Ich hatte geschäftlich hier zu tun, weißt du, mit meinen Schlafbaracken, und da wollte ich die alte Bude einmal wiedersehn.

TABOR Und den alten Lumpenkerl.

AUGUSTA Das ließ sich dabei nicht vermeiden.

DYER Ich habe gleich gesagt – es riecht nach Augusta, aus der Küche –

AUGUSTA Das will ich meinen. Wenn d i e kochen würde, da müßtest du dir die Nase zuhalten.

BABY DOE So, jetzt kann ich in der Küche helfen –. *Sie kommt herein.*

AUGUSTA Besten Dank, aber das mach ich besser allein.

BABY DOE *hat Father Alcuin bemerkt, macht eine kleine Kniebeuge* Gelobt sei Jesus Christus –

DYER *brummelnd* – und in Ewigkeit Amen, mein liebes Kind.

TABOR Das ist Father Alcuin, von dem ich dir so viel erzählt habe.

BABY DOE *voller Bewunderung* Das hab ich mir gleich gedacht.

Ich freue mich so! Wollen Sie nicht – noch ein bißchen bleiben?

AUGUSTA Ja, Father Alcuin, bleib zum Essen, es reicht.

DYER Tut mir leid, ich hab schon dem ›Grafen‹ zugesagt, der kocht ja selber, und der alte Murat ist der letzte, der noch lebt von der ganzen Bande. Hat nicht ein einziges Haar mehr auf dem Kopf, desto schärfer ist er drauf, sie den anderen abzuschneiden. Aber er hat jetzt einen Friseurstuhl zum Umklappen, da schläft man wie im Himmel. In dem übernachte ich nämlich. *Er hat seinen Pelz angezogen.*

AUGUSTA Schade. Ich wollte gerade auftragen.

TABOR Da helf ich dir aber. Du hast sicher einen ganz schweren Topf voll –

DYER – Bohnen, natürlich, mit Speck und Huhn undsoweiter –

AUGUSTA Was Huhn. Mit zwei Wildputerschlegeln, vom Knochen abgelöst...

TABOR Alles für die Kinder, morgen mittag –!

DYER Du, Tabor, vergiß nicht, was ich dir gesagt habe! Vergiß es nicht und richte dich darnach – sonst wirst du an mich denken.

TABOR Du kannst dich auf mich verlassen wie auf deinen alten Kompaß –

DYER – in dem die Magnetnadel klemmt. Na, gute Nacht.

TABOR Gute Nacht, Dyer, dank dir für alles.

AUGUSTA Bis morgen, Father Alcuin. *Zu Baby Doe* Du kannst inzwischen aufdecken. *Geht in die Küche, Tabor folgt.*

DYER *klemmt seine Schneeschuhe unter die Arme, winkt Baby Doe zu sich heran* Hören Sie, junge Frau, für alle Fälle, Sie sind ja die angetraute. Wenn was passiert, dann holen Sie mich. Sie wissen, beim Friseur.

BABY DOE Ja – glauben Sie denn – es könnte –

DYER Für alle Fälle. Ich hab immer das Chrysam bei mir – das geweihte Öl. *Er macht rasch mit dem Daumen ein kleines Kreuzzeichen auf ihre Stirn, geht. Baby Doe steht einen Augenblick – schaut ihm nach.*

Augusta und Tabor kommen aus der Küche, tragen gemeinsam einen großen irdenen Topf, den sie mit Lappen halten.

AUGUSTA Rasch, Lisa, leg die Steinplatte auf den Tisch, der Pott glüht vor Hitze.

BABY DOE Ja ja, natürlich –. *Sie eilt.*

AUGUSTA *während sie mit Tabor den Topf auf den Tisch setzt* Sag Tabor, was war das, was er dir gesagt hat, und wonach du dich richten sollst?

TABOR Ja, weißt du, er hat mir gesagt, ich muß mich jetzt kräftig nähren. Ich sei so ein bißchen vom Fleisch gefallen. Tüchtig essen und trinken, hat er gesagt, das hält Leib und Seele zusammen.

AUGUSTA Also dafür wäre gesorgt – falls er das wirklich gesagt hat.

TABOR Natürlich hat er das gesagt! Du denkst doch nicht, ich könne dich anschwindeln?!

AUGUSTA Na na.

BABY DOE *hat inzwischen Teller und Bestecke aufgelegt.*

TABOR Komm, setz dich, Lady.

AUGUSTA Moment. Ich muß noch was aus dem Backofen herausnehmen.

TABOR Das echte Braunbrot, womöglich?

AUGUSTA Du wirst schon sehen. Wenn ich einmal hier bin, da sollst du auch endlich wieder was Richtiges bekommen. *Geht in die Küche.*

TABOR Da will ich mal rasch einen Schluck – das hat er auch gesagt, das regt den Appetit an. *Er nimmt von einem Wandsims einen Becher – wenn es auf dem Theater Großaufnahmen gäbe, würde man sehen, daß es der gleiche ist, aus dem John Savage früher seinen Rum getrunken hat – und eine Whiskeyflasche, füllt ein. Schaut Baby Doe an* Du, Lisa, hörmal, du weinst doch nicht?

BABY DOE *schüttelt den Kopf.*

TABOR Doch – du hast die Augen voll, mir machst du nichts vor. Aber schau – sie meint es nicht so. So ist sie halt – ein bißchen harsch undsoweiter – so sind sie alle, daheim in Maine und Vermont. Das geht nicht gegen dich persönlich. Ich glaube, sie hat dich gern – sonst wär sie nicht geblieben.

BABY DOE *wischt sich die Augen ab* Ich könnte es ihr gar nicht verdenken, wenn sie mich nicht gern hätte. Sehr gern hab ich sie auch nicht. Aber ich freue mich für dich, daß sie gekommen ist.

TABOR *nimmt sie in die Arme* Baby – diese kleinen roten Korallen in deinen Ohrläppchen – diese armen kleinen Korallen, ich möchte sie immer küssen. *Er tut's.*

BABY DOE Ich trage sie gern. Ich hab sie bekommen, wie ich zehn Jahre war.

TABOR Und wenn ich bedenke – mit Smaragden und Rubinen habe ich dich behängt … Um deinen weißen Hals, die Brillanten – die haben gefunkelt wie die Farbglitzer, die Sonnenglitzer auf dem Schnee. Und so sind sie dahin.

BABY DOE Sie sind nicht dahin – unsere Töchter leben davon – immer noch – und sie sind schon sechzehn und vierzehn! Jedesmal, wenn ich einer ein Kleid kaufe, denk ich daran, mit Freude, mit Dankbarkeit. Das ist mehr für mich, als wenn ich sie noch am Hals hätte.

TABOR *schiebt ihren Stehbund zurück, küßt ihren Hals.*

BABY DOE Achtung.

TABOR *läßt sie los, leert seinen Becher.*

AUGUSTA *kommt zurück, mit einem frisch gebackenen ›Braunbrot‹ auf einem Teller und einem Buttertopf.*

TABOR Ich hab's gewußt, Lady – du denkst an alles! Auch die frische Butter dazu … Und wie das duftet! *Er hebt den Deckel vom Topf.*

AUGUSTA Es heißt doch immer, die Liebe geht durch den Magen. Aber wenn das bei dir wirklich so wäre, dann hättest du die Kleine da nie genommen.

TABOR Nun – wir haben auch nicht schlecht gelebt. Austern, Hummer, Kaviar – was, Lisa?

BABY DOE *lachend* Offen gesagt, mir war das bald sehr fad. Auch die ganze Vornehmheit. Im Grunde habe ich Augusta immer beneidet – um das Leben, das sie mit dir geführt hat.

AUGUSTA Dazu wärst du gerade die Richtige gewesen, da wärt ihr im ersten Camp verhungert. Setz dich, Lisa, und laß es dir schmecken.

BABY DOE Fangt nur schon an, bitte – ich muß noch rasch das Telegramm entziffern, das gerade angekommen ist. Es könnt ja was Dringendes sein. *Zu Tabor* Und vergiß nicht zu beten, bevor du ißt.

Sie läuft rasch in den Schalterraum, aus dem man sie während des Folgenden, leise und nicht verständlich, mühsam ein Telegramm entziffern hört – so wie ein Kind zu lesen versucht.

TABOR *hat ganz rasch ein kleines Kreuz geschlagen* Genug gebetet. *Füllt sich den Teller.*

AUGUSTA *hat auch kurz die Hände gefaltet, bevor sie sich setzt* War sie immer so fromm?

TABOR *nickt, mit vollem Mund.*

AUGUSTA Nicht so rasch, Tabor, du verschluckst dich ja!

TABOR *stößt einen Grunzlaut des Entzückens aus* Aaah – das war nur der erste Bissen. Jetzt schaufle ich langsam. Und mit Genuß.

AUGUSTA Eigentlich finde ich sie ja ganz nett.

TABOR Nicht wahr? Sie ist doch famos.

AUGUSTA Na ja. Man soll auch nicht gleich übertreiben. Hier, nimm einen Brocken Butter auf das Braunbrot, es ist noch warm, da zerfließt sie drauf.

TABOR Fein! Und wie sie aussieht – in ihrer Telegrafistinnenbluse – die steht ihr so gut!

AUGUSTA Ja. So ein bißchen wie von der Damenblaskapelle.

TABOR *immer essend* Sei nicht boshaft, Augusta. Wenn ich denke, wie sie sich gehalten hat – sie war ja fast noch ein Kind, als unsere Elizabeth Bonduel Paradies-Lilie auf die Welt kam. Und dann – wie unsere Rose-Marie Echo Silber-Dollar geboren wurde –

AUGUSTA Sag mal – etwas anspruchsvollere Namen hätten euch für eure Töchter gar nicht einfallen können?

TABOR Unter uns nennen wir sie einfach Goldadler, und Honigkind, oder Bienenkönigin.

AUGUSTA Sehr schlicht, sehr einfach. Was sagen die Nonnen dazu, in San Moreno, wo sie erzogen werden?

TABOR Die nennen sie Bess, und Mary.

AUGUSTA Werde ich auch tun. Das scheinen ganz vernünftige Nonnen zu sein.

TABOR Weißt du, ich denke jetzt manchmal, wenn unser Maxie gelebt hätte –

AUGUSTA *hebt beide Hände, mit den Handflächen nach außen, vor ihr Gesicht, wie zur Abwehr vor einem unerwarteten, schmerzhaften Schlag* Nichts von Maxie, bitte. Und nichts von früher. Von damals. Nichts!

TABOR *beugt sich zu ihr vor, sehr zärtlich, als habe er ihren Schmerz nicht bemerkt* Ich wollte nur sagen – der wäre bestimmt sehr böse auf mich geworden. Der hätte mich gehaßt. Aber du – du wärst dann nicht so allein gewesen.

AUGUSTA *läßt die Hände in ihren Schoß sinken. Trocken* Daran gewöhnt man sich. Es ist manchmal ganz schön. Das Alleinsein, das war viel weniger lästig als die letzten Jahre mit dir.

TABOR Wenn du die letzten Jahre vor unserer Scheidung meinst, so kann ich dir das zurück geben. Du warst unerträglich.

AUGUSTA Wie soll man erträglich sein, wenn man zusehen muß, daß ein Mensch wie ein Betrunkener eine Treppe hinaufstolpert und nicht merkt, daß sie oben abgesägt wird.

TABOR Wie ein Betrunkener...

AUGUSTA So ähnlich. Man kann auch sagen, wie ein Verrückter.

TABOR Aber ich war doch oben. Hoch oben. Dort wo die Könige stehn.

AUGUSTA Darum bist du ja auch so gründlich runtergefallen und hast dir an jeder Stufe den Kopf angehaut.

TABOR Macht nichts. Die Beulen sind verheilt.

AUGUSTA Das wollen wir hoffen. *Sie streicht ihm über den Kopf.*

TABOR Ich muß dich was fragen, Lady. Das wollte ich dich nämlich schon lange fragen.

AUGUSTA Ja?

TABOR Warum hast du immer gesagt, ich hätte kein Glück?

AUGUSTA Weil du keins hattest.

TABOR Aber warum –?

AUGUSTA Nun – weißt du – um so einfach das blinde Glück zu haben, wie manche Leute – dazu warst du nicht dumm genug –

TABOR *nickt befriedigt* Hm-m.

AUGUSTA – und um dein Glück zu halten, und was draus zu machen, dazu warst du wieder zu dämlich.

TABOR So so.

AUGUSTA Du hattest überhaupt – du hattest halt immer so etwas Dämliches. Aber gerade das – ich verstehe das selber nicht – gerade das habe ich an dir gemocht.

TABOR Na ja – das ist ja die Hauptsache. *Er will sich nachfüllen.*

AUGUSTA Halt. Jetzt ist es genug. Du sollst nicht zu viel essen auf die Nacht.

TABOR Wenn es mir ausnahmsweise mal wieder richtig schmeckt...

AUGUSTA Dann leck den Teller aus.

TABOR Das verbieten mir meine Manieren. *Er tut's.*

BABY DOE *kommt herein, sichtlich amüsiert.* Wißt ihr, was in dem Telegramm da drin gestanden hat? *Liest vor* »Ankomme morgen Leadville möchte bei euch wohnen falls das alte Gastzimmer frei – Augusta Tabor«!
Sie lacht.

AUGUSTA Das habe ich gestern früh in Denver aufgegeben!

TABOR *zu Baby Doe* Aber das hätte doch schon gestern mittag hier sein müssen!

BABY DOE *etwas verlegen* Da war aber was kaputt am Apparat – und ich konnte erst heute den Elektriker herkriegen – so ganz versteh ich das noch nicht.

AUGUSTA Wenn da nur nicht die Western Union mal plötzlich eine Kontrolle macht...

BABY DOE Ich werd's schon lernen mit der Zeit. *Setzt sich an den Tisch.*

AUGUSTA Also das nächste Mal schreib ich eine Postkarte. Sicher ist sicher.

TABOR Da hättest du als frühere Postmeisterfrau gleich drauf kommen können. *Sie lachen.*

Gleichzeitig wird geklingelt und an die Tür des Schalterraums gepocht, ein Hund bellt draußen.

TABOR Um Gotteswillen! – Jetzt hab ich an den alten Ritsche gedacht. Aber der liegt ja längst auf dem Tierfriedhof.

BABY DOE Was will denn der – es ist doch Samstag abend! *Es wird wieder geklopft – sie steht auf, geht nach hinten* Es ist Samstag abend – der Schalter ist geschlossen!

MÄNNERSTIMME Entschuldigen Sie bitte, aber ich muß unbedingt noch ein Telegramm aufgeben! Es ist ganz dringend!

BABY DOE Na meinetwegen. *Man hört, daß sie aufsperrt* Ausnahmsweise.

MÄNNERSTIMME *im Nebenraum, ohne daß man den Mann sieht* Es tut mir wirklich leid – aber ich konnte nicht früher – es ist wirklich ganz –

BABY DOE Hier ist ein Formular, schreiben Sie's auf.

Es wird hinten still.

TABOR *hat sich während des Zwischenfalls heimlich noch einmal Bohnen und ein gebuttertes Brot genommen, füllt sich den Whiskeybecher* Ich habe aber doch Glück gehabt. Oder sagen wir besser: Verdienste. Sonst hätte ich, in meinem Alter, nie wieder die Postmeisterstellung bekommen. Ich hatte ja nichts, um die Kaution zu stellen – und schließlich, nach einem solchen Konkursverfahren... es muß eine sehr hohe Fürsprache gewesen sein. In Anbetracht meiner früheren Tätigkeit. Vielleicht der neue Senator – oder sogar der Präsident –

AUGUSTA Nun hör mal – damit du endlich zu Verstand kommst – und daß dir der Knopf aufgeht mit deinen Senatoren undsoweiter. Ich habe die Kaution gestellt. Ich mach ja ganz gute Geschäfte mit meinen Schlafquartieren – und hatte die fünfhundert Dollar gerade frei.

TABOR Du –? *Nach einer kleinen Pause* Da muß ich dir ja –

AUGUSTA Nein, das mußt du nicht. Ich habe es nicht deinetwegen getan und nicht ihretwegen. Nur wegen der Kinder.

TABOR Es sind Baby Doe's Kinder.

AUGUSTA Sie heißen Tabor, wie ich.

TABOR *hört auf zu essen, trinkt, greift nach einer Zigarre* Sag, Lady. Glaubst du nicht, daß einem das Glück treu ist, wenn man wieder dort aufhört, wo man angefangen hat?

AUGUSTA Du meinst, weil du wieder im Post-Office hockst? Da hättest du von mir aus gleich drin bleiben können.

TABOR Nein, ich meine was anderes. Ich meine – die Treue. Aber treu sein – heißt das nicht einfach, daß man an dem hängt, was einem am liebsten ist auf der Welt? Das ist doch eigentlich keine Kunst.

AUGUSTA *fast brummig* Wer weiß schon, was einem am liebsten ist auf der Welt.

TABOR *betroffen* Ja, das stimmt. Es ist manchmal schwer zu wissen. Sehr schwer.

AUGUSTA *zärtlich* Du bist eben ein bißchen dumm, Tabor.

MÄNNERSTIMME *draußen* Vielen Dank, und bitte nochmals um Entschuldigung. Gute Nacht.

Die Tür fällt zu.

BABY DOE *kommt aufgeregt herein* Du – da muß einer den großen Schlag gemacht haben! Hör zu – an Bankdirektor Fred Brown, Denver. *Liest vor* »Neue Zebulon-Bonanza nach zuverlässiger Expertise Millionengeschäft stop brauche sofortigen Kredit für Ausbeutung stop vorschlage zehn Prozent rückdrahtet Einverständnis –«

TABOR *in seinem Stuhl zurückgelehnt* Ich kann nur sagen – Gottseidank – Gott sei gedankt – daß ich der Kerl nicht bin. Und daß es mich überhaupt nicht mehr angeht. Wer ist es denn?

BABY DOE Buddy Smith.

TABOR *lacht* Buddy Smith? Der? *Zu Augusta* So einer von den Grünfinken, hat keine Ahnung von Prospekten oder von Metallurgie – das ist ja zum Schreien! Dem kann das nur durch einen ganz verblödeten Zufall passiert sein! *Lacht Tränen.*

AUGUSTA *schaut ihn an* Vielleicht für eine Gallone Whiskey, Tabor.

TABOR Du hast recht, Lady. Ich habe keinen Grund über die

anderen zu lachen. Aber es tut so wohl –! *Lacht. Er steht auf* Wißt ihr was? Jetzt brauche ich einen Kaffee. Wir alle. Und den mache ich, sonst wird er nicht stark genug. Iß mal was, Lisa. Du kannst das Ding auch später durchgeben, es kommt ja doch erst am Montag morgen an. Ich mache Kaffee. *Steckt sich die Zigarre in Brand, geht in die Küche.*

BABY DOE Ob ihm das gut tut? Er hat einen ganz roten Kopf.

AUGUSTA Laß ihn. Ich glaube, ihm ist wohl.

BABY DOE *hat kurz die Hände gefaltet und setzt sich zum Essen.*

AUGUSTA Weißt du, Lisa, ich hätte das nie gedacht. Ich hätte immer geglaubt, ein Stück wie du, ich meine wie du eine warst, das würde ihm schnurstracks davon laufen, wenn er kein Geld mehr hat.

BABY DOE Ich hatte nicht sein Geld geheiratet. Ich hatte einen König geheiratet. Einen König verläßt man nicht – auch wenn er sein Reich verliert.

AUGUSTA Ich hatte keinen König geheiratet – nur einen Mann – und der ist mir durchgegangen. Besonders königlich hab ich das nicht gefunden. Sonst wär' er mir immer gut genug gewesen. Aber ich glaube, du hast ihn einfach geliebt.

BABY DOE Ich danke dir.

AUGUSTA Wofür?

BABY DOE Daß du das weißt – und daß du gekommen bist.

AUGUSTA Da ist nichts zu danken. Ich bin nur geschäftlich hier.

BABY DOE Das Jahr in New York – als er mich allein gelassen hatte, bevor ich ihm einfach nachgefolgt bin – das war nicht so leicht. Und der Freddy Brown, den du aufgezogen hast – der hat mir furchtbar zugesetzt. Aber – offen gesagt – ich hab mir aus ihm als Mann nichts gemacht – mit seinem jugendlichen Feuer... Da war der Tabor, der reife, gesetzte Herr, mit so viel Würde – der war doch was anderes.

AUGUSTA Da hab ich Pech gehabt, daß ich ihn nicht auch als reifen gesetzten Herrn kennen gelernt habe, mit so viel Würde. Bei mir war er jung und dumm.

BABY DOE So hast du ihn gewollt.

AUGUSTA Das ist wahr. Ich glaube, wir haben jede auf dieser

alten Gitarre die besten Töne gezupft, ich die hohen, du den Baß.

BABY DOE Und zum Schluß ist es dieselbe Melodie.

AUGUSTA Ja, mit ein paar Mißtönen und einer geplatzten Saite dazwischen.

BABY DOE Bist du mir noch böse?

AUGUSTA Ach Unsinn.

TABOR *kommt zurück, mit der Kaffeekanne.*

BABY DOE *steht auf, stellt Tassen und Zucker auf den Tisch.*

TABOR *einschenkend* Setz dich, Lisa. Ich muß euch was sagen – wegen dem Testament –

BABY DOE Mußt du davon sprechen, heute abend?

TABOR Die ›Unerschöpfliche‹ – *zu Augusta* – die habe ich nämlich behalten. Sie steht unter Wasser heute, sie ist nichts mehr wert, es hätte keiner was dafür gegeben. Aber einmal – da wird man da noch was finden – ich weiß es bestimmt. Und das wirst du verstehen, Lady – sie ist ja viel jünger –, die habe ich ihr vermacht. Und für dich – habe ich gar nichts – wie so alten Kram, Andenken von damals undsoweiter. Ich möchte nur, – daß dir das recht ist.

AUGUSTA Und ob mir das recht ist. Du weißt, von der Schürferei habe ich nie was gehalten, damit würd' ich auf meine alten Tage auch nicht mehr anfangen.

TABOR *hebt die Kaffeetasse, stellt sie wieder hin* Ich weiß nicht, der Kaffee riecht so stark – oder vielleicht ist es die Zigarre. Mir ist nicht ganz just. Da trinke ich lieber noch einen Schluck Whiskey. *Schenkt sich ein, steht auf, geht zu dem Bett an der Wand, aufrecht, ohne Schwanken* Ich lege mich nur einen Augenblick da hin. Es ist gleich wieder gut.

BABY DOE *will aufspringen, ihm folgen.*

AUGUSTA *hält sie zurück* Laß ihn. Er will allein sein.

TABOR *schraubt die Petroleumlampe auf dem Hocker neben dem Bett herunter, so daß es dort dunkler wird. Spricht halblaut* Johnny – alter Zauberer. Ja, ich weiß, du denkst, was im Berg wächst, unter den Steinen, das soll man ruhen lassen – das gehört den Geistern, das bringt kein Glück. Aber du siehst – ich hab es hinter mir. Hier – trink aus.

Er stellt den Becher neben den Hocker, streift sich mühelos die Schaftstiefel ab, streckt sich aus.

BABY DOE *verstört* Was hat er jetzt gesagt?

AUGUSTA Er hat mit John Savage gesprochen, unserem alten Indianer. Er ist schon halb im Schlaf. *Nach einer Pause* Was ich schon gestern fragen wollte – warum habt ihr ein Bett hier drin und trotzdem zwei in der Schlafstube?

BABY DOE Das ist wegen dem Telegraf. Es muß ja einer hören, wenn er klingelt. Da legt er sich gewöhnlich da hin.

AUGUSTA Und ihr schlaft nie zusammen?

BABY DOE Aber natürlich – um zehn Uhr wird die Station ausgeschaltet, bis morgens um acht – da flitzt er sofort zu mir rüber.

AUGUSTA *lachend* Ich sehe ihn flitzen, in seinem langen Nachthemd und mit den alten Latschen ...

TABOR *vom Bett, mit einer hellen Stimme* Vergeßt nicht – die ›Unerschöpfliche‹ – sie wird euch – noch einmal – königlich ... *Er verstummt.*

AUGUSTA Wir waschen jetzt das Geschirr ab, zu zweit geht das im Nu – und dann bringst du ihn richtig zu Bett.

Tabors Arm gleitet langsam von der Bettkante, hängt mit der Hand zum Boden.

BABY DOE *schaut zu ihm hin – während Augusta mit dem Rücken zum Bett sitzt* Was macht er denn – mit dem Arm – mit der Hand am Boden –?

AUGUSTA Das kenn ich schon – paß auf, Tabor! Da angelst du wieder unterm Bett nach deinen Pantoffeln und greifst in die Rattenfalle, und dann haben wir das Geschrei.

BABY DOE *steht langsam auf, als seien ihr die Knie gelähmt* Der angelt nicht mehr nach seinen Pantoffeln – Der angelt nicht mehr –. *Sie hält sich am Tisch fest.*

AUGUSTA *dreht sich um, geht ruhig zum Bett, schraubt die Lampe hoch. Dann nimmt sie seinen Arm, legt ihn auf seine Brust.*

BABY DOE Ich hole den Father Alcuin – er hat das heilige Öl. *Sie läuft hinaus.*

AUGUSTA Tabor. Hörst du mich noch? Bist du noch irgendwo

in der Nähe, wo du mich hören kannst? Du hast mich etwas gefragt – ich habe dir keine richtige Antwort gegeben ... Aber ich glaube, du weißt es. *Sie geht zum Tisch zurück* Ja. Du weißt es. *Schaut auf seinen Teller, lächelnd, fast heiter* Was haben ihm noch die Bohnen so gut geschmeckt!

Der Rattenfänger

Eine Fabel

Personarium

DAS GELICHTER DER HINTEREN STADT: Alte Soldaten, jetzt Taglöhner, Bettler, Ungewisse

HUTZELBEIN

KÖTERINCK

GRINDKOPP

EULENZWITSCH

SCHLITZBAUCH

LAPPERJAN

SCHNUDEL, der Wirt zu den ›Drei Kugeln‹

DER HOSTIENBÄCKER

DER KLEINE HENKER

RIKKE, seine Ziehtochter

Die Rotzbuben, Handlanger und Arbeitslose

KNORZ

LUTZE

KNIPPEL

HENNING

KUNROT

DAS PATRIZIAT DER VORDEREN STADT: Handelsherrn, Stadträte, Beamte, Geistlichkeit

GRUELHOT, Mühlenbesitzer und Stadtregent

VON EMMERN, Stadtrichter

VON DER CAMPEN, Stadtkämmerer

VOM FELDE, Wachkommandant

STENEKEN, der Speckschwartenkönig

SCADELANT, der Roggenherzog

SENEWOLTE, der Holzbaron

WERENGIST, Stromvogt und Kielmeister

HENRICUS GUELFICUS IMMENSIS (der Gewaltige), Stiftspropst

LUDGERUS HAMELONIS HUMILIS (der Demütige), Dekan und Weihbischof

DIVANA COELESTINA, Gruelhots Frau, Tochter des Grafen von Everstein

STELLAMARIE COELESTIN	ihre Kinder, Zwillinge, sechzehnjährig

ELKEN VAN LÜDE, ihre Kammerfrau, verwitwet

JOHANNES VAN LÜDE, deren Sohn, fünfzehnjährig, gelähmt

BRUNOLD HEIDELORE WISBERT GUDULA	Spätkinder des Grafen von Everstein mit einer Maurin, zwischen vierzehn und neunzehn Jahren

STINA, ein blindes Mädchen, Tochter des Speckschwartenkönigs

HINRICH, ein taubstummer Knabe

Die Brunswyker Landsknechte

Jugendliche und Kinder aus der vorderen und hinteren Stadt

DER BUNTING

Ort: Hameln an der Weser

Zeit: 15. bis 26. Juni 1284

Für das Theater

Die Bühne muß für das ganze Stück so gebaut und eingerichtet sein, daß die Schauplätze sämtlicher Szenen gleichzeitig vorhanden sind.
Umbauten zwischen den Szenen kommen nicht in Frage. Die Einheit des in zwei Teile gegliederten Spiels ist unter allen Umständen zu wahren.
Es kann von Beleuchtungswechsel, verschiedenen Spielflächen, offenen Verwandlungen oder technischen Mitteln, je nach Möglichkeiten, Gebrauch gemacht werden, vielleicht auch von Projektionen oder Prospekten.
Doch sollte die Szenerie der Stadt und ihrer Umgebung, wenn überhaupt, nicht malerisch gezeigt werden, also keinerlei Butzenscheibenromantik, sondern eher verblichen oder nur umrißhaft. In jedem Fall sparsame bis primitive Bühnengestaltung, keine gedeckten Innenräume, nur die notwendigsten Requisiten, aber alle Spielszenen im klaren Licht.
Zu den Kostümen:
Nichts aus dem historischen Fundus. Dies ist eine Fabel, keine Historie, und die Kleidung der Personen soll fabelhaft sein, in Armut oder Reichtum, wobei für die entsprechenden Gestalten und Anlässe starke, leuchtende Farben am Platze sind.
Für die Schauspieler:
Auch bei gefühlsbetonten Szenen wird nicht gehaucht oder geflüstert. Das Publikum hat ein Recht, zu hören, was gesagt wird.

C. Z.

Erste Sequenz

I.

Gesprochener Text, während die Bühne sich aufhellt.
Die Stadt ist zweigeteilt. Die *vordere* Stadt – um den Dom, die Sankt-Gertraudis-Kirche, das Klosterstift und die Propstei gebaut – ist mit Wachttürmen und Schutzmauern bewehrt. Dort gibt es gerade Straßen, mit Kopfstein gepflastert, stattliche Bürgerhäuser aus Holz oder Stein mit Schieferdächern und bemessene Plätze. Auch gibt es, noch im Stadtschutz, doch hinter der Mauer, eine Judengasse mit Kramgewölben, Umschlagplatz für mancherlei Geschäfte der Handelsherrn, sowie eine Reihe von öffentlichen Häusern, Badstuben genannt, die im Schutzbann des Frauenklosters liegen.
In der *hinteren* Stadt nur krumme Gassen, gestampfte Lehmwege und verstreute Hütten. Sie zieht sich zum Fluß und geht ins Schifferviertel über, das an den Stromhafen grenzt und an die Großfischerei, weiter aufwärts an Mühlenwerke und Lagerschuppen. Doch gibt es dort ein Wirtshaus, einstöckig, aus gebranntem Lehm und Sandstein, mit Stroh gedeckt. Sein Zeichen: drei plumpe Kugeln, an Eisenketten von einem Balken über dem Eingang baumelnd. Davor ein paar Holzbänke im Freien.
Aus der vorderen Stadt läuten die Ave-Glocken zum Abend. Langsam umschreitet die Spießwache die Mauern und bezieht Posten an den Toren.

II.

Spät abends, von Osten her, zieht der Bunting in eine fremde Stadt. Es ist Mitte Juni, es sind die längsten Tage des Jahres, es dunkelt spät. Die Stadt ist umdunstet, als liege sie unter Wasser. Er kommt am Koppenberg vorbei, auch Calvari genannt, einem flachen Hügel, auf dem

Richtblock, Galgen und Rad stehen. Er hält sich dort nicht auf. Das östliche Stadttor ist von einer Wache besetzt, die er umgeht. Er wendet sich zum Fluß hinunter, spuckt in die Weser und gelangt durchs Schifferviertel in die Gassen und Straßen, aus deren Häusern vereinzelter Lichtschimmer fällt.
Sein buntes Gewand ist nicht ›mittelalterlich‹, eher wie das eines Hippie, doch schon recht abgetragen. In seinem Gürtel, einem roten Strick, steckt die Holzflöte. Er geht barfuß. Während er durch die verlassene Stadt schlendert, singt er, mehr sprechend, mit einem freundlich hinterhältigen Tonfall vor sich hin:

»Das Lied vom verschlagenen Mann«

BUNTING In diese Stadt verschlagen,
In der ich nichts verloren hab,
Kommt es mich an zu fragen:
Was sucht ein Mann in einer Stadt,
In der er nichts verloren hat?
Was kann er da erreichen?
Sucht er ein Bett, sucht er ein Grab?
Es riecht hier sehr nach Leichen.
Es schwimmt etwas den Strom hinab,
Daran sind Kopf und Glieder ab –
Das ist kein gutes Zeichen.

In diese Stadt verschlagen,
In der ich nichts zu suchen hab,
Möcht ich den Henker fragen,
Ob er für mich nicht Arbeit hat?
Ich könnt das Beil ihm tragen,
Das Holz zum Galgen schlagen,
Könnt henken mal an seiner Statt,
Wenn er zuviel getrunken hat,
Ich will den Wein ihm schenken!
Ich schaufle auch des Sünders Grab
Und zwick ihm noch die Ohrring ab –
Wenn sie mich selbst nicht henken.

In diese Stadt verschlagen,
Darin so schöne Häuser stehn,
Muß ich den Nachtwind fragen:
Was hör ich da im Winde wehn?
Hör ich die Glocke schlagen?
Hör ich das Käuzlein klagen?
Hör ich Geschrei von einem Kind?
Was pfeift hier durch die Gassen?
Ich kann die Stimmen nicht verstehn,
Die vor mir her wie Schatten gehn,
So denk ich mir – es ist der Wind,
Der pfeift und kann's nicht lassen.

In diese Stadt verschlagen,
In der es nichts zu beißen gibt,
Will ich die Weiber fragen:
Ist eine hier, die einen liebt?
Sie braucht's mir nur zu sagen.
Dann spiel ich ihr zum Tanzen auf
Und spiel ihr noch ins Bett hinauf,
Und legt sie noch drei Kreuzer zu,
Dann bring ich selber sie zur Ruh,
Sie wird sich nicht beklagen.
In diese Stadt verschlagen,
Weißgott was ich hier tu –

Er ist an die Wirtshaustür gelangt, darüber eine Laterne und drei Kugeln hängen. Er pocht, aber die Funzel geht aus. Niemand öffnet. Er gähnt, trollt sich davon.

III.

Im Morgengrauen, noch bevor es zur Frühmesse läutet, verläßt ein Zug von Chorknaben und Klosterschülern das Ostertor, um die Stadt nach Norden und Westen hin in einem Bittgang zu umschreiten. Gleichzeitig verläßt ein Zug von Jungfrauen und Novizen das westliche Tor und begibt sich auf den gleichen Umgang über Süden nach Osten. Beide Züge begegnen sich in der hinteren Stadt, so daß ihr Gesang sich überschneidet. Sie werden dort von Gassenkindern umlagert, die ihnen folgen.

Die Prozession der Knaben wird von einem Mönch in schwarzer Kutte, die der Mädchen von einer buckligen Nonne geleitet. Dem Knabenzug voran geht Coelestin, dem Mädchenzug Stellamarie, die Zwillingskinder des Stadtregenten Gruelhot. Beide mit langen Locken und beide sehr schön, zeigen sie eine verwirrende Ähnlichkeit. Auch die Spätkinder des Grafen von Everstein mit einer Maurin: Brunold, Heidelor, Wisbert und Gudula sind unter den Bittgängern. Sie sind dunkelhaarig und von etwas dunklerer Hautfarbe. Die Teilnehmer beider Züge sind durchweg zwischen 12 und 16 bis 18 Jahre alt. Dem Knabenzug folgt als letzter, mühsam an Krücken hinkend, der 15jährige Stiftsschüler Johannes van Lüde. Den Mädchenzug beschließt die blinde Stina, etwa 13jährig, die von dem Knaben Hinrich, einem gleichaltrigen Taubstummen, geführt wird.

Hinter einer Haus- oder Mauerecke verborgen, beobachtet der Bunting die Prozession.

CHOR DER KNABEN *in gregorianischem Satz*

A fulgure et tempestatibus
Libera Nos Domine
A Pestilencia et Morbis Atrocibus
Libera Nos Domine
A culicibus muribus atque famine
Libera Nos Domine
Libera Nos a Malo
Dona Nobis Pacem
Defensor Noster Unus
In Sanctissima Trinitate
Tibi Gloria
Tibi Gloria
De Aeternitate
In Aeternitatem
Amen.

CHOR DER MÄDCHEN *gleichzeitig*

Sancta Maria
Virgo Immaculata
Mater dei
Ancilla Domini
Regina Coeli
Te Matrem Omnium
Laudamus Praedicamus
Infantes Filiae Tuae Innocentes
Tamen in culpa Natae
Clamantes in tenebris
Ora pro Nobis
Ora pro Nobis
Virgo Benedicta Sancta
Amen.

Während sich die beiden Züge begegnen, scheinbar ohne voneinander Notiz zu nehmen, und die Gesänge sich, kaum merklich anschwellend, vermischen, haben sich die Gassenkinder zusammengerottet, umtanzen sie und kreischen hinter ihnen her.

GASSENKINDER

Ene dene duzmaneh,
Kriwwele krawwele Mäusezeh,
Ratten, Wanzen, Läuse, Flöh,
Sorgenbrot, Hungersnot
Ohnebrot, Mausetot.
Höh Höh Höh!

Sie schmeißen Dreck nach den verschwindenden Bittgängern. Höh Höh Höh Höh!

Der Bunting hat in seinem Versteck die Flöte erhoben, stimmt eine schrille Tanzmelodie an.

GASSENKINDER *tobend*

Ene dene duzmaneh,
Heh Heh Heh Heh – *Ihr Tanz und ihr Geschrei werden immer wilder.*

BUNTING *springt plötzlich aus seinem Versteck auf die Kinder zu* Böööööh! *Schneidet eine wüste Grimasse.*

Die Gassenkinder schreien, stieben auseinander, verschwinden. Bunting steckt die Flöte weg, lacht leise.

IV.

Vor dem Wirtshaus zu den ›Drei Kugeln‹ treffen sich am Abend die alten Soldaten und anderes Gelichter. Sie sind nicht wirklich alt, aber früh verharscht und verwittert. Als junge Männer haben sie einen Krieg mitgemacht, eine Schlacht verloren, waren in Gefangenschaft, mußten Zwangsarbeit leisten, kamen spät zurück und haben das meiste vergessen. Aber sie leben noch, und da ihnen sonst nichts geblieben ist, erinnern sie sich gern ihrer Taten, an die sie mit der Zeit sogar glauben. Sie leben durchweg im Dreck, einige von Bettelei und Abfallstochern, andere als Taglöhner oder in niederen Diensten der Stadt. Sie sehen heruntergekommen und beschädigt aus, es gibt da Einauge, Narbengesicht, Krummhals, Wasserbauch und Ähnliches. Auch ein paar junge Kerle treiben sich herum, die verkommen, verwildert, unterernährt und bedrohlich wirken. Einige der Älteren hocken schon auf den Bänken oder Holzklötzen, andere kommen allmählich dazu. Die Wirtshaustür ist geschlossen.
Nur der Hostienbäcker und der Kleine Henker scheinen besser gestellt. Der Hostienbäcker ist fett wie eine Fleischmade, mit rundem, mehlblassem Gesicht und roten Augen. Der Kleine Henker, eine zarte Gestalt in gewalkter Joppe, Leinenhemd, langen Hosen und Zugstiefeln, wirkt gesetzt und bürgerlich gediegen.
Auch wenn es dann Schnaps gibt, kommt keine Kneipenstimmung auf – keinerlei Jan Steen oder Brueghel. Es liegt etwas in der Luft, nichts Gutes.
Die abgebrochenen Sätze werden nicht weitergemurmelt oder -gebrummt, sie hören einfach auf.

KLEINER HENKER Es will nicht dunkel werden in so einer Juninacht. Nicht wirklich dunkel.
GRINDKOPP Es wird schon dunkel, aber kurz.
KLEINER HENKER Ja, kurz und das ist gut.

GRINDKOPP Wozu soll das gut sein?

KLEINER HENKER Weil im Dunkeln – da kann geschehen, was verboten ist, und im Finstern geht um, was nicht sein darf.

HOSTIENBÄCKER *trällernd* Ritzratz Ritzratz bei der Nacht.

KLEINER HENKER Bschd Bschd. Das ist verboten.

SCHLITZBAUCH Und ich tu es am hellerlichten Tag, sag ich dir, so oft ich eine erwisch.

KLEINER HENKER Und wenn sie dich erwischen, ich meine – die Obrigkeit?

SCHLITZBAUCH Zum Teufel mit deiner Obrigkeit – wer tut uns denn Obrigkeiten, hier in der hinteren Stadt, das tun die Ratten, die sind unsere Obrigkeit, und man soll sie totschlagen, die eine wie die andere, allesamt.

HOSTIENBÄCKER Ritzratz Juchheh bei der Nacht.

KLEINER HENKER Maulhalten, Zahnverschluß. Es ist verboten, und ihr wißt es so gut wie ich.

HUTZELBEIN Verboten, das Ratzenschlagen, da kann man uns gleich das Fressen verbieten und das Kacken, wenn uns die Pestschnauzen schon die Kruste vom Maul weg und das Hemd vom Leibe –

HOSTIENBÄCKER *boshaft trällernd* – und die Hose dazu und die Strümp und die Schuh und das Kind in der Truh und da gibt's keine Ruh – Ritzratz Juchheh bei der Nacht.

ANDERE *Hutzelbein, Lapperjan, Schlitzbauch, Grindkopp fast stimmlos* Ritzratz Ritzratz bei der Nacht.

KLEINER HENKER Maulhalten, Zahnverschluß. Davon plärrt man nicht, davon quärrt man nicht, davon spricht man nicht.

SCHLITZBAUCH Mach uns das Maul voll, dann halten wir's. Ruf den Wirt, alter Hanfstrick, laß was auffahren, du hast es.

KLEINER HENKER Wenn du mich anschaust, was man bei deinem Schielauge nicht wissen kann, so hast du dich in der Anrede vergriffen. Auf so was, da bin ich taub.

HUTZELBEIN Gib einen aus, Schweißfresser, du kriegst ja, für jeden Hals.

KLEINER HENKER Kein Geschäft heutzutage, kein Umsatz.

HOSTIENBÄCKER Denn wo nichts ist, kann der Dieb nicht stehlen –

KLEINER HENKER Und überhaupt, wie komm ich dazu, wenn man mir solche Namen – da bin ich taub.

KÖTERINCK *kommt mit einem zerrissenen Sack über die Gasse, haut an die verschlossene Wirtshaustür* Schnudel, verdammt, warum macht er nicht auf heute, ich brauch was. Dahier der Körnersack, der war noch prall ums Schummern, alles was ich dies Jahr ausgedroschen, verdamm mich, warum hab ich's nicht gleich in die Mühlen – *Pocht wieder* Schnudel!

GRINDKOPP In den Mühlen, da hat der Gruelhot, weiß ich von meinem Sohn, der Gesell ist beim Bollerschmied, hat der Gruelhot eiserne Gitter jetzt und Maschen so eng, da kommt kein Schwanz durch und keine Schnauze.

HUTZELBEIN Da hat er gut verbieten – aber weshalb, frag ich, weshalb?

HOSTIENBÄCKER *lacht* Frag die Wanze, weshalb sie Blut saugt.

KÖTERINCK Schnudel! Warum riegelst du? Will der die Ratten nicht herein lassen oder nicht hinaus?

HOSTIENBÄCKER Die kommen durchs Ofenrohr, und aus dem Abtritt.

KLEINER HENKER Maulhalten, Zahnverschluß. Man spricht nicht davon.

SCHNUDEL *öffnet einen Spalt, stellt einen Steinkrug vor die Tür* Teurer geworden, sechs Batzen der Krug, legt das Geld auf die Schwelle. *Schließt rasch wieder, riegelt*

EULENZWITSCH *gerade dazu gekommen, mit Fistelstimme* Teurer geworden, teurer geworden, Schweinerei!

KÖTERINCK Hat der eine Leich dadrinnen oder pflöckt er die Magd?

GRINDKOPP Sechs Batzen – wer hat denn so viel in der Tasche?

SCHLITZBAUCH *dreht seine Taschen heraus* Sechs Löcher, da sind sie durchgefallen.

HUTZELBEIN Wo soll er denn hernehmen zum Brennen das Korn und die Gerste, wenn die Felder kahlgefressen und die Scheuern leer?

KLEINER HENKER Bschd Bschd. Drei Batzen geb ich dazu, wer gibt die andern?

GRINDKOPP Gib her. *Nimmt das Geld, steckt es ein* Die kann ich brauchen, und dem Wirt bleiben wir schuldig. *Nimmt den Krug, er geht herum.*

SCHLITZBAUCH Schuldig gelebt ist besser wie durstig gestorben. *Trinkt*

HOSTIENBÄCKER Hungrig gelebt, mußt du sagen. Wer hat denn noch Brot heute, um seinen Bälgern das Maul zu stopfen? Schau sie an, die Jammersäcke, nichts als Rattendreck. Packt euch am Hintern, was habt ihr noch in der Hose?

EULENZWITSCH Und wo hast du deinen Speck her, Hostienbäcker? Wo hat denn der seinen –

HOSTIENBÄCKER *wichtig* Das ist kein Speck, was ich habe, das ist krankhaft. Krankhaft, verstehst du? Kommt von der Nachtarbeit in der Hitze, und überhaupt – ich bin schon krankhaft geboren!

LAPPERJAN Sind wir alle.

KLEINER HENKER Hast aber ein Privileg. Ein Pri-vi-le-gi-um.

HOSTIENBÄCKER Und was hast du?

KLEINER HENKER Ich? Eine Bestallung. Jawohl, eine Bestallung. Wo kein anderer, weil sie unehrlich heißt – nur ich, aus Pflichtgefühl, das ist kein Privileg. Aber die Hostien backen, für die ganze Propstei und alle Hauskapellen, hundert Messen am Tag pro hundert Seelen, die Wegzehrung nicht gerechnet!

HOSTIENBÄCKER Von der Hostie wird kein Pfaffe fett, ich weiß, was drin ist. Aber wer hat schon einen mageren gesehn?

LAPPERJAN *zahnlos* Doch, unsern Herrn Dekan, den guten Herrn Ludger.

HOSTIENBÄCKER Ist alt und krank wie du, nur nicht so eiterkrätzig.

KLEINER HENKER Und von wem hast du das Privileg? Von wem, bitte?

HOSTIENBÄCKER Wenn du meinst: vom Gruelhot, so wird er wissen, warum.

KLEINER HENKER Und wirst du wissen, wofür.

HOSTIENBÄCKER Aber ich hänge keinen. Und dem Gruelhot, dem Stadtregenten, dem hab ich's gesagt. So geht's nicht weiter, hab ich ihm gesagt, mit seiner Schandverordnung. Denn wer muß bezahlen, hinterher?

KLEINER HENKER Was sein muß, muß sein.

HOSTIENBÄCKER Wer nichts hat, muß bezahlen, und wer hat, der kriegt noch dazu, das steht schon in der Bibel. Aber daß ein Ratz mehr wert ist als ein Mann, das steht nicht in der Bibel, das ist neu.

KLEINER HENKER Das sind so Sprüche, die kennt man.

HOSTIENBÄCKER *mit erhobener Stimme* Denn daß der Ratz schädlich ist, das weiß man. Doch daß es Leute gibt, die sich des Schadens freun und sich einen Nutz draus machen, das weiß man nicht!

KLEINER HENKER Und braucht nicht zu wissen, was man nicht weiß, denn davon spricht man nicht in der vorderen Stadt und davon soll man nicht in der hinteren, ich hab euch gesagt, es ist verboten, und was verboten ist, das Schlechte, das ist gut!

HOSTIENBÄCKER Gut, was verboten ist, das ist ein Evangelium – halt eine Predigt, Kleiner, stellt ihn auf die Bank!

HUTZELBEIN Eine Narrenpredigt! Halt eine Narrenpredigt!

Kleiner Henker wird in die Mitte gezerrt und auf eine Bank gestellt.

SCHLITZBAUCH Im Namen des Beils und des Galgens und der Mäus und der Ratzen – brenn ab!

KLEINER HENKER Item – was verboten ist, das ist gut, denn was verboten ist, das weiß man, da nimmt man sich in acht. Was nicht verboten ist, da weiß man nie, da kennt man sich nicht aus, da kann man daneben treten, und da liegt man drin! Denn es gibt ja auch Sachen, die nicht verboten sind, aber auch nicht erlaubt!

HOSTIENBÄCKER Das Zwacken und Brennen zum Beispiel, wenn du da mal einen Falschen erwischst, der gar nicht gemeint war, dann wirst du selber –

KLEINER HENKER Drum lob ich mir, was verboten ist! Denn da weiß man Bescheid!

HOSTIENBÄCKER Und was ist erlaubt, zum Beispiel?

KLEINER HENKER Das Kindermachen, zum Beispiel, wenn man ein angetrautes Weib dafür hat, das kannst du ihr besorgen, immerzu, denn von sieben sterben vier, bevor sie Kleider brauchen, und drei können ein Bett teilen und ein Wochenbrot, und eins vom andern die Schuh tragen der Reihe nach, bis sie dann schaffen für dich, jawohl, so gut hat's der gemeine Mann. Wenn er nicht stänkert, nämlich. Item.

HOSTIENBÄCKER Hast aber selbst nur eine Tochter geschafft, wenn du sie selbst geschafft hast. Schafft die jetzt auch für dich, mit ihrem – *Schlägt sich zwischen die Beine* – Item?

KLEINER HENKER *springt herunter* Kreizteufelstänkermaul, laß meine Tochter, meine Rikke, laß die da raus, sag ich, in der Gesellschaft, die ist sauber, sauber wie frische Sägspän!

HOSTIENBÄCKER Auf die man die Köpp fallen läßt und die abgehackten Glieder, fällt ihr wohl auch mal eins in den – *Geste*

KLEINER HENKER Maulhalten, Zahnverschluß.

Ein paar junge Kerle, die herumlungerten und die Sprüche der beiden mit Grimassen und Spottkichern begleitet haben, mischen sich ein.

KNIPPEL Der redet vom Kindermachen wie vom Läuseknicken, und so habt ihr's getrieben, ihr alten Sauschwänze, zu viele habt ihr gemacht, drum liegen wir auf der Straße.

HUTZELBEIN Weil ihr nicht arbeiten wollt, ihr Rotzbuben! Weil ihr zu faul seid! Wenn ich jung wäre – da würde ich – jawohl!

KNORZ Was würdest denn du, wenn du jung wärst?

HUTZELBEIN Treidelknecht! Geht doch als Treidelknechte zu den Schiffern, da könnt ihr euren Vätern noch was abgeben.

KNIPPEL Treidelknecht, da sind wir aber scharf drauf. Treidelknecht – zuu-gleich! *Macht die Schleppziehbewegung* Mit einem Gäulsgeschirr um den Hals, damit die reichen Kornsäckel noch reicher werden – uuu-a!

KNORZ Nicht mit uns! Da müßten die erst wieder einen Krieg haben, die Obrigen, um uns loszuwerden.

SCHLITZBAUCH Krieg, Krieg, was wißt denn ihr von Krieg, ihr habt nichts mitgemacht, was versteht denn ihr von Stechen und Stoßen! Ja, mit den Schleckerdirnen vielleicht.

LUTZE *ein pickliger Kerl* Klar, mit den Schleckerdirnen immerzu – wenn wir sie hätten, nämlich. Aber die müssen in die Badstuben, sobald einer die Pieze schwellen.

KNORZ Und nicht um zu baden! Dort gibt's drei Kreuzer pro Schleck.

KNIPPEL Von den verdammten alten Hurenböcken, und noch was angehängt.

KNORZ Noch was angehängt, von denen scheißfeinen karnikkelgeilen –

LUTZE Unsereiner, der macht's in die Hand, und guckt zu, wie die Ratten –

KLEINER HENKER *hilflos* Das ist verboten, verboten, und auch nicht erlaubt –

KNIPPEL Ja, wie die Ratten, die rammeln uns was vor.

EULENZWITSCH *plötzlich hysterisch kreischend* Totschlagen! *Geht auf die Jungen los*

KNIPPEL Totschlagen, dich zuerst!

HUTZELBEIN *auch schreiend* Rotzbuben, unverdauliche.

KNORZ Kackstiefel, Leichenteile, verfaulte!

Gegenseitiges Imponierdrohen. Zwei andere junge Burschen, Henning und Kunrot, sind dazugekommen. Auch sie sind zerlumpt und sehen finster aus.

KUNROT Was brüllt ihr da herum, seid ihr besoffen, wenn drinnen ein Toter liegt in seinem Blut.

Es wird still.

GRINDKOPP *der gedöst hat, aufwachend* Ein Toter?

HENNING Ja, und es ist der Jörge. Dein Sohn.

KUNROT Wir haben hinten durchs Fenster geguckt.

GRINDKOPP Der Jörge, der ist nicht tot, der ist Geselle, beim Bollerschmied.

KUNROT In die Kammer wollten wir gucken, wo die Schankdirn sich auszieht, abends. Da liegt der Jörge, käsweiß wie der Laken, und der Laken voll Blut.

GRINDKOPP Der ist Geselle, beim Schmied.

KÖTERINCK *an der Tür, trommelt* Aufmachen!

SCHNUDEL *entriegelt, tritt in die Tür* Kein Schnaps mehr, wenn keiner zahlt.

KÖTERINCK Wir wollen die Leich sehn – *Packt ihn am Latz, stößt ihn beiseite, geht hinein, die Burschen folgen.*

GRINDKOPP *plötzlich begreifend* Der Jörge, sagen die, und der ist tot. *Auf den Wirt los.*

SCHNUDEL Nicht tot, da ist nur die Hand ab, die rechte, und da haben sie ihn zu mir gebracht, damit ich Schnaps auf den Verband schütte gegen den Wundbrand, aber keinen hereinlassen, und er blutet jetzt auch nicht mehr.

GRINDKOPP *schlaff* Der Jörge – was habt ihr mit ihm gemacht? *Er geht hinein.*

SCHNUDEL Sonst hab ich mit der Sache nichts zu tun.

SCHLITZBAUCH Wenn einer seinen Sohn erschlägt, weil der ihm dumm kommt, so ist das seine Sache, da hat ihm keiner dreinzureden. Ich wollte meinen längst – mit dem Spieß, aber er war schon zu alt, der Spieß nämlich, und ist an seinem Schädel zerbrochen. Aber wenn einem der Sohn verschandelt wird, von Amts wegen, da ist kein Spaß mehr dabei, da muß man das Schwert zücken, als alter Soldat. Wenn man noch eins hätte.

KÖTERINCK *kommt wieder heraus* Er sagt, sie haben ihn erwischt beim Rattenschlagen.

SCHLITZBAUCH Wer? Wer hat ihn erwischt?

HOSTIENBÄCKER Erwischt ist erwischt, kann euch allen so gehn.

KÖTERINCK Die Spießwache, natürlich, wer sonst.

KLEINER HENKER Denn es ist verboten –

HOSTIENBÄCKER Von wem? Vom Gruelhot und Komplizen – *Schrill* damit der Mehlpreis steigt!

KLEINER HENKER Ein Grund ist nicht bekannt, es ist nur verboten.

HOSTIENBÄCKER Jetzt wißt ihr's endlich, Schafsköpfe.

GRINDKOPP *kommt wieder heraus, apathisch* Er kann keinen Hammer mehr schwingen. Er kann keiner Frau mehr dranfassen.

KLEINER HENKER Das kann man lernen, mit der linken Hand. Es gibt Linkshänder, die können gar nicht anders.

GRINDKOPP *starrt ihn an* Hast du – hast du ihm die Hand ab –?

KLEINER HENKER Ich habe nichts damit zu tun, das ist die Obrigkeit. Aber was ich tue, das tu ich, pflichtamtlich, wie man sagt, das bezieht sich auch auf die Verschweigung.

Kunrot und Henning kommen wieder heraus.

GRINDKOPP Hat er gesagt, wer's getan hat?

HENNING Er sagt, er kann sich nicht erinnern – da war er nicht mehr bei sich, es hat ihm einer übern Kopf gehaut, vorher.

KLEINER HENKER Kommt, setzt euch, ich geb noch einen aus.

SCHNUDEL Aber verbunden hat er ihn. Gut verbunden. Wie ein Feldscher so gut.

KLEINER HENKER Natürlich, das ist meine Pflicht, ich war ja Feldscher damals, Wundarzt und Krankenwärter bin ich gewesen.

SCHLITZBAUCH Latrinenputzer, das warst du damals, Scheißgrubenwärter.

KLEINER HENKER Mit etwas muß man anfangen als Mediziniker.

HOSTIENBÄCKER Und hast es weit gebracht, bis zum Radflechten und Handabhacken.

GRINDKOPP Die rechte. Die rechte Hand. Der kann keinen Hammer mehr –

KLEINER HENKER Mit der Linken! Mit der Linken, da kann er immer noch –

HENNING *ruhig, verbissen* Mit der Linken. Ich sag dir, was er mit der Linken kann. Da kann er dem Spießwärter den Hals zudrücken, wenn der mal auf seinem Posten eingenickt ist. Und dem Gruelhot den Schädel einschlagen, wenn der sich mal im Dunkeln heraustraut. Und wir andern, wir haben noch zwei Fäuste zum Schlagen und Würgen, wann der Blutkrug überläuft.

HOSTIENBÄCKER Der ist schon über. Der hat gut gehackt.

KLEINER HENKER Schnudel, hast du noch einen Krug, ich geb einen aus.

HOSTIENBÄCKER Jetzt will er sich loskaufen.

HENNING In deinen Krug, da spuck ich.

GRINDKOPP Wenn er doch sagt, er war's nicht.

SCHLITZBAUCH Und ich spuck mit! *Spuckt nach dem Kleinen Henker*

Andere machen das Geräusch des Spuckens.

KLEINER HENKER Dann spuckt ihr auf das Gesetz, und auf die Ordnung.

HUTZELBEIN Steckt ihn mit dem Kopf in die Pfuhlgrube! *Nähert sich dem Kleinen Henker.*

GRINDKOPP Wenn er doch sagt, er war's nicht.

SCHLITZBAUCH Dann schadet's ihm auch nicht, so ein frischer Trunk.

ANDERE *drohend* Ritzratz Ritzratz bei der Nacht –

Kleiner Henker hebt die Hände, hält sich die Ohren zu. Rikke kommt langsam. Sie ist etwa 18jährig, mit aufgestecktem Haar, kurzem Leinenkleid, nackten Armen und Beinen, etwas verschleierten Augen. Sie scheint die Männer nicht zu sehen, die verstummt sind und glotzen. Geht zum Kleinen Henker.

KLEINER HENKER *noch ganz verstört, nimmt die Hände vom Kopf* Rikke –

RIKKE Ich soll dich holen.

KLEINER HENKER Aber nicht hier, hierher sollst du nicht, das ist ver-

RIKKE Es ist einer da, von der Spießwache, und es eilt, sagt er.

KLEINER HENKER *hat sich gefaßt, wichtig* Von der Spießwache, von der Stadt. Das ist geheim, hat keiner was gehört, verstanden? Amtsgeheimnis. *Steht auf*

LUTZE Rikke –

KLEINER HENKER Komm, rasch, wir gehen. *Nimmt sie bei der Hand, sie geht mit ihm, ohne einen anzuschauen.*

SCHLITZBAUCH Rikke –

HOSTIENBÄCKER *lacht leise* Da wird's euch anders. Mir nicht. Denn ich bin krankhaft. Gottseidank.

V.

In der hinteren Stadt herumstreichend, begegnet der Bunting dem Kleinen Henker, der von der Arbeit kommt. Er hat einen Ledersack umgehängt, mit klappernden Instrumenten. Beide beobachten einander, der Bunting neigt kurz den Kopf, lächelt. Vom Stiftsturm wird sechs geschlagen.

KLEINER HENKER *gemütlich* Sechs. Vesperzeit.

Bunting nickt, zieht die Lippen ein.

KLEINER HENKER Sag mal, was bist denn du für einer?

BUNTING Ich? Ja – ich bin einer.

KLEINER HENKER Das ist keine Antwort. Ich habe gefragt: was für einer.

BUNTING Nun – so einer.

KLEINER HENKER Das merkt man. Und wo kommst du her?

BUNTING Von dort. Wo die Sonne herkommt.

KLEINER HENKER Von Osten. Das merkt man auch.

BUNTING Wenn du so viel merkst, dann weißt du vielleicht auch was.

KLEINER HENKER Nämlich? Was soll das sein?

BUNTING *bescheiden* Wo man in dieser Stadt eine Arbeit findet, für Kost und Quartier und vielleicht ein paar Kreuzer Wochenlohn.

KLEINER HENKER Das weiß ich genau. Bei mir. Bei mir, und sonst nirgends, als ein Zugelaufener.

BUNTING Ich bin aber nicht gelernt. Ich kann kein Handwerk.

KLEINER HENKER Brauchst du nicht. *Wichtig* Ich bin der Kleine Henker.

BUNTING Der Kleine – warum heißt du so?

KLEINER HENKER Weil der Große, den kennt man nicht.

BUNTING Kennt man nicht?

KLEINER HENKER Der tritt nur auf, wenn einer aus der vorderen Stadt, also ein Herr, ich meine: eine Persönlichkeit, enthauptet wird. Die werden nämlich enthauptet, wie man sagt, nicht geköpft – was mit dem Beil wäre. Aber das kommt nur selten vor, wenn einer, zum Beispiel, dem Gruelhot sehr lästig geworden ist, und dann tritt der Große auf, zerbricht das Stäbchen und führt den Schwertstreich. Trägt jedoch eine Maske vorm Gesicht. Immer.

BUNTING Und was machst du?

KLEINER HENKER Nun, die kleine Arbeit eben, was man das peinliche Gericht nennt. Man spricht nicht gern davon, und schließlich das Henken, das gewöhnliche, mit dem Strick.

BUNTING Machst du das gern?

KLEINER HENKER Nein, aber ich werde dafür bezahlt. Und welche Arbeit macht ein Mensch schon gern? Man muß froh sein, wenn man eine hat als alter Soldat – sechs Wochen Krieg, sieben Jahre gefangen. Die was einbringt, und ein Häuschen, und ein Gärtchen, und ein Familienleben.

Bunting lächelt höflich.

Aber siehst du, ich bin nicht mehr der Jüngste. Ich muß sparen mit meiner Kraft, zumal jetzt, wo das Fett knapp wird. Ich brauche einen Gehilfen. Abgemacht?

BUNTING Und was muß ich da tun?

KLEINER HENKER Maul halten, und machen, was dir gesagt wird. Da gibt's auch noch andere Arbeit, neuerdings, die nichts mit der Gerichtsbarkeit zu tun hat, sondern mit dem gemeinen Wohl. Das ist geheim, du wirst schon sehen. Aber vor allem: Maulhalten. Kannst du das?

BUNTING *nach kurzem Zögern* Gut – abgemacht. *Streckt die Hand aus*

KLEINER HENKER *will einschlagen, zieht plötzlich die Hand zurück* Sag mal, bist du getauft? Hast du einen Namen?

BUNTING Ja. Aber den hab ich vergessen.

KLEINER HENKER Und wie soll man dich dann rufen? Man muß dich doch rufen können. Überhaupt, ein Name! Ein Name! Wenn man nicht Jemand ist wie ich, der seinen Stand hat, oder wie der Tod, den Jeder kennt und den man besser nicht ruft, da muß er doch einen Namen haben! Sonst ist er ja Niemand. Kein Mensch, meine ich. Denn selbst ein Hund hat einen Namen.

BUNTING Wo ich jetzt durchkam, da und dort, haben sie mich den Bunting genannt.

KLEINER HENKER Bunting. Das kann man sich merken. He, Bunting! Das geht. Guten Morgen, Herr Bunting, haben Sie gut geschlafen. Herr Bunting – schon schlechter. Und das ist ja auch nur, weil du so komisch angezogen bist. Wenn du dich nun ausziehst, wenn du nackt bist – wie heißt du dann gefälligst?

BUNTING Jedesmal anders – was den Weibern so einfällt.

KLEINER HENKER *schüttelt den Kopf* Du scheinst mir ein ganz unsittlicher Mensch zu sein. Aber so was gibt's nicht bei uns, Badstuben, Freudenhäuser, das gibt's nicht in der hinteren Stadt, da ist man sittlich, weil man nichts zu verschwenden hat, nicht mal den semen hominis, wenn du weißt, was das ist. Und in die vordere, da lassen die dich gar nicht hinein, die Wachen, so wie du ausschaust. Warum bist du überhaupt so komisch angezogen?

BUNTING Weil's mir Spaß macht. Ich könnt auch ein Lederwams tragen, als Soldat, oder ein Panzerhemd, als Ritter, eine Robe, als Stiftsherr, ein Barett, als Scholar, sogar einen Doktorhut – vielleicht eine Krone – *nach einer prahlerischen Pause* Aber so macht es mir Spaß.

KLEINER HENKER Du bist also einer, der tut, was ihm Spaß macht. Kannst du dir das leisten?

BUNTING *wieder bescheiden* Da hinten, mit Verlaub, in Böhmen, war es die Musikantentracht.

KLEINER HENKER Ein Musikant? Ist das ein Blasestock in deinem Gürtel, eine Pfeife, wie man sagt?

BUNTING Eine Flöte, mit neun Löchern.

KLEINER HENKER Aus Silber womöglich? *Langt danach*

BUNTING Nein, aus Holz von der Ölweide, Olivenbaum genannt, und schon sehr alt, daher hat sie den Glanz. Berühr sie nicht.

KLEINER HENKER Warum? Ist sie verhext?

BUNTING *lacht* Nein, aber man muß es verstehn, ich hab's von einem Venediger gelernt, und wenn sie hinfällt, geht sie kaputt. Und das – *Nimmt was aus der Tasche* ist die Maultrommel, *Steckt sie kurz zwischen die Lippen, trillert ein wenig* und das – *Nimmt ein durchbohrtes Holzstück heraus in Form einer kleinen dicken Rübe* der Wachtelpiep, damit kann man Tiere anlocken, Vögel, auch Rehe im Wald.

KLEINER HENKER Ein Musikant? Das ist selten. Das entschuldigt sogar deinen Aufzug, wenn du dich sonst gut beträgst. Ein Musikant, das behagt mir. Da kannst du uns aufspielen, abends zu Hause, nach der Arbeit, da wird meine Tochter, da wird sie nicht mehr gähnen – denn sie gähnt so viel.

BUNTING Ich werd ihr den Mund schließen mit meiner Flöte, verlaß dich drauf.

KLEINER HENKER Das wird ihr gut tun. Denn man muß ja einmal eine Ablenkung haben. Da muß ja auch eine Lustigkeit sein nach der Schmerzlichkeit, daß man auf andere Gedanken kommt, das braucht der Mensch. Bei uns ist es einsam draußen, ich darf ja nicht in der Stadt wohnen mit meinem Beruf. Kannst du zum Tanz aufspielen?

BUNTING Das kann ich auch. Hast du schon was vom Ridewanz gehört?

KLEINER HENKER Ist das der, wo man nicht darf? Der verbotene, wo die Leut nicht mehr aufhören können?

BUNTING *lacht* Das kommt drauf an. Man kann ihn zahm spielen oder wild. Wie hat's deine Tochter gern?

KLEINER HENKER Die Rikke? Zahm, junger Mann! Zahm, sanft, zärtlich! Eine Taube, ein Lamm, ein Marienkäfer, das sind wilde Bestien gegen die! Nur eben, sie gähnt so viel.

BUNTING Wieviel Kreuzer die Woche?

KLEINER HENKER Zehn.

BUNTING Zwanzig.

KLEINER HENKER Fünfzehn – wenn du gut spielst. Aber du mußt dich, meiner Tochter gegenüber, höchst sittlich und schamhaft –

Bunting sackt plötzlich zusammen. Kleiner Henker erschrocken Was ist denn – fehlt dir was?

BUNTING Ja, was zu essen. Ich hab seit vier Tagen keinen Bissen mehr –

KLEINER HENKER Dann komm, rasch, ich nehm dich gleich mit zur Vesper. Ich habe noch eine Schwarte im Rauch, vielleicht die letzte.

BUNTING Warum? Wirst du so schlecht bezahlt?

KLEINER HENKER Nein. Aber – *In einem plötzlichen Entsetzen* aber die Ratten –

Finsternis, schrilles, dünnes Quieken von allen Seiten. Dann gleich wieder helles Licht: die Leuchter brennen im Haus des Stadtregenten Gruelhot. Man hört noch kurz das dünne, zischende Quieken, aber entfernt, gleichsam unterirdisch.

VI.

Gruelhot steht, festlich gekleidet, allein im Empfangsraum seines Hauses, der nur durch eine gobelinartige Wand, einen hängenden Leuchter und ein paar geschnitzte Stühle angedeutet ist.
Er ist etwa 50, doch früh ergraut und von ungesunder Hautfarbe. Er hält einen Ebenholzstock mit silberner Zwicke. Er scheint auf etwas zu lauschen oder zu warten. Jetzt hört man ein kurzes, kratzendes Scharren, das sich dreimal wiederholt. Er antwortet durch dreimaliges, kurzes Klopfen mit dem Stock. Dann kommt, fast huschend, durch eine Tür, die man nicht sieht, aber knarren hört, der Hostienbäcker, verbeugt sich, bleibt in gebeugter Haltung stehen.

GRUELHOT Rasch. Der Bericht.

HOSTIENBÄCKER Faul. Dicke Luft. Es stinkt in der hinteren Stadt. Es brenzelt.

GRUELHOT Das weiß ich. Was geht vor?

HOSTIENBÄCKER Sie wollten den Kleinen Henker in den Pfuhl tunken, aber er ist noch ausgekommen. Sie sind wie dürres Stroh, man braucht nur einen Funken hineinzupusten, dann lodert's.

GRUELHOT Es ist gut, wenn es lodert. Dann kann man löschen.

HOSTIENBÄCKER So habe ich meinen Auftrag verstanden. Jetzt ziehn sie herum und singen Trotzlieder.

GRUELHOT Solang sie singen –

HOSTIENBÄCKER Aber die Jungen, die singen nicht. Die rotten sich, überall, seit es dunkelt. Die führen was im Schilde.

GRUELHOT Was?

HOSTIENBÄCKER Einen Anschlag, glaub ich, auf die Spießwache am Ostertor. Dort steht nur einer, und der schläft gewöhnlich.

GRUELHOT Lauf zu Herrn vom Felde, dem Kommandanten. Du weißt, drei Häuser weiter, klopf an die Hintertür. Hier, zeig ihm mein Siegel. Gib ihm Bericht, sag ihm, er solle die Wache sofort verstärken, zehn Mann mit blanker Waffe, sie sollen sich verborgen halten hinterm Tor und losschlagen, sobald sich einer zeigt. Dann sollen sie in der hinteren Stadt patrouillieren und alles in die Häuser jagen. Wer sich herumtreibt, wird verhaftet. Noch was?

HOSTIENBÄCKER Wenn ich mir trauen darf, so hab ich eine Meinung.

GRUELHOT Nämlich?

HOSTIENBÄCKER Die Maßnahme, die ich als Bäcker sinngemäß verstehe, solang mir das Mehl zugeteilt wird, ist nicht volkstümlich. Unpopulär, sozusagen.

GRUELHOT Ich habe das Volk, will sagen, das gemeine, nie um seine Meinung gefragt.

HOSTIENBÄCKER Es wird gefährlich, auch für die vordere Stadt. Das Gezücht, das vom Bösen stammt, ist nicht aufzuhalten. Es soll in den Kellern schon Rattenkönige geben, furchtbare Ungetiere mit tausend Zahnschnauzen und verwickelten Schwänzen, die hecken all miteinander und machen zehntausend Junge in einer Nacht.

GRUELHOT Erzähl das den kleinen Kindern. Wir haben Gift und Fallen in der vorderen Stadt. Auch kann man den Fluß ableiten, daß er die Keller verschwemmt.

HOSTIENBÄCKER Die schwimmen, und klettern.

GRUELHOT Lauf jetzt, es eilt.

HOSTIENBÄCKER Und die Verlöhnung? Ich habe Unkosten –

GRUELHOT Du kriegst das Mehl umsonst aus meinen Mühlen.

HOSTIENBÄCKER Solang sie mahlen.

GRUELHOT Fort. Ich erwarte Gäste.

HOSTIENBÄCKER Ich komme wieder. *Huscht hinaus*

GRUELHOT Morgen abend um acht, mit Bericht.

HOSTIENBÄCKER Aber nur gegen bar. *Verschwindet*

GRUELHOT *lauscht einen Augenblick, dann wendet er sich nach hinten, ruft* Divana!

DIVANA *seine Frau, kommt durch einen geteilten Vorhang. Sie ist etwa zehn Jahre jünger als er und sehr schön. Auch sie trägt ein festliches Kleid, das ihre Figur hervorhebt, und ist damit beschäftigt, sich ein Diadem im gerade aufgesteckten Haar zu befestigen.* Der Bericht?

GRUELHOT Es geht los. Das Gelichter in der hinteren Stadt –

DIVANA Hast du sie endlich aus ihren Löchern gelockt?

GRUELHOT Ja, aber es sind zu viele, und es scheint, sie fürchten unsere Spießwache nicht, sie wollen uns angreifen statt umgekehrt. Ich brauche Truppen aus Braunschweig. Es kommt alles auf das Gespräch mit dem Stiftspropst an, heute abend. Du hast dich schön gemacht, das ist gut. Sieh zu, daß die Kinder höchst reizvoll angezogen sind, die Mädchen besonders – das heißt, nicht zu sehr angezogen, du weißt, er ist empfänglich, wenn er getrunken hat, das kann ihn gewillt machen.

DIVANA Du könntest ihm diese Mohrenmädchen verkaufen, die sind schon hasig, bei denen fängt's früher an als bei uns.

GRUELHOT Sprich nicht so von deinen leiblichen Geschwistern.

DIVANA Halbgeschwistern, und das ist schlimm genug.

GRUELHOT Ich kann nichts dulden, was die Familienehre befleckt.

DIVANA Wenn du sie schon als Lockvögel benutzt wie deine eigene Tochter –

GRUELHOT Nur zum Schein, aus List.

DIVANA Ich will diese Kinder nicht länger unter meinem Dach haben, mir genügen die eigenen. Sieh zu, daß sie endlich ins Stift aufgenommen werden. Der Propst ist reich.

GRUELHOT Du hast selbst nur einmal geboren.

DIVANA Ja, Zwillinge, ich, eine Gräfin, einem Getreidehändler –

GRUELHOT Der Geld hatte.

DIVANA Mir hätte der Knabe genügt. Und daß mein Vater in seinem Alter noch mit einer Heidin –

GRUELHOT Sie war getauft, schon drüben, im Morgenland, und die Kinder sind gräflich wie du, sie sollen als Christenmenschen –

DIVANA Besprich das mit dem Propst.

GRUELHOT Ich liebe diese Kinder wie meine eigenen –

DIVANA Weil sie gräflich sind? Weil sie mohrisch sind? Weil sie den Namen meines Vaters tragen, da buckelst du. Liebst du denn deine eigenen? Geh, du liebst nur dich selbst, und deine Ruhmsucht.

GRUELHOT Divana, ich – *Nähert sich ihr. Es pocht an der Tür.*

DIVANA Da kommt er schon.

GRUELHOT Das ist er nicht. Er kommt mit Gefolge und mit Bungeschlag – ich höre nichts auf der Straße.

Es pocht wieder heftiger.

DIVANA Vielleicht der Spitzel?

GRUELHOT Nein, mit dem hab ich ein Zeichen. *Laut* Komm rein – wer immer das ist!

Die Tür knarrt.

Scadelant, der Roggenherzog, kommt herein, ein Mann um die 40, nicht festlich, aber herrschaftlich gekleidet. Er neigt kurz den Kopf vor Divana, dann starrt er Gruelhot an, ohne Gruß. Gruelhot nach einer Pause Ich kann mich nicht erinnern, dich hierher gebeten zu haben.

SCADELANT Es gibt ungebetene Gäste. Hörst du nichts?

GRUELHOT Ich weiß nicht, was du meinst.

SCADELANT Ich meine, wenn du dein Ohr an die Bohlen legst und an die Kellertür. Da quiekt's und zischelt's.

GRUELHOT *fest, jedes Wort betonend* Nein. Ich höre nichts.

SCADELANT Dann mußt du was besehen – wenn du nicht hören willst. *Er öffnet einen Lederbeutel, nimmt zwei tote Ratten heraus, wirft sie ihm vor die Füße.*

Divana, ohne ein Zeichen der Erregung, unbeteiligt, wendet sich, geht durch den Vorhang hinaus.

GRUELHOT *mit beherrschtem Zorn* Heb das auf. Du hast meine Frau beleidigt. Heb das auf.

SCADELANT Heb du sie selber auf, und laß sie dir balgen, es ist ein Geschenk für dich. Aus deinen Mühlen, Gruelhot, nicht aus meinen Scheuern, denn die sind schon leer.

GRUELHOT *aufbrausend, stößt mit dem Fuß nach den Kadavern* Was fällt dir ein, kommst du daher, um mir Angst zu machen? Ich bin dafür nicht zu sprechen, geh vor den Hohen Rat, wenn dir was nicht paßt. Geh, sag ich, weg!

Scadelant steht mit verschränkten Armen.

Aus meinen Mühlen, sagst du? Die haben Maschengitter – an allen Wänden und drei Fuß unter Grund.

SCADELANT Ja, wie die Sauställe deines Freundes Steneken, des Schwartenkönigs. Hat aber bald keine Untertanen mehr. Da gibt es andere Rüssel, die wühlen, graben, wühlen – sechs Fuß unter Grund, und tiefer noch, bis in die Grabkammern auf dem Friedhof, da brauchen die Toten keine Würmer mehr.

GRUELHOT *geht auf und ab* Ich habe alle Maßnahmen ergriffen, um die vordere Stadt und die Geschäfte vor Schaden zu bewahren. Daß sich Ungeziefer bildet, wo Schmutz und Stunk ist, läßt sich nicht verhindern. Was auf den Feldern und bei der Ernte vorgeht, ist deine Sache. Stell dir Flurwächter ein.

SCADELANT Du hast die Stadt ruiniert, uns alle, und dich selber dazu.

GRUELHOT Ich – die Stadt ruiniert? Wer hat den Handel mit der Hanse in Gang gebracht, wer schwemmt unser Holz die Weser abwärts, zu den Bremer Werften, und unser Getreide, und unser Pökelfleisch?

SCADELANT Und den Profit, den willst du allein einstreichen, drum kam dir die Rattenplage zupaß, damit keine Überschüsse entstehen und du die Preise für deinen Handel hochtreiben kannst.

GRUELHOT Jeder Handel dient dem gemeinen Nutz –

SCADELANT Wir aber, wir sollen dir weiter liefern nach den alten Verträgen, auch wenn wir fast ausgefressen sind und die Körner mit den Nägeln zusammenscharren müssen, das war dein Rechenspiel, aber du hast dich verrechnet.

GRUELHOT Hetzreden, ich habe für so was keine Zeit.

SCADELANT Du wirst sie dir nehmen, Gruelhot. Denn jetzt wirst du selber ausgefressen, hier – *Weist auf die Kadaver* – da hilft kein Schutzgitter mehr. Und was die Weser anlangt, die stinkt zum Himmel von dem Schweineblut und den Gedärmen, die der Schwartenkönig hineinschmeißen läßt, und alle Uferdämme sind verlöchert wie ein Kornsieb. Du aber traust dich nicht aus den Mauern, um nach dem Rechten zu sehen, weil du die Hosen voll hast vor den Aufsässigen, die vom Hunger krepieren. Jetzt kann ich gehen. *Wendet sich*

GRUELHOT *vertritt ihm den Weg* Was soll ich tun? Hast du Vorschläge zu machen?

SCADELANT Das ist deine Sache.

GRUELHOT Ich habe dem Kleinen Henker geheimen Auftrag erteilt, in der Nacht die Löcher zu verstopfen und die Brut zu vertilgen.

SCADELANT Aber dein Gesetz ist noch in Kraft, daß außer der Mauern keiner Ratten schlagen darf, bei Verlust seiner Hand oder des Lebens.

GRUELHOT Das war ein Riegel, sonst nichts, gegen den Ausbruch der Zuchtlosigkeit. Wir haben alle kein Interesse daran, daß das Gelichter draußen überhand nimmt und sich viehmäßig vermehrt. Es siedelt sich immer mehr Gesindel an, das die Arbeit scheut und keine Steuern zahlt, die schleppen die Pest ein, und die Pestzüge überschwemmen das flache Land. Willst du die Pest in die Stadt lassen?

SCADELANT Die ist schon drin. Du weißt, wer ihr vorauszieht. Leg dein Ohr an die Bohlen. Hörst du noch immer nichts? *Er geht.*

Gruelhot schaut nach der Vorhangtür, dann bückt er sich rasch, legt sein Ohr an die Bohlen. – Von der Eingangstür her das kurze dreimalige Scharren. Er springt auf, klopft hastig den Stock auf. Der Hostienbäcker huscht herein.

HOSTIENBÄCKER Bericht von Herrn vom Felde, er kann nur sechs Mann aufbringen, er hat keine Männer und keine Waffen mehr. Zwei Haufen sind in die hintere Stadt desertiert, weil nicht gezahlt worden ist seit dem letzten Mond.

GRUELHOT *stampfend* Die werden gehängt!

HOSTIENBÄCKER Erst muß man sie haben.

GRUELHOT Lauf zum Stadtrichter, Herrn von Emmern, er soll heute nacht noch herkommen, es ist dringlich, aber nicht bevor es Mitternacht bläst, ich habe Besuch. Und noch was, du kannst in der hinteren Stadt verbreiten, daß das Rattenschlagen frei ist, ab heute nacht, sogar geboten, und wer einen Sack toter Ratten abliefert, wird belohnt.

HOSTIENBÄCKER Das glaubt mir keiner.

GRUELHOT *weist mit der Stiefelspitze auf die toten Ratten* Nimm das mit, als Beglaubigung.

HOSTIENBÄCKER *hebt die Ratten auf, läßt sie an den Schwänzen baumeln* Und wie wird das belohnt? Mit Geld – oder mit Ratzenfleisch?

GRUELHOT Frag nicht so frech.

HOSTIENBÄCKER *streckt die Hand aus* Dann muß ich selbst was besehn. Geld stinkt nicht, aber Ratten.

Man hört jetzt, näherkommend, das Bungeschlagen – eine dumpfe Felltrommel – und klirrende Eisenschritte von unten.

GRUELHOT Ich hab jetzt nichts in der Tasche, troll dich, mein Besucher kommt, ich zahl das nächste Mal.

HOSTIENBÄCKER Ich komme wieder – *Will zur Tür*

GRUELHOT Nicht da hinaus, sie sind schon am Tor, lauf die Rücktreppe hinunter und durch den Keller.

HOSTIENBÄCKER Fiiih – durch den Keller, da wird man angebissen.

GRUELHOT Dann durch die Küche drunten und zum Fenster hinaus. Mach rasch!

HOSTIENBÄCKER Ich komme wieder.

Verschwindet nach der anderen Seite, während gleichzeitig an die Tür gepocht wird, die sich sofort knarrend öffnet. Es erscheinen zwei in Eisen Gewappnete, machen rechts und links Front.

Henricus Guelficus Immensis, der Stiftspropst, schreitet zwischen den Gewappneten hindurch in den Raum, macht ein Zeichen nach rückwärts, die Leibwachen treten ab, verschwinden durch die knarrende Tür. Henricus ist ein kräftiger, derber Mann, höchstens Mitte 30. Er trägt über seinem Stiftsherrngewand aus schwarzem und rotem Samt einen Hermelinkragen und ein silbernes Wehrgehänge mit Schwert.

GRUELHOT *mit einer tiefen Verbeugung* Ich danke Euer Gnaden für die Ehre Ihres hohen Besuchs. Darf ich –

HENRICUS Was gibt's zu essen? *Setzt sich*

GRUELHOT Zum Anfang frischen Weserlachs mit Aal, Flußbarben und Zander in Kräuterbrühe – feine Hechtklöße – Rattenschwänze?

HENRICUS *fährt hoch* Was?

GRUELHOT Vergebung, ich war zerstreut, ich wollte Krebsschwänze sagen.

Henricus schüttelt den Kopf.

Dann Spanferkel, in Honigwasser gesotten, junge Gänse mit Wachteln und Tauben umlegt, Rindsbraten, Kalbskeule, Lammrücken, eingemachte Früchte und Bäckerei –

HENRICUS Kein Wildbret?

GRUELHOT Vergebung, es ist nicht die Zeit –

HENRICUS Für meine Jäger ist immer die Zeit. Der Rehbock schreckt schon und ist nicht so mager wie nach der Brunft. Hab ich da neulich einen mit der Armbrust waidwund geschossen, laß die Meute los, und wie ich hinkomm, war's eine Geiß. Ich geb ihr den Fangstoß, da hör ich das Rehkitz klagen im Gras. Das ist was Neues, denk ich, laß es abstechen und dann am Bratspieß drehen, über kleiner Flamme. Es war ein zartes Tierchen.

GRUELHOT Darf ich nun, zur Begrüßung, mit einem kräftigen Trunk aufs Wohl Ihres herzoglichen Bruders –

HENRICUS Was für Trunk?

GRUELHOT Ich hätte Malvoisie, aus Frankreich –

HENRICUS Zu süß.

GRUELHOT Oder Falerner, den hellen –

HENRICUS Zu sauer.

GRUELHOT Dann roten Ingelheimer, von der alten Pfalz –

HENRICUS Nichts aus Burgunde?

GRUELHOT Man sagt, die Reben seien vom Burgunderland.

HENRICUS Mag sein. Wir werden später kosten. Erst die Geschäfte. Setz dich, Herr Stadtregent.

GRUELHOT Ich dachte, nach einem würzigen Mahl und einem guten Umtrunk spricht es sich angenehmer.

HENRICUS Nicht von Geschäften. Da will ich, nach einem

Mahl, mich unterhalten, du hast eine schöne Frau, Herr Stadtregent, die gerne lacht. Doch was Geschäfte anlangt, das ist ein trockner Fraß, den schluckt man besser mit dem eignen Rotz und braucht nicht aufzustoßen. Bring deine Bitte vor.

GRUELHOT Es ist nicht ganz, was man eine Bitte nennt. Es handelt sich um Stadt- und Staatsaffären, die Ihrem herzoglichen Bruder, unserem Schutzherrn, dringlich vorzustellen sind.

HENRICUS Das heißt, ihr braucht Soldaten.

GRUELHOT Euer Hochwürdige Gnaden, welcher das Ohr und die starke Hand des Herzog Albrecht für unsere Stadt bedeutet, hat richtig geraten.

HENRICUS Ich habe nicht geraten. Ich weiß Bescheid.

GRUELHOT Dann wissen Sie auch, Euer Gnaden, wie sehr unser Anliegen drängt. Wir sind von einer Plage heimgesucht, die unsere heurige Ernte gefährdet und unseren Handel lahmzulegen droht. Und vor unseren Toren häuft sich mehr und mehr ein sittenloses Gelichter. Wie sollen wir die in Schach halten, wo sie aufsässig werden, wenn unsere Spießwache kaum ausreicht, bei Nacht die Tore zu besetzen? Das Stift ist durch die herzogliche Leibgarde geschützt, nicht so das Rathaus, die Geschäfte, die Mühlen und unsere wohlständige Gesellschaft. Pestzüge nahn von Osten und fallen in die Städte ein wie kahlfräßige Heuschrecken. Es bleibt mir nichts übrig, als den Notstand auszurufen, doch wie soll ich ihm Geltung schaffen? Herzog Albrecht hat uns freie Stadtrechte gewährt, wir haben ihm mit Abgaben gedankt nach allen Kräften, aber er allein hat die Macht. *Er wischt sich den Schweiß.*

HENRICUS Du kommst in Schweiß, Stadtregent, bevor du deine Bitte ausgesprochen hast.

GRUELHOT Es ist keine Bitte, es ist der gemeinsame Vorteil. Was bringt es dem Herzog ein, wenn die Stadt zugrundegeht? Nur er kann uns und sich davor bewahren. Wir brauchen Landsknechte, gediente Söldner, Schwertmänner, wie man sie früher für die Kreuzzüge angeworben hat. Jetzt müssen wir die Heiden schlagen in unsrem eignen Land. Braunschweig hat eine wohlgerüstete Armee –

HENRICUS Nicht zum Verschenken. Jeder Soldat kostet Sold, den muß die Stadt bezahlen, und wenn euer Säckel schlaff ist, dann auf Schuldverschreibung: ein Söldner – zwei Scheffel Korn.

GRUELHOT Dann geraten wir in eine Abhängigkeit, welche mit unseren freien Rechten unvereinbar ist. Schuldlast bedeutet Knechtschaft.

HENRICUS Es ist Zeit, daß ihr an eure Abhängigkeit erinnert werdet. Du sprichst von Rechten, wozu habt ihr sie genutzt? Du klagst über sittenloses Gelichter in der hinteren Stadt – was seid ihr selbst? Ihr treibt Verschwendung, ihr behängt euere Weiber mit Schmuck aus der Judengasse, ihr feiert Tanzfeste, schamloser als die Mohren, und hurt in den Badstuben herum, aller christlichen Sitte zum Hohn, ihr rennt von der Kirche geradewegs ins Bordell, und was schlimmer ist, ihr habt euern brandversehrten Dom in zehn Jahren nicht wieder aufgebaut.

GRUELHOT Der Herr Ludger, unser Dekan, verhandelt mit flandrischen Steinmetzen –

HENRICUS Um hier die neuen, hirnverbrannten Baumoden einzuführen, die kein Mensch versteht, statt der altehrwürdigen, bewährten. Dafür habt ihr das Geld. Und dafür soll braunschweigisch Blut fließen? Soldatenblut? Für nichts als Unsitte und Verkommnis? Und umsonst, womöglich?

GRUELHOT *unter sich schauend, leise und erpresserisch* Der Herr Stiftspropst wirft uns Unzucht und Unsitte vor. Doch gibt es Gerüchte, sie laufen um in der Stadt, Gerüchte, sage ich, von Hintertüren im Stift, von einem geheimen Verbindungsgang zum Frauenkloster, von jugendlichen Novizen, die niemals die Gelübde ablegen – Gerüchte, hab ich gesagt.

HENRICUS *lacht* Gerüchte. Gerüchte. Wenn ich einen Pfaffen erwische, der das Zölibat bricht und mit Weibern schläft oder mit seinen Meßknaben hundelt, dann laß ich ihm das Glied abzwacken, mit dem er gesündigt hat. Das muß man ernst nehmen, sonst kriegt man das Volk in keinen Beichtstuhl mehr, und das Volk ist eine Schafherde, die einen Hund braucht und eine Leitgeiß. Aber ich? Schau mich an. Glaubt ihr, ich habe aus Frommheit die Weihen genommen? Nur meinem Bruder zuliebe, weil der und jener Posten seiner Außenmacht nur von einem Propst oder Bischof gehalten werden kann. Das ist Politik, das ist nicht heiligmäßig. Und was denkt ihr, wie viele adlige Fräulein nur im Kloster sitzen, weil ihre Familie einen Priester oder eine Nonne stellen muß, um sich das Zinsrecht auf die Dörfer eines Bistums zu sichern? Das ist Wirtschaft, Wirtschaft, und kein Gelöbnis! Für so was, da braucht es Hintertüren, das geht keinen was an, der vorne hereinkommt. Und wer davon redet, wenn man ihn faßt, dem wird die Zung ausgerissen, dann schwätzt er nicht mehr. Für das Geistliche aber, die Enthaltsamkeit und die Nächstenliebe, da ist der alte Ludger da, der hat keine Anfechtungen mehr.

GRUELHOT Er war i m m e r ein sehr frommer und sehr weiser Herr, auch in der Jugend, unser Herr Dekan und Weihbischof.

HENRICUS Ja, der hat Phantasie, damit kann man leicht keusch bleiben. Der hat die Sanftmut, aber ich – ich habe das Blut! Und möchte Blut sehen, wenn ich ein Ritter wäre. Tausend Türken könnt ich die Köpf abschlagen, aber die Zeiten sind vorbei, man hat nichts mehr vom Leben.

GRUELHOT Es gibt andere Köpfe, gleich vor unsern Mauern –

HENRICUS Mein Bruder, der Herzog, der hat eine fürstliche Frau, und die hat Hofdamen, und wenn sie zu alt sind, haben sie zarte Töchter, und dann all die Jungfern, die leibeigenen von den Landgemeinden, pralle Brunswyker Deern – der hat ein Leben, wie kein Sultan in Arabien. Ihr Stadtwänste aber solltet den Schwanz einziehen, sonst wird euch draufgetreten.

GRUELHOT Der Herr Stiftspropst versucht, mich zu demütigen, um das Geschäft zu vergessen.

HENRICUS Keineswegs. Ich mach dir sogar einen Vorschlag. Warum verkaufst du sie nicht, deine Aufsässigen, soweit sie jung sind und kräftig? Es ziehen Werber durchs Land, Locatores geheißen, die kaufen Leute gegen harte Münze, als

Arbeitssklaven für die Länder im Osten, Moravien und Pannonien, man braucht sie dort nach dem Kaiserlichen Sieg in Böhmen, und für das Land, das die Ordensherrn den Wenden abgenommen haben. Dann bist du sie los, hast Geld, kannst dir selber Soldaten leisten, und was weiter mit ihnen geschieht, das kümmert uns nicht. Denn da kommt keiner zurück.

GRUELHOT *sichtlich betroffen, denkt nach. Man merkt, daß er dann anders spricht, als er denkt.* Das wäre – Menschenhandel. Ein solcher Gedanke ist eines geistlichen, auch eines weltlichen Würdenträgers ungemäß.

HENRICUS *belustigt* Ich weiß, was du jetzt denkst, alter Fuchs. Du denkst, ich will mich an dem Erlös beteiligen. Gar nicht so dumm gedacht. Du kannst das überschlafen.

GRUELHOT Auch zu einem solchen – Notstandsbeschluß brauchte die Stadt Waffen, um ihn durchzuführen. Gewappnete Landsknechte, mindestens hundert Mann – meinetwegen auf Schuldverschreibung. Doch ohne diesen Beistand sind wir nicht weiter in der Lage, dem Stift Abgaben zu liefern – irgendwelcher Art.

HENRICUS Keine Abgaben mehr? Das würde euch übel bekommen. Man hat schon über andere Städte den Kirchenbann verhängt, du weißt, was das bedeutet, Herr Stadtregent: Schleifung der Mauern und Beschlagnahmung aller Güter.

GRUELHOT Wer den Kirchenbann auslösen will, beim Papst nämlich, müßte selbst saubere Hände haben und unantastbar sein im Sinne einer päpstlichen Untersuchung.

HENRICUS *aufbrausend* Soll das eine Drohung sein?

GRUELHOT Ich denke, wir tun beide gut daran, unsere Vorschläge zu überschlafen. Jetzt darf ich zum Mahl bitten.

Er rührt eine Tischglocke, der Vorhang wird geteilt, Divana tritt herein, hinter ihr zuerst ihre Zwillingskinder Stellamarie und Coelestin, reizvoll gekleidet, mit silbernen Krügen in der Hand, dann die vier Kinder des Grafen von Everstein, Brunold, Heidelore, Wisbert, Gudula, in gleichem Aufzug, alle mit etwas dunklerer Hautfarbe, sie tragen die Speiseschüsseln.

Divana lächelt den Stiftspropst an, mit einer einladenden Bewegung.

HENRICUS *tritt ganz nahe zu ihr hin, streichelt ihren nackten Arm bis zur Schulter hinauf* Ich danke für den Willkomm und die wohlriechende Einladung. Aber mir ist der Appetit vergangen. Gute Nacht. He, Garde! *Zu Gruelhot* Bei mir zu Hause gibt's Wildbret und Burgunder.

Die Gewappneten erscheinen klirrend in der Tür. Er geht, sie folgen. Drunten entfernt sich der Bungeschlag. Divana macht den Kindern ein Zeichen, sie ziehn sich zurück.

GRUELHOT *nach einer Pause, unsicher* Ich glaube, ich habe ihm – einen Schreck eingejagt. Das wird ihn umstimmen. Wenigstens habe ich erreicht, daß er die Lage ernst nimmt.

DIVANA Du hast gar nichts erreicht. Du hast dich von Scadelant abschimpfen lassen wie ein Klosterbub. Du hast den Propst umwedelt wie ein maroder Hund, und geknurrt, wenn er dir einen Tritt gab. Darüber lacht der nur. Du hast ihm kein Wort von den Mohrenkindern gesagt, die er ins Stift nehmen muß als gräfliche, du warst zu feige.

GRUELHOT Es war nicht die Zeit dafür. Ich wollte das, nach dem Essen, beim Wein –

DIVANA Den er verschmäht hat.

GRUELHOT Divana, ich brauche Hilfe, keinen Vorwurf.

DIVANA Auch ich brauche Hilfe. Schau dir die Spange an, auf meiner Brust. Siehst du nicht, daß der Rubin fehlt, in der Mitte? Er ist herausgefallen, verschwunden, in eine Ritze – oder ein Rattenloch. Mach mir die Spange los.

GRUELHOT *tut es, mit zitternden Händen* Vielleicht – findet er sich noch – laß die Kinder suchen.

DIVANA Ich will ihn nicht mehr. Es gibt einen schöneren, in der Judengasse, einen klaren, dieser war unrein.

GRUELHOT Ich habe – ich habe all mein Geld – du weißt es, du selbst hast mich beraten – all mein Geld in diesen Handel gesteckt, in diesen Trughandel gegen meine Bürger, der jetzt fehlschlägt, weil ich falsch beraten war –

DIVANA Ist das ein Mann, der seiner Gattin die Schuld gibt?

GRUELHOT Keine Schuld, ein Irrtum, aber ich bin verschuldet!

DIVANA Und mir fehlt der rote Stein.

GRUELHOT Ich habe kein Geld, Divana!

DIVANA Ich kenne diesen Satz. Doch hattest du immer Geld, wenn ich einen Wunsch hatte. Woher, das frag ich nicht.

Gruelhot will den Kopf in ihre Brust bergen, sie tritt zurück. Divana zum Vorhang, ruft Elken!

GRUELHOT *gefaßt* Ich gehe jetzt. Ich muß den Stadtrichter sprechen. Und den Kämmerer. Sofort. *Er verneigt sich vor ihr, geht, die Tür knarrt hinter ihm. Elken van Lüde, die Kammerfrau, ist hereingekommen. Sie ist eine stattliche Fünfzigerin, mit ernsten Zügen.*

DIVANA Mach mir das Kleid auf, Elken.

Elken ist hinter sie getreten, haftelt ihr Kleid rückwärts auf, so daß sich ihre Schultern entblößen.

Elken. Du bist verwitwet, du hast einen lahmen Sohn. Sag mir eins: Warst du jemals glücklich?

ELKEN Wer ist glücklich?

DIVANA *beiläufig* Ich, wer sonst. Ich habe alles, was eine Frau sich wünschen kann – *Sie bricht ab, als habe sie nichts gesagt.*

ELKEN Du bist stolz, und du leidest. Du schläfst nicht in der Nacht. Auch ich schlafe nicht. Ich höre deine Schritte, wenn du herumgehst mit nackten Füßen.

DIVANA Ich brauche nicht viel Schlaf. *Sie streift ihre Schuhe ab.*

VII.

Auf dem Koppen, einer flachen Anhöhe, stehen Galgen und Rad vor einem dunstblassen Himmel. Bunting, allein, gräbt dort eine Grube, aus deren Ende ein verkrageltes Bein herausragt, mit verdrehtem Fuß. Von der Stadt wird Mittag geblasen, ein ferner, langgezogener Hornruf. Der Bunting schiebt das herausragende Bein in die Grube, dann legt er die Schaufel weg, wischt sich den Schweiß, setzt sich. Sein Oberkörper ist nackt, seine bunte Jacke hängt an einem Stecken. Der Hornruf klingt ab. Er nimmt seine Flöte aus dem Gürtel, versucht den verklingenden Ton zu treffen, wiederholt ihn leise. Aus der Grube antwortet ihm zischendes Pfeifen. Er hebt einen Stein auf, wirft ihn nach der Grube. Das Geräusch hört auf. Dann setzt er die Flöte wieder an, bläst anders – einen kleinen, heiteren Lauf.

Rikke kommt, mit einem Korb.

BUNTING *setzt die Flöte ab* So ist's recht. Ich pfeif, du kommst.

RIKKE Da kannst du lange pfeifen, und es kommt doch keiner. Ich bring dein Essen. Der Kleine hat mich geschickt.
Sie nimmt eine Schüssel aus dem Korb und einen kleinen, mit einem Holzpfropf verschlossenen Krug.

BUNTING Was ist da drin?

RIKKE Schnaps. Den brennt er selbst, aus Machandelbeeren.

BUNTING Hat er den auch geschickt?

RIKKE Nein, ich hab ihn abgefüllt, aus dem Kessel. Ich dachte, du brauchst so was, in der Umgebung.

BUNTING Du bist nett zu mir. *Ißt*

RIKKE Weil du ein Fremder bist. *Setzt sich neben ihn.*

BUNTING *nimmt einen Schluck* Ist dir nicht grauslich hier droben? Hast du da keine Angst?

RIKKE Vielleicht, wenn ich allein wär. Aber ich war schon mehr droben. Es macht mir nichts.

BUNTING Die meisten Mädchen würden davonlaufen, wenn sie den Galgen sehn, und ein Grab mit einem toten Mann.

RIKKE Ich bin anders.

BUNTING Du bist eben dran gewöhnt.

RIKKE Nein. Ich war immer anders. *Pause.* Das ist eine Geschichte, die darf niemand wissen.

BUNTING *essend* Dann erzähl sie keinem.

RIKKE Nur dir. Du verrätst es nicht.

BUNTING Bist du so sicher?

RIKKE So was weiß man.

BUNTING Du kennst mich nicht. Ich sage alles, wofür man mich bezahlt. Ich habe keinen Grund, jemanden zu schonen. Ich verrate jeden, wenn es mir Vorteil bringt.

RIKKE Nicht mich. Denn da hättest du nichts davon. Da kämst du nur in die Mühle.

BUNTING In was für eine Mühle?

RIKKE Nun – in die peinliche, die der Kleine dreht. Die tut weh.

BUNTING Du meinst – dein Vater.

RIKKE *lacht* Mein Vater –

BUNTING Jetzt machst du mich neugierig.

RIKKE Der – soll mein Vater sein? *Lacht*

BUNTING Wer sonst?

RIKKE Das weiß ich nicht.

BUNTING Aber deine Mutter –

RIKKE *wieder ernst* Du meinst die alte Frau, die seinige? Die hat nie ein Kind geboren.

BUNTING Woher weißt du das?

RIKKE Sie war krank, sie hat schon die Ölung bekommen, vorletzte Ostern, und geglaubt, daß sie sterben muß. Da hat sie mir's gesagt.

BUNTING Nämlich? Erzähl.

RIKKE Aber dann mußt du mir auch was erzählen.

BUNTING Erst du.

RIKKE Vor achtzehn Jahren, hat sie gesagt, da haben sie eine angeklagt, weil sie Kinder verhext hätte, daß sie toll wurden und nicht mehr leben wollten oder fortgelaufen sind von zu Hause –

BUNTING Kinder –

RIKKE Was man so Kinder nennt. Hierzuland wird man ein Kind genannt, bis man selber eins kriegt. Auch Vieh soll sie verhext haben, und mit dem Teufel geschlafen, aber ich glaub das nicht. Sie war noch jung, und in Hoffnung. Das hat keiner gewußt außer dem Kleinen, denn sie war viele Monate eingesperrt und in Eisen gelegt, ohne Licht, im Kerker. Dort hat sie geboren, auf dem nackten Stein.

BUNTING Und das Kind?

RIKKE Den Kleinen hat es gedauert. Wenn ein Kind weint, das kann er nicht ertragen. Sie haben gesagt – er und sein Weib –, ich sei ihr eigenes, denn sie hatten keins. Und da sie allein wohnen müssen und nicht unter die Leute gehn, hat's niemand nachprüfen können. Meine Mutter, die haben sie dann –

BUNTING Was haben sie?

RIKKE Ich will nicht dran denken, was sie mit meiner Mutter gemacht haben.

BUNTING Gefoltert und lebendig verbrannt. Oder ins Wasser geworfen, mit einem Stein um den Hals.

RIKKE Ich will nicht dran denken.

BUNTING Und du sagst Vater – zu dem Kleinen.

RIKKE So hat man mich geheißen.

BUNTING Hast du ihn gern?

RIKKE Ich weiß nicht. Ich muß ihm dankbar sein. Ohne ihn – da wär ich gar nicht da.

BUNTING Dafür – soll man dankbar sein? Daß man da ist?

RIKKE Ja. Ich bin gerne da.

BUNTING Vielleicht hast du recht. Meinetwegen. Ich muß ihm auch dankbar sein.

RIKKE Weil er dir Arbeit gibt.

BUNTING Nein. Weil du da bist.

RIKKE Liegt dir was dran?

BUNTING Natürlich. Du bringst mir das Essen – und einen Schnaps dazu.

RIKKE Ach du – *Lacht leise*

Bunting nimmt einen Schluck, pfropft das Krüglein zu, steht auf, zieht seine Jacke an.

Ist dir kalt?

BUNTING Mich schauert's ein wenig. Es kommt Wind auf.

RIKKE Jetzt bist du dran.

BUNTING Ich hab aber nichts zu erzählen.

RIKKE Doch. Wo du herkommst, will ich wissen, und was du früher gemacht hast.

BUNTING Wenn ich was erzähle, so ist das alles gelogen. Gelogen, geschwindelt und aus der Luft geholt.

RIKKE Dann hast du was zu verheimlichen.

BUNTING Kann sein.

RIKKE Aber du kannst doch sagen, wo du herkommst. Ich meine – wo du zu Hause warst.

BUNTING *heiter* Ich war nirgends zu Hause.

RIKKE In einem Land mußt du gewesen sein. Du sprichst anders als hier.

BUNTING *lacht* Du bist hartnäckig. Ja, in einem Land bin ich gewesen, das ist weit von hier. Und da kann ich nicht wieder hin.

RIKKE Warum? Hast du was angestellt?

BUNTING *zuckt die Achseln* Sie wollten mich zu den Soldaten stecken, es war Krieg dort, da bin ich davon. Es war ein schönes Land.

RIKKE Und du kannst nie mehr zurück?

BUNTING Ich könnte schon, wenn ich was mitbringe.

RIKKE Was? Gold womöglich?

BUNTING Nein, das haben die selber dort.

RIKKE Was sonst?

BUNTING Menschenfleisch.

RIKKE Menschenfleisch?

BUNTING Lebendiges nämlich. Das braucht man dort.

RIKKE Das versteh ich nicht.

BUNTING Ist auch nicht nötig. Denn ich tu es nicht.

RIKKE Jetzt glaub ich wirklich, du lügst mir was vor. Aber ich denk mir mein Teil.

BUNTING Das kann dir niemand verbieten.

RIKKE Du bist nicht einfach ein Landstreicher oder Strauchdieb. Auch keiner, der nur so vor den Landsknechten davongelaufen ist.

BUNTING So. Woran erkennst du das?

RIKKE An deinen Händen. Die sind anders. Nicht wie von einem Mann, der immer hat schaffen müssen. Auch nicht wie von einem Soldaten. Kräftig schon, aber anders.

BUNTING Ich bin ein Musikant, das ist es.

RIKKE Nicht nur. Ich glaube – man hat dir was angetan. Und du hast etwas vor.

BUNTING Wie kommst du auf so was?

RIKKE Du schaust manchmal so vor dich hin, wenn du nicht merkst, daß man dir zusieht.

BUNTING Jeder – schaut manchmal so vor sich hin, wenn er nicht merkt, daß man ihm zusieht.

RIKKE Du hast gesagt, du hättest keinen Grund, jemanden zu schonen. Also mußt du einen Grund haben, niemanden zu schonen.

BUNTING *schaut sie an* Warum denkst du überhaupt über mich nach? Was geht dich das an, was ich für Gründe habe, so oder so.

RIKKE Was geht einen an, und was geht einen nicht an? Man spinnt sich halt seine Gedanken. *Sie schließt die Hände über den Knien, summt vor sich hin.*

BUNTING *neben ihr sitzend, streckt die Beine aus, legt den Kopf zurück* Was spinnst du jetzt?

RIKKE Im Stadtgraben, wo die Jungen manchmal heimlich zusammenkommen, da erzählen sie, daß der Kaiser noch lebt.

BUNTING Natürlich lebt er. Er heißt Rudolf, von der Habichtsburg, und hat in Böhmen gesiegt, leider.

RIKKE Davon weiß ich nichts, und den meine ich nicht. Ich meine den Jungen, aus dem Süden, der schon vor langer Zeit gestorben ist. Aber er ist gar nicht gestorben, sagen sie, sondern hat sich nur unsichtbar gemacht, durch einen Zauber. Jetzt soll er durch die Länder ziehen – in Franken ist er gesehen worden – als Bettler und Vagabund verkleidet, bis zu dem Tag, wo ihm alle folgen und er Gericht hält. Er soll die ewige Jugend haben und kann Wunder tun.

BUNTING *amüsiert* Und du glaubst, so einer könnte ich sein?

RIKKE *spöttisch* Kannst du Wunder tun?

BUNTING Paß auf.

Er nimmt die Flöte aus dem Gürtel, wiegt sie hin und her. Dann setzt er sie an, bläst den gleichen dünnen Ton wie am Anfang. Sofort kommt von der Grube her das scharfe, zischende Pfeifen. Rikke springt auf, als wolle sie davonrennen, mit einem kleinen Schrei. Bunting setzt die Flöte ab, schmeißt einen Stein wie vorher. Das Geräusch verstummt.

RIKKE *heftig atmend* Jetzt hast du mich aber erschreckt –

BUNTING *lacht* Du kannst dich ruhig wieder zu mir setzen. Die tun dir nichts.

RIKKE *bleibt stehen* Gibt es denn so was? Die fangen an zu quietschen, wenn du pfeifst, wie – wie wenn sie Angst hätten –

BUNTING Du hast es gemerkt, sie kriegen's mit der Angst. Und hätten noch mehr Angst oder würden fliehen, aus ihren Löchern, das heißt: mir nachlaufen, wenn ich mehr pfeife. Neunmal soll man es tun. *Steckt die Flöte weg*

RIKKE *starrt ihn an, mit blassen Lippen* Dann bist du ein Hexer. Ich habe nie an so etwas geglaubt –

BUNTING Unsinn. Da ist gar kein Zauber dabei. Man muß das nur wissen, und die Zigeuner, die wissen das. Komm doch wieder her.

RIKKE Nur wenn du nicht mehr so pfeifst.

BUNTING Ich verspreche es dir. Aber ich will's dir erklären.

Rikke kommt, noch mißtrauisch, näher, wie auf Zehenspitzen. Bunting lächelt, streckt die Hand aus.

Gib mir die Hand.

Rikke gibt ihm zögernd die Hand. Er hält sie einen Augenblick, schaut ihr ins Gesicht, lächelnd.

Nun?

RIKKE *wie erlöst* Jetzt bist du wieder wie sonst.

BUNTING Siehst du. Ich bin immer wie sonst. Jeder Mensch ist immer wie sonst. Nur daß er manchmal eben – außer sich ist. Das gehört zum Leben.

RIKKE Ja – aber die Ratten?

BUNTING Setz dich. Du wolltest doch, daß ich dir was erzähle. Jetzt erzähl ich dir was, das ist nicht gelogen.

RIKKE Du bist doch gar kein Zigeuner –

BUNTING Nein. Aber ich habe bei ihnen gelebt. Und die Zigeuner, die wissen viel, sie müssen viel wissen, denn sie sind immer auf der Wanderschaft und werden immer verfolgt. Ich habe gesehen und gelernt, wie sie die Tiere anlocken, wenn sie Hunger haben, oder solche, die ihnen schädlich sind und die sie vertilgen wollen. Sie können Igel und Wachteln herbeipfeifen, wo's keine Hühner zu stehlen gibt, sie kennen auch einen Laut, vor dem der Fuchs erschrickt und seine Beute fallen läßt. Da gibt es Töne, die wir gar nicht hören können, aber die Tiere hören sie und können dem nicht widerstehn. So ist es auch mit den Ratten.

RIKKE *nachdenklich* Da könntest du – alle Ratten toll machen und in den Fluß jagen, wo er am tiefsten ist und sie wegreißt.

BUNTING Wenn ich es wollte, könnte ich das vielleicht.

RIKKE Aber da würden sie dich für einen Hexer halten.

BUNTING Das fürchte ich auch. Sonst hätte ich's deinem Vater – ich meine dem Kleinen – schon gesagt. Denn er muß jetzt nachts immer Ratten schlagen und Löcher verstopfen, auf Stadtbefehl. Das nutzt aber nichts, es gibt zu viele.

RIKKE Ich glaube, sie würden dir nichts tun, auch wenn sie dich für einen Zauberer halten. Ja, sie müssen dich für einen Zauberer halten, sonst lachen sie dich nur aus, so sind sie.

BUNTING Ja, so sind sie.

RIKKE Du könntest Sicherheit verlangen, Belohnung und freien Abzug.

BUNTING Ich will aber gar nicht abziehen.

RIKKE Du – willst nicht wieder fort? Möchtest hier bleiben?

BUNTING Allerdings nicht bei dem Geschäft.

RIKKE Was würdest du sonst anfangen?

BUNTING Das Dümmste was es gibt. Ich möchte Bauer sein, mit einem Stück Land, und an einem Ort bleiben. Ich bin noch nie an einem Ort geblieben. Ich habe es satt.

RIKKE Wenn es dir hier gefällt –

BUNTING Es ist nicht schlechter als anderswo.

RIKKE *nach einer Pause* Ein Bauer – ganz allein.

BUNTING Das – hab ich nicht gesagt.

Er schaut sie an, sie schaut unter sich. Dann steht sie auf, tut die Schüssel und das Krüglein in den Korb, geht. Nach ein paar Schritten dreht sie sich noch einmal um, legt den Finger auf die Lippen. Bunting legt gleichfalls den Finger auf die Lippen, schnickt ihn dann nach ihr, als werfe er ihr einen Kuß zu. Sie geht.

VIII.

In Gruelhots Haus, der gleiche Raum wie früher. Heller Mittag. Vor Gruelhot steht, in devoter Haltung, der Kleine Henker, hinter ihm, eher aufsässig, der Hostienbäcker.

GRUELHOT Mit einer Pfeife, sagst du – und das soll ich glauben?

KLEINER HENKER Verständigerweise nicht, Euer Gnaden. Aber was man glaubt, ist ja, gewissermaßen, das Unverständige. Womit nicht gesagt sein soll, daß nicht manchmal auch das Verständige geglaubt werden kann.

GRUELHOT Haltet mich nicht auf mit Geschwätz, ich muß zurück in die Sitzung. *Zum Hostienbäcker* Wenn du mich, eines abergläubischen Schwindels wegen, hast herausrufen lassen –

HOSTIENBÄCKER Ich riskiere nur, wo sich's lohnt, sonst tät ich mich hüten. Herr Stadtregent wissen Bescheid.

GRUELHOT Und ihr habt den Kerl gleich mitgebracht?

KLEINER HENKER Er wartet, anstandsgemäß, in der Küche.

GRUELHOT Du meinst wirklich, daß er zaubern kann?

KLEINER HENKER Insofern die Ratten beteiligt sind, wie der Malefiz persönlich. Wenn er pfeift, quieken sie, und wenn er mehr pfeift, rennen sie hinterdrein bis ins Rote Meer, wenn die ägyptische Vergleichsweise gebührlich ist.

GRUELHOT Ich laß ihn ins Turmgelaß schmeißen, da soll er sehen, wie er mit den Ratten fertig wird.

HOSTIENBÄCKER Wenn ich recht unterrichtet bin, ist die heutige Ratssitzung wegen Notstand einberufen worden. Es sollen Todesfälle vorgekommen sein, auch in der vorderen Stadt, man redet von Rattenbiß oder vom schwarzen –

GRUELHOT Das geht dich nichts an!

HOSTIENBÄCKER Aber andere Leute. Wer da ein Mittel wüßte – der könnte sich hochverdient machen. Und verdienen.

GRUELHOT Ruf ihn herein.

Kleiner Henker verbeugt sich. Läuft hinaus

HOSTIENBÄCKER Geschäftlich gesprochen, zehn Prozent der Belohnung und eine Sonderprämie. Ohne mich hätte sich der Kleine nie hergetraut.

GRUELHOT Wie steht's hinten?

HOSTIENBÄCKER Schlecht, die werden immer wilder. Sie wollen –

GRUELHOT Das genügt.

HOSTIENBÄCKER *rasch* – die Judengasse anzünden und die Badhäuser.

Kleiner Henker kommt mit dem Bunting, der sich mit stolzer Höflichkeit bewegt und kurz den Kopf neigt.

GRUELHOT Du behauptest, ein Zauberer zu sein.

BUNTING Nicht daß ich wüßte, mein Herr.

GRUELHOT So bist du nichts als ein vagierender Fallensteller und Gezüchtvertilger.

BUNTING *lächelnd* Derzeit bin ich – städtischer Beamter. *Weist auf den Kleinen Henker* Allerdings ohne festes Mandat.

Gruelhot will aufbrausen.

KLEINER HENKER *schnell ablenkend* Es handelt sich nicht um Verfallnis, ich meine mit Schnapp- oder Schlageisen, auch nicht um Vergiftung, es ist eine – pfiffige Magie! Mit der Pfeife nämlich.

GRUELHOT Das Ding wird beschlagnahmt. Nehmt ihm die Pfeife ab.

BUNTING *nimmt sie sofort aus dem Gürtel, reicht sie Gruelhot hin* Wenn sich der Herr bedienen möchte – es ist leicht zu erlernen. Ich stehe für Lektionen zur Verfügung.

GRUELHOT *ohne die Flöte zu berühren* Ist es wahr, daß dir die Ratten folgen, wenn du bläst?

BUNTING Wenn ich auf eine bestimmte Art blase, scheinen sie das zu müssen. Ich war selbst überrascht.

HOSTIENBÄCKER Ich kann es bezeugen, sie sind ihm nachgerannt vom Calvari draußen bis zu dem Wirbel im Mühlenbach, woselbst sie ersoffen.

GRUELHOT So ist es doch Hexerei, und das ist sündhaft. Du hast dich von jetzt an als Häftling zu betrachten.

BUNTING Mit Vergnügen. Natürlich geziemt es einem Häftling, sich still zu verhalten und nicht zu pfeifen. *Steckt die Flöte ein*

GRUELHOT Man wird dir befehlen, was du zu tun hast.

BUNTING Es gibt Dinge, die gehen nicht auf Befehl, und es gibt Menschen, die sind auch als Häftling frei.

GRUELHOT *sieht ihn scharf an* Wer bist du überhaupt? Wo kommst du her, was ist deine Abstammung?

BUNTING *mit überlegener Bescheidenheit* Das mag in einer Adelschronik stehn. Zunächst bin ich ein Gast in Ihrer Stadt und keines Menschen Untertan, dem ich Rede und Antwort zu stehen hätte.

GRUELHOT Ein Häftling hat zu antworten.

BUNTING Ich habe geantwortet.

GRUELHOT *zum Kleinen Henker* Was hat er dir gesagt?

KLEINER HENKER Als ich ihn traf, gnädiger Herr, da hat sein Magen geknurrt, so laut, wie wenn man einem Hofhund seinen Knochen abnimmt, so – *Er knurrt.*

GRUELHOT Und du hast ihn eingestellt, ohne ihn zu befragen?

KLEINER HENKER O doch, und er hat freidienlich gesagt, daß er ein Musikant war in Böhmen, aber er hat auch eine Vorvergangenheit, was das Herkömmliche betrifft. Er ist, wenn ich so sagen darf, ein Mynysterium.

GRUELHOT Wie läßt er sich an bei der Arbeit, wie verhält er sich dir gegenüber?

KLEINER HENKER Wie ein Sohn zum Vater. Nur freundlicher. Viel freundlicher.

GRUELHOT *zum Bunting* Bist du hierher gekommen, um der Stadt deine Dienste anzubieten?

BUNTING Als ich herkam, wußte ich noch nicht, daß die Stadt sie benötigt.

GRUELHOT Was würdest du, falls es kein Humbug ist und wir die Plage loswerden, verlangen?

BUNTING Ich habe noch nicht darüber nachgedacht.

GRUELHOT Denke rasch. Ich muß es den Herrn vorschlagen, die mich im Rathaus erwarten.

BUNTING Möchten nicht Sie mir einen Vorschlag machen, mein Herr?

GRUELHOT Im Falle des Versagens: Auspeitschung und Stadtverweisung. Für den Fall des Gelingens – sagen wir – eine bestimmte Summe, ich muß das mit dem Stadtkämmerer besprechen.

BUNTING Es wäre ratsam, mit dem Herrn Kämmerer den Schaden auszurechnen, welchen die Stadt durch die Plage monatlich erleidet, und zwar in steigender Skala. Darnach ließe sich der Wert einer Abhilfe bemessen.

GRUELHOT *zum Kleinen Henker und Hostienbäcker* Ihr könnt gehen. *Die beiden verziehen sich. Zum Bunting* Du wartest hier, bis ich zurückkomme, und verläßt dieses Haus nicht, bevor die Sache geklärt ist. Ich werde die Eingänge bewachen lassen.

ELKEN *die Kammerfrau, ist eingetreten* Die gnädige Frau läßt fragen, wann das Mittagsmahl gerichtet werden kann.

GRUELHOT Sag ihr, ich bin heute verhindert, der Hohe Rat wird bis zum Abend tagen. Sie möchte mit den Kindern allein speisen. *Geht*

ELKEN *schaut den Bunting an, der sich höflich verneigt* Bist du hungrig?

BUNTING Ich danke, nein, meine Dame.

ELKEN Du kannst in die Küche kommen, wir haben genug.

BUNTING Ich habe den Auftrag, hier zu warten. Ich weiß auch nicht, ob es schicklich wäre, mich in der Küche zu bedienen.

ELKEN Wie du meinst. *Schaut ihn befremdet an, geht*

BUNTING *lächelt, bis sie verschwunden ist, dann fällt er plötzlich ab, erlöschend, wie jemand, der Angst vor seinem eigenen Mut bekommt. Er geht einige Male im Kreis, hält ein, zuckt die Achseln, sagt vor sich hin.*

Eingekreist.

Dann setzt er sich, nimmt die Flöte heraus, trillert leise. Coelestin und Stellamarie kommen herein. Sie sehen aus wie junge Leute, die von der Schule heimkommen. Bunting ist aufgestanden, hat die Flöte versorgt.

COELESTIN *überrascht* Hast du jetzt das Rohr geblasen?

Bunting nickt.

Es klang wie ein Vogel, in der Frühe. Was tust du hier?

BUNTING Ich habe mit eurem Vater etwas zu besprechen – wenn ich recht rate, daß ihr die Kinder seid.

STELLAMARIE Kinder –

COELESTIN Mit unsrem Vater – der versteht nichts von Musik. Willst du Pfeifer werden, bei den Stadtmusikanten?

BUNTING Vielleicht auch das.

STELLAMARIE Das wäre fein, wir haben nur alte, schlechte, die immer denselben Bung machen. Wie soll man da tanzen, wenn alles so lahmdösig geht.

BUNTING Tanzt du gern?

STELLAMARIE Nicht, wenn die Alten zuschauen. Nicht so, wie wir sollen.

BUNTING Sondern wie?

STELLAMARIE Ich weiß nicht –

COELESTIN Manchmal tanzen wir unter uns, meine Schwester und ich und ein paar andere, aber ohne Musik, von uns kann keiner spielen, wir summen uns nur was dazu, wenn wir allein sind.

BUNTING Im Stadtgraben.

COELESTIN Woher weißt du das?

BUNTING Wo sonst sollt ihr allein sein?

COELESTIN Aber das darf niemand wissen –

BUNTING Ich sage nichts.

STELLAMARIE Bist du arm?

BUNTING Warum glaubst du?

STELLAMARIE Du trägst hübsche Kleider, aber alt.

BUNTING Ich bin Gehilfe beim Henker.

STELLAMARIE Du –?

COELESTIN *nach einer Pause* Dann dürften wir eigentlich nicht mit dir sprechen. Aber du siehst nicht aus, wie wenn du –

BUNTING Was?

COELESTIN Unehrlich wärst. Oder grausam.

BUNTING Die Grausamen sehen selten so aus.

STELLAMARIE Du bist nicht von hier, da macht es nichts. Da brauchen wir von deinem Stand nichts zu wissen.

BUNTING Ich komme ohnehin nicht wieder, in euer Haus.

STELLAMARIE Man kann sich anderswo begegnen.

COELESTIN Stella!

BUNTING Das wird schwer sein. Ich darf sonst nicht in die Stadt.

STELLAMARIE Willst du nicht aufspielen für uns im Stadtgraben, heimlich?

COELESTIN Achtung.

Man hört die Stimmen Divanas und Elkens.

STELLAMARIE Für mich?

COELESTIN Ist es wegen dir, daß die Wache vorm Haus steht?

Bunting grinst, nickt.

STIMME ELKENS *der Kammerfrau* Coelestin! Stellamarie!

COELESTIN Werden sie dir was tun?

BUNTING Ich glaube kaum.

STELLAMARIE *rasch* Wir sind dort Samstag abends, nach der Vesper, wenn die Alten zur Andacht müssen.

COELESTIN *wie unter Zwang, leise* Bei den Ebereschen, wo die Mauer ein Loch hat.

DIVANA *kommt herein. Sie trägt ein vornehmes Hauskleid mit hellem Spitzeneinsatz und kurzen Ärmeln. An einer dünnen Goldkette hängt ein großer, funkelnder Rubin auf ihrer Brust.* Geht zu Elken, sie wartet schon mit der Suppe.

STELLAMARIE Und du?

DIVANA Ich habe schon gegessen.

Coelestin und Stellamarie gehen. Divana mustert den Bunting, ohne Lächeln.

BUNTING *legt die rechte Hand aufs Herz, schwingt die linke ein wenig zurück, neigt den Kopf* Ciavo Gospodina.

DIVANA Was heißt das?

BUNTING Ich bin dein Sklave, Herrin.

DIVANA Es klingt schöner in deiner Sprache.

BUNTING Es ist nicht meine Sprache, und es sind zwei Sprachen. Die erste spricht man in Venedig, die zweite in Polen, an der Viscula. Doch nur unter den Edlen.

DIVANA Bist du dort überall gewesen?

BUNTING Ich bin viel gereist.

DIVANA Seltsam. Man hat mir gesagt, du seist ein Henkersknecht, der Ratten totschlägt. Meine Kammerfrau hat es gehört.

BUNTING Es ist nicht meine Art, Tiere totzuschlagen. Aber ich liebe die Jagd – die Reiherbeiz am meisten, mit dem Falken. Das ist eine königliche Kunst.

DIVANA Ich weiß. Mein Vater hat sie betrieben, aber man findet hier keinen Falkenier, der die Greifvögel abzurichten versteht.

BUNTING Es braucht viel Geduld und Kenntnis. Man betreibt das im Süden, in den Sumpfgebieten Italiens, aber auch in den östlichen Steppen, wo man den Goldadler dafür zähmt.

DIVANA Du sprichst von fürstlichen Künsten und tust niedrige Dienste für Geld. Du bist hier, um dem Stadtregenten Geld zu entlocken.

BUNTING Ich brauche kein Geld. Das heißt, ich brauche es manchmal, wie es jeder braucht, um zu leben. Aber ich hasse das Geld.

DIVANA Du bist der erste, dem ich das beinah glaube. *Sie setzt sich, schlägt ein Bein übers Knie, spricht ohne ihn anzuschauen.* Wir hatten einmal einen Edelmann im Schloß, für besondere Dienste, der dir ähnlich sah, er war jünger als du und sehr scheu. Er sollte mein Page werden. Er ist dann gestorben, ich meine, der Junge, der dir ähnlich sah, ich konnte nichts dafür – oder doch, ich konnte einfach nicht aufhören, bei der Hetzjagd auf einen Hirschen, obwohl es in Strömen goß. Die Meute hatte die Spur verloren, und die Meutführer kehrten um, aber er mußte mir folgen, dann bekam er das Fieber. Ich wollte ihn pflegen, aber ich durfte nicht in sein Zimmer, es gehörte sich nicht. Bei der Totenmesse – sah ich ihn plötzlich nicht mehr, das heißt, ich konnte mich nicht erinnern, wie er aussah, sein Gesicht, seine Hände, alles wie fortgewischt. Das hat mich lange gequält, jetzt kann ich es wieder, mich erinnern – überhaupt an alles. Ich habe nicht geweint, damals, nur später, als ich dann in die Stadt mußte, meines Vaters wegen, und mein Pferd verlassen – das war wie Verrat. Man verkauft sich nicht gerne, und nicht ungestraft. Setz dich daher, auf den Schemel, neben mich.

Bunting tut es.

Auch ich hasse das Geld. Aber ich liebe Schmuck. Nicht nur

weil er schön ist, oder schöner macht, wenn man ihn trägt. Es ist eine Kraft darin, die mich – ja, die mich – ich könnte töten für Schmuck.

BUNTING Das hat manche getan.

DIVANA Siehst du den Rubin auf meiner Brust? Ich weiß nicht, was er meinen Mann gekostet hat, ich weiß nur, daß er ruiniert ist. Aber das ist für einen Geschäftsmann nicht anders, wie wenn ein Schachspieler seine Bauern verliert und einen Turm. Dann kann er immer noch springen, mit der Königin – solang er sie hat. Hast du viele Frauen geliebt?

BUNTING Geliebt?

DIVANA Ich meinte, besessen.

BUNTING Man besitzt nicht, was man liebt. Nur was man wieder wegwirft.

DIVANA *faßt den Rubin an* Ich besitze diesen Stein – und ich könnte ihn wegwerfen. Willst du ihn haben?

BUNTING Ich möchte nichts, was eine Herrin wegwirft.

DIVANA Sag nicht Herrin zu mir. Wie war das andere Wort?

BUNTING Gospodina.

DIVANA Schau mich an. Du hast Macht über Menschen. Erschrick nicht. Warum spreche ich sonst mit dir?

BUNTING Ich habe keine Lust nach Macht.

DIVANA Aber du hast sie. Ich habe den Blick meiner Tochter gesehen, als ich sie hinausschickte. Hättest du den Mut, mich zu küssen?

BUNTING Ciavo Gospodina. *Er küßt ihre Hand.*

DIVANA Genügt dir das?

BUNTING Mehr – habe ich nicht zu wünschen.

DIANA Sklave.

BUNTING Das ist ein Wort. Ich gehöre dir nicht.

Die Tür knarrt.

DIVANA *steht auf* Paß auf. Du bist in Gefahr. *Sie geht.*

Bunting bleibt noch einen Augenblick auf dem Schemel sitzen mit einem Ausdruck von Staunen, Furcht und Verachtung. Gruelhot kommt herein mit dem Stadtkämmerer von der Campen und dem Stadtrichter von Emmern. Bunting steht auf.

GRUELHOT Wiederhole vor diesen Herrn, daß du behauptest, die Ratten aus der Stadt und ihrer Umgebung wegzaubern zu können.

BUNTING Von Zaubern habe ich nichts gesagt. Aber ich kann sie mit einer Flöte aus den Kellern und Löchern locken und sie dorthin führen, wo sie untergehn. In den Strom zum Beispiel, wenn ich in einen Kahn springe.

GRUELHOT So daß sie nicht wiederkommen?

BUNTING Die nicht, die ertrunken sind, doch es werden nicht alle sein. Die Erfahrung lehrt, daß Ratten ein Wandervolk sind, das in Scharen auftritt und weiterzieht, wo sich's bedroht fühlt.

RICHTER Hast du das öfters getan? Ist das dein Gewerbe?

BUNTING Nein. Ich habe hier zum ersten Mal den Ton getroffen.

RICHTER Den Zauberton.

BUNTING Ich zaubere nicht.

RICHTER Du wirst nicht behaupten, daß so was mit natürlichen Dingen zugeht.

BUNTING Es gibt natürliche Dinge, die wir kennen, und es gibt verborgene, die auch natürlich sind.

RICHTER Du leugnest das Übernatürliche?

BUNTING Nein. Aber hier handelt sich's um Ratten.

KÄMMERER Und um Hunger und Not. Wir sollten's versuchen.

GRUELHOT *tritt zurück* Der Herr Stadtkämmerer hat das Wort.

KÄMMERER Ich will nicht mit dir handeln. Ich nenne einen Preis, einen hohen Preis, du kannst ja oder nein sagen. Wenn du uns wirklich von der Plage befreist, erhältst du von der Stadt hundert braunschweigische Taler. Das ist sehr viel Geld, mehr als der Ertrag einer Jahresernte.

BUNTING Ich habe nachgedacht. Ich will kein Geld.

GRUELHOT Kein Geld?

Bunting schüttelt den Kopf.

So ist es doch ein Schwindel. Kein Schinder sticht einen Hund ab ohne Belohnung.

BUNTING Ich verlange Belohnung, aber nicht in Münze. Ich

verlange alle Rechte eines freien Bürgers dieser Stadt. Auch das Marktrecht. Ich verlange im Schutzbann der Stadt ein Stück Bauernland nach meiner eigenen Wahl, um dort das Feld zu bestellen und vom Ertrag zu leben. Ich verlange die Rechte des Holzschlagens und Steinbrechens zum Haus- und Stallbau. Ich nehme den Grund in Pacht, nach zehn Jahren soll er mir gehören, gegen die übliche Zinspflicht. Alle Rechte müssen verbrieft und versiegelt werden.

Schweigen.

GRUELHOT *plötzlich schreiend* Was denkst du? Wir können keinen hergelaufenen Stromer in unsere Stadtrechte aufnehmen! Ein Bauer ist Leibeigener, sonst nichts!

BUNTING Dann behaltet die Ratten.

RICHTER Es ist ein sonderbares Verlangen, das du da stellst. Hast du die Mittel, um eine Bauernwirtschaft zu begründen?

BUNTING *leichthin* Auch in der Judengasse wird man froh sein, die Plage loszuwerden. Man kann dort das Geld borgen für Kleinvieh, Saatgut und ein Pferd.

RICHTER Du vergißt die Menschen, die Nachbarn, das landsässige Volk. Wir sind in Niedersachsen.

BUNTING Ich habe gelernt, mit vielerlei Leuten umzugehn.

KÄMMERER Eine solche Forderung übersteigt jede mögliche –

Gruelhot hat sich besonnen, steht jetzt hinter dem Bunting, macht den andern ein Zeichen.

Das heißt, man muß sich das überlegen –

GRUELHOT – und die Sache dem Hohen Rat vortragen.

BUNTING Der Hohe Rat wird beschließen, was die Herrn ihm empfehlen – wenn sie es mit dem nötigen Nachdruck tun. Das heißt: Was ich verlangt habe, ist eine Bedingung.

GRUELHOT Wir werden dem Rat die Annahme empfehlen.

BUNTING Wann soll ich mit der Arbeit beginnen?

GRUELHOT Was ist die günstigste Stunde?

BUNTING Kurz vor der Dämmerung, in der Frühe.

GRUELHOT Dann gleich morgen früh am besten.

RICHTER Morgen ist St. Johannis, ein hohes Fest.

GRUELHOT Das ist gleich, wir haben keine Zeit zu verlieren. Es muß alles vorüber sein, bevor es zur Frühmesse läutet.

BUNTING Falls die Verträge unterzeichnet sind, die man mir nach dem Gelingen übergeben wird.

KÄMMERER Du scheinst sehr sicher zu sein.

BUNTING Ziemlich.

RICHTER Ich erhebe Einspruch. Wir können uns keinen Zauberdienst erkaufen ohne geistlichen Rat. Wir würden uns sonst der Mithilfe zur Hexerei schuldig machen. Wir müssen die Kirche fragen.

GRUELHOT Nicht den Propst! Der macht uns Schwierigkeiten, auf jeden Fall.

RICHTER Nein. Unseren Dekan, den Herrn Ludger.

GRUELHOT Wollt ihr den Burschen hinbringen, er ist jetzt im Stift und gibt Unterricht. Ich komme nach.

RICHTER *zum Bunting* Folge uns.

Kämmerer und Richter gehen, der Bunting folgt.

GRUELHOT *wartet, bis sich die Tür geschlossen hat, geht dann zu dem Vorhang, der die rückwärtigen Räume abtrennt* Divana –

Divana tritt ein.

Hast du den Menschen gesehen?

DIVANA Ich habe mit ihm gesprochen. Er führt sich auf – wie ein Herr.

GRUELHOT Ich halte ihn für einen abgefeimten Schwindler.

DIVANA Mag sein. Aber vielleicht hat er Kräfte – von besonderer Art.

GRUELHOT Wir werden's versuchen. Wenn er die Pest verschwinden macht, haben wir Glück. Und dann – wird er verschwinden.

DIVANA Was hat er verlangt?

GRUELHOT Kein Geld! Er hätte hundert Taler haben können. Er verlangt freie Stadtrechte und Bauernland.

DIVANA Dann – weiß er eine Bäuerin, die ihn versorgt.

GRUELHOT Das spielt keine Rolle. Wir werden ihn versorgen.

DIVANA Nicht so rasch. Ich wünsche, daß er zum Sonnwendfest für mich zum Tanz spielt.

GRUELHOT Das gibt Scherereien mit den Stadtmusikanten.

DIVANA Lächerlich.

GRUELHOT Das Fest ist erst morgen abend, das ist zu lang, man sollte ihn gar nicht mehr sehen, hinterher.

DIVANA Ich wünsche es.

Gruelhot senkt den Kopf, geht. Divana setzt sich, spielt mit dem Rubin, fährt plötzlich mit der Hand zum Herzen, stöhnt leise, ruft Elken! *Elken kommt rasch.*

Elken, den Wein mit dem Kräutersaft.

ELKEN *eilt, kommt mit einem Becher zurück, in den sie aus einem Fläschchen etwas gießt* Es ist der letzte. Das Mädchen mit den Kräutern ist nicht mehr gekommen.

DIVANA Man soll nach ihr schicken. *Hält den Becher, noch ohne ihn anzusetzen* Ist das nicht die Tochter des Henkers?

ELKEN Die Tochter oder Ziehtochter, das ist ungewiß.

DIVANA Man soll nach ihr schicken. Ich brauche den Saft, morgen, vor dem Fest. *Trinkt*

IX.

Studierzimmer des Dekans und Weihbischofs Ludger Humilis Hamelonis. Ein romanischer Bogen, ein hölzernes Stehpult mit Kruzifix, Schemel.

Ludger ist ein gebrechlicher alter Mann mit klaren Augen und einer festen Stimme. Er trägt eine dunkelviolette Soutane und ein silbernes Kreuz auf der Brust.

Bei ihm sind Coelestin und Johannes van Lüde, der gelähmte Sohn der Kammerfrau Elken.

LUDGER Gegenstand unserer heutigen Rhetorikstunde?

JOHANNES De desideratione Dei.

LUDGER Wie übersetzen wir das?

COELESTIN Von der Begierde Gottes.

JOHANNES Ist das der Sinn? Meint es Gottes Begierde oder die Begierde nach Gott?

LUDGER Denke zum Vergleich an Amor Dei. Es kann die Liebe Gottes sein, aber auch des Menschen Liebe zu Gott.

JOHANNES Und desideratio kann die Begierde heißen, aber noch mehr Wunsch, die Sehnsucht.

COELESTIN Also heißt es des Menschen Sehnsucht nach Gott. Denn könnte Gott sich sehnen nach sich selbst?

JOHANNES Wenn Gott alle Empfindungen in uns gelegt hat, deren wir fähig sind, so müssen auch alle Empfindungen in ihm, nämlich in seinem unendlichen Wesen, vorhanden sein. Desideratio – wenn ich das Wort mit Sehnsucht übersetzen darf –

Ludger nickt.

– wäre also eine der Eigenschaften Gottes, die ohne Zahl sind, wie die Eigenschaften und Erscheinungen der natürlichen Welt, und doch ein Wesen, ein Ganzes. Wäre es nicht denkbar, daß im Wesen Gottes eine Sehnsucht schlummert nach einer Vollkommenheit der Welt, welche er unvollkommen geschaffen hat, damit sie sich selbst vollende?

LUDGER Durch die Mittlerschaft Jesu Christi, des Gottessohns.

JOHANNES Auch dieser, welcher ja selbst göttlichen Wesens ist, empfand jene Sehnsucht, denn was anderes wäre die Menschenliebe als der Wunsch, den Menschen vollkommener zu machen?

COELESTIN Dann war meine erste Übersetzung nicht falsch, wenn auch unbedacht. Bedenke ich sie recht – *Blick zu Ludger*

LUDGER Sage, was du denkst.

COELESTIN – so wäre die Begierde oder die Sehnsucht nach Gott kaum eine natürliche Eigenschaft des Menschen.

LUDGER Wie kommst du darauf?

COELESTIN Kann sich ein Mensch nach etwas sehnen, das er nicht kennt? Oder das er sich – nicht vorstellen kann, auch wenn er daran glaubt?

JOHANNES Ich glaube, man kann sich nur nach dem sehnen, was man nicht kennt. Der Blinde nach dem Licht, der Taube nach dem Laut – *Fast beschämt* der Lahme –

COELESTIN Von alledem weiß der Mensch, denn man hat zu ihm gesprochen. Gott aber spricht nicht zu uns. Oder – er spricht nicht mehr.

LUDGER ER hat gesprochen, woher weißt du, daß er nicht wieder sprechen wird?

COELESTIN Ich glaube nicht, daß ich ihn hören könnte. Er hat gesprochen zu den Auserwählten, zu den Propheten.

LUDGER Und zu den ersten Menschen, im Paradies.

COELESTIN Das haben wir verloren, das Paradies.

JOHANNES Doch wir erinnern uns.

COELESTIN Ich kann mich nicht erinnern an das, was vor meinem Leben war.

LUDGER Johannes, du kaust an einem Gedanken. Sprich ihn aus.

JOHANNES Auch wenn er – den Vorgang unserer leiblichen Geburt betrifft?

LUDGER Warum nicht? Sie ist der Quell des kreatürlichen Lebens.

JOHANNES Ich denke mir oft, daß ich vor der Geburt von meiner Mutter umgeben war, in ihrem Leib, ohne sie zu kennen. Dann brachte sie mich zur Welt, und ich kenne sie nun und lebe mit ihr. So, glaube ich, sind wir als Lebende von Gott umgeben, ohne ihn zu kennen. Wenn wir sterben, werden wir ihn erfahren, so wie das Kind seine Mutter, und mit ihm sein. Warum soll ich den Tod fürchten?

COELESTIN *leise, beklommen* Ich fürchte den Tod. Und ich fürchte immer, er könne mich übermannen – bevor ich wirklich gelebt habe. Ich habe manchmal Angst, einzuschlafen am Abend, weil er kommen könnte, wenn ich nicht bei mir bin.

LUDGER *nachdenklich* Wer sich vorm Tod fürchtet, fürchtet sich auch vorm Leben. Warum bist du so unglücklich, Coelestin? Du bist nicht allein. Du hast ein Heim, du hast Vater und Mutter –

COELESTIN *plötzlich ausbrechend* Ich möchte nie im Schoß meiner Mutter gewesen sein! Nie von ihr geboren. Und wenn Gott wäre wie mein Vater, dann würde ich ihn –

JOHANNES Sprich es nicht aus, bitte.

Ludger legt seine Hand mit einer zärtlichen Bewegung auf Coelestins Scheitel, macht mit dem Daumen das kleine Kreuzzeichen auf seine Stirn.

COELESTIN Verzeiht mir.

Es pocht irgendwo, dann treten Gruelhot, von Emmern und von der Campen mit dem Bunting hinzu.

GRUELHOT Wir bitten, die Störung zu vergeben, hochwürdiger Herr.

LUDGER *erfreut* Die Herrn vom Hohen Rat! Bringt Ihr endlich den flandrischen Architekten mit dem Domplan, auf den ich so lang schon warte!

GRUELHOT Leider nicht. Wir bringen einen, von dem wir fürchten, daß er Magie treibt.

LUDGER *schweigt einen Augenblick, wendet sich zu den Knaben* Wir unterbrechen die Stunde. Wartet im Kreuzgang.

Die beiden gehn. Coelestin wendet sich, während Johannes auf seinen Krücken hinaushumpelt, noch einmal um mit einem Blick nach dem Bunting, den dieser nicht erwidert.

Ich höre.

BUNTING *tritt rasch auf Ludger zu, beugt das Knie* Reverende Diacone, Venerabile Pater, dona mihi sanctam benedictionem.

LUDGER Du sprichst Latein? Bist du in einem Kloster erzogen?

BUNTING Dicis.

LUDGER In welchem? Wie war der Name des Ordens?

BUNTING Est mihi dictum de secretis condicionibus tacere.

GRUELHOT Was hat er gesagt?

LUDGER Es sei ihm geboten, von geheimen Umständen zu schweigen.

GRUELHOT Dann hat er was zu verschweigen.

LUDGER Wir kennen die Gründe nicht. Er hat um meinen Segen gebeten, ich werde ihn nicht verweigern. *Mit der Geste des Segens* Dominus tecum.

BUNTING *die Hände auf der Brust zusammengelegt* Et cum spiritu tuo. *Erhebt sich*

LUDGER Worauf gründet sich eure Anklage?

RICHTER Es ist noch keine Anklage, doch ein starker Verdacht. Er sagt, er könne die Stadt durch Magie von der Rattenplage befreien. Notgedrungen wollten wir es versuchen und ihm eine Belohnung aussetzen, aber nicht ohne geistliche Entscheidung.

LUDGER Magie, Magie. Ich habe in meinem Leben einige Dutzend Hexenprozesse mitansehen müssen und bin überzeugt, daß keiner davon gerecht war. Welche Art von Magie?

RICHTER Mit einer Zauberpfeife, die er auf sich trägt.

LUDGER *streckt die Hand aus* Darf ich sie sehen?

Bunting reicht ihm mit einem Kopfneigen die Flöte. Ludger schaut die Flöte an, hebt sie dicht vor seine Augen.

Eine alte Venezianerflöte, ein schönes Instrument. *Gibt sie ihm zurück* Hast du den Herrn gesagt, sie sei verzaubert?

BUNTING Ich habe nichts dergleichen gesagt. Ich weiß auch nicht, ob ich es wirklich kann. Es ist ein Versuch, durch einen Pfeifton die Tiere so sehr zu beunruhigen, daß sie blindlings folgen wie auf einer Flucht. Es ist mir einmal gelungen.

LUDGER Und wohin willst du sie locken?

BUNTING In die Weser.

LUDGER Sie können schwimmen.

BUNTING Nicht in der starken Strömung. Aber auch wenn sie sich retten, kämen sie nicht zurück, die Angst treibt sie weiter.

LUDGER Ich habe ähnliches gehört. Gebrauchst du irgendeine Formel oder Beschwörung bei deinem Versuch?

BUNTING Nichts als den Pfeifton in einer bestimmten Wiederholung.

LUDGER Du rufst nicht den Bösen?

BUNTING Ich kenne mein Taufgelübde.

LUDGER Und bist bereit, dies auf die Bibel zu beschwören?

BUNTING Ich schwöre.

LUDGER So sehe ich keinen Grund zu einem kanonischen Verbot. Laßt ihn, mit Gottes Hilfe, versuchen, was er vermag.

GRUELHOT Das ist alles, was wir zu hören wünschten. Darf ich –

LUDGER Noch eine Frage. *Winkt den Bunting nah zu sich heran, sieht ihm in die Augen* Ich frage dich nicht, wo du deine Künste gelernt hast, ich kann mir denken, daß es nicht in der Klosterschule war. Aber sag mir die Wahrheit. Fühlst du in deiner Seele eine Lockung, Macht auszuüben über andere Geschöpfe, Tier oder Mensch? Stehst du in solcher Versuchung? Hast du böse Träume, im Schlaf oder im Wachen?

BUNTING *nach einem Zögern* Ich könnte auf diese Fragen nur im Beichtstuhl antworten.

LUDGER Er steht dir offen. Jetzt kannst du gehn.

Bunting mit einer kurzen Kniebeuge, wendet sich rasch.

GRUELHOT *vertritt ihm den Weg* Nicht allein. Wir betrachten diesen Mann als Häftling.

LUDGER Warum? Hat er im Bereich dieser Stadt eine Straftat begangen? Besteht begründeter Verdacht, daß er ein Unrecht begehen will?

RICHTER Das nicht. Aber er ist ein Fremdling, und als solcher bereits ein verdächtiges Element.

LUDGER Das ist kein Grund. Hat er sich durch Bettelei lästig gemacht? Treibt er sich ohne Bleibe herum?

GRUELHOT Er hat Arbeit und Unterkunft als Gehilfe beim Kleinen Henker. Das ist keine ehrliche Arbeit.

LUDGER Gebt ihm eine bessere, falls er der Stadt nützlich geworden ist. Ihr braucht ihn deshalb nicht der Freiheit zu berauben. *Zum Bunting* Ich habe gesagt, du kannst gehen.

Bunting verneigt sich, geht.

GRUELHOT Wäre es nicht besser, ihn bewachen zu lassen?

LUDGER *mehr zu sich selbst* Es ist weiser, einem Menschen, der in Versuchung ist, Vertrauen zu schenken. Das mag uns helfen.

GRUELHOT Wir danken dem hochwürdigen Herrn Dekan.

Sie gehen.

RICHTER *im Gehen, zu den andern* Er kommt nicht weit. Alle Tore sind besetzt.

Coelestin und Johannes kommen zurück.

LUDGER Coelestin, kennst du diesen Fremden?

COELESTIN Ich habe ihn nur einmal kurz gesehen.

LUDGER Und warum nimmst du Anteil an ihm?

COELESTIN Ich weiß es nicht.

LUDGER Wir wollen unsere Stunde im Garten fortsetzen. Es ist eng hier drinnen.

X.

Nacht. Sterne. Rückwand und Dach eines kleinen Hauses, in dem nur ein Fenster, ebenerdig, erhellt ist. Seitlich dunkles Gebüsch, von Leuchtkäfern umschwirrt.

Rikke, im Hemd, mit offenen Haaren, tritt mit einem Talglicht ans Fenster, beugt sich hinaus, späht umher.

Aus dem Gebüsch ertönt ein kurzer Flötenruf, wie der Schlag eines Sprossers, wiederholt sich.

RIKKE Da bist du endlich.

BUNTING *tritt aus dem Busch in den Lichtkreis* Jemand wach im Haus?

RIKKE Die Alte schnarcht. Der Kleine sitzt in den drei Kugeln und prahlt mit deinen Künsten.

BUNTING Damit hätte er besser noch eine Nacht gewartet.

RIKKE Wirst du es tun, heute?

BUNTING Beim ersten Morgenstreif. Noch eh' die Leuchtkäfer verschwinden.

RIKKE Komm doch herein.

BUNTING Nicht heute. Das Haus ist eine Falle. Jedes Haus ist eine Falle in dieser Stadt.

RIKKE *stellt das Licht auf die Fensterbank, schwingt sich mit den Beinen heraus* Ich hatte Angst. Ich hatte Angst, sie würden dich festhalten.

BUNTING Das wollten sie auch, ich bin ihnen zweimal entwischt. Jetzt könnt ich noch fliehen, einfach auf und davon, ich bin schon oft geflohen, da kriegt mich keiner mehr. Aber ich muß das tun, ich will das tun, ich kann nicht mehr zurück. Schon der Gefangenen wegen.

RIKKE Welcher Gefangenen?

BUNTING Aufsässige aus der hinteren Stadt, davon weiß auch der Kleine nichts, die hängen sie an Ketten in den Verliesen unter dem Stiftsturm, ohne Wasser und Brot, aber mit hungrigen Ratten. Ein Soldat von der Wache hat mir damit gedroht – da kommst du auch hinein, sagt der Kerl, wenn es den Herren so paßt.

RIKKE Haben sie dir – keine Sicherheit versprochen? Und das Land, und den Freibrief?

BUNTING *fast lustig* Sie haben mir alles versprochen, was ich verlangt habe, verbrieft und besiegelt, morgen abend will man mir's feierlich übergeben, wenn der Rat zusammentritt vor dem Fest. Falls ich meine Arbeit getan habe.

RIKKE Und du glaubst daran?

BUNTING Der einzige, dem man trauen kann, ist der alte Dekan – und der hat nichts zu sagen.

RIKKE Das heißt, du glaubst es nicht, und ich glaub es auch nicht. Sie werden versuchen, dich loszuwerden, hinterher – sie werden dich umbringen!

BUNTING Dazu brauchen sie einen, der sich umbringen läßt.

Rikke schweigt, wendet sich ab. Bunting lehnt sich neben sie an die Fensterbank.

Was hast du?

RIKKE Die Frau des Stadtregenten hat hergeschickt. Sie braucht den Saft wieder, vor dem Tanzfest.

BUNTING Was ist das für ein Saft?

RIKKE Aus den Fingerhutpflanzen, den weißen und roten, die man im Wald findet. Die Alte war ja Wehmutter, sie hat mich alles gelehrt. Auch dem Arzt muß ich das bringen, in der Judengasse.

Bunting legt den Arm um sie, dicht an ihrem Leib. Rikke reißt plötzlich seinen Kopf an sich, rauh Ich will dich nicht verlieren!

BUNTING *an ihrem Mund, leise* Und ich habe nichts zu verlieren – außer dir.

RIKKE Ich bleibe bei dir, ich laß dich nicht allein – auch wenn du fliehen mußt.

BUNTING Du weißt nicht, wie das ist. Und du weißt nichts von mir.

RIKKE Ich brauche nichts zu wissen, ich kenne dich.

BUNTING Da kennst du mehr als ich. *Er tritt von ihr weg, hebt die Flöte, spielt einen kurzen Takt.* Der alte Dekan, der hat in mich hineingeschaut. Der weiß, was da drinnen knistert und auf den Blasbalg wartet. Es ist auch nicht wahr, daß ich das tun will, um den Gefangenen zu helfen. Es war immer Krieg, wo ich hinkam, es gab immer Gefangene und Menschen, die leiden mußten. Ich habe keinem geholfen, ich mußte mir selbst helfen. Jetzt aber, da will ich etwas tun, was noch keiner getan hat, ganz gleich was daraus wird – und dann –

RIKKE Dann wirst du die Macht haben.

BUNTING Macht – *Er lacht leise, schaut auf die Büsche.* Wie die Leuchtkäfer schwirren, heute. Die Feuerfliegen, die tanzen. *Er geht ins Dunkel.*

RIKKE *schwingt sich heraus* Was ist – willst du fort?

BUNTING Bleib. Ich will die Wahrheit sagen. Das kann ich nur, wenn mich niemand anschaut, sonst muß ich lügen.

Er steht jetzt schattenhaft in den Büschen, von den Leuchtkäfern umfunkelt, hebt die Flöte, bläst ein paar Takte der Tanzmelodie, spricht dann in singendem Tonfall, fast psalmodierend. Rikke bleibt im Lichtkreis, doch nähert sich ihm langsam, in kleinen Schritten.

Ich will dir sagen, Rikke, wer ich bin, aber ich weiß es nicht. Als ich anfing, Ich zu sein und das Wort zu sprechen, war ich in einem Kloster, einer Ordensburg, wie sie die ritterlichen Herrn errichten, ganz hoch im Osten. Wie ich dahin kam, hat mir niemand gesagt. Später hieß es, ich bin ein Windischer. Das ist ein Volk, das es gar nicht mehr gibt – die wurden alle erschlagen. Ich lernte alles wie die Söhne der ritterlichen Herrn, aber ich war ihr Knecht und sollte ihr Knecht bleiben. Als ich fast noch ein Knabe war und die heißen Träume kamen, da traf ich im Stall ein Mädchen, so jung wie ich, und ich fühlte eine Sehnsucht zu ihr, anders als später mit den Frauen, ich wollte mich nicht von ihr trennen, vielleicht war sie meine Schwester. Als die Herrn das merkten, da ist sie verschwunden, ich weiß nicht wohin, ich habe sie nie mehr gesehn. Mir legten sie schwere Bußen auf, ich mußte mich geißeln und auf Stacheldorn schlafen, ich wurde ins Eiswasser getaucht, sie sagten, ich dürfe niemals eine Frau umarmen, denn ich sei vom bösen Geblüt und von der schlechten Rasse, die müsse untergehn. Ich fürchtete, sie würden mich des Geschlechts berauben – da brach ich aus.

Flötentriller
Ich wurde gejagt von Männern zu Pferd mit Hunden, doch ich war schneller als der Fuchs und heimlicher als die Waldkatzen. Ich entkam nach Polen, und dann über die Berge nach Böhmen, Mähren, von Land zu Land, und schließlich bis ans südliche Meer – es war immer ein Fliehn und Verstecken, und List und Gewalt, und Verderb und Schande. Ich war immer ein andrer, ich hatte keinen Namen, ich verstellte mich hundertmal, ich wußte selbst nicht mehr, wer ich war, ich kannte es nicht mehr anders, manchmal schien es mir lustig, wenn es nicht elend war, so ging es dahin, dahin, wie ein Staub im Wind, und weiter und weiter – bis zu dir.
Er tritt aus dem Busch, bläst einen Flötenlauf, streckt den Arm nach ihr aus, sie umklammern einander.
Und bei so einem willst du bleiben?

RIKKE Bei so einem. Du bist doch mehr! Mehr wie alle andern!

BUNTING *lacht auf* Ja, wenn die andern Läuse sind, dann ist der Floh ein König. *Übermütig, in leichtem, schwebendem Tanz mit ihr* Komm, wir wollen einen Luftsprung machen, daß uns die Flöhe beneiden – und gleich in der Luft bleiben, wo man nirgends anstoßen kann.

RIKKE *in gleicher Heiterkeit* Wie die Feuerfliegen, die tanzen und leben und lieben sich – *Sie tanzen miteinander, ohne Flötenspiel.*

BUNTING *plötzlich reglos, über ihre Schulter weg* Der erste Morgenstreif.
Sie stehn noch umschlungen.

RIKKE *auch ohne Bewegung, schaut hinauf* Es sind noch Sterne da. Es sind zu viele Sterne, mehr als sonst – schau nur, wie das rieselt überm Koppen – ich habe noch nie so viele Sterne gesehn.

BUNTING Die Leuchtkäfer werden blaß.

RIKKE Es sind entsetzlich viel Sterne.

BUNTING Hab keine Angst. *Er läßt sie los, verändert* Jetzt werden die Tore geöffnet und die Wachen eingezogen. Paß auf. Wenn ich es getan habe, werde ich verschwinden. Ich weiß einen

Fluchtweg im Ufergebüsch und ein Versteck. Es soll mich keiner sehen, bis zu der Ratsversammlung. Du findest mich, wenn es dunkelt, im Stadtgraben. Dann sind sie noch alle in den Kirchen, vor dem Fest.

RIKKE Im Stadtgraben?

BUNTING Wo sich die Kinder treffen, wenn die Alten beten gehn. Wo die Mauer ein Loch hat, bei den Ebereschen.

RIKKE Bei den Ebereschen.

Bunting schaut sie nicht mehr an, hebt die Flöte noch ohne Ton, geht langsam. Rikke verharrt einen Augenblick, bis man, schon entfernt, die hohen, dünnen Locktöne vernimmt, sie wechseln in Viertel- und Achteltönen, je neunmal wiederholt. Dann klettert sie mit ein paar Griffen aufs Hausdach. Wieder hört man die Töne und nun, durch Geräuschinstrumente musikalisch hervorgebracht, ein fortgesetzt zunehmendes Rascheln, Zischeln und Rauschen.

Der Himmel wird hell, die Umrisse der Mauern und der Stadt erscheinen im Morgendämmer.

Das Rascheln und Rauschen, immer von den Wiederholungen der Flöte überlagert, wird stärker, kommt von allen Seiten, es wird heller und heller.

Das Gelichter aus den ›Drei Kugeln‹ taucht auf, lautlos glotzend, auch der Hostienbäcker und der Kleine Henker.

Jetzt beginnt ein dünnes Glöckchen zur Frühmesse zu läuten.

HOSTIENBÄCKER Da wimmert's schon, jetzt werden sie's alle sehn und in die Knie fallen. Aber ihr würdet besser gleich mit in die Weser laufen. Euch hilft kein Gott.

Andere Kirchenglocken fallen ein.

KLEINER HENKER Sei still. Das ist der größte Zauber, seit sich der Stab Arons geringschwänzelt hat! *Kniet nieder, hebt die Hände*

RIKKE *allein auf dem Dach, ganz ruhig* Das ist mehr als Zauber. Das ist Macht! Der kann die Welt beherrschen. *Abrupte Stille und Dunkel*

XI.

Der Stadtgraben – früher zu Verteidigungszwecken angelegt, aber lange nicht benutzt – ist von Gebüsch und Bäumen überwachsen. Die wilden Ebereschen stehen jetzt in Blüte, weiße Dolden auf dichtem, gefiedertem Laub.
Erst fahle Dämmerung, dann bei sinkender Dunkelheit Mondaufgang, mit starken Lichtern und Schatten.
In einer Höhlung der beschädigten Mauer schwelt ein kleines niedriges Feuer. Jugendliche und Kinder hocken auf Steinen oder auf der Erde, andere kommen durch das Mauerloch hinzu.
Es sind die gleichen wie in der früheren Bittprozession, Herrschaftskinder und Stiftszöglinge aus der vorderen Stadt, alle gut gekleidet, darunter Stellamarie und Coelestin, Heidelore, Brunold, Wisbert und Gudula, ihre dunkelhäutigen Ziehgeschwister, die blinde rothaarige Stina und Hinrich, der taubstumme Knabe, der sie führt. Johannes van Lüde hält sich auf seinen Krücken ein wenig abseits.
Die blinde Stina schwingt als Tamburin einen hölzernen Stickrahmen mit eingespannter Schweinshaut, auf der sie mit den Knöcheln leise, synkopische Rhythmen schlägt. Andere schwingen Leder- oder Leinenbeutel, mit Kieselsand und Scherben gefüllt, die leise klirren und rasseln. Manche wiegen sich im Takt der Geräusche, während Heidelore und Gudula aus einem Korb trockene Kräuter und Samen ins Feuer streuen.
(Die Texte werden nicht emotionell gesprochen, sondern eher leiernd, trancehaft monoton oder abgehackt, doch stets mit silbengenauer Deutlichkeit.)

DIE MOHRENKINDER *in eintönigem Singsang, gedämpft*
»Laudanum Canabis Hanf und Mohn
Kannten die alten Kalifen schon.
Sie liebten den Flug auf der irrsamen Wolke,
Und deshalb verboten sie es ihrem Volke.«

STELLAMARIE Mehr Kräuter. Ich rieche nichts als die Ebereschen.

COELESTIN Die Ebereschen, die riechen süß. Die duften.

STELLAMARIE Aber ich will das einatmen, den Rauch – ich will mehr davon – damit ich nicht mehr dran denke.

GUDULA Woran willst du nicht denken?

STELLAMARIE Ob er kommt. Ob er kommt.

GUDULA *lacht* Der ist auf und davon.

STELLAMARIE Er muß kommen. Er hat's versprochen. Mir.

COELESTIN Nichts hat er versprochen. Er ist verschwunden.

STELLAMARIE Er kommt.

HEIDELORE Vielleicht hat er sich unsichtbar gemacht.

COELESTIN Unsichtbar?

HEIDELORE Der kann ja zaubern.

GUDULA Sie haben ihn gesucht, überall, die Wachen sind ausgerückt.

COELESTIN Unsichtbar – dann kann er auch hier sein. Uns hören.

STELLAMARIE Er kommt. Er wird spielen für mich.

STINA *läßt mit einem harten Aufschlag das Tamburin fallen* Den gibt es gar nicht.

STELLAMARIE Es haben ihn alle gesehn, wie er das Wunder getan hat, viele sind in die Knie gefallen, die Glocken haben gestürmt.

STINA Den gibt es nicht.

COELESTIN Er war bei uns im Haus, wir haben gesprochen mit ihm.

STINA *grell* Den gibt es nicht. Es gibt auch keinen heimlichen Kaiser, und es ist nie einer auferstanden.

Johannes bekreuzigt sich.

STELLAMARIE Das sagst du, weil du blind bist und ihn nicht sehen kannst, auch wenn er vor dir steht und ein Wunder tut.

STINA Ja, ich bin blind, ich bin blind, ich bin blind, ich bin blind, und es gibt kein Wunder.

GUDULA *mit einem bösen Lachen* Es kann einer kommen und dir in die Augen spucken, daß du sehend wirst.

STINA Da kommt keiner, und das kann nicht geschehen.

GUDULA Das ist geschehen, bei den Mohren.

STINA Du bist auch keine Mohrin, die sprechen anders.

GUDULA *streut ins Feuer* Die Mutter meiner Mutter hat anders gesprochen, und unsere Mutter ist hergekommen an ihrer Brust. Weiß aber noch die Sprüche, und züchtet die Samen.

STINA Samen Amen Samen Amen! *Stößt mit dem Fuß nach dem tauben Knaben* Heb auf!

Hinrich hebt ihr das Tamburin auf, sie schlägt es wieder.

DIE MOHRENKINDER *summend* »Laudanum Canabis Hanf und Mohn...«

STELLAMARIE Jetzt kann ich sie schmecken, die Kräuter, jetzt kommt er bald. *Wiegt sich*

COELESTIN Warum soll er kommen, was gehn wir ihn an? Was können wir ihm zeigen als unsere Schande?

GUDULA Unsern Haß.

COELESTIN Ich kann nicht einmal hassen. Mich ekelt's nur.

GUDULA Denk an deinen Vater, dann kannst du hassen. Denk an unsern Vater, an Stinas Vater.

Stina kreischt auf, schlägt hart aufs Tamburin.

Denk an sie alle, die Väter, die Mütter, wie sie jetzt in den Betstühlen hocken, die Ungläubigen, die Lügner, und stinken einander an –

STINA *wirft das Tamburin hin* Wenn ich ein Mensch wäre wie ihr und könnte sehn, dann würd ich hingehen und die Stadt anzünden, die Stiftskirche zuerst, wenn sie alle drin sind, daß es höllenheiß wird und keiner mehr rauskann.

JOHANNES Auch deine Eltern?

STINA Die möcht ich schreien hören. *Lacht*

GUDULA *eng, fast verschlungen mit ihren Geschwistern* Und wir möchten den alten Grafen, der uns gemacht hat und im Grabe fault, ausscharren und wecken und ihm einen glühenden Pfahl durch den Leib stoßen – so! *Stößt mit einem Ast ins Feuer, kurzer wilder Aufschrei der Mohrenkinder*

JOHANNES Weil er eure Mutter geliebt hat? Weil er als Greis noch die heiße Jugend begehrte?

GUDULA Er hat sie nicht geliebt, er hat sie gebraucht, geschändet. Und wie ein Tier gehalten, schlimmer als ein Tier.

STELLAMARIE Sie war eine Mohrin, ein Mohr ist kein Mensch und kein Vieh, ihr seid halbe Menschen, das sagt meine Mutter, die Gräfin Everstein.

GUDULA Und was sagst du?

STELLAMARIE Ich sage, meine Mutter, die ist kein Mensch. *Schon halb im Rausch* Ich sage, die Gräfin Everstein, meine Mutter, ist eine läufige Hündin –

COELESTIN *hält ihr den Mund zu* Schweig! Nicht vor denen!

STINA *leiernd* Mensch Mensch Mensch, wenn ich ein Mensch wäre wie ihr –

STELLAMARIE *reißt Coelestins Hand von ihrem Mund* Ich will kein Mensch sein, kein ganzer, kein halber –

GUDULA Ein Engel, mit dreckigem Hintern! *Gelächter* Ihr macht euch doch alle an, wenn ihr den Rausch schluckt.

STINA Sie kann sehn, wer sehn kann, das ist ein Mensch.

STELLAMARIE *weht sich Rauch zu* Sie sagen, wir sind Kinder, wir sind noch keine Menschen, aber ich will kein Mensch werden wie sie, dann will ich Kind bleiben. Und wenn er kommt und uns wegführt –

STINA Da kommt keiner.

STELLAMARIE *sich wiegend, mit geschlossenen Augen* Er kommt, und er ist der, den wir lieben, und er wird uns führen unter der Erde durch, dorthin, wo keine Menschen sind, nur Kinder, und das Gras und der Wind und die Bäume – *Sinkt wie schlafend an Coelestins Schulter*

GUDULA *die Stimme rauh vom Rauch* Dann bleiben die Alten allein und können nicht mehr zeugen, und ihr Blut verdorrt, bis sich der letzte aus Angst vor sich selbst erhängt hat!

Mohrenkinder mit kurzem Aufschrei ins Feuer stoßend. Auch andere beginnen leise Schreie auszustoßen oder zu stöhnen.

STINA *plötzlich mit plärrender Stimme* Ich bin Stina Steneken, meinen Vater nennen sie den Speckschwartenkönig, meine Mutter die heiße Sau. Sie hat einem Bettler kochende Selchbrühe übern Kopf schütten lassen, da ist er blind geworden, als sie mich im Bauch hatte, da bin ich auch blind geworden in ihrem Bauch. Mein Vater sagt, ich kann so viel Speck essen, wie ich will, ich kann Würste haben, mehr wie ein Knecht mit seiner Brut für das ganze Jahr, ich kann lachen und Zucker schlecken, wenn die andern hungern, aber ich würge seinen Speck aus dem Hals, ich habe seine Würste erbrochen, ich will kein Brot mehr aus ihrer Hand, denn ich weiß, da war ein Fremder damals mit Federn auf dem Hut, wer hat denn Federn auf dem Hut, rote Hahnenfedern? Nur der mit dem kalten Samen, der die Blinden und Krüppligen zeugt, davon bin ich blind, und da haben sie mir einen Buben gekauft, der nicht hören und sprechen kann, aber für mich sieht, und weil er sieht, deshalb schlag ich ihn.

Schlägt den tauben Hinrich mit der Rückseite ihrer Finger übers Gesicht. Hinrich stöhnt, hebt ihr das Tamburin auf. Stina trommelt mit dem Tamburin auf Hinrichs Kopf und Rücken Und wenn ich dem ins Maul rotze, dann muß er's schlucken, und wenn ich befehle, er soll die Hostie ausspucken beim Abendmahl –

JOHANNES *hebt sich hoch auf den Krücken* Hör auf! Lästere nicht!

STINA *beginnt zu tanzen* Ich werde sie ausspucken, dann kommt der mit dem Bocksfuß und der roten Feder, der springt auf mich, dann kann ich sehn kann ich sehn – ich spuck sie aus, wir alle, wir spucken, wir spucken sie aus!

MOHRENKINDER UND ANDERE *wie angesteckt, besessen, mit ihr zugleich* Wir spucken, wir spucken sie aus!

Beginnen zu tanzen, manche entblößen sich. Stina mit Geräusch und Gebärde des Spuckens, hat ihren Rock hoch gehoben, tanzt mit dem nackten Hintern, während Stellamarie im Schlafrausch leise schluchzt und Coelestin sie umfangen hält.

JOHANNES *tritt auf den Krücken hochaufgerichtet unter die Tanzenden, ihr Stöhnen und Keuchen übertönend* Laßt ab! Ihr lästert, und ich verbiete es! Laßt ab vom Bösen! APAGE!

STINA *rasend* Der – der – der – ist der Böse, der Krüpplige, der uns verrät und verlästert! Kreuziget ihn!

JOHANNES *vor ihr* Im Namen des Herrn – der Friede sei mit Euch!

STINA Kreuziget ihn!

ANDERE Kreuziget ihn! *Dringen auf ihn ein*

STINA Judas! Verräter! Schlag ihm die Krücken weg, laßt ihn hüpfen, dann nagelt ihn an den Baum!

ANDERE Judas! Verräter! *Sie schlagen ihm die Krücken unter den Achseln weg, er stürzt vornüber.*

JOHANNES *im Aufschrei* Jesus!

Es wird eine Sekunde still, dann fallen sie lautlos über ihn her, während Stina wie in Krämpfen niedersinkt.

EINE MÄNNERSTIMME *laut und scharf, von den Bäumen her* Löscht das Feuer aus!

STELLAMARIE *ist hochgefahren* Wer – hat gerufen?

GUDULA Die Spießwache! Fort, lauft, wir sind entdeckt!

Die andern lassen Johannes fallen, taumeln mit leisen Angstschreien auseinander, wollen davonlaufen. Ein kurzer, schriller Flötenlaut aus dem Gebüsch bringt sie zum Stehn.

BUNTING *tritt aus den Ebereschen* Bleibt! Löscht das Feuer aus! *Herrisch* Tut, was ich sage!

Gudula und ihre Geschwister schlagen mit Fetzen das Feuer aus. Bunting ist zu Coelestin und Stellamarie gegangen.

STELLAMARIE *fast verzückt* Du bist gekommen –

BUNTING *ohne sie zu beachten, packt Coelestin am Halskragen* Was bist du für ein Mensch! Siehst zu, wie sie deinen Freund mißhandeln, den Sohn eurer Kindsfrau, und hilfst ihm nicht!

COELESTIN Ich wußte, du wirst kommen, wenn wir am tiefsten in der Schande sind.

BUNTING Schande – *Stößt ihn weg, geht rasch zu Johannes, hilft ihm auf, gibt ihm die Krücken* Was tust du – bei denen! Geh zurück zum Dekan, und komm nie wieder hierher.

JOHANNES Das darf ich nicht. Es ist meine Pflicht, die beiden zu behüten – ich habe es meiner Mutter versprochen, und der ihren.

BUNTING Du würdest besser für sie beten, in deiner Kapelle. Behüten – kannst du sie nicht. *Er wendet sich zur Feuerstelle, die inzwischen verlöscht ist, spuckt in die Asche.* Gifträuschel. Ich kenne das Zeug. Das hilft euch nicht aus dem Dreck. Freßt

Tollkirschen, wenn ihr krepieren wollt, dann geht es schneller.

Gudula und die Mohrenkinder haben sich vor ihm auf die Knie geworfen, berühren mit Gesicht und Händen die Erde. Auch von den anderen sind einige niedergekniet, andere stehen wie Coelestin und Stellamarie mit gesenktem Kopf, während Stina immer noch wie in Agonie am Boden liegt und Hinrich zu ihren Füßen kauert. Johannes steht auf seine Krücken gelehnt.

Bunting jetzt nicht mehr im Zorn, mehr in grimmig-belustigter Ironie

Hoch mit euch! Was soll die Kniefälligkeit? Ihr braucht keine Angst zu haben, euer Versteck ist besser, als ihr glaubt, da kommt keine Wache. Aber ich liege schon den ganzen Abend da droben im Gelaub. *Er geht unter ihnen umher.* Buckelt nicht so tief, ihr Maurischen, euer Vater war ein Graf und hat wakker Türken gestochen, als das noch in Mode war, ihr braucht euch nicht zu genieren. *Zu Gudula* Steh auf, Räuchergräfin! Und sag denen, sie sollen sich erheben gefälligst und mich angucken, das wollten sie doch!

GUDULA *die zögernd aufgestanden ist* Sie fürchten sich, weil du zaubern kannst, und wir wissen nicht, ob du der Sohn des Lichtes bist oder der Finsternis.

BUNTING *lacht* Ich bin der Sohn einer Mutter, die heißt Erde, und was ich kann, das hab ich von ihr gelernt. Ihr glaubt, ich könne zaubern? Paßt auf! Ihr sollt was besehn! *Nimmt die Flöte aus seinem Strick* Ich werde ein Loch in die Luft stoßen. Ein richtiges, tiefes Loch. Habt ihr schon gesehen, daß jemand ein Loch in die Luft stößt? Obacht! *Er zieht den Arm an, dann stößt er die Flöte scharf in die Luft.* Könnt ihr es sehn?

GUDULA Wahrhaftig – da ist ein Loch – ganz schwarz!

Die andern starren lautlos.

BUNTING Und jetzt – schaut her! – Jetzt mach ich es größer, und tiefer, *er bewegt die Flöte in raschen, immer weiteren Kreisen* daß es ein Rohr wird, ein Schacht, ein Graben, ein Tor – seht ihr es?

STELLAMARIE Es ist das Tor, durch das er uns führen wird –

BUNTING *läßt die Flöte fallen, fängt sie mit der anderen Hand auf* Und jetzt – wo ist es jetzt?

GUDULA Jetzt – ist es nicht mehr da –

BUNTING Aber ihr habt es gesehen?

STELLAMARIE Wir alle haben es gesehen!

BUNTING *zu Coelestin* Du auch? Sag es genau.

COELESTIN Ich habe etwas gesehen, genau kann ich es nicht sagen.

BUNTING *zu Johannes* Und was hast du gesehn?

JOHANNES *lächelnd* Ich habe gesehn, daß du deine Flöte in die Luft gestoßen hast. Wenn man einen Gegenstand in die Luft stößt, so verdrängt er die Luft durch seine Masse. Gleichzeitig schließt sie sich um ihn und bleibt unversehrt, weil sie leichter ist und nicht von fester Substanz.

BUNTING Sonst hast du nichts gesehen?

JOHANNES Doch. Deine Flöte warf einen schwarzen Schatten, im Mondlicht.

BUNTING *heiter* Du hast offene Augen.

JOHANNES Der Dekan unterrichtet uns auch über die Gesetze der Natur, soweit sie den Menschen verständlich sind.

BUNTING So ist er fast ein Ketzer. Und du glaubst trotzdem an den Heiligen Geist und die Auferstehung?

JOHANNES *einfach* Ich glaube.

BUNTING Kannst du sagen, warum?

JOHANNES Weil ich fühle, daß Gott ist, und denke, daß Er sein muß.

BUNTING Du bist gut dran, man könnte dich beneiden. *Zu den andern, mit hinterhältiger Freundlichkeit* Aber ihr da, die ihr nicht denkt und nicht fühlt, nicht glaubt und nicht zweifelt, die ihr glotzt und nicht seht – ihr Aufsässigen mit den schönen Haaren und der Pfirsichhaut, ihr Engel mit den Rehaugen und dem glasigen Blick, ihr Spielkinder mit Jammer und Mordgelüst, soll ich euch bedauern, soll ich Mitleid haben mit euch? Das habt ihr ja selbst, ihr braucht keins von andern. Doch ich will euch eine Geschichte erzählen, damit ein Fünkchen springt. *Er hebt langsam die Flöte.* Eine alte Geschichte, eine böse Geschichte, eine komische sogar – und wer sie versteht, der kann lachen. Hockt euch nieder! *Er ist jetzt vom Mond grell beschienen, haucht auf die Flöte, die einen wilden Triller und Lauf hören läßt.*

»Das Lied vom himmlischen Aufruhr«

Im Himmel hat's einst einen Aufruhr gegeben,
Es wollte kein Engel mehr länger dort leben.
Und die Hölle, die gab es noch nicht –
Denn der liebe Gott war schon alt und grämlich,
Er sprach zu den Engeln: Schaut nicht so dämlich,
Singt, betet und tut eure Pflicht!

Doch dem schönsten der Engel, dem macht er nicht bange,
Der sagte: Was du kannst, das kann ich schon lange,
Das hab ich dir längst abgeguckt,
Wie man Licht macht und was mit dem Feuer los ist,
Und der Mensch, der nicht weiß, daß er nackt und bloß ist,
Doch vor deiner Stimme sich duckt!

Nun, wie das so geht, wenn zwei Große sich streiten,
Da gibt's bei den Kleineren immer zwei Seiten,
Die setzen auf den, der gewinnt –
Und da war ein Geschrei, daß der Himmel bebte,
Und das LEBEN stand still, weil die ZEIT nicht mehr webte,
Die das Weltengewebe ja spinnt!

Doch der alte Gott ward plötzlich ganz munter
Und schrie den Rebellen an: Marsch, da hinunter!
DORT ist zum Rumoren der Platz!
Da kannst du versuchen, die Welt umzustürzen,
Mit Stümpern und Stänkern und den Teufelsfürzen,
Doch du fängst statt der Taube den Spatz!

Da verstummten die andern und merkten: So geht's nicht,
Denn ohne den Odem des Schöpfers, da weht's nicht!
Aber Der war nun still und betrübt.

Er hatte besiegt jenen Unschuldslosen,
Und in die Tiefe hinabgestoßen
Den, den er wirklich geliebt.

Er hat ihn gebrandmarkt zum ewigen Bösen,
Und ihn kann er nun auch nicht mehr erlösen.
Wir aber, wir haben die Wahl!
Und wir werden uns immer wieder empören,
Auch wenn wir dabei unsre Hosen verlören,
Denn das ist ja im Grunde egal.

Die Jungen haben dem Lied lautlos, aber in sichtlich immer stärkerer Erregung gelauscht, jetzt springen sie fast gleichzeitig auf, mit einer Mischung von Lachen und Jauchzen, während die Flöte schrill weiterspielt, den scharfen, raschen Rhythmus der letzten Verse mit und ohne Worte wiederholend.

STINA *hat sich aufgerichtet, plärrt in die Stimmen hinein* Jetzt ist der da, mit dem Bocksfuß und der roten Feder, bringt mich zu ihm, ich will ihn fühlen, schmecken, riechen – *Zerrt Hinrich an der Hand zum Bunting, plötzlich kreischend* Lucifer!

DIE MAURISCHEN UND ANDERE *fallen ein* Lucifer! *Die Flöte verstummt, das Singen und Schreien löst sich in einem langgezogenen, fast heulenden* Aaaaaah!

BUNTING *scharf in den Lärm hinein* Still! Schluß mit dem Geplärr! Still! – Hört ihr nichts?

Es ist still geworden. Man hört aus der Ferne leises Glockenschlagen.

JOHANNES *der schweigend auf seine Krücken gelehnt stand* Die Aveglocken. Die Vesper ist zu Ende. *Bekreuzigt sich* In nomine patris et fili et spiritus sancti – *Betet leise das Ave*

COELESTIN Jetzt kommen sie aus der Kirche. Wir müssen heim.

STELLAMARIE Ich will nicht heim! Können wir nicht – bei dir bleiben? Oder fort, mit dir?

BUNTING Das könnt ihr nicht. Aber ihr braucht nicht nach Hause, wenn ihr nicht wollt. Warum bleibt ihr nicht auf den Straßen, wenn die ihr Fest feiern, bis sie Angst kriegen und euch suchen und rufen? Dann gebt ihnen den Trotz!

COELESTIN Und wenn sie uns holen lassen, mit Gewalt? Sie haben die Macht, wir haben keine Waffe.

BUNTING Ihr habt die furchtbarste Waffe, die tödlichste, die der Mensch erfunden hat: die Wahrheit. Sagt ihnen die Wahrheit, und sie werden tot umfallen vor Schreck. Geht jetzt!

Sie folgen seiner herrischen Armbewegung, gehen rasch, als letzte, fast taumelnd, Stina, an Hinrichs Hand. Bunting hält Johannes zurück. Du bleibt im Stift, beim Dekan, damit du nicht in Gefahr kommst.

JOHANNES Warum sollte Gefahr drohen?

BUNTING Es droht immer Gefahr.

Johannes humpelt davon.

Bunting hat sich niedergelegt, streckt den Arm rückwärts ins Gebüsch der Ebereschen, ohne hinzuschauen, dort erscheint Rikkes nackter Arm, ihre Hände verschlingen sich, dann zieht er sie hervor, bis sie neben ihm liegt und sich an ihn schmiegt. Er küßt sie. Sie faßt ihn in den Haaren, zieht ihn hoch, sie schauen einander an, dann überkommt sie das Lachen. Sie lehnen sich lachend wieder zurück, sie wälzen sich vor Lachen, noch lachend richten sie sich auf.

RIKKE Denen hast du gut eingeheizt.

BUNTING Heute nacht werd ich den andern einheizen, den Mächtigen.

RIKKE Was hast du vor?

BUNTING Ich will diese Stadt in ein Bündel Aufruhr verwandeln, das zundert wie dürres Binsenstroh.

RIKKE Mit denen –

BUNTING Die sind Wachs in meiner Hand.

RIKKE Wachs ist weich. Du brauchst harte Fäuste.

BUNTING *noch lachend* Wie ich vom Fluß heraufkomme, treffe ich auf zwei Mann von der Spießwache, die mich fassen sollten – da heb ich die Flöte hoch, und sie rennen davon. Die haben Angst, es heißt, ich könne Menschen in Ratten verwandeln. Soll ich die Ratten fürchten?

RIKKE Auch die haben Zähne und beißen zu, wenn man sie in die Ecke treibt.

BUNTING Für eine Nacht – werd ich sie toll machen, daß ihnen die Zähne stumpf werden.

RIKKE Eine Nacht ist kurz. Genügt dir das?

BUNTING Was denkst du?

Rikke schweigt, lächelt.

Was denkst du?

RIKKE *sich zurückbiegend, die Hände hinterm Hals verschränkt, singt vor sich hin*

»Die Ebereschen duften weiß,
Doch glühn sie rot, sie tragen Tod.
Nur wer sie kann benennen,
Dem tagt es heiß und sonder Not,
Wenn er sie weiß zu brennen.«

BUNTING Was denkst du?

RIKKE Ein Brennerlied, ein altes. Hier hol ich die Beeren im Herbst, für den Machandelschnaps.

BUNTING Sag, was du denkst!

RIKKE *richtet sich auf, ohne Erregung, wie wenn man etwas längst Bedachtes ausspricht* Ich kann nur sagen, was du selber denkst und was ich in deinen Augen lese. Du willst die Macht. Du willst die Herrschaft. Und du brauchst die Fäuste, die Hämmer, die Harken. Die Wachen werden sich nicht immer vor dir fürchten, und der Propst hat zehn Schwertmänner zu Dienst. Wenn's bei dem überkocht und er sagt: »Zerhackt ihn!«, dann hacken sie dich in Stücke, denn du bist allein. Aber die Armen und Hungrigen, aus der hinteren Stadt, die Aufrührigen, die sind in der Überzahl, sie werden die Spieße zerbrechen, die Schwerter an sich reißen und dir Gefolgnis leisten, denn auch sie sind Ratten, blindwütige – wenn man sie ruft!

BUNTING Ich kann sie nicht schrecken und locken mit einem Pfiff. Wer soll sie rufen?

RIKKE Ich, wer sonst. Und sie werden mir folgen. Ich spüre die Blicke der Jungen auf meinen Schenkeln, wenn ich durch die Gassen gehe und sie nicht anschaue. Ich kenne die Not und den Zorn der Alten. Die warten nur auf den Ruf – um loszubrechen.

BUNTING Du hast recht. Man könnte die Stadt mit einem Handstreich nehmen, wenn man die Aufrührigen sammelt. Die Stadtherrn sind keine Ritter, ihre Söldner sind keine Kriegsknechte, ihr Lohn ist gering, sie werden überlaufen, und die paar Schwertmänner des Propstes kann man entwaffnen. Wann, glaubst du, könnten die bereit sein, in der hinteren Stadt?

RIKKE Man muß sie zusammenholen, Haus für Haus und Hütte um Hütte, zu einem bestimmten Ort, in die ›Drei Kugeln‹ am besten. Das muß leise gehn, damit nicht vorzeitig Alarm aufkommt, und bis es tagt, vor die Sonne auf ist, werden alle bereit sein.

BUNTING Vor die Sonne auf ist. Dann könnten wir losschlagen – wenn ich will.

RIKKE Warum zögerst du?

BUNTING Ich weiß nicht, ob ich will.

RIKKE Du willst, ob du es weißt oder nicht. Du bist zum Herrn geboren, nicht zum Flüchtigen in der Ödnis. Und wenn du die Stadt beherrschst, beherrschst du die Welt.

BUNTING Die Welt ist größer als eine Stadt.

RIKKE Es wird eine starke Stadt sein, und die Welt ist schwach, du selbst hast es mir gesagt, daß sie zerstückt ist und herrscherlos. Ein neuer Herr aber ist ein Schreck und ein Bann für die alten. Der Herzog von Braunschweig wird die Waffen strecken, wenn wir seinen Bruder, den Propst, in unsre Gewalt bringen. Sie alle werden sich fürchten vor deiner Volksmacht, denn sie fürchten das Neue, das Ungewöhnte. Du wirst die alten Mauern befestigen, die alten Gräben aufschütten. Dann hast du den Trumpf und kannst spielen. Du wirst sie ausstechen, und sie werden dich in den fürstlichen Rat berufen, denn du bist fürstlichen Geblüts und hast das Herz eines Königs.

BUNTING Ich bin ein Stromer, ein Vagabund, ein Namenloser. Meine Eltern und Voreltern, die Fürsten waren, sind verwest und vergessen.

RIKKE *heiter* So bist du der König Namenlos, und der Erste Hamelone.

BUNTING *heiter wie sie* Rex Hamelonis Primus Erraticus et Regina Carnifectis Filia Pulchra.

RIKKE Was heißt das?

BUNTING Unsere Herrschernamen. König Landstreicher von Hameln der Erste und Königin Henkerstochter die Schöne. Gefällt dir das?

RIKKE Warum nicht. Der Erste kam immer von irgendwo und war ein Niemand, bevor er der Erste wurde. Und es heißt, die Könige, in der frühen Zeit, seien Magier gewesen.

BUNTING Bin ich ein Magier – auch für dich?

RIKKE Anders als für die Dummen, denn ich kenne dein Geheimnis, die andern kennen es nicht. Ein Geheimnis – das ist der Zauber, vor dem auch der Stolze das Knie beugt.

BUNTING Aber das Leben.

RIKKE Das geht weiter und fragt nicht nach uns.

BUNTING Ja, es geht weiter, ein Tag ist ein Tag, und dann wieder ein Tag und eine Woche, und ein Jahr ist ein Jahr. Denk an die Mühlen, die Speicher, die Werften, die Felder, das Korn: Wer wird das Korn mahlen, die Säcke schleppen, die Steine karren, den Torf stechen – wer wird sich drunten bücken, wenn wir droben stehn?

RIKKE Das ist einfach: Die gleichen, die es bisher getan haben. Es sind immer die gleichen, aber sie werden dann glauben, daß sie andere sind, daß sie für sich selber schuften und nicht mehr für die Herrn, wenn einer ihr Herr wird, der ihresgleichen war. Und je höher du steigst, je herrlicher du dich über sie erhebst, desto freudiger werden sie dir dienen. So sind sie, so waren sie immer, so werden sie immer sein.

BUNTING So sind sie, so waren sie, so werden sie immer sein. Aber du – woher weißt du das? Ich habe nicht gewußt, was du weißt – und wer du bist.

RIKKE Ich war eine Verfemte, mein Leben lang, da paßt man auf. Meine Mutter nannten sie ›die wilde Rikke‹ – ich bin ihr Kind.

Ferner Hornruf.

BUNTING Es wird Zeit. Sie blasen zur Ratsversammlung. Wir müssen uns trennen.

RIKKE *besorgt, ohne Spott* Hast du Angst?

BUNTING Warum glaubst du?

RIKKE Jeder hat Angst, bevor er etwas tut. Dann verliert er sie wieder.

BUNTING *lächelnd* Wenn ich Angst hätte – dann vor dir. Und um dich.

RIKKE *leichthin, unbetont* Mich wird keiner berühren.

BUNTING *jetzt ganz fest und sicher* Ich gehe jetzt. Das Fest beginnt erst um Mitternacht, man tanzt bis zur Frühe, es wird Bier und Schnaps geschenkt in den Straßen, ich halte sie im Taumel mit der Flöte – solang ich sicher bin. Du rufst alle zusammen in den ›Drei Kugeln‹, jeden, der eine Axt und eine Sense schwingen kann, dann komme ich und führe sie an. Leb wohl. *Wendet sich zum Gehen*

RIKKE *plötzlich, wie im Aufschrei* Bleib!

Bunting wendet sich zurück.

RIKKE *kindlich, fast bittend* Noch einmal – für einen Herzschlag – wie es früher war –

BUNTING *nimmt sie in die Arme* Noch einmal?

RIKKE Es wird nie mehr sein, wie es früher war.

XII.

Drei kurze Hornstöße, nah. Bungeschlag.

Der Hohe Rat und die Patrizier verlassen in feierlichem Zug die Stiftskirche, um sich zur Versammlung zu begeben.

Voraus der Wachkommandant vom Felde, von Spießträgern flankiert, dann, durch Wappenträger mit Emblemen gekennzeichnet, von Emmern, Stadtrichter, von der Campen, Stadtkämmerer, Steneken, der Speckschwartenkönig, Scadelant, der Roggenherzog, Senewolte, der Holzbaron, Werengist, der Stromvogt.

Zuletzt, in einem Abstand, Henricus Guelficus Immensis, der Propst, und Gruelhot, mit der Kette des Bürgermeisters um den Hals.

HENRICUS Du hast sie gesehen, die beiden fremden Herrn mit Helmen und Buschen. Das sind die Locatores aus dem Osten, sie haben Vollmacht von ihren Orden und ihren Burgherrn – und das Gold, fünfhundert Dukaten in kaiserlicher Prägung.

GRUELHOT Ich habe sie gesehen und begrüßt.

HENRICUS Sie brauchen kräftige Männer, dazu auch junge Frauen, wenn es eheliche oder verlobte sind, die ihnen folgen müssen – womöglich ohne Gewalt.

GRUELHOT Der Zauberer –

HENRICUS Auch ich habe daran gedacht.

GRUELHOT Aber er ist verschwunden.

HENRICUS Er ist hier, und er wird vor dem Rat seinen Lohn verlangen. Mein Vikar hat belauscht, was der lahme Knabe dem alten Ludger erzählt hat. Er kann mit der Pfeife die Menschen betören wie die Tiere.

GRUELHOT Für Gold? Ein Goldstück in kaiserlichem Münzschlag ist zehnmal mehr wert als ein Braunschweiger Taler.

HENRICUS Die Stadt ist die Plage los, es wäre ein gutes Geschäft. Wenn wir ihm hundert geben, bleiben für uns vierhundert, zu gleichen Teilen.

GRUELHOT Und wenn er nein sagt? Er hat behauptet, er nehme kein Geld.

HENRICUS Dann wird er in Stücke gehauen. Ich glaube nicht an Zauber, selbst wenn ich die Wandlung spreche, *Lacht* und ich glaube nicht an Menschen, die nicht für Gold zu haben sind.

GRUELHOT Aber die Ratten sind fort, und er soll uns den Pöbel wegführen ohne Gewalt, mit Zauber also.

HENRICUS Töne, Töne, das ist es. Man hat von Troubadourn gehört, die können singen, daß sich die Weiber aus den Fenstern der Kemnaten stürzen, alles nur fleischliche Brunst. Und wir hatten einen Lautenschläger im Schloß, wenn der spielte, mußte ich weinen – ich!, und hab ihm mein Sackgeld geschenkt. Aber wenn der Kerl versagt, wird er der Hexerei angeklagt und kommt auf den Scheiterhaufen. *Lacht*

GRUELHOT Der gnädige Herr hat gut lachen. Wenn die Sache schiefgeht, habe ich den Aufruhr in der Stadt, mit meiner mickrigen Spießwache.

HENRICUS Da kann nichts schiefgehen, ich habe vorgesorgt, für alle Fälle. *Schaut sich um, ob niemand sie hören kann* Zweihundert Brunswyker Landsknechte sind unterwegs, schwer bewaffnet und feldgedient. Wenn's Krach gibt da hinten, machen die alles nieder, alt und jung, und was übrigbleibt, können wir dann als Kriegsgefangene verkaufen, nach Recht und Gesetz.

GRUELHOT Das – wäre die sauberste Lösung, für den Notfall. Sie sollten die Kräftigsten nur einfangen, daß noch genug dabei herauskommt, die andern mögen sie abstechen.

HENRICUS Und deinen Hexer kannst du dann an den Füßen aufhängen. Aber sag es keinem, nicht mal dem Wachkommandanten. Die Wirkung ist doppelt, wenn sie plötzlich da sind.

GRUELHOT Ich weiß nicht, wie ich meinen untertänigsten Dank –

HENRICUS Simplex et naturaliter. Ein Soldat – drei Scheffel Korn.

GRUELHOT Es war früher von zwei Scheffeln die Rede.

HENRICUS Das war früher. Jetzt werdet ihr wieder reich und könnt eine gute Ernte erwarten. Ich handle nicht. Komm.

Sie folgen den andern.

XIII.

Der Empfangsraum in Gruelhots Haus, hell erleuchtet. Auftritt Elken van Lüde, die Kammerfrau, mit Stellamarie und Coelestin, die an der Schwelle bleiben.

STELLAMARIE So hat Johannes uns doch verraten.

ELKEN Er hat euch nicht verraten, er war nicht hier – er wird im Stift sein. Aber der Dekan hat Botschaft geschickt, man solle das Tanzfest aufsagen, weil Gefahr droht. Da bin ich durch die Straßen gelaufen, um euch zu suchen.

COELESTIN Uns droht keine Gefahr. Nur denen, die Schuld tragen.

ELKEN Was redest du, wir tragen alle Schuld, wir sind sündig geboren, und eure Mutter ist eine edle Frau, was kann sie dafür, daß sie schön ist und für den Kornsack zu schade. *Ruft* Divana!

DIVANA *erscheint in großem Festgewand* Was ist los, Elken? Jeden Augenblick können die Ratsherrn erscheinen, wie sehen die Kinder aus! Geh, Elken, leg ihnen die Festkleidung heraus.

ELKEN Sie liegen bereit.

DIVANA *weitersprechend* Ihr dürft dabei sein, diesmal, beim Hohen Rat, ihr sollt rechts und links von mir stehen und die Weihkerzen halten.

COELESTIN Wir werden nicht dabei sein. *Er faßt Stellamaries Hand.*

DIVANA Ihr habt das Recht, als Enkel des Grafen Everstein –

STELLAMARIE Wir wollen nicht dabei sein.

DIVANA *starrt sie an* Wo kommt ihr her? Wo seid ihr gewesen?

ELKEN Ich fand sie in einem Haufen auf der Straße, sie wollten nicht heimkommen, ich habe sie angefleht und mich auf die Knie geworfen –

COELESTIN Wir folgten dir nur, um dich nicht weiter zu beschämen vor den anderen. Denn du bist uns lieb.

ELKEN *mit Blick zu Divana* Ich mache die Kleider zurecht. *Geht*

DIVANA Ihr wollt, was ich will. Ihr seid mir Gehorsam schuldig.

STELLAMARIE Wir sagen ihn auf.

DIVANA *sich mühsam beherrschend* Und euer Vater? Ihr seid die Kinder des Stadtregenten, ihr seid in Glanz und Wohlstand aufgewachsen und zur Nachfolge bestimmt.

COELESTIN Wir werden keinem von euch nachfolgen, nicht ihm, nicht dir.

STELLAMARIE Wir folgen einem anderen nach. Der uns Licht bringt.

DIVANA Ihr seid von Sinnen. Ihr seid verführt. Hat es euch jener Zauberer angetan?

COELESTIN Es braucht keinen Zauber, um zu wissen, was böse ist.

DIVANA *nähert sich ihm, in einer echten, verzweifelten Zärtlichkeit* Coelestin, weißt du nicht, wie ich dich liebe – wie ich dich immer geliebt habe. Ich habe dich an meinen Brüsten genährt, fast bis du mannbar wurdest.

Coelestin wendet sich ab.

STELLAMARIE Nach deinem Gelüst, und zu seinem Elend. Mich – hast du nicht genährt, du wünschtest, ich ginge ein. Wäre nicht Elken gewesen –

DIVANA Du? Du hast meine Brust von dir gestoßen, du hast mich gebissen, eh du Milchzähne hattest.

STELLAMARIE Ich bereue es nicht.

DIVANA Du brauchst nicht zu bereuen, was du nicht gewußt hast. Das warst nicht du selbst, die das getan hat.

STELLAMARIE Ich war das – und ich habe es gewußt. Ich weiß es noch heute.

DIVANA *losbrechend* Nichts wißt ihr, nichts, und ihr habt nichts zu wissen! Ihr brecht Gottes Gebot, das euch heißt, Vater und Mutter zu ehren – schweigt! Ich will nichts mehr hören!

COELESTIN *tritt vor, ruhig und männlich* Ihr glaubt, wir wußten nichts, weil wir Kinder waren. Wir wußten und wissen alles. Wir hören, wenn er nachts winselt vor deiner verriegelten Tür, jämmerlich wie ein Hund, bis er dann flucht und in die Badhäuser geht, zu den Huren. Wir verurteilen ihn nicht, aber du hast ihn gehaßt und ihm dennoch Kinder geboren. Alle hassen ihn, und wir können ihn nicht lieben. Wir wissen, daß du ihm Schmuck abdrosselst, den er nicht zahlen kann – daß er Geld borgt in der Judengasse, daß er seine Mitbürger betrügt und noch die Armen erpreßt.

STELLAMARIE Und wir wissen, wann du den Schmuck weiterschenkst an Burschen, die dir gerade zupaß kommen.

DIVANA *schreit auf wie in Todesangst* Elken!

Coelestin macht eine Bewegung zu ihr hin, als wolle er sie stützen.

Geh! Geht geht geht geht geht!

Coelestin und Stellamarie gehen.

ELKEN *kommt eilig* Wo sind die Kinder? Herrin, was ist geschehen?

DIVANA *setzt sich* Bring mir den Kräutersaft.

ELKEN Wir haben Boten geschickt, aber das Mädchen ist nicht gekommen.

DIVANA *aufstampfend* Ich brauche ihn! Ich muß ihn haben vor dem Tanz, warum kommt sie nicht, gerade jetzt, sie ist immer gekommen.

ELKEN So wollt ihr das Fest nicht aufsagen? Du mußt das den Ratsherrn empfehlen, ich weiß, es droht Gefahr. Man kann einen Vorwand finden, ungünstiger Sterne wegen, oder der Pest in Bremen –

DIVANA Aufsagen? Lächerlich. Was würde das Volk denken, jetzt, wo wir die Plage los sind? Die würden glauben, wir hätten Angst, wir hätten ein schlechtes Gewissen –
Beginnt zu lachen

ELKEN Dann bleib du zu Hause, Herrin, dir ist nicht wohl, du hast keine Medizin, der jüdische Arzt traut sich nicht in die Stadt heute, du hast gute Gründe – ich bitte dich!

DIVANA *kann nicht aufhören zu lachen, windet sich fast, dann springt sie auf* Ich werde tanzen, wie ich noch nie getanzt habe.

ELKEN *hilflos* Dein Herz – du wirst den Tanz nicht ertragen –
Man hört das Horn und den Bungeschlag von draußen.

DIVANA *jetzt wieder ganz gefaßt* Das ist mir gleich. Halte Wein bereit. *Steht aufrecht, in Erwartung der Eintretenden*
Elken geht, während Henricus und Gruelhot eintreten, dann der Stadtrichter von Emmern und der Stadtkämmerer von der Campen.

HENRICUS *mit leichtem Kopfneigen vor Divana, das diese lächelnd erwidert* Macte esto optimamque salutem, Gräfin Everstein. Sie sieht wieder aus wie die Göttin Venus persönlich.

GRUELHOT Der gnädige Herr wollte sagen: Frau Stadtregentin.

HENRICUS Was ich sagen wollte, das weiß ich selbst, und ich habe es gesagt. *Tritt zu Divana* Woher hast du den wunderbaren großen Rubin? Der ist rein wie ein Kronjuwel.

DIVANA Es ist ein Geschenk meines Gemahls, des Stadtregenten.

HENRICUS Dann muß er mehr Geld haben, als ein Getreidehändler verdient. Die Stadträte werden froh sein, daß ihr Bürgermeister so reich ist – zumal ihn sein Amt von der Steuer befreit. Oder hab ich unrecht, Herr Stadtkämmerer?

KÄMMERER *verlegen* Es tut jeder das Seine, für das gemeine Wohl.

HENRICUS Das höre ich gerne. So hat er wohl auch die Rattenplage, ich meine ihre Vertreibung, aus der eigenen Tasche bezahlt.

GRUELHOT Der gnädige Herr geruht, dem Ratsprotokoll vorzugreifen.

HENRICUS Ratsprotokoll – das dürfte die Gräfin langweilen.

DIVANA Mich langweilt nichts, was die Gerechtsame der Stadt angeht. Wo bleiben die anderen Herrn?

GRUELHOT Der Herr Propst und ich hielten es für richtig, die heutige Sitzung im engsten Kreis zu halten. Es dreht sich um die Behandlung eines – höchst delikaten Falles.

RICHTER Den wir allerdings nicht in absentia personae erledigen können.

DIVANA Ihr macht mich neugierig.

GRUELHOT Genau gesagt sind es zwei Fälle, die wir zu einigen hoffen. Wir haben eine unwiederbringliche Gelegenheit, das aufrührige Gesindel der hinteren Stadt loszuwerden und damit ein höchst einträgliches Geschäft zu verbinden. Der Herr Kämmerer und der Herr Stadtrichter sind informiert. Die Kaiserliche Macht und die östlichen Ordensritter haben Abgesandte in verschiedene Städte geschickt –

In diesem Augenblick, in seinen Satz hinein, stürmt der Wachkommandant vom Felde in den Saal, hinter ihm erscheint der Bunting, von zwei Spießwächtern flankiert, die aber deutlichen Abstand von ihm halten.

VOM FELDE *atemlos* Wir haben ihn!

HENRICUS Es macht eher den Eindruck, er hat euch.

GRUELHOT Darf ich um Meldung bitten. Wie und wo habt ihr ihn gefangen?

VOM FELDE Nicht direkt gefangen. Er tauchte plötzlich bei der Hauptwache auf und verlangte, vor den Hohen Rat geführt zu werden.

HENRICUS *lacht* Hauptsache, er ist in Haft.

BUNTING *hat sich beim Eintritt vor Divana verneigt, die Herrn durch kurzes Kopfneigen begrüßt, spricht ruhig und höflich* Ich komme als freier Mann aus freiem Willen und mit zugesicherten Rechten. Ich betrachte die Spießwächter als Geleit, ich brauche sie jetzt nicht mehr.

HENRICUS *amüsiert* Ein Maulwerk, das hat der Kerl.

GRUELHOT *zu vom Felde* Darf ich bitten, die Wächter vorläufig zu entfernen und sich selbst zur Verfügung zu halten.

VOM FELDE So wird er nicht eingekerkert?

GRUELHOT Das wird sich finden.

Vom Felde zuckt die Achseln, geht mit den Wächtern. Gruelhot zum Bunting Du sprichst von Rechten. Du meinst die Freibriefe, um die du gebeten hast.

BUNTING Nicht gebeten, verlangt. Die Stadt hat sich mir wechselseitig verpflichtet. Ich habe mein Teil getan.

GRUELHOT Willst du deinen Freibrief sehen?

BUNTING Ich ersuche um Aushändigung.

GRUELHOT Herr von Emmern, bitte.

Richter nimmt ein großes Pergament aus einer Ledermappe, reicht es Gruelhot. Gruelhot hält es aufgerollt hoch, so daß die Schrift zu sehen ist Du hast es gesehen. *Reißt das Schriftstück von oben nach unten durch*

Bunting scheint unberührt.

GRUELHOT Was sagst du dazu?

BUNTING Nichts. Ich hatte so was erwartet. Ich habe euch nie getraut.

GRUELHOT Und da kommst du hierher? Weißt du, daß wir dich der Zauberei anklagen und der Folter übergeben können?

BUNTING Das könnt ihr nicht. Man hat mich auf den Straßen gesehen, das Volk würde sich empören. Und der geistliche Oberhirte hat mich vom Vorwurf des Zauberns losgesprochen.

HENRICUS Oho! Es gibt zwei geistliche Oberhirten hierzuland, der eine fürs Gebet, der andere für die Macht, und du kannst froh sein, wenn wir dich nicht auf der Stelle –

GRUELHOT Ich bitte den gnädigen Herrn Propst, sich nicht zu ereifern und mir das Verhör zu überlassen.

BUNTING Und ich verlange Berichtigung des Wortes Verhör. Es handelt sich um ein Gespräch zwischen Freien.

GRUELHOT Wir wollen uns nicht über Worte streiten. Du gibst also zu, daß uns der Freibrief unter erpresserischen Umständen abgenötigt wurde und daß eine solche Zusage keine Gültigkeit besitzt.

BUNTING Wir wollen uns nicht über Worte streiten. Die Herren wissen genau so gut wie ich, daß sie aus diesem Handel nicht herauskommen, ohne mich zu entlohnen. Man hat sich das gewiß überlegt. Was hat man mir zu bieten?

GRUELHOT Mir scheint, du hast Vernunft angenommen, und wir meinen es gut mit dir. Wir bieten dir mehr, als du jemals erhoffen könntest und als deine bisherigen Dienstleistungen für die Stadt wert waren. Aber du mußt noch einen weiteren kleinen Dienst für uns tun.

BUNTING Worin könnte der bestehn?

GRUELHOT Ich bitte Herrn Stadtkämmerer von der Campen.

KÄMMERER *zum Bunting* Kennst du den Wert von hundert Golddukaten in kaiserlichem Münzschlag?

BUNTING Hoho! Damit könnte man die Judengasse leerkaufen – und einen Getreidehandel anfangen.

Henricus lacht.

KÄMMERER Du bist dir also im klaren, daß dies der höchste Lohn ist, der jemals einem gewöhnlichen Spielmann ausgehändigt wurde, nicht einmal einem fürstlichen Leibarzt oder Astrologen.

Bunting schweigt, verschränkt die Arme.

GRUELHOT Ich verstehe dein Staunen. Du wirst noch erstaunter sein, wenn du erfährst, für welch geringen Dienst du diese ungeheure Summe erwerben kannst.

Bunting schweigt weiter.

Dir ist es durch Zauber, unter Anwendung deines Flötenspiels, gelungen, die Ratten scharenweise aus der Stadt und ihrer Umgebung wegzuführen. Traust du dir zu, das gleiche mit einer Schar von – unverwertbaren – Menschen zu tun, die dem Vieh näherstehen als Unsereinem?

Bunting schweigt noch immer.

Mir wurde berichtet, du kennst die Länder jenseits von Elbe, Oder und Weichsel. Es müssen gute, fruchtbare Länder sein, die ihren Kolonisten reichlich Gewinn und Nahrung bieten. Wir wollen einem Teil unseres ärmeren Volkes, dem diese Stadt mit ihren schwachen Kräften nicht genügend Unterhalt zu sichern vermag, die Gelegenheit geben, sich in jenen gelobten Gegenden niederzulassen. Doch wir sind nicht sicher, ob sie diese Wohltat zu schätzen wissen. Du sollst ihnen von den Vorteilen erzählen, die eine solche – Umsiedelung – für sie bedeutet. Vor allem sollst du auf der Flöte spielen, wenn die beiden kaiserlichen Ritter, denen wir sie zugesagt haben, zur Sammlung rufen, und sollst ihren Auszug anführen, auf deine Weise, damit sie ihn heiteren Mutes antreten. Du brauchst sie nur bis Braunschweig zu geleiten, dort werden sie mit anderen Auszüglern aus anderen Städten zusammentreffen und von einer gewappneten Truppe übernommen. Dir steht die Welt offen, denn man wird dir dort das Gold aushändigen. Dafür bürgen die beiden kaiserlichen Herrn. Warum sprichst du nicht?

BUNTING *nach einer Pause* Weil ich kaum glauben kann, was ich da höre. Ihr wollt euer einsässiges Volk in die Sklaverei verkaufen.

GRUELHOT Sklaverei! Sind wir denn Türken und Mohren? Man braucht dort freie Siedler, denen man so viel Grund und Boden –

BUNTING Ja, die braucht man, besonders in den Ordensländern am Belt, und die sucht man sich aus edlen Geschlechtern und Stammhäusern, aber diese wieder brauchen eine proles, die für sie front und schwitzt ums nackte Leben. Du sprachst von kaiserlichen Herrn, deren neue Reichsländer liegen in Böhmen, Moravien, Pannonien. Dort erwarten Aufseher mit der Peitsche eure Leute, damit sie Erz fördern aus den Schächten und Steine karren für die Heerstraßen. Du hast recht, ich kenne diese Länder, und ich weiß, daß die einzige Vergünstigung und Gewährnis, die man ihnen fest zusagen kann, darin besteht, daß keiner von ihnen die zwölf Jahre überlebt, für die man sie in Zwang nimmt.

GRUELHOT Das sind Lügen und hetzerische Reden, die du bereuen wirst. Unsere Ohren sind taub für solche nichtswürdige Schmähung, wir haben sie nicht vernommen. Dies ist mein letztes Wort –

HENRICUS *in aufkochendem Zorn* Was schwatzt du noch lange. Der Kerl will nicht hören, also soll er fühlen!

GRUELHOT – mein letztes Wort. Bist du bereit, auf diesen Handel einzugehen, der dir hier gnädigst vorgeschlagen wird oder nicht?

BUNTING Ich bin bereit, euch einen Gegenvorschlag zu machen – den einzigen, den ich als Vergütung meiner Dienste annehmen kann; denn daß ich kein Geld nehme, wißt ihr schon. Ihr verzichtet auf diesen schändlichen Menschenhandel. Ihr stellt einen neuen Freibrief aus, und zwar nicht nur für mich, sondern für alle Ansässigen der hinteren Stadt, der ihnen volle Bürgerrechte gewährt und angemessene Entlohnung für jeden, der arbeitswillig ist – dann werden sie es sein. Ich lasse euch Zeit zur Vorbereitung, bis zur Morgenfrühe des kommenden Tages, nach dem Fest. Wenn ihr das ablehnt, werdet ihr es bereuen.

GRUELHOT Du drohst? Du wagst es, zu drohen? *Höhnisch* Womit?

BUNTING *sehr ruhig und gemessen* Habt ihr nie bedacht, daß einer, der Ratten weglocken, auch Ratten herführen könnte? Andere Ratten? Es gibt sehr viele Ratten auf der Welt, mehr als die, welche die Weser hinabgeschwommen sind. Bedenkt euch. Dies ist mein letztes Wort.

HENRICUS *vor Zorn blaurot aufgeschwollen* Dann sei es dein letztes! Verreck!

Er will sein Schwert aus dem Gehäng reißen, aber es bleibt in der Scheide stecken, so sehr er daran zerrt, wobei sein Gesicht immer mehr anschwillt. Keiner der anderen versucht, ihn zu hindern oder ihm zu helfen. Der Bunting steht ungerührt, doch mit gespannten Muskeln.

DIVANA *beginnt leise zu lachen* Wenn der Herr Propst wüßte, wie komisch ein Mann aussieht, der sein Schwert nicht aus der Scheide kriegt. *Lacht stärker*

HENRICUS Gott verdamme die Geistlichkeit, ich hab es zu lange nicht mehr gezückt, ich lasse meinen Rüstknecht auspeitschen – jetzt! *Hat das Schwert heraus, will sich auf den Bunting stürzen*

DIVANA *mit einem leichten Schritt vor den Bunting dem Propst gegenüber* Das Schwert ist rostig, aber meine Diele ist blank und frisch gescheuert. Will ein Herr von so guten Manieren das Haus einer Dame besudeln – mit Blut womöglich?

HENRICUS *keuchend* Seit wann hat eine Frau im Hohen Rat zu bestimmen?

DIVANA Nicht zu bestimmen, doch mitzureden. Ihr alle kennt das Vermächtnis meines Vaters, der euer Vogt war.

Henricus steckt wütend sein Schwert zurück.

Außerdem höre ich Mitternacht schlagen, es wird höchste Zeit, das Fest einzuleiten, die Herrn warten auf der Tribüne, die Musik zieht auf, die Leute werden unruhig.

RICHTER Und was geschieht mit dem?

GRUELHOT Ruft den Wachkommandanten. Wir werden ihn aburteilen, ohne Verzug.

DIVANA Halt. Nach altgewohntem Brauch wird das Fest der Sonnwend um Mitternacht von der Frau des Stadtregenden angesagt. Es soll Stadtfreiheit herrschen in dieser Nacht, für Wort und Rede, für Tanz und Lustbarkeit. Es soll keine Waffe gezückt, kein Recht gesprochen, kein Richtspruch vollzogen werden, bis die Frühsonne überm Ostertor steht. *Sie ruft nach draußen.* Laßt die Herolde das Fest ankünden!

Trompetenstöße

RICHTER Dann müssen wir ihn so lange in den Kerker stecken, es sind keine vier Stunden.

DIVANA Nein. Ich mache ihn zu meinem Spielmann und Vortänzer für diese Nacht, zu meinem Kammerherrn und Begleiter.

RICHTER Kann die hohe Frau Haftung übernehmen für seine Person?

DIVANA Bis die Frühsonne überm Ostertor steht. Will der Herr Propst den festlichen Aufzug anführen?

HENRICUS Feiert euer verdammtes Pfahlbürgerfest alleine. Frau Gräfin – *Verneigt sich kurz vor Divana, geht*

GRUELHOT Darf ich die Herrn bitten, mit diesem – Spielmann im Vorraum zu warten. Ich habe noch ein Wort mit meiner Gemahlin zu reden. Aber paßt gut auf, er darf nicht weglaufen.

BUNTING Es bedarf keiner Aufsicht. Ich bin der Dame verpflichtet, für den Rest der Nacht.

Richter und Kämmerer gehen, der Bunting in ihrer Mitte.

DIVANA Nun?

GRUELHOT Ich danke dir. Du hast mir sehr geholfen – aus der Klemme geholfen.

DIVANA Dir? Wieso?

GRUELHOT Ich habe gar kein Interesse daran, den Burschen sofort zu richten, aber ich hätte es tun müssen, des Propstes und der Ratsherrn wegen. Das hätte zu Aufwiegelei und Ärgernis mit den Bürgern führen können. Jetzt ist er für die Freinacht in deinem Schutz, das enthebt mich zunächst der Verlegenheit, doch bitte ich dich, laß ihn nicht von deiner Seite, schmeichle ihm, du verstehst. Zeig dich mit ihm beim Tanz, mach ihn dir hörig, das ist die beste Haft – bis – *Verstummt*

DIVANA Bis zum Morgen. Und was wird dann geschehen?

GRUELHOT Darum sorg dich nicht. Mehr kann ich nicht sagen.

DIVANA Du hast einen Hintergedanken, den ich nicht kenne. Aber ich werde tun, was du willst, weil es mein eigener Wille ist.

GRUELHOT Ich kann mich auf dich verlassen?

DIVANA Du kannst es, solang ich lebe.

GRUELHOT *bestürzt* So hast du noch nie zu mir gesprochen.

DIVANA Geh voraus mit den Herrn, und schick mir den Spielmann herein, nur für ein paar Minuten, damit ich ihm sage, wie er sich verhalten soll.

GRUELHOT Allein mit ihm?

DIVANA Elken wird bei mir sein. *Ruft* Elken!

Gruelhot geht. Für einen Augenblick hört man, als ob eine Tür sich öffne, sehr laut die Stadtmusik: Pauken, Trommeln, Holzbläser und quäkende Sackpfeifen, dazu Stampfschritte oder Getrampel, keine Stimmen. Dann, wenn Tür und Tor wieder geschlossen sind, nur noch gedämpft den Rhythmus der Bungepauken.

Elken ist eingetreten, fast gleichzeitig kommt Bunting zurück.

Bring mir den Wein, Elken, zwei Becher.

Elken geht.

Divana setzt sich, während Bunting noch an der Schwelle steht.

Elken kommt zurück, stellt die Weinbecher neben Divana, schaut sie fragend an.

Es ist gut, Elken.

Elken geht.

Divana weist auf einen Sitz, dann trinkt sie hastig.

Bunting setzt sich, ohne zu trinken.

Du treibst ein gewagtes Spiel.

BUNTING Ich bin es gewöhnt. Du nicht?

DIVANA Warum bist du hierher gekommen? Du hättest verschwinden können, ungesehn.

BUNTING Wolltest du, daß ich verschwinde?

DIVANA Darauf kann ich dir keine Antwort geben. Aber du weißt, daß die Stadt, in die du mich geleiten sollst, voller Menschen ist und daß alle Tore besetzt sind von den Schwertmännern des Propstes.

BUNTING Ich werde nicht so dumm sein, durch ein Tor zu spazieren.

DIVANA So weißt du einen anderen Ausweg?

BUNTING Vielleicht.

DIVANA Du vertraust mir nicht.

BUNTING Nein.

DIVANA Ich habe dich vorm Schwertstreich des Henricus und vorm Standgericht bewahrt.

BUNTING Für eine Nacht – um zu spielen mit mir.

DIVANA Ein Spiel vor aller Augen. Was hätte ich davon, oder du?

BUNTING Alles.

DIVANA Was meinst du damit?

BUNTING Die wirklichen Spiele werden nicht von den Leibern gespielt.

DIVANA Sondern?

BUNTING Von den Gedanken, Wünschen, Begierden, Süchten, die kein Ende haben.

DIVANA Dann sind es tödliche Spiele.

BUNTING Für den, der verliert.

DIVANA Liegt dir nichts am Leben?

BUNTING Mir liegt nur am Leben.

DIVANA *trinkt wieder* Manche meinen, daß nach dem Tod Ruhe kommt, sonst nichts. Andere denken anders.

BUNTING Was denkst du?

DIVANA Ich frage nicht. *Trinkt* Ich habe dich noch nie die Flöte spielen hören. Willst du es tun, für mich?

BUNTING *steht auf* Ciavo Gospodina.

DIVANA *ist auch aufgestanden, tritt zu ihm* Das – sollst du nie mehr sagen. Ich bin nicht deine Herrin. Du gehörst mir nicht. Aber ich –

BUNTING Du mußt es nicht aussprechen.

DIVANA *fast tonlos* Ich habe niemals einem Menschen gehört. Keinem Mann, keiner Frau.

BUNTING Soll i c h dein Herr sein?

DIVANA Nur wenn es dich danach verlangt – so wie mich.

BUNTING Es verlangt mich danach.

DIVANA Doch du vertraust mir nicht.

BUNTING Jetzt vertraue ich dir. Ich werde entkommen, wann immer ich will, durch ein Loch in der alten Mauer, das nur eure Kinder kennen und das nie bewacht ist. Aber ich komme wieder – nicht allein – und werde Herr sein über diese Stadt.

DIVANA Du bist mein Herr.

BUNTING Noch bin ich in deiner Hand. Du kannst mich verraten.

DIVANA Spiele für mich.

BUNTING Draußen, zum Tanz?

DIVANA Hier. Nur für mich.

BUNTING Dann mußt du tanzen – für mich. Nur für mich.

DIVANA Du bist mein Herr.

Bunting hat die Flöte erhoben, kurzer lockender Anlauf.

Divana mit hoch erhobenen Armen, beginnt zu tanzen, in kleiner Distanz ihm gegenüber und fast auf der Stelle, erst mit einem Wiegen des Körpers und weit ausspreizenden Schritten, später bis zur Selbstumdrehung und zu wildem Schwingen gesteigert, im Zug des sich immer mehr steigernden Flötenspiels, während der Bunting sie in verhaltenen Tanzschritten umkreist.

BUNTING *setzt ab* Gehörst du mir jetzt?

DIVANA *tanzend* Du bist mein Herr.

BUNTING *spielt, immer zwischen dem Spielen absetzend* Dann entblöß dich vor mir. Entblöße deine Brüste.

DIVANA *mit der Gebärde der Entblößung, ohne ihr Gewand zu berühren* Du bist mein Herr.

BUNTING Entblöße deinen Leib, deinen Schoß. Deine Schenkel.

DIVANA *mit der Gebärde des Herunterreißens ihrer Kleider, ohne sie zu berühren* Du bist mein Herr.

BUNTING Dein Herz, deine Seele.

DIVANA *schwer atmend, mit der Gebärde völliger Hingabe* Du bist mein Herr.

BUNTING *die Flöte senkend, man hört nur von draußen den Paukenschlag* Hör auf zu tanzen. Das Spiel ist aus. Du hast keinen Atem – hör auf!

DIVANA *immer noch tanzend* Das – kannst du mir nicht befehlen. Das – hat kein Ende – *Sie stürzt rücklings nieder, liegt reglos.*

BUNTING *über sie gebeugt* Steht auf! Steh auf, sag ich! Ich bin dein Herr!

ELKEN *fast gleichzeitig herein* Divana! Herrin! *Schreiend* Du hast sie ermordet!

Bunting mit einem Sprung über die Tote weg, verschwindet. Elken reißt ein Fenster auf, schreiend nach draußen Er hat sie ermordet! Er hat meine Herrin ermordet! Packt ihn, hetzt ihn, haltet ihn! Er hat meine Herrin – *Mit ersticktem Aufweinen, wirft sich über die Tote*

GRUELHOT *tritt ein, hinter ihm Wachkommandant vom Felde, Richter* Wo ist er?

VOM FELDE Entflohn.

RICHTER Der Hexer! Es hat ihn keiner gesehn, der muß durch die Luft sein.

GRUELHOT Laßt das Fest abbrechen. Ruft alle Wachen. Alarm.

VOM FELDE *hinausrennend, rufend* Alarm! Alarm!

Richter folgt ihm. Der Paukenschlag draußen verstummt. Man hört, in verschiedener Entfernung, das Horn blasen. Gruelhot tritt zu der Toten, schiebt Elken weg. Stellamarie und Coelestin sind im Eingang erschienen, stehen schweigend. Gruelhot nach einem langen Blick, kniet nieder, nimmt seinen dunklen Samtmantel ab, breitet ihn über sie.

XIV.

Vor den ›Drei Kugeln‹ und in der Umgebung hat sich das Gelichter der hinteren Stadt zusammengerottet, alt und jung. Sie tragen Sensen, Spitzhacken, Äste.

Zwei der Jungen, nackt bis zum Gürtel, haben Rikke rechts und links auf ihre Schultern gestemmt, um sie voranzutragen. Sie sind zum Aufbruch bereit, stehn aber jetzt wie in Erstarrung, auf die näher kommenden Hornstöße lauschend. Es ist heller Morgen.

KÖTERINCK Die blasen das Horn und rufen was!

SCHNUDEL Dann seid ihr verraten.

RIKKE Unmöglich. Keiner weiß etwas außer ihm.

KÖTERINCK Warum blasen die da?

RIKKE Sie werden das neue Sonnenjahr ausrufen, das tun sie immer.

HENNING Du hast uns gesagt, er wird kommen, bevor die Sonne aufgeht, wenn die Stadt noch schläft nach dem Fest. Jetzt ist die Sonne auf, und er ist nicht da.

SCHLITZBAUCH Alarm, das blasen die, Alarm!

RIKKE Er kommt, er muß kommen.

SCHNUDEL Schmeißt die Sensen weg, da sind sie!

Die Männer werfen ihre Sensen und Hacken ins Wirtshaus. Gleichzeitig erscheint ein Trupp zerlumpter Burschen, in ihrer Mitte Hutzelbein, der ein handgeschriebenes Blatt trägt. Alle sehr erregt

HUTZELBEIN Das haben sie am Rathaus und dem Kornspeicher angeheftet. *Liest stockend vor* Gesucht wird ein landfremder Flüchtling unbekannten Namens, nach seiner Kleidung der Bunting genannt. Der Selbige ist schuldig des Mordes an der Gattin des Stadtregenten und der Hexerei. Ein Kopfpreis ist ausgesetzt von hundert Braunschweiger Gulden für seine Ergreifung und Überstellung, toten oder lebendigen Leibes, an das Hochgericht. Wer ihn aufnimmt, ihm Schutz und Nahrung gewährt oder zur Flucht verhilft, der verfällt ohne Unterschied des Standes, Geschlechts oder Alters der peinlichen Tortur und dem Henker. *Er geht weiter.*

Köterinck wirft seine Axt zu Boden.

Die beiden Jungen lassen Rikke von ihren Schultern fallen, die sich wortlos niederhockt.

GRINDKOPP Aus. Jetzt ist alles verloren.

HOSTIENBÄCKER *ist fast unbemerkt dem Ausrufertrupp gefolgt und sitzt plötzlich unter ihnen auf einem Tisch* Gewonnen, ihr Blödhammel, gewonnen! Wenn alles drunter und drüber geht in der Stadt, alle Wächter und Schwertmänner auf der Menschenhatz, so was kommt nie wieder, da braucht man nur hinlangen, da kann man reich werden, da hat man den Sack voll, da hat man ausgesorgt!

LUTZE Der Kopfpreis?

HOSTIENBÄCKER Ist ein Dreck unterm Nagel. Die Judengasse! Da bersten die Truhen und die Kästen, das hat kein Ratz angenagt, das rote, harte Gold. Da sind die Beutel voll mit den Diamanten und Fünkelsteinen, wie sie kein Kaiser an der Krone trägt, da staut sich die Seide aus Flandern und der gewebte Purpur ballenweis, und wenn ihr einen Juden kopfunter stellt, da rollen die Silberstücke aus dem Kaftan.

KÖTERINCK *mit offenem Maul* Du meinst –

HOSTIENBÄCKER Ich meine, es gibt nur zwei Sorten von Menschen auf der Welt, die Armen und die Reichen. Wer kein Geld hat, ist ein Lump, und wer hat, dem sind alle Todsünden vergeben, und wem vorm Nehmen und Säckeln bang, der bleibt im Dreck sein Leben lang. Jetzt wißt ihr's, macht, was ihr wollt.

KÖTERINCK Aber wie kommen wir rein? Die Mauern, die Tore –

HOSTIENBÄCKER *langt über sich, reißt ein Bündel Stroh aus dem Dach, schmeißt es unter sie* Man sagt, das Stroh ist dumm, da habt ihr, macht euch Köpfe daraus, die werden besser als eure angewachsenen. Wie ihr reinkommt! Da braucht ihr keinen Pfeifer und keine Henkerschneppe.
Soll ich euch sagen, ihr Hornvieh, wie ihr reinkommt, ohne daß einem die Wampe geritzt wird? Durchs Nonnenkloster, wo sonst? Habt ihr denn nie ans Nonnenkloster gedacht? Das hat zwei Ausgänge, einen in die Stadt zu Sankt Gertraudis, einen aus der Stadt, durch den sie ihre Bittgänge machen. Der ist mit einem Balken geschlossen, aber gleich nebendran, da ist das Pförtchen, durch das ich den Korb mit Hostien bringe in der Früh, das hat nur einen Holzriegel innen, den brecht ihr mit einem Fußtritt – und dann geradeaus durch den Kreuzgang, ich sag euch, ehe die Zeit haben, in Ohnmacht zu fallen oder Jesus zu rufen, seid ihr durchs Vordertor in der Stadt.
Aber wißt ihr auch, was gleich dahinter liegt, noch im Klosterbann und wo bei Tage kein Mann ist, geschweige ein Spießmann, das sind die Badhäuser, voll von schleckrigen Weibern, die könnt ihr als Zuspeise mitschleppen, aber erst in die Judengasse, die ist gleich ums Eck, da müßt ihr euch aufteilen, immer sechs Mann in ein Haus, raus mit dem Gold, wer Geschrei macht, wird totgeschlagen, und dann schmeißt ihr Brandfackeln in die Dächer und durch die Fenster rein, daß alles zundert und flackt, das deckt euch den Rückzug, denn da werden sie alle rennen, die Händ voll mit Wassereimern, damit der Brand nicht in die Stadt schlägt – Feurio!
Und ihr mit dem Gold und dem Schmuck und den Weibern verduftet wie ein Gestank. Wenn das nicht euer Glückstag ist heute – und der kommt nicht zweimal.

KÖTERINCK Durchs Nonnenkloster – auf die Idee hätten wir selber kommen können. Aber es ist eine Sünde.

HOSTIENBÄCKER Dann will ich euch einen Rat geben: beichtet sie, aber begeht sie erst.

Gelächter

HENNING UND EINIGE JUNGE *in wilder Entschlossenheit* Auf, los, durchs Nonnenkloster, nehmt nur die Äxte mit und die langen Messer, holt Feuerkien aus dem Herd drinnen und Fakkeln und trocken Stroh, durchs Nonnenkloster, in die Judengasse, in die Badhäuser, los, los, los!

DIE ALTEN *nun auch völlig wild geworden* Los Los Los!!

HOSTIENBÄCKER *packt Köterinck an der Schulter* Du sorgst, daß alles beisammen bleibt und sich nicht versplittert. Aber merk dir: Die Idee ist von mir, das kostet ein Zehntel vom Gold, die Weiber könnt ihr behalten.

DIE GELICHTER *hat sich formiert, stampft nun, mit Kienspänen und Pechfackeln, im Taktschritt mit taktmäßigem Chorgebrüll* Los Los Los – Los Los Los – *Setzen sich in Gäulstrab, verschwinden*

SCHNUDEL *der Wirt, ist geblieben* Wenn das man gut geht –

HOSTIENBÄCKER Das kann gar nicht gut gehn, das gibt Stunk, hinterher. Bei so was, da ist man nicht dabei gewesen, da nimmt man, was abfällt, und behält seinen guten Ruf. *Geht ins Wirtshaus, Schnudel folgt. Rikke kauert immer noch auf einem Sitz, als ginge sie all das nichts an, hat den Kopf auf den Tisch gelegt. Der Kleine Henker erscheint mit vorsichtiger Eile.*

KLEINER HENKER *rasch zu ihr hin, faßt sie am Arm, hastig* Er ist entwischt. Entkommen.

Rikke fährt hoch.

Aber durch alle Keller hat er müssen kriechen und durch die Abflußröhren zum Fluß, wie vordem die Ratzenbrut.

RIKKE Wie kannst du das wissen?

KLEINER HENKER Nach meinen Aalködern wollt ich sehn, ich hab da einen toten Hund im Schlamm vergraben, da pfeift was ganz leis im Ufergebüsch, wie ein Rohrspatz nicht anders, aber ich hab's erkennt. Er sagt, du weißt das Versteck, stromab von den Werften.

Rikke springt auf. Kleiner Henker hält sie am Arm Nicht jetzt, die Stadt ist voll mit Kriegsknecht. Wenn's Nacht wird, sollst du kommen, mit einem Boot –

RIKKE Das mach ich los, bei den Fischern –

KLEINER HENKER Und Speis und Trank mitbringen, dann will er den Fluß runter, bis zum offenen Meer –

RIKKE Zum offenen Meer.

KLEINER HENKER *weinerlich* Aber ich, da bleib ich allein mit der Alten, und das ist der Dank –

RIKKE *zerrt ihn weg* Rasch nach Haus. Jetzt darf mich keiner mehr sehn.

Sie gehen schnell.

Hostienbäcker kommt hinter der Tür vor, schaut ihnen nach.

XV.

Die Brunswyker Landsknechte ziehn auf die Stadt los, aus der schon Feuerschein flackert. Sie marschieren in Achterreihen, man braucht nur die vordersten zu sehn, doch dahinter ein unabsehbarer Wald von erhobenen langen Lanzen. Ihr Marschlied soll stur sein, blödsinnig, von kollektivem Stumpfsinn, doch unter keinen Umständen komisch. Dumpfer Trommelschlag

MARSCHLIED:

»Über Land über Feld über Stock über Stein
Zieht der Landsknecht hinter seinem Hauptmann drein.
Jede Dirn jede Magd muß ihm willig sein,
Denn dafür legt er seine Lanze ein –
Rattabau Rattabau Rattabau«

HAUPTMANN *elegant, detachiert* Das Ganze – halt! Instruktion.

FELDWEBEL Achtung! Die Lanzen – ab! Herhören!

Landsknechte stellen die Lanzen hart nieder, mit einem Fuß vortretend, bewegungslos.

Für die, wo noch nicht im Gefecht waren – merkt: genau wie auf dem Exerzierplatz mit der Stoffpuppe und den Schweinsblasen. Mit der Lanze scharf gezielt, von unten durch die Magengrube oder überm Brustlatz durch den Hals. *Er brüllt einen Jungen an.* Wiederholen!

JUNGER LANDSKNECHT *bleich* Mit der La-la-la- mit der Lalalanze –

FELDWEBEL Scher dich ins Glied! Feigling! *Ruhig* Da sind keine Berittenen und Gewappneten, das ist Kinderspiel. Aber merkt: Den Jungen und Kräftigen nur mit dem Lanzenschaft oder Schwertknauf übern Kopf, die braucht man lebendig. Der Rest ist Freiwild, die hintere Stadt wird gesäubert. Und was die Weiber anlangt: Daß mir keine Keilerei passiert, immer der Reihe nach, das geht nach Dienstalter und Rang. Im Zweifelsfall wird gelost. Ach-tung!

Die Landsknechte reißen die Lanzen hoch, stehen stramm.

HAUPTMANN Vorwärts – Marsch! *Trommelschlag*

XVI.

Brandroter Himmel. Rückwärtig das Tor der Stiftskirche, weit geöffnet. Sie ist von Flüchtlingen erfüllt, und es drängen noch weitere hinzu: Juden in zerrissenem Kaftan, Frauen mit zerfetzten Kleidern, manche halbnackt, Verwundete aus der hinteren Stadt, von einigen Nonnen und Mönchen geleitet. Die meisten sind stumm, die Juden beten mit rituellem Klagelaut.

Im Vordergrund stehen Ludger, der Dekan, und Henricus einander gegenüber. Bei Ludger ist Johannes, hinter Henricus der Kämmerer und der Richter.

HENRICUS Du schändest das Gotteshaus! Du hast meinen Soldaten mit dem Kirchenbann gedroht!

LUDGER Jawohl, wenn sie Untaten begehn. *Ruhig, zu Johannes* Sieh zu, daß genug Trinkwasser da ist und Verbandszeug.

Johannes humpelt nach hinten.

HENRICUS *schreiend* Du öffnest die geweihte Kirche für Juden, Mordbrenner und Huren!

LUDGER *fest* Für Juden, Mordbrenner und Huren – wenn sie gemetzelt werden wie Tiere.

HENRICUS Ich bin der Propst! Wer hat dir das Recht gegeben? Mich hast du zu fragen!

LUDGER Ich bin der Dekan, dies ist meine Pfarrei, nur ich habe das Recht, die Kirche zu öffnen oder zu schließen.

HENRICUS Dann setz ich dich ab! Du bist nicht mehr fähig, ein Kirchenamt zu verwalten, dein Hirn ist vergreist und verblödet! Du bist abgesetzt, ich übernehme das Dekanat!

LUDGER Das kannst du nicht. Nur die bischöfliche Synode kann einen Dekan und Weihbischof ein- oder absetzen. Du kannst mich verklagen, aber du kannst mir nicht in den Arm fallen. Ich stehe für meine Handlungen, vor der Kurie und vor dem Heiligen Vater.

HENRICUS Ich bin vom Herzog von Braunschweig hier als Propst eingesetzt, ich habe Vollzugsgewalt!

LUDGER Für die politischen Interessen des Herzogs, nicht für die Kirche.

HENRICUS Es ist ein Skandal! Wo ist der Stadtregent?!

RICHTER Der gnädige Herr weiß, daß er in Trauer ist –

HENRICUS Das ist Privatsache. Er hat seines Amtes zu walten!

RICHTER Das tut er. Er hat den Wachkommandanten beauftragt, mit dem Feldhauptmann die Aktion in der hinteren Stadt durchzuführen.

HENRICUS Ich verlange, daß das Gesindel aus der geweihten Kirche entfernt wird.

LUDGER Die Kirche wird neu geweiht werden, wenn die Verfolgten sie in Sicherheit verlassen können.

HENRICUS Das heißt, du bietest mir Trotz?

LUDGER Ich halte das Gespräch für beendet. Pax tecum.

HENRICUS Dann hab ich es satt, hier den Propst zu spielen und mich lächerlich zu machen. Ich schmeiß euch den Krempel hin, aber erst, wenn der Saustall ausgeräumt ist und die Kosten bezahlt sind. *Zum Kämmerer* Wir haben Verluste gehabt, das kostet vier Scheffel pro Kopf.

KÄMMERER Die Schuldverschreibung ist auf drei Scheffel ausgefertigt, eine Abänderung müßte neu beschlossen werden.

HENRICUS Esel! Ich will keine Schuldverschreibung, ich will bares Geld.

KÄMMERER Dann muß der gnädige Herr warten, bis die neue Ernte verkauft und das Geld aus Bremen eingegangen ist.

HENRICUS Querköpfe, Geizhälse und Idioten. Seit ich hier Propst bin, habe ich nur einen einzigen vernünftigen Menschen kennengelernt.

RICHTER Und das wäre?

HENRICUS Der Rattenfänger! *Geht*

XVII.

Die Hütte des Kleinen Henkers: Türe und Fenster zur ebenen Erde. Seitlich Gebüsch.

Das Brandflackern am Himmel hat aufgehört, doch liegt überm Stadthorizont ein schwarzer Rauch.

Ein kleiner Trupp Landsknechte, vom Feldwebel geführt, nähert sich rasch dem Haus.

FELDWEBEL *pocht an die Tür* Aufgemacht!

KLEINER HENKER *öffnet sofort, als habe er hinter der Tür gelauscht, mit einem Schnapskrug in der Hand, macht einen Bückling* Wenn ich die Ehre des ritterlichen Besuchs untertänigst und bescheidlich verdanken darf – klarer Machandel, selbstgebrannt.

FELDWEBEL Das kommt später. Gib die Hexe raus.

KLEINER HENKER Von einer solchen Anwesenheit ist mir nichts bekannt, es sei denn, daß mein eheliches Weib, irrtümlich, da sie Kräuter sammelt –

FELDWEBEL Schwätz nicht, wir wissen Bescheid, die Kammerfrau beim Bürgermeister hat uns hergewiesen, wir wollen die junge, schöne, die du Tochter nennst, aber ein Bankert ist.

KLEINER HENKER *noch in der Tür* Was diese belangt, so muß ich leider verlauten, daß sie krank ist, sehr krank, man spricht von der Türkenseuche –

EIN RÜDER LANDSKNECHT Uns kann sie nichts anhängen, wir haben es schon.

Gelächter

FELDWEBEL *packt den Kleinen Henker am Latz, stößt ihn von der Tür weg* Marsch. Holt sie raus.

Die Landsknechte ins Haus

Gib her. *Nimmt dem Kleinen Henker den Krug ab, riecht daran* Nicht übel. Trink du zuerst!

KLEINER HENKER Mit Verlaub, wenn es dem Herrn nicht zuwider –

FELDWEBEL Sauf!

Kleiner Henker nimmt einen Schluck.

Feldwebel nimmt den Krug, tut einen Zug, rülpst Wenn du die Sünder so gut brennst wie deine Beeren, dann bist du ein braver Henker.

Rikke wird von den Landsknechten herausgeführt. Sie wehrt sich nicht. Sie trägt ein langes, hemdartiges Hausgewand, hat ein Tuch um ihre Hüften geschlungen. Ihr Gesicht ist weiß. Sie lächelt.

LANDSKNECHT Die lächelt. Die lächelt immer.

RIKKE *mit starrem Lächeln* Macht mit mir, was ihr wollt. An mir werdet ihr keinen Spaß haben.

LANDSKNECHT Wir nicht, aber unser kleiner Bruder.

Rohes Gelächter

FELDWEBEL Nehmt sie hintern Busch. Ich saufe lieber.

Rikke wird hintern Busch gezerrt. Sie schaut kurz zurück, lächelt.

Was lächelt die so infam? *Trinkt. Zum Kleinen Henker* Du hältst das Maul über alles, was hier geschieht, sonst brennt dein Häuschen.

JUNGER LANDSKNECHT *kommt zurück, grün im Gesicht* Die hat sich aufgeschlitzt, von unten. Pfui Teufel, da schwimmt alles in Blut – *Ihm wird übel.*

FELDWEBEL Lebt sie noch?

ANDERER LANDSKNECHT *kommt zurück* Sie hört schon auf zu atmen, aber sie lächelt immer –

FELDWEBEL *gleichgültig* Dann schmeißt das Aas in die Weser.

XVIII.

Psalm von den ermordeten Seelen

BUNTING *fischt im Weidengebüsch mit einem langen Stecken eine formlose Gestalt aus dem Fluß, zieht sie ans Ufer*
Da ist etwas, wozu ich nicht sprechen kann.
Da ist ein Ding, das ich nicht kenne, und das mein Wort nicht hört.
Zu Wem soll ich sprechen?
Ist da Einer, der alles dies zuläßt und sich dennoch erbarmt?
Wo eine Stadt ist, in der Menschen wohnen,
wird sie nach Seelen gezählt,
und werden da hundert gemordet,
so ist sie um hundert Seelen ärmer.
Denn sterben die Leiber ab und werden hingerafft,
die schuldigen wie die unschuldigen,
so sterben die Seelen zuerst.
Ein Leib gibt die Seele auf, bevor er erkaltet,
sie aber wehet dahin ins ewige Schweigen.
Und wer da hineinruft, dem wird keine Antwort,
es sei denn das Gurgeln des Strudels aus der Tiefe.
Du kaltes fremdes Ding, zerrauft und triefend,
was bist du anders als ein ersoffenes Tier?
Kam jemals warmer Hauch von deinen Lippen und Feuchte aus deinem Schoß,
hat dein Haar jemals geknistert?
Konntest du jemals lachen, weinen, jauchzen und stöhnen vor Lust?
Die Tiere pfeifen in ihrer Todesangst und brüllen
ihre Not aus, wir aber erbarmen uns nicht.
Die Gräser zittern vor dem Fuß, der sie zertritt,
und kann sie Keiner bewahren.
Wer soll sich unser erbarmen?
Du fischkaltes fremdes Ding, ich kenne dich nicht,
ich habe dich nie gekannt.

Habe ich jemals einen Menschen gekannt?
Geh weg, dein Leib ist verwüstet, und was frommt es mir,
deine Seele zu lieben – ewiglich?
Geh weg, ich geb dich dem Wasser zurück, das dich umschmiegt,
treib den Strom hinab wie etwas anderes,
ein Stück Borke vielleicht,
fühllos und ohne Not.
Geh weg, werd ein Leckerbissen für die Krebse und Aale,
damit diese ein Leckerbissen werden für die Tafel der Mörder.
Geh weg, versinke, und was dann noch von dir bleibt,
die ermordete Seele,
sie mag hinaustreiben, davontreiben, schaumspritzerleicht,
wohin kein Gedanke ihr folgt,
ins offene Meer.

Er hat die Leiche ins Wasser zurückgestoßen, setzt sich, unversteckt, auf die Böschung.

HOSTIENBÄCKER *erscheint in einiger Distanz, mit zwei Landsknechten* Da haben wir ihn erwischt, da hat er wieder ein Weib umgebracht und ins Wasser geschmissen. Er hat auch der Stadtregentin die Halsader durchbissen, der ist ein Lustmörder, ein Vampir, das kann man sehn, wer was davon versteht, an den Ohrläppchen und den Eckzähnen.

ERSTER LANDSKNECHT Ob er das wirklich ist? Er ist nicht versteckt und flieht nicht –

HOSTIENBÄCKER Seht ihr nicht das Gewand und die Pfeife?

ZWEITER Es heißt, er kann zaubern mit der Pfeife, daß man ein Wurm wird oder eine Ratte.

ERSTER Ich rühr sie nicht an.

ZWEITER Es heißt auch, wer ihn anrührt, dem wird die Hand gelähmt.

BUNTING *ist aufgestanden, streckt die Hände aus* Versucht es.

ERSTER Ach was, einen Finger kannst du riskieren.

Zweiter faßt vorsichtig Buntings Arm an, mit einem Finger.

Hast du was gespürt?

HOSTIENBÄCKER Hä, der kann gar nicht zaubern, das war nur ein Zigeunertrick.

ERSTER Dann aber draufgehaut. *Sie reißen ihm roh die Arme nach hinten, schlagen ihm ins Kreuz und auf den Kopf.* Der ist ein ganz gewöhnlicher Saukerl wie du und ich. Fort mit ihm.

HOSTIENBÄCKER Mein Kopflohn! Ihr müßt mir beim Richter bezeugen, daß ich ihn verdiene, ganz allein.

ZWEITER Wieviel?

HOSTIENBÄCKER Hundert Gulden.

ERSTER Guck mal hinüber, übern Fluß!

Hostienbäcker dreht sich zum Fluß.

Zweiter tritt ihm in den Arsch, daß er hinabstürzt, verschwindet.

Fünfzig-fünfzig.

ZWEITER Abgemacht.

HOSTIENBÄCKER *schreiend* Hilfe! Ich kann nicht schwimmen!

ZWEITER Das lernt man rasch. Sauf erst mal ab, dann schwimmst du von selber.

XIX.

Das Hochgericht tagt auf dem Koppen, auch ›Calvari‹ genannt, dessen erhöhte Mitte vom Galgen beherrscht wird. An diesen ist eine dreizehnsprossige Leiter angelehnt. Der Strick mit der Schlinge hängt herab.

Der Richter und zwei stumme Beisitzer tragen rote, die anderen schwarze Roben, Gruelhot die Amtskette um den Hals. Außer ihm sind der Kämmerer, der Wachkommandant und der Ratsherr Scadelant zugegen.

GRUELHOT Du sagst, er antwortet nicht?

RICHTER Auf keine Frage. Selbst als wir ihm mit dem peinlichen Verhör drohten – und er weiß, was das heißt –, hat er geschwiegen und keine Miene verzogen. Nur auf die Frage, ob er geistlichen Beistand wünsche, hat er den Kopf geschüttelt.

GRUELHOT Das ist gut, sonst müßten wir den Dekan verständigen, der nach dem Abzug des Propstes allein die kirchliche

Autorität vertritt, und der könnte das Verfahren hindern oder hinausschieben. Deshalb müssen wir uns beeilen.

RICHTER Es ist aber nicht gut, daß wir kein Geständnis haben, auf dessen Grund wir eine rechtskräftige Urkunde ausfertigen könnten.

GRUELHOT Ich halte trotzdem das peinliche Verfahren nicht für angebracht, eben der Umstände wegen, die uns zur Eile zwingen. Wir können das Schweigen des Angeklagten als Eingeständnis der Schuld betrachten, denn von Unschuld kann in diesem Fall keine Rede sein. Wie denkt der Ratsherr Scadelant darüber, der sich dem Gericht als advocatus erboten hat?

SCADELANT Schweigen kann alles bedeuten und ist nicht unbedingt als Schuldbekenntnis zu bewerten. Doch denke ich, daß ich hier keinem Unschuldigen das Wort rede. Zwar ist der Mord nicht erwiesen, und es könnte der Tod der hochgeborenen Stadtregentin auch durch geschwächte Gesundheit verursacht sein –

GRUELHOT *unterbrechend* Ich habe unter Eid ausgesagt und wiederhole die Aussage, daß ich meine Gemahlin in völliger Gesundheit und ohne jedes Anzeichen einer Schwäche verlassen habe.

SCADELANT Die Aussage ist protokolliert, und wir haben keinen Grund, sie zu bezweifeln. Dagegen steht die Aussage der Kammerfrau Elken van Lüde, daß die Verschiedene kurz vorher nach einem Kräutersaft verlangt hat, den sie regelmäßig gebrauchte und der ihr böswillig vorenthalten wurde.

RICHTER Dies betrifft nicht den Angeklagten, sondern die Henkerstochter, welche auf rätselhafte Weise verschwunden ist. Wir haben Verdachtsgründe, ihm auch dieses Verschwinden als Mordtat anzulasten.

SCADELANT Dafür besteht kein zulänglicher Beweis, und wir sollten diesen Fall bei der Urteilsbegründung ausschalten. Doch ist durch Aussagen von Überlebenden aus der hinteren Stadt erwiesen, daß der Angeklagte Aufruhr und Gewalttat gegen die Obrigkeit und die öffentliche Ordnung geplant hat. Wenn auch die Tat nicht zur Ausführung kam, so genügt die

Absicht bereits zur Verhängung der Kapitalstrafe, gegen die ich ihn nicht verteidigen kann und will.
Andererseits hat der Beschuldigte, wenn auch mit dem sträflichen Mittel der Hexerei, unserer Stadt einen Dienst erwiesen, der uns zwar nicht zur Milde, aber doch zu einem gerechten Verfahren und der Gewährung einer bemessenen Gnade nötigt. Durch den Verzicht auf die Folter ist ihm diese bereits zuteil worden. Doch schlage ich vor, daß man ihm vor Vollstreckung des Urteils, gegen das die Verteidigung keinen Einspruch erheben kann, die Gelegenheit zu einem letzten Wort oder Bekenntnis zuerteilt.

RICHTER Der wird schweigen, so wie er bisher geschwiegen hat.

SCADELANT Ich habe gesprochen.

GRUELHOT Wir haben gehört. Es soll nach deinem Spruch gehandelt werden. Nun mag man den Angeklagten vorführen.
Richter gibt einen Wink. Die beiden Beisitzer entfernen sich.

SCADELANT *zu Gruelhot* Herr Stadtregent, es hat zwischen uns in der jüngsten Vergangenheit Mißverständnisse gegeben bezüglich der Rattenplage, die meine Stellungnahme zu deiner Funktion als Ankläger in keiner Weise belasten. Du hast über die Aufrührigen durch kluge Maßnahmen gesiegt und wirst nach der Entfernung des Propstes unserer Stadt wie kein anderer die politische und wirtschaftliche Unabhängigkeit sichern. Aus der Stadt wird ein Staat werden, und du bist der gewählte und berufene Regent. Ich bin ermächtigt, dich auch im Namen sämtlicher anderer Ratsherrn unseres vollen Vertrauens zu versichern. Ich habe das Amt eines Pflichtverteidigers nicht übernommen, um dich am Vollzug deiner gerechten Rache zu behindern.

GRUELHOT *ernst, ohne Verstellung* Ich danke dir und dem durch dich vertretenen Hohen Rat. Ich habe einen Schmerz erlitten, der durch Rache nicht gestillt werden kann, und ich dürste nicht danach. Doch sagt mir ein Gefühl, daß wir unserer neu gewonnenen Ordnung nicht sicher sind, solange dieser Mensch lebt. Er ist ein Hexer, und wir kennen nicht das Ausmaß seiner teuflischen Kräfte. Ich habe Angst um das Wohl unserer Kinder.

RICHTER Dies ist mehr als der Ausdruck einer inneren Stimme. Es ist die Stimme der Weisheit und des Rechtes. Dem soll unser Urteil entsprechen.

Der Bunting wird von den beiden Beisitzern und zwei gewöhnlichen Spießträgern der alten Stadtwache vorgeführt. Er ist nicht gefesselt und trägt seine gewohnte Kleidung. Ihnen folgt, mit einer Art Fleischerschürze und roter Kappe angetan und mit dem Handbeil als Zeichen seines Amtes, der Kleine Henker. Richter, nachdem die Beisitzer wieder an seine Seite getreten sind und der Bunting vor der Galgentreppe, der Kleine Henker daneben Stellung bezogen haben

Angeklagter. Du bist rechtsmäßig und gnädig vernommen worden, und du hast auf alle Fragen nach deinem Namen, deiner Herkunft und den Motiven deiner Taten geschwiegen. Wir haben Anlaß, dieses Schweigen als Schuldgeständnis zu betrachten. Doch fragen wir dich zum letzten Mal: Bekennst du dich schuldig oder nicht?

Bunting mit ruhiger, fast gleichgültiger Miene, schweigt.

So höre das Urteil, welches das Hohe Gericht einstimmig und nach Befragung des hier anwesenden advocati delinquentis gefällt hat.

Du bist schuldig befunden des gemeinen Mordes durch Anwendung schwarzer Magie, der Ausübung teuflischer Zauberkunst durch Blick, Wort und Flötenspiel, der Aufwiegelung des Volkes zu Rebellion und Gewalttat.

Du wirst kraft des Gesetzes verurteilt, am Halse aufgehängt zu werden bis zum Eintritt des Todes. Aus besonderer Gnade und als Entlohnung für deine der Stadt erwiesenen Dienste wird dir das ansonsten übliche vorherige Brechen der Arm- und Beinknochen sowie das Ausschneiden der Eingeweide erlassen.

Auch hat der Hohe Rat auf öffentliche Hinrichtung in Anwesenheit allen Volkes verzichtet, damit kein Bürger durch die der Hexerei eignende Macht des bösen Blickes an Leib oder Seele gefährdet und geschädigt werde, gegen welche sich die

gerichtlich anwesenden Personen durch Gebet und Anrufung des Allerhöchsten gesichert glauben.
Bunting lacht kurz auf.
Hiermit erkläre ich das Urteil für gesprochen und füge die Formel bei, welche das Gericht bekräftigen möge: Sollte unser Richtspruch falsch sein und einen Unschuldigen treffen, so komme sein Blut über uns.

ALLE Es komme über uns.

RICHTER Ist von seiten des Gerichtshofs noch eine Frage zu stellen?

KÄMMERER Es ist die Frage der Beschlagnahmung des Eigentums, wie sie einer Hinrichtung vorauszugehen hat.

RICHTER Es ist bei dem Verurteilten nichts gefunden worden außer den Kleidern, die er auf dem Leibe trägt und die keinen Wert haben.

KÄMMERER Aber die Flöte. Sie könnte einen Kaufpreis erzielen.

RICHTER Sie war das Instrument der begangenen Verbrechen und mag mit unheilbringenden und dämonischen Eigenschaften behaftet sein.

BUNTING *tritt auf die untere Stufe der Leiter* Habe ich Anrecht auf einen letzten Wunsch?

GRUELHOT Es sei dir gewährt.

BUNTING Gebt mir die Flöte mit ins Grab, wo immer ihr mich verscharrt.

RICHTER Wird Einspruch erhoben?

KÄMMERER Kein Einspruch.

RICHTER So soll es geschehen. Henker! Fessle dem Verurteilten die Hände und führe ihn die dreizehn Sprossen hinauf. *Nimmt einen Holzstab aus dem Talar* Der oberste Gerichtsherr der Stadt möge den Stab brechen.

SCADELANT *hebt die Hand* Da ist noch die allgemeine Frage.

RICHTER Das ist eine Formsache, die sich bei einem Ausländischen erübrigt.

SCADELANT Es steht im Gesetz, und das muß befolgt werden.

GRUELHOT Verlies die Frage.

RICHTER *liest aus der Pergamentrolle, die er in Händen hält* »Sollte sich unter den Bürgern dieser Stadt eine standeswürdige Person finden, männlichen oder weiblichen Geschlechtes, welche gewillt ist, die Stellvertretung für den Verurteilten zu übernehmen und an seiner Statt vom Leben zum Tode befördert zu werden, so trete sie vor und begründe ihren Antrag.« *Schaut einmal kurz hin und her, reicht dann den Stab an Gruelhot.*

DER KLEINE HENKER *tritt vor, in demütiger Haltung, fällt in die Knie, beginnt das:*

›Große Lamento‹

Meine Herrn, ich bin meiner Nichtswürdigkeit
Mir bewußt wie kein andrer auf Erden,
Daraus kann auch nichts Bessres mehr werden,
An mir da ist nichts als Beschämlichkeit,
Denn ich habe viel Schlimmes und Arges gemacht,
Allerdings immer nur auf Befehl,
Habe Leiber geschunden und Beiner zerkracht
Und Glieder gezwackt und Leute geplackt –
Natürlich nie ohne Befehl.
Und ich habe mir gar nichts dabei gedacht,
Denn da war ja stets der Befehl – *unter Tränen*
Ich habe ja niemandem wehtun wollen,
Es hat nur halt eben so sein müssen sollen.
Jetzt aber, da geht es mir fürchterlich ein,
Daß nicht alles ganz stimmt hier auf Erden
Und daß es sogar könnte besserer sein:
Statt zu henken, gehenkt zu werden!
Denn den da, den könnt' ich nicht zappeln sehn,
Möchte lieber für ihn auf die Leiter gehn,
Und wenn er das freundlicherweis für mich tut –
Bei mir hat er gelernt, er kann's schon ganz gut –,
Wär er leiblich gerettet und ich an der Seel.
Ich beschwör euch, ihr Herrn,
Ach, ich stürbse ja gern:
Bitte gebt, bitte gebt den Befehl!

GRUELHOT Kann ein Henker die Stellvertretung für das verurteilte Opfer übernehmen? Was sagt das Gesetz?

RICHTER *liest* »Der Henker lebt außerhalb des Stadtbannes, sein Handwerk ist nicht als ein ehrliches zu betrachten, und er besitzt keine bürgerlichen Rechte, kann also auch nicht an Handlungen des öffentlichen Gemeinwesens teilnehmen.«

GRUELHOT Damit wäre dieses lächerliche Lamento erledigt, es hat uns schon zu viel Zeit gekostet. Henker, walte deines Amtes.

Kleiner Henker erhebt sich schluchzend, tritt mit den Handfesseln zum Bunting.

SCADELANT Wir haben uns geeinigt, daß dem Verurteilten ein letztes Wort zugestanden wird.

GRUELHOT So mag er's kurz machen. Hast du noch etwas zu sagen?

BUNTING Ich will etwas sagen, ihr werdet mich nicht verstehn. Ich nehme das Urteil an – aber nicht von euch.

Der mich verurteilt, ist APOLLO, der Mäuseherr, denn ich habe die Flöte gespielt, ohne ein Gott zu sein. Drum muß ich geschunden werden. Ich habe seine Tiere vertilgt, die nicht wußten, was sie taten, statt eurer, die ihr wißt, was ihr tut.

Denn Wer gehört an diesen Galgen? Der den Armen beistehen wollte in ihrer Not oder der sie ermorden ließ und ihre Kinder verkaufte?

Ich aber kam zu spät, um einer Minute der Machtlust willen, und wer zu spät kommt, hat das Nachsehen – den Fluß hinunter. So ward ich schuldig am Tode einer Frau – aber nicht derer, die ihr meint.

Euer Urteil ist ungerecht, nun hab ich mein eignes gesprochen. *Zum Kleinen Henker* Es tut mir leid, Kleiner. Mach rasch. Du hättest dir einen anderen Beruf aussuchen sollen.

SCADELANT Hat einer von euch diese Worte verstanden?

GRUELHOT Er redet irre, aus Todesangst. Er sei erlöst. Ich breche den Stab seines Lebens. Henker, umarme dein Opfer nach altem Brauch, bevor du ihm die Schlinge um den Hals legst.

Zerbricht den Stab. Schon während der letzten Sätze hörte man aus der Ferne ein fortgesetztes leises Klopfen wie vom Aufschlag hölzerner Stöcke auf einer harten Straße. Jetzt, in eine plötzliche kurze Stille hinein, hört man es laut und deutlich: die Krückstöcke des Johannes, der eilig näherkommt. Gruelhot, während der Kleine Henker den Verurteilten umarmt und küßt Was willst du hier? Bringst du ein Gnadengesuch des Dekans? Es ist zu spät. Das Urteil wird vollzogen.

JOHANNES Du kannst es nicht vollziehn, wenn du es nicht zugleich vollziehen willst an deinen eigenen Kindern.

GRUELHOT Ich verstehe dich nicht.

JOHANNES Du wirst verstehen. *Übergibt ihm einen Brief, ohne Umschlag*

GRUELHOT Es ist die Schrift meines Sohnes Coelestin, ich kenne sie und seinen Namenszug – es ist das Pergament aus meiner Kanzlei, mit meinem Amtszeichen. *Starrt in den Brief*

RICHTER Ist es dem Gericht erlaubt, den Inhalt zu erfahren?

GRUELHOF *schreiend* Nein! Nein! Nein! Sie sollen krepieren – alle! *Will das Blatt zerreißen, besinnt sich. Seine Hände zittern.*

JOHANNES Lies es ein zweites Mal. Ich bitte dich.

GRUELHOT Wie konnten sie wissen, daß das Gericht hier tagt? Es war geheim.

JOHANNES Im eigenen Haus ist es nicht schwer zu lauschen.

GRUELHOT Und wo sind sie? Wo sind die anderen, die sie bedrohn? Wo stecken die alle? Ich lasse dich foltern, wenn du den Ort nicht sagst!

JOHANNES Und nicht auf der Folter würde ich ihn sagen. Ich habe geschworen – bei Gott.

GRUELHOT Das gilt nicht, das ist Erpressung!

JOHANNES Ich habe geschworen.

GRUELHOT Wachkommandant! Ruf all deine Leute auf, man muß sie suchen, finden –

WACHKOMMANDANT Wen? Was? Ich bitte um Aufklärung.

GRUELHOT Und ich bitte um Vergebung für mein unbeherrschtes Wesen, ihr werdet's begreifen. Sie sind entführt worden, meine beiden Kinder, von einer Rotte Kinder, da müssen auch die euren dabei sein, sie sind in einem unbekannten Versteck, man hat sie als Geisel genommen –

JOHANNES Sie haben sich freiwillig dazu erboten. Jetzt sitzen ihnen die Schlachtermesser am Hals, welche die Tochter des Fleischers Steneken ihren stummen Knaben aus dem Schlachthaus stehlen ließ. Es ist blutiger Ernst. Wenn der, den sie lieben, nicht zu einer bestimmten Stunde bei ihnen ist, frei und heilen Leibes, so werden sie sterben.

GRUELHOT Du hast gehört, Kommandant.

WACHKOMMANDANT Die Heide ist groß, es wird Abend, und es kommt Nebel auf.

GRUELHOT Du mußt sie finden!!

WACHKOMMANDANT Ich kann nicht zaubern. Ich habe keine Spur. Aber wir werden suchen. Du solltest den Knaben hängen lassen – mit dem Kerl da zusammen. *Geht*

GRUELHOT *leise* Ich kann es nicht.

RICHTER Darf das Gericht erfahren, was noch in dem Briefe steht?

GRUELHOT Es steht, der Gefangene ist unschuldig, er hat niemals und nie jemanden behext, auch meine Frau nicht ermordet. Die Kinder, seine Schwester und er, sind schuldig am Tode ihrer Mutter, denn sie haben ihr – *Er zögert.*

RICHTER Gift gegeben?

GRUELHOT Nein. Die Wahrheit gesagt. Die Wahrheit. *Schweigt*

RICHTER *nach einer Pause* Wie wirst du entscheiden?

GRUELHOT *zu Johannes* Nimm ihn. *Schlägt die Hände vors Gesicht Johannes geht zum Bunting, löst die Hand des Kleinen Henkers von seinem Arm, den er noch hielt, wendet sich. Bunting steigt ruhig von der Leitersprosse, auf der er stand, geht mit Johannes, ohne sich umzudrehen. Man hört noch kurz den Krückenschlag des Johannes.*

RICHTER *kalt* Es scheint notwendig, daß dieser Vorgang geheim bleibt. Auch würde ich raten, den Wachkommandanten zurückzurufen. Die Suche könnte zu bösen Gerüchten Anlaß geben.

GRUELHOT *nimmt erst jetzt die Hände vom Gesicht* Hast du Kinder?

RICHTER Sechs. Warum fragst du?

GRUELHOT Sie könnten dabei sein. Bei den Verlorenen.

RICHTER Meine? Das glaube ich nicht.

GRUELHOT Ich hätte es auch von den meinen nicht geglaubt.

RICHTER Und warum glaubst du, sie seien verloren? Sie werden wiederkommen und ihre Tat bereuen.

GRUELHOT *fast tonlos* Die Wahrheit.

RICHTER Du hast den Entscheid gefällt, auf deine Verantwortung. Erlaubst du, daß der Gerichtshof sich zurückzieht? Der Dekan erwartet uns alle in der neugeweihten Kirche zur Vesperandacht des Festes Johanni et Pauli. Es ist der sechsundzwanzigste Junius.

GRUELHOT *macht eine Gebärde. Alle gehen, nach Verneigung vor ihm. Auch der Kleine Henker macht tiefen Bückling und geht. Allein, liest in dem Brief* »Nun weißt du die Wahrheit. Du aber, steig auf, auf der Leiter, die du dir aus Leichen gebaut hast. Steige auf zum Gipfel.« *Schaut auf den Galgen* zum Gipfel. Es ist kein weiter Weg. Nur dreizehn Sprossen.

XX.

Im lichten Nebel des Sommerabends, der die Kontur der Gestalten eher verschärft als verhüllt, schreiten der Bunting und Johannes rasch aus.

BUNTING Geh ich zu schnell?

JOHANNES Nein, wir müssen eilen.

BUNTING Aber es wird dir schwer. Du kommst nicht mit.

JOHANNES Ich komme mit, ich will mitkommen, wohin du auch gehst.

BUNTING Das wünsche dir nicht.

JOHANNES Da sind schon die Ebereschen. Wie Gerippe im Nebel.

BUNTING *bleibt stehen, stützt Johannes* Komm, setz dich nieder und ruh dich aus. Hier neben mich auf den Stein.

JOHANNES Glaubst du nicht, daß man uns folgt?

BUNTING Nein. Der Mann hat aufgegeben. Ich sah sein Gesicht, bevor er es mit den Händen bedeckte. Der verfolgt keinen mehr. Und die anderen beten.

JOHANNES Auch wir sollten beten. Zum Dank.

BUNTING Dir hab ich zu danken. Und den beiden, die dich geschickt haben. Aber ich danke nicht.

JOHANNES Nicht für das Leben? Die Freiheit?

BUNTING Ach, die Freiheit. Ich bin mit ihr verheiratet, seit langer Zeit, aber es ist nie eine glückliche Ehe geworden. Unterrichtet euch der Dekan in Musik?

JOHANNES Im einfachen Tonsatz.

BUNTING So weißt du, was eine Tonleiter ist. *Nimmt die Flöte, spielt eine Tonleiter bis zum zweitletzten Ton* Hörst du? So komm ich mir vor – wie eine Tonleiter, die ein Stümper nicht zu Ende spielen kann. Da fehlt noch ein Ton – und nun heißt es, von vorne anfangen. *Steckt die Flöte weg*

JOHANNES Du bist noch jung.

BUNTING *lacht* Ich war schon alt, bevor ich jung wurde, dann hält man sich lange. Ob man will oder nicht. Ich hatte das Urteil angenommen.

JOHANNES Du warst unschuldig.

BUNTING Was weißt du von Schuld und Unschuld. Kannst du jetzt wieder gehn?

JOHANNES Leicht, ohne Mühe. *Steht auf* Nur manchmal, wenn es rasch geht und weit, tragen die Krücken mich nicht.

BUNTING Dann geh dorthin, zum Versteck bei der Mauer, und schick mir die beiden hierher, die sich opfern wollten.

JOHANNES Willst du nicht selbst mitkommen? Sie warten dort alle.

BUNTING Erst nur die beiden. Ich mag da nicht mehr hin an diesen Ort – bei dem weißen Machandel. Ich gebe euch dann ein Zeichen mit der Flöte, wenn auch die anderen kommen sollen. Es ist nicht weit, ihr werdet es hören.

Johannes geht. Bunting bleibt sitzen, stützt das Kinn in die Hand. Nach einer Weile, in der er zu lauschen scheint.

Ja, ich höre dich. »Du bist zum Herrscher geboren ...« Aber weißt du, Rikke, ich will kein Volk beherrschen, das verwelkt und verrottet ist. Doch es könnte mir einfallen – wenn sie nicht von mir lassen –, es könnte mir einfallen, ein neues Volk zu machen, das von der Wurzel anfängt – ein neues Geschlecht – *Er lächelt, als höre er eine Antwort.*

Coelestin und Stellamarie kommen gelaufen. Stellamarie macht eine Bewegung, als wolle sie ihn umarmen. Bunting bleibt sitzen, hebt die Hand. Beide stehen vor ihm, atemlos.

Was habt ihr gemacht? Seid ihr närrisch?

COELESTIN Zürnst du uns?

BUNTING Ja! Ihr seid nicht reif zum Sterben, und ich liebe keine Opfer. Das hättet ihr wissen müssen.

COELESTIN Auch wenn's um dein Leben geht?

BUNTING Das ist mein Leben, nicht eures.

STELLAMARIE Aber wir sind nicht gestorben, und du bist frei!

BUNTING Dann klopft euch selbst auf die Schulter und sagt: Was sind wir für Helden gewesen, und beinah wären wir Märtyrer geworden, dann hätte man uns heiliggesprochen. Ein schönes Gefühl.

COELESTIN *senkt den Kopf* Wir fühlen nichts dergleichen.

BUNTING Nun, dann wieder Kopf hoch, ihr könnt lachen. Über euch, über mich. Ich habe euch verziehen. Ich habe mir selbst verziehen, denn auch ich wollte sterben, und das gehört sich nicht.

STELLAMARIE Dann dürfen wir bei dir bleiben, und du wirst mit uns ziehn!

BUNTING Da hab ich euch! Ihr wolltet mich loskriegen, damit ich euch gehöre! Aber die Sache kommt umgekehrt. Ihr gehört mir.

STELLAMARIE Das ist das gleiche.

BUNTING Das ist nicht das gleiche. Ihr wißt nicht, was ihr wollt – aber ich kenne meinen Willen.

STELLAMARIE Wir wollen nur eines – daß du uns führst.

BUNTING Wohin?

STELLAMARIE In die Freiheit.

BUNTING Bist du so sicher? Ich könnte euch stracks in die Knechtschaft führen. Die Ritter sind noch nicht weit, mit den Verkauften – wenn wir uns sputen, holen wir sie ein.

COELESTIN Du könntest uns – verkaufen?

BUNTING Wer weiß. Die zahlen ein Goldstück pro Kopf. Wie viele seid ihr da hinten? *Da Coelestin schweigt* Antworte!

COELESTIN Etwa hundert aus der vorderen Stadt, alle Kinder der Reichen, und noch dreißig von den Elenden, deren Väter verschleppt und die Mütter erschlagen wurden.

BUNTING Gut, je mehr, desto besser, und die Armen werden die brauchbarsten sein. Hundertunddreißig, beiderlei Geschlechts, das ist der Grundstock zu einem Volk.

STELLAMARIE Was für ein Volk, wenn wir Sklaven sind?

BUNTING Ihr braucht keine zu werden, ihr habt freie Wahl. Noch könnt ihr zurück in die Stadt, und wenn ihr bereut und Buße tut, so wird euch alles verziehen und ihr könnt weiterläppern wie zuvor. Ich halte euch nicht.

COELESTIN Das wird keiner von uns – was immer du mit uns tust. Diese Stadt stinkt nach Blut und verkohlten Leichen.

BUNTING Ihr könnt heranwachsen und eine neue draus machen.

COELESTIN Nicht wo der Boden versumpft ist bis in den tiefsten Grund. Hier wird uns das Grauen lähmen – alle Zeit.

BUNTING Und wenn ich euch einfach verlasse? Ihr könnt mich nicht halten, mich hat noch niemand gehalten.

STELLAMARIE Dann würden wir auch davongehn, irgendwohin, in die Irre – lieber ins tiefste Elend als ohne dich.

BUNTING Ich habe euch geprüft, jetzt will ich die anderen prüfen. Aber eins dürft ihr wissen, ihr beide, bevor ich sie rufe.

COELESTIN Du wirst uns nicht verkaufen?!

BUNTING Ich brauche die blutigen Goldstücke nicht.

Er nimmt die Flöte hoch, läßt einen lauten Ruf hören, es ist bereits das ›Tioti – Tioti – Tiotix‹ des späteren Liedes.

Coelestin und Stellamarie halten sich umschlungen. Von den schattenhaften Ebereschen her kommen, selber schattenhaft, alle, die dort versammelt waren. Johannes führt sie an.

STINA *an der Hand des tauben Hinrich, den sie zerrt, sie hält die beiden Schlachtermesser in der Hand. Fast irre* Lucifer – führ uns ins Licht – mach mich sehen!

BUNTING Halt's Maul. Wirf die Messer hin.

Stina läßt die Messer fallen. Bunting hebt sie auf, prüft die Schneiden Die lassen sich brauchen, wenn man zum Beispiel ein Schwein gestohlen hat. Bleibt, wo ihr seid – und steht mir Rede.

Die Jungen stehen in einem weiten Halbkreis. Der Nebel verdichtet sich.

Ihr wollt mit mir ziehen, aus eurem freien Entschluß?

ALLE Wir wollen.

BUNTING Auch wenn ihr wißt, daß ihr das Herz eurer Mütter zerfleischt und euren Vätern die Leber?

ALLE Wir wollen.

BUNTING Und wenn ihr wißt, daß ihr euch durch einen Berg von Schnecken und Würmern fressen müßt und euern eigenen Mist verschlingen?

ALLE Wir wollen.

BUNTING Dann hockt euch hin. Ihr sollt wissen, was euch bevorsteht. Zuerst ziehn wir nach Norden durch das große Moor, der Nebel hilft uns, ohne Spur zu verschwinden. Es ist ein gefährlicher Weg, nur einen Fuß breit, und wer ihn verfehlt, wird versinken. Dann geht es ostwärts, durch die Heide, in der es Ödhöfe und Siedlungen gibt, da müssen wir uns teilen, jeder für sich, um bei den Bauern zu betteln – oder zu stehlen bei den Reichen, denn die geben nichts. Ich werde euch immer einen Ort bezeichnen, an dem wir wieder zusammenfinden, ich kenne diese Wege. Wenn es durch Wälder geht, werdet ihr lernen, von Beeren und Pilzen zu leben oder Schlingen zu legen für allerlei Getier; und wenn es Winter wird, müßt ihr lernen, in Ställen und Heuschobern Wärme zu suchen bei Nacht und in Räucherkammern einzubrechen – ja, wir müssen auch rauben, denn mit sauberen Händen kommen wir nicht ans Ziel. Das aber ist erst der Anfang.

JOHANNES Und gibt es ein Ziel? Ein Ende?

BUNTING Es gibt ein Land, hinter den sieben Bergen, es heißt auch danach, denn es ist kein Märchenland. Dort hat es fette Krume, Holz und Wasser genug, und keinen Ordensherrn oder Vogt, dem man fronen und zinsen muß. Nur die Erde: Die aber ist unerbittlich.

JOHANNES Wie fern liegt das Land von hier?

BUNTING Es ist ein weiter Weg, nach Süden und Osten, und nicht alle werden ankommen. Es wird lange Zeit brauchen, ein paar Jahre vielleicht. Wir müssen drei breite Flüsse überqueren, aber nicht auf den Stadtbrücken. Wir werden uns Werkzeuge beschaffen und Flöße bauen aus Baumstämmen und Weidengeflecht oder hinüberschwimmen. Dann heißt es Schleichwege suchen, Zigeunerpfade, um aus dem Bereich der Kaiserlichen fortzukommen, und schließlich über die Berge, ohne Weg und Steg. Wer dann noch lebt, der hat leben gelernt. Wollt ihr noch immer mit?

JOHANNES Wir wollen.

ALLE ANDEREN Wir wollen!

BUNTING Dann kommt und fürchtet euch nicht. *Steht auf, hebt die Flöte, beginnt*

Das Lied vom geschlagenen Mann

Aus dieser Stadt vertrieben,
In der ich nicht viel Gutes fand,
Nur eine Seel' zum Lieben,
Die mir wie Tau vom Grase schwand –
Was ist mir nun geblieben?
Als Bettler ziehn wir über Land
Gleich Räubern und gleich Dieben,
Ist uns ein Zeichen eingebrannt,
Dem wir uns frei verschrieben –
Tioti – Tioti – Tiotix!

Die andern wiederholen das Tioti, während sie im Nebel dahinziehn, am Ende Stina mit dem widerstrebenden Tauben und der lahme Johannes.

Aus dieser Stadt entkommen,
In der ich unterm Galgen stand,
Hab ich euch mitgenommen,
Die ich wie Dreck am Wege fand –

Wo kann ich euch hin führen?
Auf Erden ist kein Paradies,
Und wenn euch einer eins verhieß,
So er's vergessen hätte –
Erst kommt die Schädelstätte –
Ihr werdet's bald verspüren!

Tioti – Tioti – Tiotix!

Wir werden oft uns trennen,
Denn ein Stromer geht besser allein.
Doch müßt ihr erst wissen und kennen,
Was es heißt, ein Stromer zu sein.
Da hilft kein Plärren und Flennen,
Kein Jammern und Litanein,
Da heißt es: Laufen und Rennen –
Denn die Greifer sind stets hinterdrein –
Und der Flinke, der Schnellere sein.
Wenn die Därme vor Hunger brennen,
Da läuft sich's von ganz allein.

Tioti – Tioti – Tiotix!

Wenn ihr in Gossen lungert,
So sagt euch: nur zum Spaß!
Und wenn ihr greint: mich hungert,
Dann sag ich: stehlt euch was!
Wenn euch die Stürme treiben,
So wird euch warm vom Gehn,
Und wird einer am Wege bleiben,
So bleibt die Welt nicht stehn.

Tioti – Tioti – Tiotix!

Der Mensch auf seiner Erde
Ist allen Tieren blutsverwandt,

Doch daß er Mensch erst werde,
Ist mit dem Namen er benannt,
Und hat sich selbst darin erkannt –
Sonst wär'n wir stumpfe Herde,
Und wär' nur dumpfes Leben.
Der Mann, der keinen Namen hat,
Ist immer umgetrieben,
Doch steht auch ihm an letzter Statt
Ein letztes Wort geschrieben.
Wenn sich die Schleier heben.
Tioti – Tioti – Tiotix.

Sie verschwinden im Nebel.

XXI.

Studierstube des Dekan Ludger. Helles Kerzenlicht. Ludger steht am Pult, vor ihm ist Johannes, halb kniend, halb liegend, zusammengebrochen, die Krücken sind ihm entfallen.
Beim Eingang die Kammerfrau Elken

LUDGER Am Koppen, sagst du?

ELKEN Dort muß es gewesen sein, aber es sah alles anders aus. Ich war allein – die Kinder waren verschwunden, auch Johannes –, ich wußte nur, daß man geheimes Hochgericht hält da draußen, ich dachte, vielleicht sind sie hingelaufen und müssen das Arge mitansehn – da ging ich sie suchen – und dann – da hab ich's gesehen.

LUDGER Was hast du gesehn?

ELKEN Der Koppen war wie ein schwarzer Berg im Nebel, höher als er ist, der Galgen stand in die Wolken, daran hing einer, ich glaubte, es sei der, den sie verurteilt haben, doch ich schaute nicht hin, denn zu gleicher Zeit sah ich viele Gestalten wegziehen, große und kleinere, ich sah sie in der Ferne, schattenhaft, sonst sah ich nichts, aber ich hörte – wie ein Gezirpe, von Grillen oder Vögeln, schon weit, ein Singen, aus vielen

Kehlen, doch konnte nichts verstehn, da war mir, als tue ein tiefer Schacht sich auf, an der Wurzel des Berges, ich konnte den Zug nicht mehr erkennen, der darin verschwand, auch nichts mehr hören – nur ein Wimmern und Stöhnen in der Nähe. Als ich dem nachging, fand ich das blinde Mädchen, das nicht mehr bei Sinnen war, nur sabbernd lallte, und den tauben Knaben, der am Boden saß – dann aber, noch weiter fort, hörte ich das schwache Stoßen seiner Krücken, mühsam humpelnd, ohne Kraft, doch ohne Einhalt, das war mein Sohn, Johannes. Er sagte nichts, kein Wort, als ich ihn in die Arme nahm. Da habe ich dem Tauben Zeichen gemacht, das Mädchen fortzutragen in ihr Heim, und Johannes gestützt, der nicht sprach und keine Antwort gab, auf keine Frage. So hab ich ihn hergebracht. Was soll ich tun?

LUDGER Laß ihn hier. Zu mir wird er sprechen.

ELKEN Ist er nicht krank und braucht Pflege?

LUDGER Er lebt – und wird gesunden. Er braucht nur das Wort. Geh jetzt, sei unbesorgt, ich lasse dich rufen. Pax Domini tecum.

Elken geht. Ludger hilft Johannes auf einen Schemel, schiebt ihm die Krücken unter die Arme, setzt sich neben ihn. Johannes beugt sich plötzlich auf seine Hand, küßt sie, wie um Verzeihung bittend.

LUDGER *hebt seinen Kopf hoch* Du hast gehört, was deine Mutter erzählt hat. War das so, wie sie sagte?

JOHANNES Nein. Ihre Angst hat das gesehen. Da war kein Berg, und da war kein Schacht, und da tat sich die Erde nicht auf. Da war nur der Nebel, in dem sie verschwunden sind mit raschem Schritt, und sie haben gesungen – gesungen – *Lauscht* mir ist, ich höre sie noch.

LUDGER Es war der Flötenspieler, mit allen Kindern der Stadt?

JOHANNES So war es.

LUDGER Und du? Was hast du dort getan, was wolltest du dort? Wolltest du sie zurückholen – retten?

JOHANNES *schweigt, dann in plötzlichem Ausbruch* Ich wollte mit! Und wäre mit ihm gezogen, bis ans Ende der Welt, wohin er uns führen würde, sogar zum Bösen. Es war nur meine Lahmheit, sonst wär ich nicht mehr hier.

LUDGER Du wolltest mit ihm ziehn, aus freiem Willen? Nicht unter einem Zwang?

Johannes schüttelt den Kopf.

Und kannst du sagen, warum?

JOHANNES Ich weiß nicht. Vielleicht zum Sterben.

LUDGER *streicht ihm übern Kopf* Sag, liebst du deine Mutter?

JOHANNES *fast erschreckt* Ich habe nie darüber nachgedacht und nie daran gezweifelt, ich hielt es für natürlich. Aber jetzt –

LUDGER Sprich weiter.

JOHANNES Ich kann nicht mehr mit ihr leben.

LUDGER Ich weiß. Du bist ihrem Schoß entwachsen, und gereift über deine Jahre. Willst du bei mir bleiben?

JOHANNES Ich weiß nicht, ob ich noch beten kann.

LUDGER Jeder kann beten – durch die Tat. Und es gibt viel zu tun. Die Stadt ist geschlagen, an der Erstgeburt, und führerlos. Da heißt es, Trost zu spenden, Rat zu geben. Ich bin der Letzte, der hier noch Stand und Amt besitzt, und ich bin neunzig. Du wirst mir helfen.

JOHANNES Mit meiner schwachen Kraft?

LUDGER Die Kraft ist immer da, wenn wir sie brauchen.

Johannes richtet sich auf seinen Krücken hoch auf. Ludger hebt segnend die Hände über ihn. Sie gehen.

Editorische Notiz

Die Texte dieses Bandes sind chronologisch nach ihrer Entstehung geordnet.

Kranichtanz. Ein Akt, erstmals 1961 in der Vierteljahrsschrift ›Die Neue Rundschau‹, Frankfurt am Main, 72. Jg., Viertes Heft, S. 794–811, veröffentlicht, wurde anläßlich von Carl Zuckmayers siebzigstem Geburtstag am 8. Januar 1967 in der Regie von Leopold Lindtberg am Schauspielhaus Zürich uraufgeführt. – »Zuckmayer beabsichtigte, ›Kranichtanz‹ mit einem Einakter ›Eiertanz‹ fortzusetzen. Beide Stücke wollte er dann mit einem weiteren Einakter, der den Titel ›Scheunentanz‹ tragen sollte, zu einem abendfüllenden Drama zusammenfassen – Pläne, die er nicht verwirklicht hat.« (Gunther Nickel)

Heimkehr. Erste Fassung einer »Mainzer Kantate« für Paul Hindemith.

»(Diese Fassung wurde auf Anregung des Komponisten, Paul Hindemith, zurückgestellt und statt dessen der ›Mainzer Umzug‹, eine Stadtchronik in gereimten Versen, völlig unabhängig davon, entworfen. Nur das ›Schwarzkünstlerlied‹ wurde in den ›Mainzer Umzug‹ übernommen.) Die ›Heimkehr‹ als selbständige lyrische Arbeit widme ich der Stadt Mainz.

Carl Zuckmayer«

Erstmals wurde dieser Text in der ›Allgemeinen Zeitung‹, Mainz, 23./24. 6. 1962, veröffentlicht.

»Der ursprüngliche Text von C. Z. wurde, den Erfordernissen der Musik entsprechend, vom Komponisten teilweise abgeändert«, hat Carl Zuckmayer in dem handschriftlichen Exemplar von Paul Hindemiths verändertem Libretto festgehalten; es trägt die Überschrift »Carl Zuckmayer Paul Hindemith, Mainzer Umzug. Volksvergnügen für Singstimmen, gemischten Chor und Orchester 1962«. An den Rand neben der Titelzeile hat Hindemith geschrieben: »An den Titel habe ich mich so gewöhnt (die Leute im Verlag [B. Schott's Söhne, Mainz], die am Stück arbeiten ebenfalls), daß ich überzeugt bin, es sei der beste.« An dem Rand neben der Untertitelzeile hat Hindemith vermerkt: »Da könnte was Besseres gefunden werden – aber kein musiktechnischer Ausdruck wie ›Kantate‹.« Das von Hindemith veränderte Libretto erschien u. d. T. ›Mainzer Umzug für Singstimmen, Chor und Orchester. Text von Carl Zuckmayer und Paul Hindemith. Musik von Paul Hindemith 1962‹, B. Schott's Söhne, Mainz. Verlag für das Gesamtschaffen Zuckmayers: S. Fischer, Frankfurt/Main. – Die Uraufführung fand am 23. Juni 1962 im Mainzer Städtischen Theater unter der Leitung von Paul Hindemith statt.

Das Leben des Horace A. W. Tabor. Ein Stück aus den Tagen der letzten Könige entsand in den Jahren 1962 bis 1964. Die erste Buchausgabe erschien 1964 im S. Fischer Verlag, Frankfurt am Main. Hierzu schrieb Carl Zuckmayer einen

Epilog für den Leser

Im März des Jahres 1936 – also nur drei Jahre vor dem Ausbruchsjahr des Zweiten Weltkriegs – ging eine Notiz durch die amerikanische Presse: man habe – nach mehr als einer Woche heftiger Schneestürme – in einer primitiven Holzhütte bei Leadville, Colorado, etwa eineinhalb Meilen außerhalb des Ortes auf dem Gelände einer längst verlassenen und halb verfallenen Silbermine gelegen, die Leiche einer alten Frau gefunden, die offenbar beim Nachheizen ihres Kanonenöfchens von einem Unwohlsein befallen und dann erfroren war. Ihr Alter schätzte man auf circa 78 bis 80, und sie wurde als Mrs. Elizabeth Bonduel Tabor identifiziert. Bei den wenigen älteren Leuten, die sie in Leadville kannten, hieß sie immer noch: *Baby Doe.* Einige Zeitungen, besonders die lokale

Presse in Colorado, später auch das eine oder andere ›Magazine‹, brachten nähere Berichte über die Umstände ihres Lebens, ihres Todes und ihrer Vorgeschichte. Eine ehemalige Kellnerin, mit der Baby Doe in ihren letzten Jahren befreundet war, hatte nach dem Abflauen des zehntägigen Blizzards bemerkt, daß kein Rauch mehr aus ihrer einsamen Hütte aufstieg und einen alten Prospector alarmiert, mit dem gemeinsam sie sich den von Schneewehen und Eiskrusten bedeckten Pfad hinaufkämpfte, den Baby Doe sommers und winters für ihre seltenen, mageren Einkäufe im Ort zu benutzen pflegte, und den sie mit Seilen und Stecken gekennzeichnet und gangbar gemacht hatte. Man fand sie halb angekleidet auf dem Fußboden.
Baby Doe hatte Tabors Testament, das ihr die ›Unerschöpfliche‹ hinterließ, als einen Auftrag empfunden, dem sie den Rest ihres Lebens, also fast vierzig Jahre, widmete. Der Meinung und den Urteilen der Experten und Fachleute zum Trotz, war sie, wie der sterbende Tabor, fest überzeugt, daß in der Tiefe dieser längst ausgebeuteten und erschöpften Mine noch ein Schatz verborgen sei. Sie wurde selbst Expertin in Gesteinkunde und Metallurgie. Jahraus, jahrein versuchte sie, aus den halbverschütteten Schächten neue Erzproben herauszuschürfen, ja sie unternahm lebensgefährliche Klettereien in die von Grundwasser überfluteten Tiefen der verlassenen Grube. Sie lebte völlig allein in der an die kahlen Steilhänge der Rockies angeklebten alten Schachthütte, in einer trostlosen und wüsten Landschaft.
Längst war sie in Leadville und Umgebung eine legendäre Figur geworden. Man respektierte ihre »fixe Idee« und ihre Zähigkeit, man bewunderte, bei ihren seltenen Besuchen im Ort, ihren scharfen Witz, ihren unverbitterten Mut und die Kraft ihrer Erinnerung. Eine Zeitlang, nach Tabors Tod und dem Ableben von Augusta Tabor, stand sie noch in enger Verbindung mit ihren beiden Töchtern. Doch brach die ältere – ›Lilie‹ oder ›Goldadler‹ genannt – bald jede Beziehung zu ihr und nach einem kurzen Aufenthalt bei ihren Großeltern in

Chicago auch zu ihrer übrigen Familie ab – sie verschwand aus dem Leben ihrer Mutter und aller ihrer Bekannten und galt nach einiger Zeit als verschollen. Die jüngere, ›Honigkind‹ oder ›Silber‹ genannt, trat – nach dem mißglückten Versuch einer literarischen Karriere als Mitarbeiterin einiger provinzieller Zeitungen – in ein Kloster ein, aus dem sie aber plötzlich wieder verschwand. Ihre Leiche wurde schließlich, unter mysteriösen Umständen, in einem verrufenen Viertel, einem ausgesprochenen Hurendistrikt von Chicago gefunden. Baby Doe erfuhr von ihrem Tod nur durch die Zeitung.

Die ›Unerschöpfliche‹, aus der Tabor den größten Teil seines Vermögens gewonnen hatte, hieß auf englisch ›The Matchless‹, was – wörtlich übersetzt – die ›Unvergleichliche‹, die ›Unschlagbare‹ heißen würde. Jedoch schien mir im Deutschen das Wort ›unerschöpflich‹ der Bedeutung, die er in diesen Namen hineingelegt hatte, und dem Glauben, den er in sie setzte, mehr zu entsprechen. Gerüchten zufolge sollen dort im Jahr 1946, also zehn Jahre nach Baby Does Tod und fast ein halbes Jahrhundert nach dem seinen, Uraniumvorkommen entdeckt worden sein – eine neue Schatzkammer, zu Heil oder Unheil einer anderen Zeit.

Diese Zeitungsnotizen über Baby Does Tod und Leben gaben den ersten Anstoß zu dem hier vorliegenden Stück. Ein Freund übermittelte sie mir, als ich im Jahre 1939 nach Amerika kam, in der Meinung, darin stecke ein Stoff, mit dem ich »das amerikanische Theater erobern« könne. Ich hatte aber damals, in einer Zeit, in der Hitler die Welt zu erobern drohte und Deutschland in den Abgrund riß, anderes im Kopf. Vermutlich mußte ich auch erst selbst viele Jahre in Amerika gelebt haben und mich nach zwanzig Jahren daran erinnern, um dieses Stück versuchen zu können. Es wurde aus keinem anderen Grund geschrieben, als aus der ungeheuren Lust, es zu schreiben: diese Geschichte zu erzählen, sie zur Fabel zu verdichten, ihre Gestalten lebendig zu machen. In den großen Zügen folgt das Stück den überlieferten Vorgängen und Ereignissen, jedoch mußten natürlich um der dramatischen

Fabel willen manche Einzelheiten der ›Wirklichkeit‹, Daten, Namen, Fakten verändert und abgewandelt, oder auch Neues erfunden werden, wofür ich die Historiker und Kenner der Materie um Verständnis bitte. Tatsächlich aber haben viele heute noch bekannte Namen, wie etwa der des Finanz- und Warenhauskönigs Marshall Field, auch das Vermögen der durch ihre kulturellen und humanitären Stiftungen weltberühmten Familie Guggenheim, ihren Ursprung in der Bonanza-Zeit von Colorado. George Pullman, Erfinder des amerikanischen Pullman-Car, soll dort in einem doppelstökkigen Holzbett geboren worden sein – und eine Zeitlang trieb sich ein als Abenteurer bekannter Mann namens Stanley in den Minen herum, der später durch die Auffindung des Afrikaforschers Livingstone in die Geschichte einging.
Der Dichter Oscar Wilde verbrachte im Jahre 1882 einige Tage als Gast Tabors im ›Clarendon-Hotel‹. Er hielt, im schwarzen Samtjackett, mit seidenen Escarpins und Lackschuhen, die berühmte Orchidee im Knopfloch, die ihm Tabor täglich frisch liefern mußte, vor Minenarbeitern und Prospectern eine Vorlesung über die Möglichkeiten einer angewandten Ästhetik für die Stil- und Geschmacksbildung der Zukunft. Man schrie vor Lachen. Jedoch erwarb er sich bei den Minierern höchsten Respekt und Ruhm, als man ihm – bei einem von ihm gewünschten Besuch in einem wüsten Schacht unter Tage – einen großen, randvollen Becher des scharfen, frisch gebrannten Whiskeys anbot, den die Grubenarbeiter aus Billigkeitsgründen zu trinken pflegten. Oscar Wilde trank das Zeug, das wie eine Mischung aus Rohöl und Brennspiritus geschmeckt haben muß, mit dem Gleichmut des Englischmanns bis zum letzten Tropfen herunter, ohne die Miene zu verziehen oder sich auch nur zu räuspern. Jahrelang sprach man in Colorado von dem »verrückten Engländer, der rohen Whiskey schluckte wie ein alter Grubengaul«.
In Colorado selbst ist der Name Tabor heute noch bekannt. Bis vor kurzem existierte in Denver das ›Tabor-Opera-House‹ und der ›Tabor-Block‹ – ich weiß nicht, inwieweit

diese Gebäude jetzt im Zug neuer Konstruktionen gefallen oder verändert worden sind.
Ich gab diesem Schauspiel den Untertitel ›Ein Stück aus den Tagen der letzten Könige‹. Denn für Männer wie Tabor waren Glück, Macht, Reichtum und Größe zutiefst noch magischen Ursprungs. Tabor glaubt an sein spätes Glück, voll Furcht und Schauer, voll Zweifel und Hoffnung, voll Übermut und voll Demut, wie an ein Göttergeschenk – auch voll Bereitschaft, darum zu kämpfen oder dafür zu leiden. Er ist ein Mann, dem das Glück noch im Unglück treu bleibt, weil er es liebt. Spätere Ölmagnaten oder Industriekapitäne und Finanzgiganten sind Unternehmer, Techniker, Organisatoren, Rechner, vielleicht auch Spieler, aber ihnen fällt nichts mehr zu, das von ›Gotts Gnaden‹ wäre. So stehen wir in der Welt dieses Stückes (die nichts mit ›Wildwest-Romantik‹ zu tun hat, so sehr ihre Buntheit und Abenteuerlichkeit für den Autor einen Reiz bedeutet) an der Schwelle zu unserer Welt, deren Erbmasse aus den Tagen der Könige stammt – auch wenn sie keine mehr hervorbringt.

Carl Zuckmayer

Literatur

I. *Aufsätze in Zeitungen und Zeitschriften:*
New York Times, 8. März 1936 (Nachruf auf Baby Doe)
Washington Post, 11. April 1899 (Nachruf auf Tabor)
True Story Magazine, Januar–Mai 1938, ›Silver Queen‹ (Das Leben der Baby Doe)

II. *Allgemeine Bibliographie über Colorado und Tabor:*
William N. Byers, Encyclopedia of biography of Colorado, Bd. I (The Century Publishing and Engraving Co., 1901)
Colorado State Historical Society: History of Colorado, James H. Baker, Editor (Denver, Linderman Col., 1927)
L. A. Kent, Leadville: The City (Denver, Daily Times Steam Printing House, 1880)

Portrait and Biographical Record of Denver and Vicinity, Colorado (Chicago, Chapman Publ. Co., 1898)
Desgl.: Portrait and Biographical Record of the State of Colorado (Chicago, Chapman Publishing Co., 1899)
Jerome C. Smiley (Editor): History of Denver (Denver: Times-Sun Publishing Co., 1901)
Semi-Centennial History of the State of Colorado, Bd. II (Chicago: The Lewis Publishing Co., 1913)
›Colorado, A Guide to the Highest State‹, (American Guide Series, New York, 1941)

III. *Für die Atmosphäre:*
Mrs. Evelyn Walsh McLean: ›Father struck it rich‹ (Boston, 1936)
Für die Geschichte und Persönlichkeit des ehemaligen Zimmermanns und späteren ›Gewerkschafts-Millionärs‹ Winfield Scott Stratton, der tatsächlich als einziger dem in Not geratenen Tabor beträchtliche Hilfe geleistet hat: Frank Waters: ›Midas of the Rockies‹ (New York, 1937)

Für die Indianer:
George Bird Grinnell: ›The Cheyenne Indians: Their History and Ways of Life‹ (New Haven, Conn., 1932)
Oliver La Farge: ›A Pictorial History of the American Indians‹ (deutsch erschienen unter dem Titel ›Die große Jagd‹, Walter Verlag, Olten, 1961)
Außerdem die dokumentarischen Werke: ›The White Roots of Peace‹ und ›Hear me, my Chiefs‹.

IV. Wer sich für die abenteuerliche und faszinierende Geschichte von Colorado interessiert und sich ein treues Bild über Land und Leute, auch über die Geschicke der Tabors, verschaffen will, lese das mit größter Sachkenntnis und in mustergültiger Zusammenfassung geschriebene Werk von George F. Willison: ›Here they dug the Gold‹ (Reynal & Hitchcock, New York, 1946). Es umfaßt die Zeit von der ersten Entdeckung der ›schimmernden Berge‹ (shining mountains) bis zum Ende des 19. Jahrhunderts, und gewährt wie kaum ein anderes einen Einblick in die unverfälschte Wirklichkeit der ›last Frontier‹.

V. Vom Sterbegesang der Cheyenne-Indianer ist eine Strophe, die zu Beginn und zum Schluß oder auch refrainartig wiederholt wurde, in englischer Übersetzung erhalten. Sie lautet:

Nothing lives long
Except the Earth and the Mountains.
The grass-leaves die in the fall,
The snows die in spring-time.
They shall be back
When their turn comes.
But the moose hit by the arrow's head
Has gone forever,
And the bow-man who killed it
Shall follow soon.

Besonderen Dank schulde ich meinem Freund Eugen Rosenstock-Huessy, der mich auf die Bedeutung dieser Epoche und der Parabel, die diesem Stoff innewohnt, hingewiesen hat.

C. Z.

Die Uraufführung des Stücks fand am 18. November 1964 am Schauspielhaus Zürich in der Regie von Werner Düggelin statt. Anläßlich der deutschen Erstaufführung am 21. Oktober 1965 am Stadttheater Mainz in der Regie von Georg Aufenanger veröffentlichte Carl Zuckmayer im ›Wiesbadener Tageblatt‹ vom 16. 10. 1965 folgenden Text:

Es geht bei diesem Stück um das gleiche, wie bei all meinen Stücken, die – ohne die Stilmittel des epischen Theaters anzuwenden – dennoch episch angelegt sind. Nämlich: um die Erzählung einer Geschichte aus dem »vollen Menschenleben«, die mir einen exemplarischen Kern zu bieten scheint – um die plastische Darstellung menschlicher Gestalten und menschlichen Verhaltens. Es geht hier natürlich nicht, wie oberflächliche Beurteiler glauben mögen, um billige Großväterweisheit à la »Glück und Glas« oder dergleichen. Sondern: es wird

gezeigt, daß der Mensch ebensowenig aus seinem Schicksal heraus kann wie aus seiner Haut – wobei ich unter »Schicksal« nicht nur die komplexe Relation zwischen Einzelmensch und Gesellschaft, die ökonomischen Verhältnisse und Einflüsse der Umwelt verstehe, sondern ebensosehr Anlage, Charakter, sittliche Substanz einer Person, (im positiven wie im negativen Sinn) –, jene Seelenkräfte, die nicht allein, wie vielleicht der Intellekt, aus Gehirnmasse- und -windungen oder sonstigen physikalischen und chemischen Wechselwirkungen erklärbar sind, sondern geheimnisvolleren, also göttlichen Ursprungs. Die Einbeziehung solchen Ursprungs gilt heute als unmodern – es ist Mode, die Regungen des Individuums, innerhalb der Apparatur und der Mechanik der gesellschaftlichen und politischen Zwangsläufigkeit, nur noch als absurde, also sinnentleerte Fluchtbewegungen zu deuten, oder als ein verzweifeltes Beharren in der gesetzten Ausweglosigkeit. Mir scheint das dem Schisma von der »absoluten Prädestination« vergleichbar, das den freien Willen und die dadurch gegebene Möglichkeit einer seelischen Erlösung, also auch die Kraft der »guten Werke«, leugnet. Dem stelle ich mich mit meiner ganzen Lebensarbeit, welche, wenn auch durchaus diesseitiger Natur, der Wiederherstellung des geschöpflichen Zusammenhangs gewidmet ist, entgegen.
Hier wird ein »Königsdrama« gespielt, und gleichzeitig, ohne Symbolismus, eine Art von »Jedermann«. Tabor – aus dem Dunkel kommend – wird durch den blitzartigen Einschlag des »Glücks« zum ungekrönten König eines gar nicht so kleinen Reiches, auch der Finanzbereiche seiner Zeit – er versagt an der Größe seines Glücks und seiner Macht, um sich dann, als er sein Reich verliert, »höchst königlich zu bewähren«.
Er ist ein einfacher Mann, ein durchaus unheroischer »Held«, der nach Jahrzehnten völliger Erfolglosigkeit, in denen er sich knapp vor der nacktesten Not bewahren konnte, buchstäblich über Nacht – durch einen unverhofften und geradezu märchenhaften Fund – zum reichsten Minenbesitzer, zeitweise sogar zum reichsten Mann der Neuen Welt emporgeschleudert

wird. Sein spätes und unerwartetes Glück, der plötzliche Reichtum, bringt ihn in eine ungeheure, ihm selbst nicht klar bewußte Verstrickung in gefährliche Netze und Schlingen, die sein Leben, seine Verhaltensweise verändern, ohne daß er deshalb sich selbst verliert – weil er eben zutiefst »heil« ist, ein ganzer Mensch. Gerade darum erliegt er zunächst allen menschlichen Versuchungen seiner Situation, die ihn über Nacht aus der Welt der armen und miteinander vertrauten Leute in die völlig fremde, nach völlig anderen Gesetzen um einen völlig anderen Kern kreisende Welt der Reichen und Mächtigen versetzt. Dieser Kern ist das Geld, nicht das Genußmittel, wie sich's der Arme vorstellt, sondern als Macht und damit Verpflichtung – eine neue Lage, der sein einfaches Gemüt nicht gewachsen ist. Sie stürzt ihn zunächst in jede Art von Schwäche, auch des Charakters, sie macht ihn hart, böse, grausam, aber auch hilflos. Sein tragischster Augenblick: wenn er dem Streikführer, seinem alten Freund, sagen muß: Ich gehöre nicht mehr zu euch! Sein weichster, hilflosester: wenn er – innerlich vereinsamt und seiner stärkeren, in ihrer Haltung unbrechbaren Frau entfremdet – einer »lockeren Frau« verfällt. Daß daraus, von ihrer Seite, echte Liebe, sogar Treue erwächst, daß sie ihn nicht, wie es in jedem Marlene-Dietrich-Film selbstverständlich wäre, sitzenläßt, sobald er verarmt, und daß er seine erste, eigentliche Frau, Augusta, obwohl sie in Härte von ihm geht, nicht verliert – darin liegt Tabors Glück, das seinem eigensten Wesen entspringt und zugehört: er ist ein König, wenn er in seinem Kramladen Bohnen verkauft und den Preis nachläßt, er bleibt ein König, wenn seine Silberdollars verschleudert sind und er wieder in seiner alten Postbude herrscht: ein König, dessen Titel und Machtanspruch aus nichts anderem stammt als aus seinem menschlichen Format.

Solche Königsdramen könnten sich heute, in einer verwandelten, in noch unabsehbarer Verwandlung begriffenen Gesellschaft unter der »Herrschaft der Apparatur«, kaum mehr abspielen. Im Zeitalter der Gruppenschicksale kommt es auf

das Verhalten des Einzelmenschen, dem etwas »von Gottes Gnaden« zufällt, Glück oder Verhängnis, anscheinend nicht mehr an. Zutiefst aber bleiben die Gesetze des menschlichen Verhaltens, die letzten Endes über Wert und Unwert, Sinn oder Sinnlosigkeit eines Lebens entscheiden, unverändert. Die Relation zwischen Mensch und Schicksal (also Gottesmacht) kann sich harmonisch oder disharmonisch entwickeln und auflösen. Hier ergibt sich die Auflösung in Heiterkeit, Güte und Selbstbescheidung: also in Harmonie. Auch das kann »heute noch« gezeigt werden, vielleicht ist es »morgen« sogar wieder verständlicher. Deshalb halte ich die bunte Geschichte vom Silberdollar-Tabor und seinen beiden Frauen (sie haben alle wirklich gelebt) für ebenso unterhaltendes wie exemplarisches Theater. Und deshalb, um des beispielhaften Gehaltes, auch um der realen Anschaulichkeit und Glaubhaftigkeit willen, nicht aus einer Neigung zu sogenannter »Wildwest-Romantik« habe ich dieses Stück »aus den Tagen der letzten Könige« in der Zeit der großen Gold- und Silberfunde, aber auch der rasanten Entwicklung Amerikas vom Pionier-Land zur Kapitalmacht, stofflich angesiedelt.
»Und nun speelt man got« – wie die guten, alten Schmierendirektoren zu ihrer Truppe zu sagen pflegten.

Der Rattenfänger. Eine Fabel. Die erste Buchausgabe erschien im Februar 1975 im Fischer Taschenbuch Verlag, Frankfurt am Main, Bd. Nr. 7114 (= Theater. Eine Reihe des Fischer Taschenbuch Verlags). Die Uraufführung fand am 22. Februar 1975 im Schauspielhaus Zürich in der Regie von Leopold Lindtberg statt. »Die epischen Züge des Stücks wurden bei der Zürcher Uraufführung dadurch noch verstärkt, daß der Darsteller des Johannes von Lüde häufig sein Spiel unterbrach und als Conférencier das Geschehen einleitete oder erläuterte – eine an Brecht erinnernde Zutat, die im Text der Buchausgabe nicht vorgesehen ist. Zuckmayer wohnte den Proben bei, so daß er wohl mit allen, vermutlich von Leopold Lindtberg angeregten Veränderungen einverstanden war.«

(Katrin Hofmann/Gunther Nickel, »Carl Zuckmayers ›Der Rattenfänger‹ – ein ›brechtisches‹ Drama?« Unveröff.) Von den 21 Bildern der Buchausgabe wurden bei der Uraufführung lediglich 18 gespielt; die Bilder XII, XV, XVI und XXI wurden ausgelassen und folgender »Stückschluß« (Zürcher Fassung, Kopie im Deutschen Literaturarchiv, Marbach/N.) anstelle des letzten Bildes der Buchausgabe im Anschluß an das Ende des ›Lieds vom geschlagenen Mann‹ gespielt:

JOHANNES *der dem Zug nicht zu folgen vermochte, ist erschöpft stehn geblieben; nun läßt er seine Krücken sinken, richtet sich auf und sagt, nach vorne gewendet – nun wieder »Der Sprecher« – die Schlußverse*

Stückschluß

JOHANNES *als Chronist* am Ende
So geschehen im Jahre zwölfhundertachtzig-und-vier,
Daß hundertdreißig Kinder aus der Stadt Hameln sind verschwunden,
Und es gab nie eine Kunde hier,
Ob sie das Land, in dem sich leben läßt, gefunden.
Sie ließen drei zurück: die Blinde, den Tauben, den Lahmen
Der hinten blieb ob seiner Schwäche nur,
Und sagen kann, wie sie dereinst entkamen,
Bemessend als Chronist menschlichen Lebens Spur.

Für das Programmheft zur Uraufführung in Zürich schrieb Carl Zuckmayer

Stoff und Quellen

Wie kommt ein Dramatiker zu einem Stoff? Nicht, indem er ihn sucht – dann würde er niemals den richtigen finden. Der Stoff muß ihm zufallen, durch irgendeinen Anstoß, der an sich also »zufällig« ist und doch der Gesetzlichkeit einer Lebensarbeit entspricht.

Den Anstoß zum »Rattenfänger« erhielt ich vor zehn Jahren, als ich in einem Sanatorium am Tegernsee mit einem angesehenen Bürger, Verleger und Zeitungsbesitzer aus Hameln zusammentraf. Dieser, Herr Günther Niemeyer, erzählte mir von den alljährlichen »Rattenfängerspielen«, hauptsächlich von Kindern bestritten, in seiner Heimatstadt, und fragte mich, ob ich nicht Lust hätte, ein solches Schauspiel, auf der alten Sage gegründet, als eine Art von »Hamelner Festspiel« zu schreiben. Nun bin ich kein ausgesprochener Festspielautor und halte nicht viel von Freilufttheater, bei dem man vom Wetter abhängig ist. Aber ein Funke hatte da gezündet, und ich beschloß, im nächsten Frühjahr eine Lesung in Hameln anzunehmen, um die Stadt kennenzulernen.
Dort, in Hameln, einer der reizvollsten Städte Deutschlands, kam mir das Büchlein von Heinrich Spanuth* in die Hand, in dem dieser den Quellen und Ursprüngen der Rattenfängersage und der Vielfalt ihrer Abwandlung und Umformung in der Literatur mit wissenschaftlicher Gründlichkeit nachgeht. Ich habe dann im Lauf der Jahre, bevor ich mich endgültig zur dramatischen Behandlung der Fabel entschloß, viele andere Schriften kennengelernt, in denen versucht wird, historische Grundlagen für die Entstehung der Sage aufzudecken (z. B. die Broschüre von Lotte Weinerth »Was hat die Rattenfängersage von Hameln mit Olmütz zu tun?« und andere mehr). Das anregendste Motiv für den Dramatiker besteht aber gerade darin, daß es eindeutige historische Grundlagen für den Stoff nicht gibt. Jeder Historiker ist da auf Kombinationen angewiesen, und die dramatische Phantasie ist durch keine Fakten oder Überlieferungen eingeengt.
Das einzige Dokument, das den Kinderauszug bestätigt, ist die berühmte Inschrift am sogenannten »Rattenfängerhaus«, die in Spruchform besagt, daß am 26. Juni 1284 von einem »piper mit allerley Farve bekledet«, hundertunddreißig Kin-

* »Der Rattenfänger von Hameln« von Heinrich Spanuth (Verlag C. W. Niemeyer, Hameln)

der hinweggeführt worden sind, »in Hameln geboren, bei Calvari unter dem Koppen verloren«. Der »Koppen« ist eine mäßige Bodenerhöhung außerhalb der Stadt, die wohl einst als Richtstätte diente, aber in keiner Weise als Berg bezeichnet werden kann, in dem ein märchenhafter Kinderzug verschwinden könnte.

Diese Inschrift ist also die einzige Urkunde, die auf den Vorfall hinweist und vermutlich zur Zeit des Geschehnisses oder kurz danach verfaßt wurde. Alles andere, die Rattenplage, die Kennzeichnung jenes bunt gekleideten Pfeifers als »Rattenfänger«, das Motiv des ihm vorenthaltenen Lohnes und der Kinderentführung aus Rache sind erst viel später, zum Teil nach Jahrhunderten, in den volkstümlichen wie in den literarischen Abwandlungen der Sage aufgetaucht. Solche Abwandlungen gibt es in unwahrscheinlicher Vielzahl. Kaum irgendeine Sage hat in solcher Weise die Gemüter erregt und zur literarischen Gestaltung herausgefordert wie das Geheimnis der verschwundenen Kinder von Hameln. In dem Büchlein von Heinrich Spanuth sind wohl die meisten, gewiß alle wichtigen, aufgezählt, und es findet sich darin alles, was man über vorhandene und aufgefundene Dokumente und Handschriften wissen kann. Gleichzeitig umreißt Spanuths Publikation in knapper, klarer Weise die historische Situation im auslaufenden 13. Jahrhundert und die besonderen Umstände der Stadt Hameln, welche in dieser Zeit ein Zentrum des Getreidehandels war und vor allem die Hansestädte, besonders Bremen, auf dem Wasserweg belieferte. Bei Spanuth findet sich auch bereits die Vermutung über eine soziale Spannung zwischen der wohlbestallten Bürgerschaft innerhalb der Mauern und einem sich vor der Stadt allmählich anhäufenden Lumpenproletariat. Ebenso die Möglichkeit einer Fortführung bestimmter Volksteile durch Werber aus dem Osten, wobei es allerdings für einen Verkauf oder Menschenhandel keinerlei Beweise gibt, ebensowenig wie für den Verbleib der verschwundenen Kinder etwa in Mähren oder im Bistum Olmütz.

Daß diese Kinder die ersten Besiedler des deutschsprachigen Siebenbürgen wurden, ist nur eine der vielen Märchenversionen und entbehrt jeder Beweiskraft. Mir hat sie einfach gefallen.

Zürich, im Dezember 1974 Carl Zuckmayer

Die Texte folgen in Orthographie und Zeichensetzung den angegebenen Erstdrucken bzw. Erstausgaben.

Knut Beck

Inhalt

Kranichtanz 7
Heimkehr 29
Das Leben des Horace A. W. Tabor 43
Der Rattenfänger 215

Editorische Notiz 343